Michael Böckler

Sterben wie Gott in Frankreich

MICHAEL BÖCKLER

STERBEN WIE GOTT IN FRANKREICH

Ein Wein-Roman

DROEMER

Bitte besuchen Sie uns im Internet:
www.droemer-knaur.de

Die Folie des Schutzumschlags sowie die Einschweißfolie
sind PE-Folien und biologisch abbaubar.
Dieses Buch wurde auf chlor- und säurefreiem Papier gedruckt.

Copyright © 2003 Droemer Verlag
Ein Unternehmen der Droemerschen Verlagsanstalt
Th. Knaur Nachf. GmbH & Co. KG, München
Alle Rechte vorbehalten. Das Werk darf – auch teilweise –
nur mit Genehmigung des Verlages wiedergegeben werden.
Umschlaggestaltung: ZERO Werbeagentur, München
Umschlagabbildung: Droemer-Weinkarte / FinePic, München
Gestaltung und Herstellung: Josef Gall, Geretsried
Satz: Ventura Publisher im Verlag
Druck und Bindung: Ebner & Spiegel, Ulm
Printed in Germany
ISBN 3-426-19596-8

4 5 3

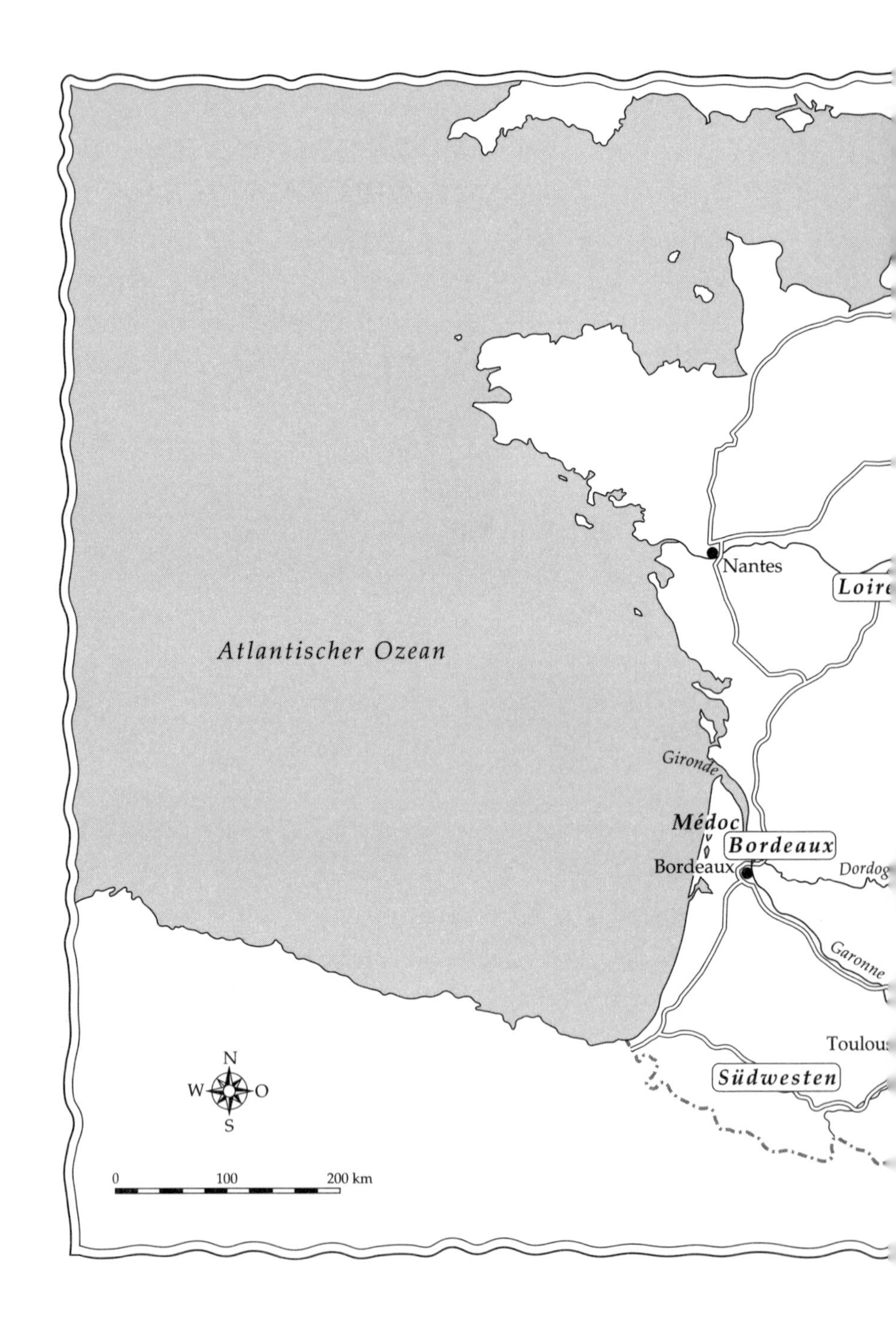

Atlantischer Ozean
Nantes
Loire
Gironde
Médoc
Bordeaux
Bordeaux
Garonne
Südwesten
N
W
O
S
0
100
200 km

WEINREGIONEN
IN FRANKREICH
Paris
Reims
Champagne
Seine
Strasbourg
Elsass
Orléans
Loire
Chablis
Dijon
Beaune
Burgund
Saône
Beau-
jolais
Jura
Savoyen
Lyon
Rhône-
Tal
Rhône
St-Rémy-
de-Provence
Provence
Nice
Marseille
Mittelmeer
Patrimonio
Bastia
Calvi
KORSIKA
Vin de Corse
Ajaccio
Bonifacio

Préface

Von Napoléon Bonaparte ist überliefert, dass er dem Wein eine außerordentliche Wertschätzung entgegenbrachte. Vor allem der Chambertin hatte es ihm angetan, ein vorzüglicher Pinot Noir aus Burgund. Allerdings soll Napoléon eine schreckliche Angewohnheit gehabt haben. Er ließ sich nämlich nicht davon abbringen, auch exquisite Rotweine zu spritzen. Den Protagonisten im vorliegenden Roman würde ein solcher Frevel selbst im Traum nicht einfallen, schließlich handelt es sich durchweg um ausgewiesene Wein-Connaisseure. Aber ein gespritzter Château Latour, ein mit Wasser verdünnter Pétrus oder Romanée-Conti wären – obgleich es einem schon bei der bloßen Vorstellung kalt den Rücken hinunterläuft – noch harmlos gemessen an dem, was einigen von ihnen widerfährt: Sie fürchten in einem Gärbottich um ihr Leben, werden mit einer Flasche Wein erschlagen (immerhin mit einem Lafite-Rothschild), erwerben Weinraritäten, die sich als Fälschung erweisen, werden ihrer kostbarsten Jahrgänge des edelsüßen Château d'Yquem beraubt – und kommen selbst im Grab nicht zur Ruhe.

Mehr soll in diesem Vorwort nicht verraten werden. Nur so viel: Der Roman spielt in den wichtigen Weinbauregionen Frankreichs. Was kein Zufall ist, sondern erklärte Absicht. Denn das Buch will nicht nur eine spannende Geschichte erzählen, sondern gleichzeitig eine systematische Einführung in die französischen Weine geben. Die turbulente Handlung führt von Burgund über die Loire und Bordeaux bis hinunter in die sonnenverwöhnte Provence. Die Weine aus dem Elsass finden ebenso ihre Erwähnung wie die Champagne oder das Rhône-Tal. Es werden die Anbaugebiete genannt, die Rebsorten beschrieben, berühmte Weingüter und ihre Spitzenweine vorgestellt.

Damit die Orientierung etwas leichter fällt und um die Lücken im Roman zu schließen, gibt es einen Anhang, der als kompakter französischer Weinführer fungiert. Das **Supplément** ist nach den Weinbauregionen gegliedert. Wer nicht sicher ist, wo er zum Beispiel bei dem Stichwort Margaux nachsehen soll – zugegeben ein eher hypothetischer Fall –, der findet am Ende in einem alphabetischen Sammelregister das betreffende Weingebiet genannt (Bordeaux). Übrigens: Alle in KAPITÄLCHEN gedruckten Begriffe in den Marginalien verweisen auf den Anhang.

Bevor der Roman beginnt und Sie bei mondheller Nacht auf einen Friedhof im Mâconnais entführt, noch drei Hinweise.

Erstens: Um sich die Welt der französischen Weine näher zu erschließen, gibt es nichts Besseres und Schöneres, als in die Anbauregionen zu reisen, die berühmten Weinberge zu besichtigen, Weingüter zu besuchen und vor Ort ihre Erzeugnisse zu probieren. Auch dazu soll dieses Buch einen bescheidenen Beitrag leisten und einige Anregungen geben. Vielleicht macht es Spaß, auf den Spuren der Handlung (und des Autors) zu wandeln? Mit dem Roman in der Hand wäre das leicht möglich. Außerdem sind im Anhang bei allen Weinbauregionen einige Restaurants und Hotels als erste Anlaufadressen genannt. Und für Golfer gibt's Tipps zum Aufteen! *Bon voyage!*

Zweitens: Zum genussvollen Savoir-vivre gehören in Frankreich natürlich auch die Kreationen der Küche. Im Idealfall gehen sie eine wunderbare Symbiose mit den ausgewählten Weinen ein. Weil dies auch die Akteure im Roman wissen, wird auf den folgenden Seiten nicht nur gerne getrunken, sondern zudem mit Genuss gespeist. Einige kulinarische Hinweise zu den Weinbauregionen und typische Rezepte finden sich im Anhang. *Bon appétit!*

Drittens: Natürlich ranken sich die Verbrechen in diesem Roman um weltberühmte Spitzenweine und sündteure Raritäten. Was kaum überraschen dürfte, denn sonst fehlte ja der Anreiz für die Täter. Leider wird der größte Teil der Leser mit dem Autor das Schicksal teilen, sich solche Weine nur gelegentlich – wenn überhaupt – leisten zu können. Das ist zwar höchst bedauerlich, aber kein Anlass für quälende Frustrationen. Wenn man sich nämlich einmal im Mikrokosmos der französischen Weine zurechtgefunden hat, und dazu können auch die teuren Weine ihren theoretischen Beitrag leisten, dann wird man sehr schnell feststellen, dass es auch in verträglichen Preiskategorien ausgezeichnete Tropfen gibt, die es nur zu entdecken gilt. *À votre santé!*

Genug der Vorrede, der Friedhof wartet schon!

Prologue

Château d'Yquem
1784

Er war hierher gekommen, um eine Todsünde zu begehen. Er freute sich nicht darauf, aber es musste sein. Der Vollmond und die sternenklare Nacht waren für sein Vorhaben geradezu ideal. Nur kurz hatte er die Inschrift auf dem großen Granitstein angeleuchtet, um sicherzustellen, dass er am richtigen Grab stand. Sollte er wirklich? Nervös sah er sich um. Die Situation war gespenstisch und nichts für seine schwachen Nerven.
Der Friedhof lag im Mâconnais, vielleicht eine Autostunde südlich von Beaune. Kurz nach Mitternacht war er über die Mauer gestiegen. Er warf einen entschuldigenden Blick hinüber zur romanischen Basilika, in der er heute Nachmittag eine Kerze gestiftet und schon vorab um Absolution gebeten hatte. Von Cluny war die Kirche im 12. Jahrhundert erbaut worden, von jenem einst so mächtigen Kloster, das sogar dem Vatikan in Rom die Stirn geboten hatte, mit einer der größten Kathedralen der Christenheit, von der – nicht weit von hier – nur noch Ruinen übrig geblieben waren. Was währte schon ewiglich? Für einen kurzen Augenblick war ihm, als würde er aus der Basilika cluniazensische Chorgesänge hören. Aber die Mönche von Cluny, denen Burgund unter anderem auch den Aufschwung des Weinbaus verdankte, sie lagen längst unter der Erde. Genauso wie jener bemitleidenswerte Mann, der hier, direkt vor ihm, seine letzte Ruhestätte gefunden hatte. Erst vor wenigen Tagen war der Commandant beigesetzt worden. Commandant, unter diesem Namen war der schwerreiche Großindustrielle über Frankreichs Grenzen hinaus bekannt gewesen. Sein ganzes Geld hatte ihm nichts geholfen, die dritte Herzoperation hatte den Commandant unwiederbringlich ins Jenseits abberufen.
Während er die Handschuhe anzog, dachte er zum tausendsten

Mal darüber nach, ob das wirklich stimmen konnte, was ihm unter dem Siegel der Verschwiegenheit erzählt worden war. Aber er kannte den ehemaligen Privatsekretär des Commandant schon lange. Sie waren gute Freunde, warum also sollte er sich so eine absurde Geschichte ausdenken? Zuzutrauen jedenfalls war es dem alten Herrn. Er war ein Weinsammler von großer Leidenschaft gewesen. Und seine Verkostungen, zu denen nur die wichtigsten Leute aus Wirtschaft und Finanzen geladen wurden, sie waren legendär. Die unglaublichsten Weinraritäten hatte er in seinem Château geöffnet, unbezahlbare Schätze aus vergangenen Jahrhunderten. Dazu ließ er regelmäßig ein komplettes Symphonieorchester aufspielen. Ein Leben wie Gott in Frankreich!

Es war bekannt, dass sich der Commandant vor allem bei einem ganz bestimmten Wein wie im siebten Himmel gewähnt hatte. Natürlich bei einem Château d'Yquem. Bei welchem Wein denn sonst? Bei jenem edelsüßen Mythos aus Sauternes, der Jahrhunderte überdauern und dabei eine unvergleichliche Aromenfülle entwickeln konnte. Ihm stieg der Duft von Pfirsich und Aprikose in die Nase, von Karamell, Honig und exotischen Gewürzen. Und dazu diese unvergleichliche tiefgründige Farbe, goldgelb, an Bernstein erinnernd.

Ja, diese Passion des verstorbenen Commandant konnte er bis in die letzten Nuancen nachvollziehen. Aber war es wirklich möglich, dass dieser verrückte alte Mann …? Warum nicht? Er hatte von einem japanischen Multimillionär und Kunstsammler gelesen, der auf seine letzte Reise ein berühmtes Gemälde von Vincent van Gogh mitgenommen hatte. Jedenfalls war es seit seinem Tod verschwunden, und es hielt sich hartnäckig das Gerücht, dass die Leinwand im Sarg über seinem Leichnam vermodern würde.

Vielleicht hatte sich der Commandant von dieser Geschichte inspirieren lassen? Jedenfalls wusste er von seinem Freund, dem ehemaligen Privatsekretär und Vertrauten, dass seit dem Tod des Commandant aus dem Weinkeller sechs Flaschen Château d'Yquem fehlten. Sie hatten einen Ehrenplatz in einer kleinen Apsis gehabt

und waren von ihm wie ein Heiligenbild verehrt worden. Aus dem Jahre 1784 stammten die Flaschen. Und sie trugen einen Schriftzug, eingraviert im Glas, der unter Weinkennern legendär ist: »Th.J.«.
Das Kürzel steht für Thomas Jefferson, den dritten Präsidenten der Vereinigten Staaten von Amerika und Verfasser der Unabhängigkeitserklärung. 1784 war Thomas Jefferson noch der amerikanische Abgesandte in Frankreich gewesen. Und weil er den Sauternes so liebte, hatte Château d'Yquem für ihn eine Sonderabfüllung gemacht und mit seinen Insignien gekennzeichnet.
Unbezahlbar waren heute die noch wenigen Flaschen, die die Zeiten überdauert hatten. Falls es überhaupt noch welche gab. Was war seitdem alles passiert? Der Sturm auf die Bastille, die Französische Revolution, Robespierre, Napoléon, die Belle Époque, Flaubert, Zola, der Bau des Eiffelturms, Marcel Proust und die Suche nach der verlorenen Zeit …
Er gab sich einen Ruck, um seine Gedanken aufs Wesentliche zu konzentrieren. Er war nicht hier, um zu philosophieren. Jedenfalls war der Château d'Yquem auch nach dieser großen Zeitreise immer noch zu trinken. Wahrscheinlich jedenfalls. Und es war ein unverzeihlicher Frevel, ihn ins Jenseits mitnehmen zu wollen. Wenn es stimmte, ja, wenn es zutraf, was ihm sein alter Freund angedeutet hatte, dann befanden sich diese Schätze direkt vor ihm, etwa zwei Meter tief unter der Erde, in den über der Brust verschränkten Armen des Commandant. Ob er dabei einen seligen Gesichtsausdruck machte? Der Gedanke war makaber, und es graute ihm schon jetzt bei der Vorstellung, dem Leichnam die Flaschen wegzunehmen. Aber konnte er diesen Irrsinn zulassen? Als ob der Commandant auf den Jüngsten Tag mit einem Gläschen Château d'Yquem anstoßen wollte. Vielleicht hatte er zu diesem Zweck auch Glas und Korkenzieher im Sarg? Dieser Gedanke immerhin belustigte ihn. Aber er glaubte nun mal nicht an ein Leben nach dem Tod. Und der Wein von Thomas Jefferson wäre bei ihm definitiv besser aufgehoben als auf diesem Friedhof.

Er hätte mit dieser Aktion allzu gerne noch einige Wochen gewartet und sich mental besser vorbereitet, aber er hatte Sorge, dass der Wein Schaden nehmen könnte. Im Prinzip war die Lagerung ja nicht schlecht. Geschützt vor hellem Licht, keine Erschütterungen, eine gleichmäßige Temperatur, und auch die Luftfeuchtigkeit sollte in Ordnung gehen. Wäre da nur nicht dieser Leichnam. Er hatte keine Ahnung, wann die Verwesung einsetzte, aber er fürchtete, dass das relativ schnell passierte. Und wie sich das auf einen noch originalverkorkten Yquem auswirkte, daran wollte er besser nicht denken. Nein, es gab keine Alternative. Wenn es wirklich stimmte, dann musste er schnell handeln. Sehr schnell, noch heute Nacht, jetzt. Ein letztes Mal sah er sich um. Dann packte er den Spaten und machte sich an die Arbeit.

Première Partie

Millésimes morbides
Tödliche Jahrgänge

1

Der Blick auf den brodelnden roten See erregte ihn. Jedes Jahr fieberte Jean-Yves diesen Tagen entgegen. Gab es etwas Schöneres, als diesem magischen Schöpfungsakt beizuwohnen? Er beobachtete das furiose Aufsteigen der Blasen, den wilden Tanz des weißen Schaumes, die kleinen stillen Oasen, die sich für Sekunden im Inferno bildeten, um dann vom Sturm hinweggefegt zu werden. So ähnlich stellte er sich die Entstehung der Erde vor und den Beginn allen Lebens. Jean-Yves schloss die Augen. Und dazu dieser überwältigende Geruch, diese ungehemmten, wilden Düfte. Kaum vorstellbar, dass sie sich zähmen ließen und zu unendlicher Verfeinerung fähig waren. Irgendwo waren sie verborgen in dieser olfaktorischen Wucht, die bittersüßen Aromen von Waldbeeren, von schwarzer Kirsche, der Hauch von Nelken und Wacholder.

Jean-Yves lag bäuchlings auf dem großen Holzbottich. Er hatte eine Lampe in den Foudre gehängt und starrte fasziniert auf die gärende Maische. Gut vierzehn Tage würde er den Syrah auf ihr belassen, diese Zeit brauchte der Rebensaft, um die Farbstoffe und Tannine aus der Traubenschale zu extrahieren. Erst wenn er die ganze Kraft aufgenommen hatte, die er für ein vielversprechendes Leben brauchte, würde er den Wein von der Maische abziehen. Er freute sich schon auf die spätere Vermählung mit dem Mourvèdre, der im kleineren Nachbarfass vor sich hin gärte. Die Assemblage der beiden Rebsorten würde seinem Wein schließlich die Seele einhauchen.

In der hohen Kunst der Assemblage werden verschiedene Rebsorten-Weine (auch Lagen und bei Champagner Jahrgänge) miteinander vermählt. Die meisten französischen Weine sind Rebsortenverschnitte, auch die berühmten Spitzengewächse in Bordeaux. Klassische Ausnahmen sind das Elsass, in Burgund die sortenreinen PINOT NOIR- und CHARDONNAY-Weine (u. a. CHABLIS) sowie der SYRAH aus dem nördlichen Rhône-Tal.

Und dann begann die Phase der Ruhe, der Reife. Ein bis zwei Jahre würde er dem Wein in Barriquefässern aus französischer Eiche gönnen. Ganz langsam würde er die feinen Aromen von Vanille einatmen, in seinen Lungen speichern – um sie irgendwann einmal, bei hoffentlich passender Gelegenheit, im Glas wieder freizusetzen.

Im Unterschied zur traditionellen Methode (Pigeage) wird in modernen, temperaturgeregelten Edelstahltanks ein Austrocknen des Tresterhuts mit einer Pumpe verhindert (Remontage).

Mit einer Hand langte Jean-Yves hinter sich und tastete nach der Stange, die er an die Leiter gelehnt hatte. Er war nicht nur zur Ergötzung auf den hölzernen Gärbottich geklettert. Die alkoholische Gärung riss die Traubenschalen an die Oberfläche, wo sie sich zum Tresterhut verfestigten. Um ein Austrocknen zu verhindern, mussten die Schalen regelmäßig in den gärenden Most zurückgedrückt werden.

Jean-Yves führte die Holzstange, die an der Spitze drei Zacken hatte, durch die Öffnung und begann mit ihr in die Maische zu stoßen. Der Foudre war nur zur Hälfte gefüllt, und so musste er sich mit dem Kopf voran bis zur Hüfte in den Gärbottich beugen, um mit der Stange den Trester zu erreichen. Für den nötigen Halt sorgten seine Füße, die er in der Leiter verkeilt hatte. Er wusste, dass er vorsichtig sein musste. Immer wieder gab es tödliche Unfälle, die auf das Kohlendioxid zurückzuführen waren, das bei der alkoholischen Gärung in großer Menge freigesetzt wurde. Das giftige Gas hatte die unangenehme Eigenschaft, schwerer als Luft zu sein. Darüber hinaus war das CO_2 gemeinerweise völlig geruchlos. Man erstickte sozusagen, ohne es zu merken. Erst im letzten Jahr war ein guter Freund von ihm in der Nähe von Les Baux-de-Provence, also nur wenige Dörfer von hier entfernt, auf dem Boden seines Weinkellers tot aufgefunden worden. Jean-Yves hatte deshalb die Türen und Fenster zu diesem Raum weit geöffnet und vorher mit einer Kerze die Konzentration des Kohlendioxids im Gärbottich geprüft. Im oberen Bereich, also dort, wo er sich jetzt mit seinem Kopf befand, war die Luft noch rein, die Kerze hatte munter weitergebrannt.

Bei der alkoholischen Gärung wird der Zucker in den Trauben (Glucose und Fructose) von natürlich vorkommenden Hefen oder von Zuchthefen in Alkohol und Kohlendioxid umgewandelt. Die Gärung kommt zum Erliegen, sobald der gesamte Zucker in Alkohol umgewandelt ist – aber auch bei zu niedrigen Temperaturen (unter 12 °C) und zu hohem Alkoholgehalt (führt zu einem Absterben der Hefen).

Er war mit seiner Arbeit fast fertig und mit den Gedanken schon bei einem Pastis in seiner Lieblingsbar von Saint-Rémy, als er plötzlich merkte, wie er an den Füßen gepackt wurde.
»Ce n'est pas drôle«, rief er erschrocken, »das ist überhaupt nicht witzig!«
Jean-Yves versuchte sich aus dem Holzbottich zu winden. Der Schrecken steigerte sich zur Panik. Die Stange war ihm bereits entglitten und im brodelnden Sud versunken. Jetzt wurden seine Beine nach oben gerissen. Kopfüber und völlig hilflos hing er im Gärbottich, mit den Händen nur noch wenige Zentimeter von der Maische entfernt. Er spürte, wie ihm die Gärwärme ins Gesicht stieg. Es war ihm klar, dass er jetzt fast reines Kohlendioxid einatmete. Wie lange würde es dauern, bis er ohnmächtig wurde? Zwanzig Sekunden, eine Minute? Und wer verdammt noch mal hatte ihn an den Füßen gepackt?
»Arrête, maintenant, Schluss jetzt, zieh mich raus!«, schrie Jean-Yves. Er sah sich schon leblos in der Maische treiben. Neben seinem toten Kopf stiegen weiße Blasen auf, um ihn herum bildete sich ein immer festerer Tresterhut. Kurioserweise dachte er dabei weniger an sich als an den wunderbaren Syrah. Noch nie hatte er einen so vielversprechenden Jahrgang eingebracht. Der Sommer war sonnig und trocken gewesen, aber ohne diese Gluthitze, die selbst dem Syrah zu viel werden konnte. Ende August hatte er die Reben zurückgeschnitten. Nach dieser Vendange verte, der grünen Lese, hatte sich die ganze Kraft in den verbliebenen Trauben konzentriert. Und jetzt, wo sich gerade die wunderbare Verwandlung des Mosts in einen köstlichen Wein vollzog, da wurde alles in Frage gestellt. Wer sollte die Vinifizierung zu Ende bringen, wenn er hier in diesem Foudre zu Tode kam? Obwohl, mit einer Leiche in der Maische war der Wein vielleicht nicht mehr ganz so vielversprechend, streng genommen wohl kaum mehr …
Was sind das für abwegige Gedanken?, schoss es ihm durch

den Kopf. Hatte ihm das Kohlendioxid bereits so zugesetzt? Immerhin ging es hier um sein Leben. Und den Wein, den machte er sowieso nur zu seinem privaten Vergnügen, für sich und für seine besten Freunde.

»Sors moi d'ici!«, schrie er.

Wie durch Watte hörte er von oben eine dumpfe Stimme.

»Das hättest du dir vorher überlegen müssen!«

»Pourquoi, was heißt vorher überlegen? Was habe ich gemacht?«, fragte er kurzatmig.

»Mein Chef war mit deiner letzten Weinlieferung nicht einverstanden, überhaupt nicht einverstanden!«

Fast hätte Jean-Yves gelacht. Irgendwie fühlte er sich plötzlich euphorisch. Ob das am Kohlendioxid lag oder an diesem lächerlichen Vorwurf? Was sollte das eigentlich heißen? Mit der letzten Weinlieferung nicht einverstanden? Weine zu liefern war nun mal seine Profession. Er hatte sich auf die wirklich großen Franzosen spezialisiert und auf sündteure Raritäten, bei denen Weinkenner einen erhöhten Puls bekamen. Was war schon sein Syrah dagegen? Eine önologische Bagatelle, die ihm allerdings die Freude vermittelte, einen eigenen Wein zu verkorken. Mit der letzten Weinlieferung nicht einverstanden? Jean-Yves kicherte. Hatte der 1991er Romanée-Conti vielleicht Kork? Oder hatte der 1959er Château d'Yquem den hoch gesteckten Erwartungen nicht ganz entsprochen?

Der ROMANÉE-CONTI (PINOT NOIR) aus Burgund ist ebenso ein Mythos wie der edelsüße Château d'YQUEM aus der Gemeinde SAUTERNES (Bordeaux). Neben dem PÉTRUS und LE PIN aus POMEROL (Bordeaux) zählen sie zu den teuersten Weinen der Welt.

»Je ne te comprends pas, zieh mich raus, ich ersticke!« Jean-Yves merkte, dass er nur noch ein Flüstern zustande brachte. Im Kopf pochte es, gleichzeitig würgte es ihm in der Kehle.

Er hörte, wie eine 1947er Magnumflasche Pétrus erwähnt wurde. Aber so ganz sicher war er sich nicht, vielleicht war auch der großartige 45er gemeint.

Während ihm die Sinne schwanden, spürte er, wie er losgelassen wurde. Mit dem Kopf voran stürzte Jean-Yves in die brodelnde Maische.

Adieu, war sein letzter Gedanke. Adieu, mein schönes Leben, adieu, mes amis, adieu, Provence, und adieu, Syrah!

2

Der Gastgeber hatte eine CD mit klassischer Musik aufgelegt, auf dem langen Holztisch brannten einige Kerzen, es standen Schalen mit frisch aufgeschnittener Baguette und mit etwas Käse bereit. Am Kopfende war ein Dutzend Weinflaschen streng in Reihe aufgestellt, wobei die letzte von einer großen Stoffserviette verhüllt wurde. Dahinter wartete eine ansehnliche Batterie von blank polierten Rotweingläsern auf ihren Einsatz. Zufrieden rieb sich Dr. Praunsberg die Hände. Seine kleine Einladung zur Degustation würde ein voller Erfolg werden, davon war er überzeugt. Die ausgewählten Tropfen versprachen jedenfalls ein besonderes Erlebnis. Als Chevalier einer elitären Weinbruderschaft war er seinen Gästen ja auch einiges schuldig. Es war üblich, dass sich die Chevaliers des Grands Crus gegenseitig zu Verkostungen im privaten Rahmen einluden. Ganz unprätentiös und entspannt, ohne den Aufwand, den sie bei ihren offiziellen Veranstaltungen trieben. Heute war wieder mal er an der Reihe. Wobei sich das Datum eher zufällig ergeben hatte. Einige der Chevaliers hatten an diesem Tag geschäftlich in Frankfurt zu tun gehabt, da konnten sie leicht einen Abend anhängen und nach Bad Homburg kommen, wo Praunsberg oberhalb des Spielkasinos und der Thermen eine noble Villa bewohnte. Das war das Besondere bei ihrer Weinbruderschaft, nämlich dass die Chevaliers aus den verschiedensten Städten, ja sogar aus dem Ausland kamen. Aber da alle beruflich sehr erfolgreich und ohnedies viel unterwegs waren, stellte das kein Problem dar.
Praunsberg schätzte die Zusammenkünfte der miteinander gut befreundeten Chevaliers nicht zuletzt deshalb, weil sie

sozusagen als willkommene Begleiterscheinung zum Weingenuss auch der Pflege ihrer geschäftlichen Kontakte dienten. Zwar hatten sie ganz unterschiedliche Professionen, Dr. Ferdinand Praunsberg war in einer leitenden Position bei einem bedeutenden pharmazeutischen Unternehmen tätig, aber es gab immer wieder Berührungspunkte, die zu höchst aufschlussreichen Gesprächen führten, man wurde unter dem Siegel der Verschwiegenheit mit Insider-Wissen versorgt und bekam den einen oder anderen wichtigen Kontakt oder sogar Auftrag vermittelt. Doch das Entscheidende war natürlich ihre gemeinsame Leidenschaft, ihre Liebe zu den großen Weinen Frankreichs, zu den Spitzengewächsen, den Grands Crus.

Ob im Elsass, in Burgund oder in Bordeaux: Die Grands Crus charakterisieren die Spitzengewächse in den jeweiligen Regionen. Freilich gibt es dabei im Detail erhebliche Unterschiede. Siehe dazu im Anhang u. a. unter Bordeaux CRUS CLASSÉS (mit der legendären Klassifikation von 1855) und unter Burgund GRAND CRU.

Praunsberg bereitete es ein großes Vergnügen, bei diesen Degustationen nicht nur mit seinem eindrucksvollen Weinkeller zu renommieren, es war ihm auch wichtig, seinen Ruf als Connaisseur zu pflegen und mit seinen Weinkenntnissen zu brillieren. Wären nur Chevaliers anwesend, hätte diese Selbstdarstellung wenig Sinn gemacht oder hätte subtiler ausfallen müssen, aber vielleicht gerade deshalb gehörte es zum Ritual, immer einige Gäste einzuladen. Und bei jenen hatte man ja sozusagen eine moralische Verpflichtung, etwas Nachhilfe in Weinkultur zu geben. Schließlich war es immer wieder erstaunlich, wie wenig selbst kultivierte Menschen letztlich über Wein wussten.

Bereits eingetroffen waren in der Villa in Bad Homburg Prof. Dr. med. Peter Losotzky, Dr. jur. Heribert Quester und Joseph Niebauer. Alle drei erfreuten sich beträchtlichen Wohlstands und gehörten seit Jahren den Chevaliers an.

Prof. Losotzky war Schönheitschirurg, er hatte eine Privatklinik am Zürichsee und viele zahlungskräftige Patienten aus Prominentenkreisen, vornehmlich weiblichen Geschlechts. Ein internationaler Ärztekongress hatte ihn für zwei Tage nach Bad Soden geführt.

Dr. Quester war ein Notar aus München, ein Beruf, der in Bayern einer Lizenz zum Gelddrucken gleichkam. Dr. Quester hatte morgen einen Termin bei einer Großbank in der Frankfurter City und war schon am Abend vorher angereist.
Joseph Niebauer hatte seinen Hauptwohnsitz in Köln. Er war als Bauträger zu einem großen Vermögen gekommen. Vor einiger Zeit hatte er sich ein kleines Château in Bordeaux gekauft und setzte große Hoffnung auf seinen eigenen Médoc. Niebauer war einfach so gekommen. Vor dem Haus wartete sein Chauffeur, der ihn später zurück nach Köln bringen würde.
»Halt, meine Herren, bitte nicht anlangen!«, protestierte Dr. Praunsberg, als er sah, wie der Schönheitschirurg und der Notar das Geheimnis der letzten Flasche lüften wollten. »Ihr bringt euch ja sonst um das besondere Vergnügen der finalen Blindverkostung. Wäre doch schade.«
Die beiden zuckten zurück und grinsten verlegen wie Schulbuben, die beim Spicken ertappt worden sind. Sehr zu ihrer Freude ging in diesem Moment die Tür auf, und Valerie kam herein, die überaus ansehenswerte Tochter von Praunsberg. Valerie stellte zwei leere Karaffen auf den Tisch und begrüßte die Gäste. Prof. Losotzky gab der schwarzhaarigen Webdesignerin einen Handkuss und äußerte gut gelaunt, dass sich bei ihr leider immer noch jegliche Schönheitsoperation verbiete, was nicht nur auf ihr jugendliches Alter zurückzuführen sei. Gott sei Dank, stellte er fest, gebe es auch weniger perfekte Geschöpfe auf dieser Welt.
»Machen Sie sich keine falschen Hoffnungen«, sagte Praunsberg lachend, »meine Tochter wird uns gleich wieder verlassen, schließlich habe ich Ihnen eine Herrenrunde versprochen. Meine Frau Béatrice hat deshalb schon die Flucht ergriffen und ist zu einer Freundin gefahren.«
Während sich Valerie noch mit dem Schönheitschirurgen unterhielt, traf Pierre Allouard ein, ein Franzose, der gerade den

Karrieresprung in den Vorstand eines Pariser Elektrokonzerns geschafft hatte. Das Unternehmen hatte seine Deutschlandniederlassung in Frankfurt, und da war es Allouard nach der Einladung von Praunsberg leicht gefallen, hier schnell einen Termin anzuberaumen. Auch Allouard gehörte den Chevaliers an. Er hatte ein Ferienhaus an der Loire und stellte regelmäßig die Kontakte zu Weinbruderschaften in Frankreich her. Er sprach nicht nur ausgezeichnet Deutsch, er war auch mit einer Deutschen verheiratet.

Als Nächstes begrüßte Praunsberg Thilo Thoelgen, der gerade zufällig in Deutschland war. Eigentlich wohnte er bei Ramatuelle an der Côte d'Azur, wo er sich vor einigen Jahren eine Villa gekauft hatte. Thilo Thoelgen war einer jener Dotcom-Gründer, die in Zeiten der Internet-Bonanza fast über Nacht zu Millionären geworden waren. Als die Seifenblase dann platzte, da hatte es auch ihn erwischt, sein Unternehmen musste die Insolvenz beantragen. Irgendwie war es ihm aber gelungen, noch rechtzeitig Geld rauszuziehen, sodass er sich heute sehr komfortabel dem süßen Nichtstun widmen konnte. Auch Thilo Thoelgen war seit Jahren ein engagiertes Mitglied der Chevaliers – und zudem ein heimlicher Verehrer von Valerie. Entsprechend herzlich fiel seine Umarmung aus.

Kurz nach Thoelgen traf Dieter Schmid ein, einer der beiden geladenen Gäste. Schmid war Inhaber einer Werbeagentur in Düsseldorf und hatte seine Liebe zum Wein erst vor kurzem entdeckt. Praunsberg sah es als seine ehrenvolle Pflicht an, ihm die nötigen Grundkenntnisse zu vermitteln. Schmid hatte eine Präsentation nach Frankfurt geführt, und weil er sie für seine Agentur gewonnen hatte, machte ihm die Einladung besonderen Spaß.

Der Gastgeber sah auf die Uhr. »Fehlt nur noch Karl Talhammer, dann wären wir komplett. Ach ja, Karl bringt noch einen Freund mit, den Namen habe ich vergessen.«

Karl Talhammer war in der Geschäftsleitung einer großen

Frankfurter Versicherung. Er gehörte erst seit kurzem den Chevaliers des Grands Crus an. Praunsberg hielt es sich zugute, seinen alten Kumpel dazu gebracht zu haben, den italienischen Weinen zugunsten der Franzosen abzuschwören.

Praunsberg ging zu den Flaschen, die er bereits vor einiger Zeit entkorkt hatte, nahm eine und begann sie vorsichtig über einer Kerze in eine Dekantierkaraffe umzufüllen.

»Ich mache das weniger wegen des Depots«, erläuterte Praunsberg an die Adresse des Novizen Schmid, »wir haben hier einen relativ jungen Pauillac, der wohl noch keine Sedimente am Flaschenboden gebildet hat.«

Die Appellation PAUILLAC liegt im Bordelais im Herzen des MÉDOC. Die Weine werden dominiert von der Rebsorte CABERNET SAUVIGNON. Zu den berühmten PAUILLAC-Weinen gehören die Châteaux LAFITE-ROTHSCHILD, MOUTON-ROTHSCHILD und LATOUR.

»Macht nichts«, kommentierte Schmid, »mir gefällt dieses Zeremoniell, es steigert die Vorfreude.«

»Das ist keine Show. Der Cabernet Sauvignon ist sehr tanninbetont«, fuhr Praunsberg belehrend fort, »er braucht etwas Sauerstoff, damit er geschmeidiger wird und sich die unterdrückten Aromen gegen die Gerbsäure durchsetzen und entfalten können.« Praunsberg stellte die leere Flasche ab. »In einer halben bis einer Stunde ist er so weit. Bei einem alten Wein dürften wir übrigens nicht so lange warten. Der muss unmittelbar nach dem Dekantieren getrunken werden, weil er beim plötzlichen Luftkontakt schnell in sich zusammenbrechen kann. Ist mir erst vor kurzem bei einem fünfzig Jahre alten Château Margaux passiert.« Praunsberg machte eine kurze Pause. »Man stelle sich vor, der Wein hat ein halbes Jahrhundert in der Flasche seiner Vollendung entgegengedämmert, und dann, nach wenigen Minuten, die allerdings einen großartigen Genuss vermittelten, hat er sein Leben ausgehaucht und ist oxidiert.«

»Wie die älteren Damen, die sich bei dir unters Messer legen«, unkte der Notar an die Adresse des Schönheitschirurgen, »sie sind auch ziemlich oxidiert und verwittert.«

»Deshalb sollte man sie nach Möglichkeit in jüngeren Jahren verkosten«, griff Prof. Losotzky die Bemerkung auf.

»Jedenfalls gelangen die meisten Frauen früher zur Reife als ein Spitzengewächs aus dem Médoc«, bestätigte Praunsberg. Und mit einem Blick zu seiner Tochter: »Entschuldige, meine Liebe, du siehst, wir kommen bereits auf das schlüpfrige Niveau einer Herrenrunde. Ich möchte dich nicht wegschicken, aber ...«

Es klopfte, und die beiden letzten Gäste trafen ein. Valerie, die der Aufforderung ihres Vaters gerade folgen und gehen wollte, zögerte – und beschloss zu bleiben. Was nicht an Karl Talhammer lag, den alten Freund ihres Vaters kannte sie schon ewig. Nein, der Mann in seiner Begleitung fand ihr Interesse. Er war deutlich jünger als die anderen, vielleicht Ende dreißig, groß gewachsen, mit langen Haaren, die er im Nacken zu einem Zopf zusammengebunden hatte. Er hatte eine runde Nickelbrille auf, trug im Unterschied zu den anderen Gästen weder Anzug noch Krawatte, sondern Jeans und Lederjacke.

»Hallo, mein Lieber!«, rief Talhammer zur Begrüßung und umarmte Valeries Vater. »Wie versprochen, habe ich dir einen weiteren Gast mitgebracht.« Talhammer deutete auf den Mann hinter ihm. »Ich darf vorstellen: Hippolyt Hermanus. Wir haben heute ein geschäftliches Projekt zum Abschluss gebracht, und da dachte ich, es ist eine gute Idee, dies bei einigen Flaschen Wein zu feiern ...« Talhammer lachte und schlug Praunsberg auf die Schulter. »Speziell wenn diese nicht von mir bezahlt werden müssen.«

»Sehr geschickt, jetzt weiß ich, wie deine Versicherung die Kosten senkt. Jedenfalls sind Sie bei mir herzlich willkommen, Herr Hermanus. Karl sagte soeben, dass Sie ein geschäftliches Projekt zum Abschluss gebracht haben, darf ich fragen, was Sie machen?«

»Eigentlich ist Hippolyt Diplompsychologe«, übernahm Talhammer die Antwort. »Er war viele Jahre bei der Polizei.«

Ein Psychologe und Expolizist?, dachte Valerie. Dieser Hippolyt fiel wirklich aus dem Rahmen der üblichen Gäste ihres Vaters.

»Bei der Polizei? Wie ungewöhnlich. Was haben Sie dort gemacht?«, wollte Niebauer wissen.

»Ich war Polizeipsychologe, habe Täterprofile erstellt …«, antwortete Hippolyt Hermanus zurückhaltend.

»Und auch verdeckt ermittelt, und zwar außergewöhnlich erfolgreich«, fiel ihm Talhammer ins Wort. »Ich weiß, das erzählst du nicht gern. Jedenfalls arbeitet Hipp jetzt freischaffend unter anderem für große Versicherungen, wie wir eine sind. Dank Hipp haben wir heute einen raffinierten Versicherungsbetrug aufgedeckt und den Täter überführt. Hipp hat nämlich ein Spezialgebiet …«

»Ihr Spezialgebiet ist bestimmt sehr interessant«, unterbrach Praunsberg den Redefluss seines Freundes, »aber die Flaschen sind bereits entkorkt, und deshalb schlage ich vor, dass wir uns dem eigentlichen Thema des Abends zuwenden. Herr Hermanus, verstehen Sie etwas von Wein?«

»Also, das Spezialgebiet von Herrn Hermanus ist …«, versuchte Talhammer seinen Satz noch zu Ende zu bringen, verstummte dann aber, weil es Ferdinand Praunsberg wirklich nicht zu interessieren schien.

»Ob ich was von Wein verstehe? Nun, es geht so«, antwortete Hippolyt Hermanus auf Praunsbergs Frage. Dieser hatte sich seine Meinung über den Gast längst gebildet. So ganz behagte es ihm nicht, dass Karl Talhammer jemanden mitbrachte, der zwar sympathisch wirkte, aber so überhaupt nicht in diesen Kreis passen wollte. Ein verkrachter, schlecht angezogener Psychologe, der bei der Polizei rausgeflogen ist und sich jetzt mit kleinen Jobs für Versicherungen durchschlägt. Warum war eigentlich Valerie noch hier? Die wollte doch schon längst gehen.

»Valerie, meine Liebe, ich möchte ja nicht unhöflich sein, aber die Herrenrunde ist komplett und Damengesellschaft nicht vorgesehen. Außerdem beeinträchtigt dein Parfüm unser hoch entwickeltes Geschmacks- und Geruchsempfinden.«

»Erstens, mein Sugar-Daddy, bin ich überhaupt nicht parfümiert, was deinem Geruchssensorium wohl entgangen ist.« Valerie sah kurz hinüber zu Hipp, zog einen Stuhl heran und setzte sich. »Und zweitens gedenke ich zu bleiben. Ich hoffe, du hast nicht ernsthaft was dagegen, wenn sich deine Tochter fortbilden will. Ich bin auch ganz brav und halte mich zurück.«

»Also, du willst uns wirklich Gesellschaft leisten?« Praunsberg schaute zweifelnd. »Ich glaube nicht, dass ...«

»Warum denn nicht, alter Freund«, mischte sich der Schönheitschirurg ein. »Wir haben doch nichts zu verbergen. Heribert muss sich halt seine schmutzigen Witze verkneifen. Und wann leistet uns alten Knackern schon mal eine so schöne junge Frau wie Valerie freiwillig Gesellschaft?«

Wieder warf Valerie einen verstohlenen Blick zu Hipp. Täuschte sie sich oder entdeckte sie da ein amüsiertes Lächeln in seinem Gesicht?

Nach der Legende hat Napoléon Waterloo nur deshalb verloren, weil ihm der CHAMBERTIN ausgegangen war. Er ließ sich seinen Lieblingswein sogar noch in die Verbannung nach Sainte Hélène liefern. Und es gibt die Theorie, dass er dort mit Arsen im CHAMBERTIN vergiftet wurde. Wie alle Rotweine aus Burgund (mit Ausnahme des eigenständigen BEAUJOLAIS und des PASSETOUTGRAIN) ist der GEVREY-CHAMBERTIN ein sortenreiner PINOT NOIR.

Praunsberg klatschte in die Hände. »Nun gut, überredet. Wir müssen auch endlich anfangen. Meine Herren, meine Dame, bitte nehmen Sie Platz, zieht die Jacken aus, lockert die Krawatten, macht es euch bequem.« Er sah verzückt auf seine Flaschen. »Ich schlage vor, wir beginnen mit einem Burgunder, ein klassischer Pinot Noir aus der Appellation Gevrey-Chambertin, genauer gesagt ein Grand Cru aus der Lage Clos de Bèze. Er hat zwölf Jahre Reifezeit hinter sich und sollte uns vortrefflich auf den Abend einstimmen. Wobei ich unseren beiden Gästen sagen muss, dass wir damit schon zum Auftakt die Messlatte ziemlich hoch legen. Nicht von ungefähr war der Chambertin der Lieblingswein von Napoléon Bonaparte ...«

Valerie hörte ihrem Vater nur mit halbem Ohr zu. Sie sah, wie er etwas Wein erst in ein Glas goss, dieses schwenkte, dann den Wein nacheinander in die weiteren Gläser der Runde füllte. Er nannte diese Prozedur »Vinieren« und sprach davon, dass die Gläser auf den Wein eingestimmt werden mussten. Erst nach diesem andächtigen Vorspiel kam er zum eigentlichen Eingießen des Chambertin, was er mit großer Konzentration tat. Dann neigte er sein Glas leicht nach vorne, sodass er über der weißen Tischdecke die Farbe beurteilen konnte. Alle in der Runde folgten seinem Beispiel, auch Valerie. Alle? Aus dem Augenwinkel sah sie, dass Hipp leise lächelnd die Rituale der Verkoster beobachtete, selbst aber das Glas noch gar nicht in die Hand genommen hatte.

Der Wein wird vor allem über die Nase wahrgenommen. Von den ca. 4000 wahrnehmbaren Aromen konnten im Wein bislang 500 identifiziert werden.

»Und jetzt die Geruchswahrnehmung. Zunächst sollten wir die Duftstoffe aus dem ungeschwenkten Glas …«

Ferdinand Praunsberg lief bereits beim ersten Wein der Degustation zur Höchstform auf. Er merkte, dass ihm Schmid fasziniert folgte, nur dieser Hipp Hermanus war etwas zögerlich, aber das war bei blutigen Anfängern oft zu beobachten. Praunsberg fragte in die Runde, vor allem an die Adresse seiner routinierten Chevaliers, welche Duftnoten wahrgenommen wurden. Sofort entspann sich eine heftige Diskussion um Kirscharomen und Pflaumen. Dann wurden die Gläser heftig geschwenkt und die Nasen tief hineingesteckt. Valerie konnte sich dem Schnuppertest nicht entziehen und identifizierte sehr zum Wohlgefallen ihres Vaters zarte Himbeernoten. Schließlich wurde der Wein probiert. Valerie fiel erneut auf, dass Hipp nur sehr zurückhaltend und wohl eher aus Höflichkeit mitmachte. Kein Zweifel, der Typ gefiel ihr, aber zum Weinkenner schien er nicht geboren. Vielleicht hätte er lieber ein frisch gezapftes Pils getrunken. Allerdings kam auch ihr das ganze Brimborium etwas übertrieben vor. Wobei sie zugeben musste, dass auf diese Weise der Wein sehr viel intensiver wahrgenommen wurde. Ihr Vater philosophierte noch über die Bedeutung eines langen Abgangs, als er bereits die nächste Flasche und frische Gläser für die Verkostung vorbereitete.

Die Zunge kann nur zwischen den vier Grundgeschmacksrichtungen süß (an der Spitze), salzig (erstes Drittel), sauer (an den Seiten) und bitter (am Zungengrund) unterscheiden. Hinzu kommt nach neueren Untersuchungen eine fünfte Grundrichtung: umami. Offenbar hat die Zunge auch Antennen für Aminosäuren, die mit Fleisch und Käse assoziiert werden.

Während Thilo Thoelgen aufstand und sich für einen kurzen Augenblick entschuldigte, erklärte Praunsberg, dass der neue Wein von seinem Schwager Jean-Yves Peyraque sei. Nach dem Gevrey-Chambertin würde er es natürlich schwer haben, fairerweise hätte er ihn zum Auftakt kredenzen sollen, gab er zu. Aber der Bruder seiner französischen Frau Béatrice, übrigens auch ein Mitglied ihrer Weinbruderschaft, erklärte er den beiden Gästen, sei nicht nur ein exzellenter Weinhändler, sondern produziere zudem auf seinem kleinen Landgut in der Provence einen vorzüglichen Syrah. Nur wenige Flaschen und exklusiv für seine Familie und die engsten Freunde. Eigentlich ein einfacher Wein, aber mit all den Charakteristika eines Syrah …

Valerie fiel auf, dass Hipp diesem Wein etwas mehr Aufmerksamkeit schenkte. Nach kurzem Schnuppern sparte er sich das kollektive Rumgeschwenke und Fachsimpeln, lehnte sich stattdessen zurück und trank den Wein entspannt aus. Also doch kein Pilstrinker? Oder ein Ignorant, der den vergleichsweise einfachen Wein ihres Onkels den großen Gewächsen vorzog.

Im Unterschied zu den Weinen aus dem Médoc, bei denen die Rebsorte Cabernet Sauvignon den Ton angibt, ist bei einem Saint-Émilion oder Pomerol der Merlot prägend (auch Cabernet Franc).

Nach der Provence machte ihr Vater einen Ausflug ins Rhône-Tal, genauer gesagt zu einem Châteauneuf-du-Pape. Mit dem nächsten Wein ging es endlich ins Bordelais, der bevorzugten Weinregion von Ferdinand Praunsberg. Zuerst nach Saint-Émilion, dann würde Pomerol an die Reihe kommen und schließlich das Haut-Médoc mit dem bereits dekantierten Pauillac.

Valerie sah, wie Thilo Thoelgen zurückkam, sie überlegte noch kurz, wo er wohl so lange gewesen war, dann blickte sie wieder hinüber zu Hipp. Valerie bedauerte, dass sie so weit von ihm entfernt saß, so hatte sie keine Chance, mit ihm ins Gespräch zu kommen. Überhaupt schien dieser Mann nicht besonders redselig zu sein – ganz im Unterschied zu allen anderen, die mit jeder weiteren Flasche immer ausgelassener

wurden, mit großer Begeisterung die Weine diskutierten und wortreich die Vorträge ihres Gastgebers kommentierten.
Gegen elf Uhr meldete sich Hipp zu Wort, um sich bei Praunsberg zu entschuldigen, er habe leider noch eine Verabredung und müsse bald aufbrechen. Aber der Blindverkostung würde er doch noch beiwohnen wollen, erwiderte Praunsberg. Diesen krönenden Abschluss dürfe er sich keinesfalls entgehen lassen. Nach kurzem Zögern nickte Hipp zustimmend.
Feierlich stellte Praunsberg die Gläser bereit und vollzog mit besonderer Inbrunst das bekannte Zeremoniell. Dabei achtete er sorgfältig darauf, dass die Flasche immer verhüllt blieb. Schließlich kam der ersehnte Augenblick. Die granatrote Farbe des Weines wurde begutachtet, die Aromen identifiziert, schließlich probiert. Praunsberg genoss es sichtlich, die Spekulationen der Chevaliers zu hören. Dass es sich auch um einen ausgereiften Wein aus dem Bordelais handeln müsse, da waren sich die Experten sofort einig. Wegen des charakteristischen Aromas von schwarzen Johannisbeeren wohl um einen Cabernet Sauvignon. Auffällig auch die Tabaknoten, die Anklänge von Zedernholz und das seidige Gefühl auf der Zunge. Viel weiter kamen sie allerdings nicht. Prof. Losotzky, Dr. Quester und Allouard warfen die Namen einiger berühmter Châteaux in den Raum, lagen aber zur Freude von Praunsberg daneben. Einzig Hipp beteiligte sich nicht an der Diskussion. Valerie sah, wie er aufstand. Er sagte, dass ihm dieser Wein sehr gut schmecke, ein großes Kompliment an den Gastgeber und herzlichen Dank für diesen gelungenen und überaus generösen Abend. Aber er müsse jetzt wirklich gehen, es tue ihm ausgesprochen Leid …
»Noch eine Minute!«, hielt Praunsberg ihn auf. »Wollen Sie denn gar nicht wissen, was Sie eben probiert haben? Und überhaupt, Sie haben sich zu den Weinen den ganzen Abend kaum geäußert. Ich bin Ihnen da nicht böse, wirklich nicht. Aber jetzt sagen Sie mir doch wenigstens, welche Weine Ih-

Unterschieden wird zwischen Primäraromen (die unmittelbar aus der Traube resultieren), Sekundäraromen (als Ergebnis der Gärung) und Tertiäraromen, die sich erst mit zunehmendem Alter und der Reife des Weines entwickeln.

nen am besten geschmeckt haben und warum. Dann verrate ich Ihnen, was sich hinter der Blindverkostung verbirgt, und Sie dürfen gehen. Einverstanden?«

»Nein, herzlichen Dank, bringen Sie mich nicht in Verlegenheit«, wehrte Hipp ab. »Noch einmal tausend Dank, auch für Ihre ebenso unterhaltsamen wie informativen Erläuterungen, die Ihrem Rang als Chevalier alle Ehre machen, aber jetzt entschuldigen Sie mich bitte.«

»Kommt nicht in Frage, ich bestehe darauf«, insistierte Praunsberg, was Valerie nicht weiter wunderte. So kannte sie ihren Vater. Hipp würde nicht ungeschoren davonkommen. Sie war neugierig, wie er sich aus der Affäre ziehen würde.

Hipp schüttelte den Kopf, sah dann fragend zu Talhammer, der ihn schließlich mitgebracht hatte. Aus unerfindlichen Gründen grinste dieser.

»Also, wenn Sie so nachdrücklich darauf bestehen, kann ich wohl nicht anders«, sagte Hipp, während er bereits die Jacke anzog. »Am besten geschmeckt hat mir der Wein Ihres Schwagers aus der Provence, ein zugegeben einfacher, aber sehr ausgewogener Tropfen. Meiner bescheidenen Meinung nach übrigens kein sortenreiner Syrah, sondern eine überaus gelungene Assemblage mit Mourvèdre, erkenntlich am dezenten Brombeeraroma, und etwa zwölf Monate in Barrique ausgebaut, deshalb diese schönen Vanilletöne. Den Gevrey-Chambertin ...« Hipp machte ein kurze Pause. Valerie hatte ihren Vater noch nie so verdutzt dreinblicken sehen. »... habe ich auch als sehr angenehm empfunden, ein wunderbarer Grand Cru. Sie verzeihen mir, wenn ich sage, dass ich ihm noch ein oder zwei Jahre Pause zugebilligt hätte, vielleicht hätten sich die leichten Gewürznoten noch feiner entwickelt, aber das kann man ja vorher nie so genau wissen.«

Valerie hing fasziniert an Hipps Lippen. Sie hatte es geahnt. Schon beim Eintreten war ihr aufgefallen, dass dies ein ungewöhnlicher Mann war, voller Geheimnisse und besonderer

Fähigkeiten. Dass sich diese Einschätzung so schnell bestätigen würde, hatte sie freilich nicht erwartet.

Hipp deutete auf den Tisch: »Der Châteauneuf-du-Pape, wirklich ausgezeichnet, mit Château Rayas haben Sie eine glänzende Wahl getroffen, meiner Meinung nach wirklich eines der besten Güter der Appellation und vorbildlich in der verpflichtenden Leidenschaft für die Rebsorte Grenache. Die nächsten Weine darf ich überspringen, ich muss gehen. Nochmals herzlichen Dank. Ach so, ja, die Blindverkostung. Ich muss wirklich sagen, Sie haben sich hier von Ihrer großzügigsten Seite gezeigt. Ich denke, es handelt sich um einen Cabernet Sauvignon, mit Anteilen von Merlot und Cabernet Franc. Vermutlich ein Premier Cru Classé de Graves, ein Haut-Brion. Ich könnte mir vorstellen, dass er aus dem herausragenden Jahrgang 1961 stammt. So, und jetzt entschuldigen Sie mich bitte. Ich darf Ihnen in den nächsten Tagen eine Bouteille als Zeichen meiner Dankbarkeit zukommen lassen. Meine Herren, Fräulein Praunsberg, ich habe die Ehre, auf Wiedersehen.«

Rückwärts gehend hatte Hipp die Tür erreicht, er winkte noch kurz und verschwand. Valerie, die im Hinausgehen einen Blick von ihm aufgeschnappt hatte, sprang auf und eilte Hipp nach. Irgendjemand musste ihn doch aus dem Haus begleiten. Und außerdem wollte sie sich persönlich von ihm verabschieden.

Nachdem hinter ihr die Tür zugefallen war, herrschte im Raum zunächst große Stille. Langsam nahm Praunsberg die Flasche von der Blindverkostung, zog bedächtig die Stoffserviette ab und hob sie so in die Höhe, dass sie jeder sehen konnte.

»Es stimmt, ein Haut-Brion, auch der Jahrgang 1961, einfach unglaublich.«

Praunsberg stellte die Flasche wieder ab und wendete sich an seinen Freund Karl, der Hipp mitgebracht hatte. »Ich denke, du bist uns eine Erklärung schuldig!«

Lange vor den anderen großen Weinen des Bordeaux war der HAUT-BRION aus GRAVES als »Ho Bryan« schon im 17. Jh. in London bekannt. Bei der berühmten Klassifikation von 1855 wurde der HAUT-BRION – neben LAFITE, LATOUR und MARGAUX – in den Adelsstand eines Premier Cru Classé erhoben. Zu den früheren Besitzern des Weingutes zählte Talleyrand.

Karl Talhammer hob grinsend und in gespielter Verzweiflung die Hände in die Höhe. »Weil du mich nie ausreden lässt. Du bist selbst schuld. Ich wollte dir doch zu Beginn unbedingt erzählen, dass Hipp Hermanus ein Spezialgebiet hat. Aber du wolltest nichts davon wissen ...«

»Du hast gesagt, er ist Psychologe, war bei der Polizei und arbeitet jetzt als privater Ermittler.«

»Siehst du, du unterbrichst mich schon wieder«, entgegnete Talhammer. »Er arbeitet als privater Ermittler, das ist richtig, aber fast ausschließlich auf seinem Spezialgebiet, und das sind nun mal die Weine.«

»Was gibt es da zu ermitteln? Etwa die Rebsorte und den Jahrgang?«, fragte Schmid.

»Nein, rund um den Wein, vor allem bei den teuren Flaschen und den so genannten Raritäten gibt es viel Betrügereien«, erklärte Karl Talhammer. »Erst heute haben wir mit Hilfe von Hipp Hermanus einen geschickt angelegten Versicherungsbetrug eines Privatsammlers aufgedeckt, der uns über eine Million Euro gekostet hätte. Vorige Woche sind bei einer Auktion in London einige Flaschen Château d'Yquem aus dem 19. Jahrhundert unter den Hammer gekommen. Hipp ist sich sicher, dass sie aus einem schon länger zurückliegenden Einbruch in England stammen und dass die Dokumente über ihre Herkunft manipuliert sind. Und dann gibt es noch all diese Fälschungen, sündteure Flaschen, in denen alles Mögliche ist, aber nur nicht der Wein, der auf den Etiketten steht.«

»So etwas gibt es?« Schmid schaute entsetzt.

»Ja, leider«, erklärte Praunsberg, »diese Raritäten werden gehandelt, versteigert, unter der Hand verkauft ...«

»... und versichert«, fuhr Talhammer fort. »Wenn da jemand ermitteln soll, dann muss er sich bei Weinen extrem gut auskennen. Hipp ist aus sehr privaten Gründen aus dem Polizeidienst ausgeschieden, hat sich schon immer intensiv mit

Wein beschäftigt und besitzt sogar einen Abschluss an der berühmtesten Sommelier-Schule in Bordeaux. Mit dieser Kombination, erstens Psychologe, zweitens ehemaliger Sonderermittler bei der Polizei und drittens Weinexperte, ist er für uns unersetzbar. Auch wenn er als Mensch nicht immer ganz einfach ist und so seine Eigenarten hat …« Karl Talhammer zuckte mit den Schultern. »Doch das ist eine andere Geschichte. Jedenfalls dachte ich, es ist eine gute Idee, ihn mitzubringen. Aber da es mir nicht vergönnt war, ihn vorzustellen, ist das etwas anders gelaufen als geplant. Und hättest du ihn vor wenigen Minuten nicht so impertinent bedrängt, wäre er ebenso sang- und klanglos gegangen, wie er gekommen ist. Er ist der Allerletzte, der sich produziert, er spielt normalerweise immer den Unwissenden.«

»Sozusagen eine verdeckte Ermittlung«, warf der Schönheitschirurg grinsend ein.

»Und die Blindverkostung hat er auch identifiziert. Ist mir immer noch ein Rätsel, wie das geht. Sogar den Jahrgang, einfach unglaublich«, räsonierte Schmid.

»Da staune ich auch«, gab Praunsberg zu. »Das haben heute selbst unsere Chevaliers nicht zustande gebracht.«

Prof. Losotzky sah verlegen zu Dr. Quester. Pierre Allouard schüttelte den Kopf.

»Wo bleiben die obligatorischen Zigarren?«, versuchte er vom Thema abzulenken.

»Die Cohibas warten im Humidor auf ihren Einsatz«, antwortete Praunsberg und deutete auf das Kästchen aus poliertem Walnussholz. »Bedient euch!«

»Cohiba!«, freute sich Dieter Schmid aus Düsseldorf »Das ist mal ein wirklich kultivierter Herrenabend.«

»Apropos …« Praunsberg blickte zur Tür. »Wo bleibt eigentlich mein Töchterchen?«

»Du warst so mit deiner Weinpräsentation beschäftigt, dass dir wohl entgangen ist, warum Valerie bei uns geblieben ist

und wie oft sie deinem Überraschungsgast verstohlene Blicke zugeworfen hat«, half ihm Pierre Allouard auf die Sprünge.
»Du meinst, Valerie hat sich in diesen Typen verguckt?« Praunsberg schüttelte irritiert den Kopf. »Das fehlte noch. Jedenfalls bitte ich Karl nie mehr, jemanden mitzubringen. Sag mal, ist dieser Hipp vielleicht zu allem Überfluss ein Single.«
»Ja, ist er, soviel ich weiß«, bestätigte Karl Talhammer.
»Mach dir keine Sorgen«, versuchte der Schönheitschirurg Praunsberg zu beruhigen. »Um im Bild zu bleiben: Ich würde sagen, dieser Hipp hat für Valerie den falschen Jahrgang und zu viel Tannine.«
Praunsberg warf erneut einen Blick zur Tür. »Aber ich finde, meine Tochter hat einen gefährlich langen Abgang!«
»Fast so wie dieser Haut-Brion, Jahrgang 1961!«, sagte Pierre Allouard kichernd.

3

Mit dem Rücken gegen die Hauswand gelehnt, saß er schwer atmend auf dem Terrassenboden. Jean-Yves wischte sich mit einem Handtuch übers Gesicht. Er warf einen dankbaren Blick hinauf zum azurblauen Himmel. Mit den Augen folgte er den kleinen weißen Wolken, die von Avignon und aus dem Rhône-Tal kommend über die schroffen Alpilles hinwegsegelten gen Süden, über die Plaine de la Crau hinaus aufs Mittelmeer. Vor ihm seine liebevoll gepflegten Rebstöcke und die alten knorrigen Olivenbäume, die schon sein Großvater beschnitten hatte. Links die ockerfarbene Mauer mit dem Lavendel davor. Mon Dieu, war das schön. Wie ein Aquarell von Paul Cézanne. Dass er das noch einmal sehen durfte! Seine geliebte Provence. Das Glücksgefühl wurde von einem heftigen Hustenanfall unterbrochen. Erneut fuhr er sich mit dem Handtuch über das Gesicht. Immer wieder lief ihm aus den Haaren roter, süßlich riechender Most in die Augen. Jean-Yves versuchte tief einzuatmen. Was ihm gar nicht so leicht fiel, seine Lungen mussten sich offenbar erst wieder an den Sauerstoff gewöhnen.

»Geht es jetzt besser?«

Jean-Yves zuckte bei dieser Frage zusammen und sah nach rechts hinüber, wo Sergej im Korbstuhl saß, in einem blütenweißen Anzug, mit gefalteten Händen. Hinter ihm stand Boris, sein breitschultriger Leibwächter, der Sergej selten von der Seite wich. Dieser Boris war es wohl, der ihn an den Beinen gepackt, hochgehoben und hilflos im Gärbottich hatte baumeln lassen. Stark genug war er. Gott sei Dank auch kräftig genug, ihn aus dem gärenden Most wieder herauszuziehen und an die frische Luft zu bringen. Denn dass sich Sergej nicht die Finger schmutzig gemacht hatte, sah man an seinem unbefleckten Anzug.

»Nun sag schon, bist du wieder bei Sinnen?« Sergej sprach sehr langsam, mit einem schweren russischen Akzent. Vor einigen Jahren war er in Frankreich aufgetaucht. Er besaß ein luxuriöses Anwesen an der Côte d'Azur, oberhalb von Cannes. Außerdem hatte er eine Wohnung in Paris am Jardin du Luxembourg. Womit Sergej in Russland reich geworden war, wusste kein Mensch. Jedenfalls warf er mit dem Geld nur so um sich, und er war vernarrt in die Statussymbole der kapitalistischen Gesellschaft. Sergej, mit dem Nachnamen hieß er Protomkin, liebte nicht nur schwarze Mercedes-Limousinen mit getönten Scheiben, rote Ferraris, goldene Rolex-Uhren und schnelle Motoryachten, er war auch seit kurzem ganz scharf auf französische Weine der Spitzenklasse. Eine Leidenschaft, gegen die Jean-Yves nichts einzuwenden hatte, war er doch auf diese Weise zu einem neuen, sehr zahlungskräftigen Kunden gekommen. Dass Sergej vom Wein nicht sehr viel verstand, machte nichts. Sergej hatte ein einfaches Prinzip: je teurer, desto besser. Auch die Weine waren für ihn in erster

Der LAFITE-ROTHSCHILD gehört dem französischen Zweig der Familie, MOUTON-ROTHSCHILD der englischen Linie.

Linie eine Prestigeangelegenheit. Deshalb konnte man ihn nur mit den großen Châteaux glücklich machen, mit einem Château Latour, Margaux, Pétrus oder d'Yquem. Einen Château Lafite und Château Mouton schätzte er schon deshalb ganz besonders, weil sie im Namen den Zusatz Rothschild trugen.

Außerhalb des Bordeaux ließ Sergej nicht mehr viel gelten. Aus Burgund mochte er eigentlich nur Weine der Domaine de la Romanée-Conti. »Jean-Yves«, pflegte er zu sagen, »ein Romanée-Conti ist schon deshalb köstlich, weil für Normalsterbliche so unerreichbar wie ein Diadem aus der Eremitage in St. Petersburg!«

»Nun, Jean-Yves, hat es dir die Rede verschlagen? Du musst mir dankbar sein, Boris hat dir das Leben gerettet!«

Sauvé la vie? Jean-Yves spürte, wie seine Beine noch immer zitterten. Au contraire, fast hätte ihm Boris das Leben gekostet!

»Mir das Leben gerettet? Sergej, mon ami, c'est une mauvaise plaisanterie, das ist ein schlechter Scherz, ich kann darüber nicht lachen!«, erwiderte Jean-Yves.

»Ein schlechter Scherz?«, griff Sergej die Formulierung auf. »Das habe ich auch gedacht!«

Jean-Yves verstand nicht, was Sergej damit andeuten wollte. Obwohl? Jetzt kam ihm ein Gedanke, sein Kopf war noch etwas benebelt und funktionierte, wie es schien, mit einer gewissen Verzögerung. Hatte Boris, bevor er ihn in die Maische hatte fallen lassen, nicht einen Pétrus erwähnt? Eine Magnum-Flasche? Nun erinnerte er sich wieder an alles. Ja, er ahnte, warum ihm Sergej einen Besuch abstattete. Sollte er diesen neureichen Russen und seine Freunde unterschätzt haben?

»Was hast du gedacht?«, fragte Jean-Yves vorsichtig.

Sergej zündete sich bedächtig ein Zigarillo an. »Dass du dir mit dem Château Pétrus in der Magnum-Flasche aus dem

Jahrgang 1947 einen Scherz gemacht hast, das habe ich gedacht. Einen schlechten Scherz, mein lieber Jean-Yves, einen tödlich schlechten Scherz!«

»Warum? Was war mit dem Wein? Ich war glücklich, dass ich ihn dir liefern konnte. Das war nicht leicht, der 47er Pétrus ist eine echte Rarität, une véritable rareté, vor allem in der Magnum-Flasche. Aber du wolltest ja genau diesen Wein.«

Der berühmte PÉTRUS aus POMEROL (Bordelais) ist ein fast sortenreiner MERLOT – und leider kaum bezahlbar. Letzteres gilt erst recht für große Jahrgänge wie 1947.

»Natürlich wollte ich ihn«, sagte Sergej und blies auf die Glut seines Zigarillos. »Ich glaube, ich muss dir erklären, wie internationale Geschäfte ablaufen. Ich habe wichtige Partner in Japan, genauer gesagt in Osaka. Sehr wohlhabende und sehr verwöhnte Menschen. Du verstehst?«

Jean-Yves nickte, obwohl er nicht so recht verstand, was Sergej eigentlich sagen wollte.

»Nun«, fuhr Sergej fort, »diese Geschäftspartner aus Osaka wollten mit mir einen Abschluss machen. Sie sind extra deshalb von Japan zu mir nach Frankreich gekommen. Weißt du, wo Japan ist, Jean-Yves? Japan ist weit weg, sehr weit weg, auf der anderen Seite der Weltkugel. Meine Partner haben die lange Reise gemacht, um einen Vertrag zu unterschreiben. Und ich habe ihnen versprochen, dass wir diesen Vertrag mit einem Château Pétrus 1947 Magnum besiegeln werden. Denn diesen Wein und Jahrgang wollte mein Freund Asahira Tomamotu schon immer trinken. Asahira hat wie viele Japaner ein Faible für französische Spitzenweine …«

Und genauso wenig Ahnung davon wie ihr neureichen Russen, fügte Jean-Yves in Gedanken dazu.

»Ich habe dich gefragt, ob du mir diesen Wein besorgen kannst, erinnerst du dich?«, sagte Sergej.

»Bien sûr«, bestätigte Jean-Yves. »Du hast mich nicht nur gefragt, sondern bedrängt, angefleht, mindestens zweimal hast du jeden Tag angerufen. Und weil du ein guter Freund bist, un vrai ami, habe ich alles versucht und schließlich den Wein in Amsterdam auf einer Auktion ersteigert. Die Flasche hat mich achtzehntausend Euro gekostet, ich habe nur zehn Prozent Provision verlangt und gerade noch rechtzeitig geliefert.«

»Besser, du hättest ihn nicht geliefert«, erwiderte Sergej.

»Warum? Was war mit ihm nicht in Ordnung? Hatte er einen Korkfehler? War er oxidiert? So etwas kann passieren, gerade bei so alten Tropfen, das weißt du doch.«

Sergej schüttelte den Kopf. Mein japanischer Geschäftspartner hatte zur Weinprobe einen Freund dabei, einen Amerikaner, der zufällig gerade für einige Tage in Frankreich war.«

»Un Américain? Was hat er mit unserem Wein zu tun?« Jean-Yves guckte verständnislos, in Wahrheit aber schwante ihm Schlimmes.

»Nicht irgendeinen Amerikaner hatte er dabei, sondern …« Sergej machte eine kurze, dramatische Pause. Jean-Yves gelang es offenbar nicht ganz, sein Erschrecken zu verbergen.

Der Amerikaner Robert Parker, ein ehemaliger Anwalt, ist der einflussreichste Weinkritiker der Welt und Herausgeber des *Wine Advocate*.

»Nein, Robert Parker persönlich war es nicht«, beruhigte ihn Sergej grinsend, »aber ein jüngerer Kollege des berühmten Weingurus, mit einer fast genauso guten Nase.«

»Un connaisseur de vin, c'etait parfait, n'est-ce pas«, sagte Jean-Yves scheinheilig, doch er merkte, dass seine Stimme sehr dünn klang.

»Von wegen ›parfait‹, mein Lieber. Wir haben die Flasche feierlich entkorkt, wir waren alle sehr aufgeregt. Dieser George aus Boston natürlich weniger, für den war das nicht so besonders, aber auch er war sehr auf den 47er Pétrus gespannt.«

»Und?«

»Nun, mir hat der Wein ehrlich gesagt nicht schlecht geschmeckt, auch Asahira und seine Freunde waren ganz entzückt.«

Jean-Yves ahnte, dass die Geschichte noch nicht zu Ende war.

»Auch dieser George hat den Wein gelobt. Er habe viel Frucht und erstaunlich intensive Aromen – für einen eher

minderwertigen Pomerol, der allenfalls zwanzig Jahre alt und nie und nimmer ein Grand Vin von Pétrus sei. Geschweige denn ein 47er, der sich aufgrund des heißen Sommers durch geradezu überwältigende Aromen auszeichnen würde.«
Jean-Yves schluckte. Wie konnte er wissen, dass diese Banausen, Sergej und seine japanischen Freunde, die sich vielleicht bei Sake auskannten, einen veritablen Weinkritiker hinzuziehen würden? Dem war der Unterschied natürlich aufgefallen. Obwohl diese Bemerkung mit dem minderwertigen Pomerol eine Frechheit war, er hatte einen auch nicht gerade billigen Wein aus einer unmittelbaren Nachbarlage von Pétrus genommen. Mit den zwanzig Jahren lag der Amerikaner dagegen ziemlich richtig.
Jean-Yves faltete die Hände und sah Sergej unschuldig an. »Ist das wahr? Mon ami, das tut mir Leid, c'est incroyable! Ein falscher Wein in der Flasche? Incroyable! Quelle horreur! Und das zu diesem Preis. Diese Weinauktionen sind ein Skandal. Dabei hat die Flasche unversehrt ausgesehen, das Etikett, die Kapsel, auch die Farbe des Weines, der Füllstand, alles exzellent. Und dann diese Enttäuschung, incroyable.«
Sergej sah Jean-Yves intensiv an. »Du willst mir doch nicht allen Ernstes weismachen, dass du den Wein in Amsterdam gekauft hast und nichts von dem Schwindel wusstest. Zeig mir die Rechnung!«
»La facture, nun, die Rechnung, also ...«
»Du musst dir keine Mühe geben, lieber Jean-Yves. Wir haben uns in deinem Weinlager umgesehen. Du sammelst leere Flaschen von Raritäten, wo auch immer du die herhast. Du bewahrst alte Originalkorken auf und hast ein Gerät zum Verkapseln von Weinflaschen. Boris und ich sind uns sicher, der Château Pétrus Jahrgang 47 stammt nicht von einer Auktion, sondern ist eine Schöpfung von dir. Gib's zu!«
Jean-Yves bekam einen weiteren Hustenanfall. Erneut wischte er sich mit dem Handtuch das Gesicht ab, diesmal aber we-

gen der Schweißperlen, die sich auf seiner Stirn gebildet hatten. Was sollte er antworten? Sergej hatte ja Recht. Wenn er das aber zugab, was würde dann mit ihm passieren? Er dachte an das unfreiwillige Bad im Gärbottich. So schnell jedenfalls konnte sein Leben ein Ende nehmen.

»Ich werte dein Schweigen als Eingeständnis«, sagte Sergej und zog an seinem Zigarillo.

Jean-Yves sah ihn ratlos an. Das zustimmende Nicken konnte er sich sparen.

»Ich gebe dir das Geld zurück«, sagte er. »Ich wollte dich nicht betrügen, wirklich nicht. Eigentlich wollte ich dir einen Gefallen tun, damit du bei deinen japanischen Geschäftspartnern einen guten Eindruck machen kannst. Der abgefüllte Wein war ganz hervorragend und alles andere als billig. Ich konnte ja nicht ahnen, dass deine Freunde einen Weinexperten mitbringen.«

»Nein, das konntest du nicht ahnen«, bestätigte Sergej. »Machst du das eigentlich oft?«, wollte er wissen.

»Was mache ich oft?«

»Wein fälschen, meine ich.«

»Nur ganz selten«, gab Jean-Yves wahrheitsgemäß zu. »Ich bin eigentlich ein durch und durch seriöser Weinhändler. Da kannst du jeden fragen. Ich habe eine ausgezeichnete Reputation. Nur ganz selten manipuliere ich Weinraritäten. Mehr zum Spaß, es ist ja so einfach. Ich will mich damit nicht bereichern, ich meine nicht wirklich, das heißt irgendwie …«

»Schade«, sagte Sergej.

»Was heißt schade?«, fragte Jean-Yves irritiert.

Sergej beugte sich nach vorne. »Ich meine, es ist schade, dass du das nur ganz selten machst. Es ist nämlich eine sehr gute Geschäftsidee.« Sergej schlug sich auf die Schenkel und lachte. »Aber es macht natürlich keinen Sinn, nur ab und zu eine Flasche zu fälschen. Da stehen Aufwand und Risiko in

keinem Verhältnis zum Ertrag. Deshalb werden wir mit tausend Flaschen Lafite-Rothschild anfangen!«
Jean-Yves langte sich an den Kopf. »Pardon, qu'est-ce que tu veux dire? Ich verstehe dich nicht, was willst du damit sagen?«
Sergej stand auf, ging langsam auf Jean-Yves zu, der immer noch auf dem Boden saß, beugte sich über ihn und bohrte seinen Zeigefinger mitten auf die Stirn des Franzosen. »Ist doch ganz einfach. Ich verzeihe dir deinen Fehler. Ab jetzt sind wir Partner. Und das sieht so aus: Du tust, was ich sage. Ab heute fälschen wir Wein. Du bist sozusagen der Künstler, der das macht. Du hast ja bewiesen, dass du das kannst. Und ich übernehme die Organisation. Geht das in deinen Kopf hinein?«
»Oui, ja, ich habe das verstanden«, bestätigte Jean-Yves. »Aber ich mache so etwas nicht, je regrette. Ich bin kein professioneller Weinfälscher, je suis un homme honnête.«
»Du bist kein ehrlicher Mann, du hast es schon einmal getan, schon einige Male. Wo ist da der Unterschied? Du hast den ersten Schritt längst gemacht. Jetzt ist es zu spät, mon ami. Die tausend Flaschen Lafite-Rothschild sind nur der Anfang, sozusagen zum Warmlaufen. Dann steigen wir groß in das Geschäft ein, wir werden die ganze Welt beliefern. Reiche Amerikaner, Russen, Chinesen, Japaner. Ich bin bereit zu investieren. Du musst nur sagen, was du brauchst. Einen teuren Farbkopierer, Scanner, Originalflaschen, Korken? Kein Problem, wir werden es für dich beschaffen.«
»Non, absolument pas, ich mache das nicht!« Jean-Yves hob protestierend die Arme.
Sergej packte ihn mit einer Hand am Hals und drückte zu. »Du hast keine Wahl, Jean-Yves. Entweder du machst mit, oder du bist ein toter Mann. So einfach ist das. Einen Sergej betrügt man nicht. Du hast Glück, dass mir deine Idee gefallen hat, sonst wärst du schon längst eine Leiche. Und du weißt

ja, wo man dich irgendwann gefunden hätte. Du machst, was ich sage, haben wir uns verstanden? Sonst wird dich Boris umbringen. Du wärst nicht der Erste, glaube mir.«
Jean-Yves starrte Sergej mit großen Augen an. Er wusste, dass er keine Wahl hatte. Er würde mitmachen müssen. Jedenfalls zunächst, bis ihm eine Lösung einfiel, wie er den Kopf aus der Schlinge ziehen konnte. Mit Sergej und Boris war nicht zu spaßen, so viel war klar. Er sah sich hilflos im Gärbottich baumeln, er spürte, wie ihm erneut die Sinne schwanden. Jean-Yves, der den Kopf kaum bewegen konnte, so fest presste ihn Sergej gegen die Hauswand, versuchte zu nicken.
»Du bist einverstanden? Sehr gut, Jean-Yves, wir sind also Partner! Harascho!«
Sergej lockerte den Griff, um ihn schließlich ganz loszulassen. Er sah entsetzt auf seinen Ärmel. »Voller roter Flecken, der Wein tropft dir aus den Haaren, Jean-Yves. Du hast meinen Lieblingsanzug ruiniert. Es wird Zeit, dass du ein Bad nimmst. Erhole dich von dem Schrecken. Ich komme morgen wieder, sagen wir um zwei Uhr, dann werden wir die Details besprechen. Au revoir, mon ami! Bis morgen.«
»À demain«, flüsterte Jean-Yves.

4

Hipp saß in Beaune in der Morgensonne vor einer kleinen Brasserie. Auf dem runden Tischchen ein frisches Croissant und eine Tasse mit Café au lait. Das waren die Augenblicke, in denen er sich wirklich gut und rundum zufrieden fühlte. Dazu bedurfte es nicht viel. Ein kleines französisches Frühstück zum Beispiel an einem bevorzugten Platz wie hier im Herzen Burgunds war für sein Wohlbefinden völlig ausreichend. Vorausgesetzt, man ließ ihn in Ruhe seinen Gedanken nachhängen. Das heißt, noch lieber war es ihm, wenn ihm das

Kunststück gelang, an nichts zu denken. Jedenfalls an nichts von Belang. Er lehnte sich entspannt zurück und beobachtete das Treiben auf der Plaçe de la Halle. Rechts waren einige Marktstände, an denen frisches Obst und Gemüse verkauft wurde, fruits et légumes. Außerdem Huîtres, Austern vom Cap Ferret bei Arcachon. Gegenüber die Markthalle, durch die er erst vor wenigen Minuten geschlendert war und in der all die Köstlichkeiten der Küche Burgunds zu finden waren. Zum Beispiel der Weichkäse Époisses oder Poulets de Bresse, die unter Feinschmeckern hochgelobten Hühner, die an den blauen Füßen zu erkennen waren und ähnlich wie der Wein eine eigene Appellation d'Origine Contrôlée trugen. Jambon persillé, der Schinken in Weißweinsülze und Petersilie. Fleisch vom weißen Charollais-Rind. An einem Stand mit Weinbergschnecken war er stehen geblieben, den berühmten Escargots de Bourgogne. Und natürlich gab es Regale voll mit Dijoner Senf, zum Beispiel von Maille oder von Edmont Fallot, jener renommierten Moutarderie, die in Beaune, nur wenige Schritte von hier, ansässig war.

Weitere Infos zu den kulinarischen Klassikern Burgunds im Anhang unter »Bon appétit«. Gekocht wird – wen wundert's – natürlich am liebsten mit Wein. So zum Beispiel ein Bœuf bourguignon oder Coq au Vin (Rezepte s. Anhang).

Hipp beobachtete eine Gruppe von Touristen, die hinüberliefen zum Hôtel-Dieu, dem mittelalterlichen Hospice de Beaune, das wegen seiner herrlichen burgundischen Architektur, den Dächern mit den bunt glasierten Ziegeln, der prunkvollen Krankenräume und dem Altarbild von Rogier van der Weyden besichtigenswert war.

Der hübsche Ort Beaune ist das Zentrum des Weinhandels der Côte d'Or und idealer Ausgangspunkt für Exkursionen in die umliegenden Weinbaugebiete.

Für ihn hatte das zum Museum umfunktionierte historische Krankenhaus von Beaune allerdings eine andere Bedeutung. Denn zum Hospiz gehörten dank einer Stiftung des Gründers Nicolas de Rolin rund sechzig Hektar Weinberge von Aloxe-Corton bis Meursault. Alljährlich am dritten Sonntag im November werden die Weine der Hospices de Beaune feierlich versteigert. Der Erlös kommt den Krankenhäusern von Beaune zugute. Schon mehrfach hatte Hipp dieser großartigen Wohltätigkeitsauktion beigewohnt, hatte die zum Teil vorzüglichen Weine der Hospices de Beaune verkostet und an der langen Festtafel gesessen. Da war es von Vorteil, dass er regelmäßig eine Kolumne für einen Wein-Newsletter schrieb. Auf diese Weise kam er in den Genuss von Einladungen zu Degustationen und zu großen Wein-Events.

Diesmal hatte sein kurzer Besuch in Beaune einen sehr viel trivialeren Grund. Im Auftrag einer deutschen Bank musste er einige Gespräche mit Weinhändlern führen, jenen Négociants-éleveurs, die in Burgund eine besondere Bedeutung haben, weil aufgrund der Napoleonischen Erbgesetze die meisten Weinberge in viele, oft winzige Parzellen mit unterschiedlichen Eigentümern unterteilt wurden. Weil diese viel zu klein für einen eigenen Wein sind, arbeiten die Weinbauern mit Négociants zusammen, die das Rebgut übernehmen und daraus unter ihrem Etikett Wein bereiten und vermarkten.

Was hatte eine deutsche Bank mit burgundischen Weinhändlern zu tun? Ein Bankkunde war in die Pleite gerauscht, im Rahmen des Insolvenzverfahrens musste die Bank versuchen zur Deckung der Darlehen möglichst alle Sachwerte zu versilbern. Viel war ohnehin nicht zu holen, einiges versprachen sich die Banker vom gewaltigen Weinkeller des Pleitiers, der sich ausschließlich auf Burgunder Weine kapriziert und für diese Leidenschaft offenbar ein Vermögen ausgegeben hatte. Hipps Vorschlag, die Flaschen aus der Konkursmasse unter dem Bankvorstand aufzuteilen und auszutrinken, war zwar auf große Zustimmung gestoßen, in der Praxis aber wohl doch nicht vertretbar. Jedenfalls musste er jetzt den Marktwert des Weinkellers ermitteln und möglichst schnell einen Verkauf zustande bringen. Er hatte eine Bestandsliste dabei und erhoffte sich von den für heute angesetzten Gesprächen raschen Fortschritt.

Mit besonders viel Herz war er nicht bei der Sache. Es war

schon jetzt klar, dass der Erlös weit hinter den Erwartungen zurückblieb. Für ihn war der Auftrag vor allem ein willkommener Anlass, nach Beaune zu fahren. Hipp nahm einen Schluck vom Café au lait und sah einer jungen Frau hinterher. Dabei fiel ihm unweigerlich Valerie ein, die Tochter des Gastgebers von vor einigen Tagen. Um ehrlich zu sein, hatte er schon vorher an sie gedacht. Nach dieser merkwürdigen Weinverkostung, aus der er sich eigentlich still und heimlich hatte davonschleichen wollen, hatte sie ihn auf die Straße begleitet und dort in ein längeres und sehr intensives Gespräch verwickelt. Ausgesprochen sympathisch war sie gewesen. Was war das für ein blödes Wort? Sympathisch? Natürlich, auch das, aber vor allem hatte er sie anziehend gefunden. Eine weniger kognitive Wahrnehmung, vielmehr emotional … Hipp grinste. Warum gestand er sich nicht einfach ein: Diese Valerie gefiel ihm saugut! So, wenigstens das war jetzt im inneren Dialog klargestellt. Infolgedessen war es nur konsequent, dass er vorgestern mit ihr ausgegangen war. Wobei Valerie die Initiative ergriffen hatte. Was ihn irgendwie irritierte, denn er war dem alten Rollenklischee folgend lieber der Jäger als die Beute.

Hipp tunkte gedankenverloren das Croissant in den Café au lait. Jedenfalls war er neugierig, was daraus noch werden würde. Dem alten Praunsberg war das sicherlich nicht recht, dass seine Tochter an einem merkwürdigen Typen wie ihm Gefallen fand. Aber wer konnte darauf Rücksicht nehmen? Da stand er sich selber näher. Und er hatte wirklich genug schlimme Durchhänger im Leben gehabt, er konnte einen Stimmungsaufheller wie Valerie gut gebrauchen. War nur zu hoffen, dass die Beziehung keine Stresskomponenten mit sich brachte. Er hatte geschworen, sich in nichts mehr hineinziehen zu lassen, keine Verantwortung mehr zu übernehmen, keine Entscheidungen zu treffen, von niemandem abhängig zu sein. Er hatte zu viel hinter sich, fast wäre er daran zerbrochen.

5

Château d'Yquem! Es gab Weinliebhaber, die träumten davon, wenigstens einmal in den unvergleichlichen Genuss der großen Jahrgänge dieses Sauternes zu kommen. Nur ein einziges Mal. Er schloss die Augen und lächelte verzückt. Gewissermaßen, um in Frieden sterben zu können. Denn ein Leben ohne diese Höhepunkte, das war wie eine unvollendete Symphonie von Beethoven, wie ein halbfertiges Gemälde von Renoir, wie eine Oper von Verdi ohne … Er gab es auf, nach angemessenen Vergleichen zu suchen. Warum auch? Ihm blieb dieses traurige Schicksal erspart. Er hatte sich am überwältigenden Honigaroma eines 1787er Yquem betört, er war vor einem 1831er ehrfurchtsvoll auf die Knie gesunken, bei einem Yquem von 1929 hatten ihn die eleganten Aromen wie auf einer Wolke aus Karamell und Aprikosen schweben lassen.
Er dankte dem Himmel für jeden dieser hehren Momente. Und er dankte seinem Schöpfer für die Gabe, diese Genüsse so außerordentlich intensiv empfinden zu können. Er wusste, dass er zu den wenigen Auserwählten zählte, die mit einem großen Wein eine fast außerirdische Beziehung eingehen konnten. Er erinnerte sich noch gut, wie er diese besondere Fähigkeit erstmals bei sich entdeckt hatte, wie bei einem Glas edelsüßen Sauternes erstmals die Geschmacksknospen in seinem Gaumen förmlich explodiert waren. Über die Nase hatte er eine vollendete Komposition an Düften wahrgenommen, in seinem Kopf waren Phantasien entstanden, die ihn in unerwartet sinnliche Welten entführten und ihm Geschichten aus vergangenen Zeiten erzählten. Auch bei anderen Weinen war ihm dieses Erlebnis später zuteil geworden, bei einem großen, stolzen Médoc zum Beispiel oder einem eleganten Burgunder von altem Adel. Aber keiner konnte es mit dem Yquem aufnehmen, keiner, nicht einmal annähernd. Nun, vielleicht war er hier ungerecht, fast schon krankhaft fixiert, das mochte sein. Aber was machte das schon? Es bereitete ihm ein göttliches Vergnügen, sich in seine Leidenschaft hineinzusteigern und sie exzessiv auszuleben.

Er dachte an den Friedhof im Mâconnais, an die Mönche von Cluny, an das Grab des Commandant. Eine unheimliche Nacht war das gewesen. Der Klang des Spatens, als er auf den Sarg traf. Ein wohliger Schauder lief ihm über den Rücken. Es hatte einige Mühe gekostet, den Sarg zu öffnen. Daran dachte er weniger gerne, fast hätte er so kurz vor dem Ziel noch aufgegeben. Auch der Blick auf die sterblichen Überreste des Commandant hätte er sich lieber erspart. Darauf war er nicht richtig vorbereitet gewesen, er hatte immer nur die Flaschen vor Augen gehabt, die er im Grab zu finden hoffte. Den Leichnam hatte er beim Schaufeln völlig aus dem Bewusstsein verdrängt.

Im fahlen Schein des Mondes war es ihm vorgekommen, als ob ihn der Tote vorwurfsvoll anschauen würde. Weniger, weil er ihn bei seiner ewigen Ruhe störte, nein, sondern weil der Tote zu ahnen schien, was er vorhatte.

Aber all die Mühen und das Grauen waren vergessen, als er im Sarg die Objekte seiner Begierde erspäht hatte. Da waren sie tatsächlich gewesen, jene Flaschen des Château d'Yquem aus dem heiligen Jahr 1784. Nicht so ordentlich arrangiert, wie er sich das vorgestellt hatte. Wahrscheinlich waren sie beim Herablassen des Sarges aus ihrer Position gerollt. Eine lag unten bei seinen Füßen, eine andere steckte in der Armbeuge. Eine Flasche aber hielt der Tote in den Händen, fest umklammert, ganz so, als ob er sie auch im Jenseits nicht hergeben wollte.

Fünf Flaschen hatte er schließlich aus dem Sarg geborgen. Die sechste, jene, die der Leichnam so fest im Griff hatte, ließ er zurück. Nicht nur, weil er davor scheute, sie ihm zu entwinden. Er hatte plötzlich auch so etwas wie Anteilnahme empfunden, Respekt vor dem letzten Willen des Verstorbenen und seiner großen Leidenschaft, die er so gut nachvollziehen konnte.

Jedenfalls lagen sie jetzt vor ihm im steingemauerten Regal seines geheimen Weinkellers. Fünf Flaschen des Château d'Yquem 1784, die vor über zwei Jahrhunderten für Thomas Jefferson abgefüllt worden waren und über den Umweg eines Friedhofs im Mâ-

connais zu ihm gelangt waren. Diese Reliquien hatten in seiner Sammlung noch gefehlt. Jetzt hatten sie ihren wahren Bestimmungsort gefunden, im Kreis ihrer Brüder und Schwestern, die er hier versammelt hatte. Hunderte von Flaschen Château d'Yquem hatte er in den letzten Monaten zusammengetragen, fast alle Jahrgänge waren vertreten. Und die wenigen, die fehlten, die würde er noch ergänzen.
Leider mangelte es ihm heute an der Zeit, dem edelsüßen Sauternes angemessen zu huldigen und eine Flasche zu öffnen. Das waren für ihn heilige Augenblicke: Wenn er bei Kerzenschein im Gewölbe seines Weinkellers saß, ganz alleine mit sich und mit seinen bernsteinfarbenen Freunden. Er brauchte niemanden, der ihn bei diesen Sinnesfreuden begleitete. Es war ihm auch kein Bedürfnis, die Erlebnisse mit jemandem zu teilen oder gar mit seiner Sammlung zu renommieren. Das alles gehörte nur ihm allein, behielt er in seinem Innersten verborgen.
Er sah auf die Uhr, er musste sich beeilen. Er war nur kurz gekommen, um sich zu verabschieden. Ein letzter Blick auf die Flaschen. Dann löschte er das Licht und zog die schwere Eichentür hinter sich ins Schloss.

6

Während Hipp spätmorgens noch im Bett lag, er war erst gestern Nachmittag aus Burgund zurückgekehrt, hörte er im Bad die Dusche. Kein Wunder, dass er sich so müde fühlte, ging ihm durch den halb wachen Kopf, daran war nicht nur die lange Autofahrt in seinem alten Citroën DS 19 schuld, dem er seit vielen Jahren die Treue hielt, nein, auch Valerie hatte ihren Beitrag zu dieser angenehm wohligen Erschöpfung beigetragen. Mit geschlossenen Augen sah er sie unter der Brause stehen, sich im warmen Strahl räkelnd, mit den nassen schwarzen Haaren über den sportlichen Schultern. Er versuchte sich ihr Gesicht vorzustellen, über das Was-

ser perlte, folgte ihrem schlanken Hals, verharrte kurz bei der kleinen goldenen Kette, um sich dann dem Anblick ihrer wunderbaren eingeseiften Brüste hinzugeben ... Wie ein Voyeur kam er sich vor, dabei ließ er doch nur ganz unschuldig seiner Phantasie freien Lauf. Er spielte mit dem Gedanken, aufzustehen und hinüber ins Bad zu gehen, um ganz real in den Genuss dieses Anblicks zu gelangen. Zu spät! Er hörte, wie die Dusche abgedreht wurde. Jetzt sah er sie nach dem weißen Badehandtuch greifen. Bei welchen Körperregionen sie wohl mit dem Abtrocknen beginnen würde? Nun gut, zuerst kamen wohl die Haare dran, aber dann?
Hipp dachte, dass er sich glücklich schätzen durfte, Valerie kennen gelernt zu haben. Wozu doch Weinproben alles gut sein konnten! Er beschloss, die nächsten Tage ganz gemütlich angehen zu lassen. Den Ausflug nach Burgund hatte er zu einem erfolgreichen Abschluss gebracht. Hipp lächelte zufrieden. Ob er Valerie wohl überreden konnte, zurück ins Bett zu kommen? Er war gerade dabei, wieder einzuschlafen, als das Telefon läutete.
»Ich geh schon ran«, hörte er Valerie rufen. Warum sollte sie?, dachte er. Schließlich war das seine Wohnung, und es gab überhaupt keinen Grund, den Telefonhörer abzuheben. Bevor er dieser Überlegung Ausdruck verleihen konnte, war Valerie schon am Apparat. Obwohl sie sich nicht mit ihrem Namen gemeldet hatte, schien sie der Anrufer erkannt zu haben. Jedenfalls sagte sie: »Ja, du hast Recht, ich bin's!«
Hipp öffnete vorsichtig ein Auge. Hübsch sah sie aus, wie sie da am Telefon stand, splitternackt, nur mit einem Handtuch um den Kopf geschlungen. Aber ihre Körperhaltung zeigte eine gewisse Verkrampfung. Hipp richtete sich auf. Ja, zweifellos, die Schultern waren hochgezogen, und auf ihrer Stirn entdeckte er eine kleine steile Falte. Wem sie da wohl am Telefon zuhörte?
»Das ist meine Sache«, sagte Valerie gerade trotzig. »Ich bin dir keine Rechenschaft schuldig.«

Gut so, dachte Hipp, nur nicht klein beigeben. Obwohl er immer noch nicht den geringsten Schimmer hatte, wer da am Telefon war.
»Aber du hast nicht wegen mir angerufen, richtig? Du willst Hipp sprechen, ich meine, Herrn Hermanus? Er ist zwar noch nicht so richtig wach und noch nackt, aber ich verbinde!«
Noch nackt? Warum sagte sie so etwas? Wollte sie jemanden provozieren?
Valerie hatte den linken Arm in die Hüfte gestemmt. Jetzt grinste sie frech und hielt ihm den Hörer entgegen. Hipp schaute fragend.
»Es ist mein Vater«, sagte Valerie.
»Dein Vater?« Hipp räusperte sich. »Weiß er, dass du, ich meine, dass wir …?«
»Jetzt weiß er's wohl«, sagte Valerie und zog eine Augenbraue nach oben.
Hipp räusperte sich erneut. Jedenfalls war er nun hellwach.
»Ja, bitte«, meldete er sich.
»Hier Praunsberg. Zu meiner großen Überraschung hatte ich gerade meine Tochter am Apparat.«
»Guten Morgen, Herr Praunsberg«, erwiderte Hipp. »Ich bin nicht minder überrascht, Sie am Telefon zu haben. Was verschafft mir die Ehre.«
Valerie hatte den Lautsprecher eingeschaltet, um mitzuhören.
»Können Sie mir erklären, was meine Tochter bei Ihnen macht?« Praunsberg klang erregt.
Hipp lächelte und antwortete mit leiser Stimme. »Wollen Sie das wirklich wissen? Ganz allgemein oder im Detail?«
»Unterstehen Sie sich, Sie könnten sich wenigstens entschuldigen.«
»Herr Praunsberg, bei allem Respekt, wofür sollte ich mich entschuldigen?«
»Ich meine, nun, ich denke …«

»Herr Praunsberg, Ihre Tochter ist vierundzwanzig Jahre alt …«

»Und sechs Monate«, präzisierte Valerie.

»Wie ich gerade höre, vierundzwanzig Jahre und sechs Monate«, fuhr Hipp fort. »Jedenfalls ziemlich volljährig. Ich denke, da gibt es keinen Grund, sich für irgendetwas zu entschuldigen. Übrigens habe ich Ihre Tochter nicht verführt …«

»Haben Sie nicht?«, reagierte Praunsberg ungläubig.

Hipp sah lächelnd zu Valerie, die sich neben ihn aufs Bett gelegt hatte und einen Kussmund machte.

»Nein, habe ich nicht, de facto bin ich umgekehrt ein Opfer der Verführungskünste Ihrer Tochter geworden.« Hipp machte eine kurze Pause. »Herr Praunsberg, gehe ich recht in der Annahme, dass Sie nicht angerufen haben, um mit mir über Ihre Tochter zu sprechen?«

»Nein, da haben Sie Recht, natürlich nicht. Ich wusste ja gar nicht, dass sie bei Ihnen ist. Eigentlich wollte ich Sie um Ihren Rat bitten.« Praunsberg hüstelte. »Mehr noch, um genau zu sein, wollte ich Sie fragen, ob Sie in einer familiären Angelegenheit einen kleinen Auftrag übernehmen könnten? Sie arbeiten doch als eine Art Privatdetektiv, das habe ich doch neulich richtig verstanden?«

»Das ist so pauschal nicht zutreffend«, korrigierte Hipp. »Ich übernehme nur sehr spezielle Fälle, die meistens mehr oder weniger direkt mit Wein zu tun haben. Sie sagten, in einer familiären Angelegenheit?«

»Ja. Jemand aus meiner Familie könnte Ihren psychologischen Rat und Ihre Erfahrung als ehemaliger Polizist gut brauchen. Ich würde Ihnen Ihren Aufwand selbstverständlich vergüten, zu Ihrem üblichen Honorar.«

Hipp zögerte, sah wieder kurz zu Valerie, die ihm zunickte, obwohl auch sie nicht wusste, worauf ihr Vater anspielte und um wen es in ihrer Familie gehen könnte.

»Wir sollten das nicht am Telefon besprechen«, erwiderte Hipp. »Ich würde sagen, ich komme bei Ihnen vorbei, Sie erzählen mir, wo das Problem liegt, und dann sage ich Ihnen ganz ehrlich, ob ich glaube, Ihnen helfen zu können. Sind Sie mit dieser Vorgehensweise einverstanden?«
»Natürlich, wann können Sie bei mir sein? Sie kennen ja die Adresse. In einer Stunde?«
Valerie gab Hipp einen Stups, schüttelte den Kopf und zeigte ihm drei Finger.
»Wäre es Ihnen in drei Stunden auch recht?«, fragte Hipp.
»Ja, also bis dann!« Und nach einigen Sekunden: »Und grüßen Sie mir meine Tochter. Sie soll das nicht so ernst nehmen, was ich vorhin in meiner Überraschung gesagt habe.«
»Richte ich aus, auf Wiederhören.«
Hipp legte den Hörer zur Seite und sah Valerie fragend an.
»Warum drei Stunden? Und was hat dir dein Vater an den Kopf geworfen?«
Valerie lächelte und hob einladend die Arme. »Ist doch egal, was er gesagt hat. Du hast ihm ja sehr ruhig, aber entschieden die Situation erklärt. Hat mir übrigens gut gefallen, wie du das gemacht hast. Und warum eine Stunde zu knapp kalkuliert war? Hast du keine Idee? Ich meine, nachdem wir nun sozusagen den Segen meines Vaters haben, da könnten wir doch …«
Hipp schmunzelte. »Das mit dem Segen scheint mir etwas überinterpretiert!«

7

Im Schatten eines großen weißen Sonnenschirms saß Sergej Protomkin auf der Terrasse seiner Villa an der Côte d'Azur. Von Super-Cannes aus hatte er einen phantastischen Ausblick, an den Zypressen vorbei, über die Dächer des tiefer gelegenen Cannes hinaus aufs glitzernde Meer. Einige große Yachten waren zu sehen, dahinter die Inseln von Lérins mit ihren Kieferwäldern und dem legendenumwobenen Fort Sainte-Marguerite. Ihm gefiel die Geschichte vom Mann mit der eisernen Maske, der einst dort gefangen gehalten wurde, angeblich ein Halbbruder des Sonnenkönigs Louis XIV. Sergej verschränkte zufrieden die Hände hinter dem Kopf. Am Nachmittag würde er sich von Boris nach Cannes hinunterfahren lassen. Was gab es Schöneres, als im offenen Bentley den Boulevard de la Croisette entlangzugleiten? Angefangen am Palais des Festivals et des Congrès, wo alljährlich die Filmfestspiele stattfanden, eigentlich ein hässlicher Betonbau, aber nicht nur für die vielen Touristen, die sich auf dem roten Teppich fotografierten, eine Kultstätte des Showbiz. Schräg gegenüber das Hotel Majestic. Unter Palmen würden sie an den noblen Geschäften vorbeifahren, die ihn schon viel Geld gekostet hatten: Fendi, YvesSaintLaurent, Dior, Louis Vuitton, Zegna, Chanel, Chopard, ach ja, und nicht zu vergessen, Cartier. Sergej schmunzelte, seine wechselnden Liebschaften gaben sich eben nur mit dem Teuersten zufrieden. Rechts der lange Strand, die Plages de la Croisette. Links die Fassaden des Noga Hilton, Carlton und Martinez. Bis zur Pointe de la Croisette mit dem Palm-Beach-Spielkasino würden sie fahren, wo er schon große Glücksmomente, aber auch tiefe Abstürze erlebt hatte. Was für einen Russen, der Dostojewskijs Spielleidenschaft sozusagen im Blut hatte, fast selbstverständlich war. Er würde am Yachtclub wenden lassen und zurückfahren zum Carlton, jenem Luxushotel, das für ihn wie kein anderes für die Belle Époque stand, für Reichtum, Schönheit und stilvolle Lebenslust. Er dachte an Grace Kelly, an Juwelen, an Hitchcock, an Cary Grant und an Rainier von Monaco. Wer wusste schon, dass die zwei Kuppeln auf dem Dach den Brüsten einer Kurtisane aus dem 19. Jahrhundert nachempfunden waren? Nach seinem Geschmack waren sie etwas zu spitz ausgefallen. Im Carlton würde er ein Glas Champagner trinken und nach schönen, natürlich blonden Mädchen Ausschau halten. Währenddessen konnte Boris seine schmutzigen Hemden im Hotel zum Waschen und Bügeln bringen. Einen Service, den er besonders schätzte. Und Marcel, einer der beflissenen Hausboten des Carlton, könnte sich in der Zwischenzeit ein Trinkgeld verdienen, indem er ihm bei Davidoff einige Zigarren besorgte. Ja, zweifellos hatte er ein Talent dafür, sich sein Leben besonders angenehm zu gestalten.

Neben *The Wine Advocate* von Robert Parker gilt der in England erscheinende *Wine Spectator* als Pflichtlektüre für Liebhaber teurer Weine. Der Weinladen L'INTENDANT in Bordeaux (s. Anhang) ist auch dann einen Besuch wert, wenn man nur zum Gucken kommt.

Sergej beugte sich vor und nahm eine der vielen Zeitschriften zur Hand, die er auf dem Terrassentisch liegen hatte. Er las sich gerade durch die letzten Ausgaben des *Wine Spectator* und von Parkers *The Wine Advocate*. Außerdem hatte er sich Preislisten von großen Weinen besorgt, unter anderem von L'Intendant in Bordeaux, aber auch Angebote von Versteigerungen zum Beispiel beim Londoner Auktionshaus Sotheby's und bei Christie's.

Er konzentrierte sich auf die französischen Gewächse, weil er von Jean-Yves ja wohl kaum verlangen konnte, einen australischen Penfolds Grange Hermitage zu fälschen oder den kalifornischen Kult-Cabernet Screaming Eagle. Nein, er interessierte sich für die Premiers Crus aus dem Bordelais, für Lafite-Rothschild, für Pétrus, Margaux, Latour, Haut-Brion. Für Spitzenburgunder wie La Tâche von Romanée-Conti. Und natürlich für Château d'Yquem, jener edelsüßen Legende aus Sauternes. Sergej schnalzte genussvoll mit der Zunge. Die Preise, die für diese Weine verlangt wurden, vor allem für ältere und ausgesuchte Jahrgänge, sie waren in der Tat zum Teil exorbitant hoch. Nun, das war für ihn keine neue Erkenntnis, immerhin hatte er ein Faible für teure Weine, aber er hatte früher nie ausgerechnet, wie profitabel Fälschungen sein konnten. Bei Klassikern, die pro Flasche locker tausend, zehntausend oder sogar im Extremfall vierzigtausend Euro kosteten, war die Gewinnspanne bei einer gekonnten Fälschung mehr als verlockend. Warum war er da nicht schon

früher draufgekommen? Bei preiswerteren Bouteillen konnte man die Stückzahl entsprechend hochfahren. Wem würde es schon auffallen, wenn in Sankt Petersburg oder Tokio plötzlich tausend Flaschen eines jüngeren Lafite-Rothschild zum Verkauf kamen? Dagegen musste man sich bei echten Raritäten natürlich mit einigen wenigen Flaschen bescheiden, um kein Misstrauen zu erregen, aber auch das lohnte sich. Mit Jean-Yves hatte er jedenfalls einen ausgewiesenen Profi an der Angel. Seine gefälschte Magnum-Flasche Pétrus wäre ohne diesen amerikanischen Weinkritiker unentdeckt geblieben. An der Kooperation von Jean-Yves gab es keinen Zweifel. Dieser Franzose war viel zu sensibel, um seinem Druck standzuhalten. Er würde vielleicht protestieren und jammern, aber er würde mitmachen, so einfach war das. Sergej hatte gute alte Freunde in Moskau, über die würde er den Vertrieb in Russland organisieren. Auch in Japan hatte er Kontakte. Wichtig war natürlich der amerikanische Markt, auch hier gab es viele Neureiche, denen man das Geld aus der Tasche ziehen konnte.
Sergejs Überlegungen wurden von Boris unterbrochen, der mit einer Flasche Wein und zwei Gläsern auftauchte. Ihm fiel ein, dass er ihn gebeten hatte, einen Sauvignon Blanc aus dem Keller zu holen, um sich auf den schönen Tag einzustimmen.
»Boris, mein Lieber, wie du weißt, erweitern wir unsere Geschäftsaktivitäten und steigen jetzt auch ins Weingeschäft ein.«
Boris nickte und stellte die Gläser und die bereits geöffnete Flasche ab.
»Deshalb werde ich etwas in deine Ausbildung investieren. Ich werde dir beibringen, wie man eine Weinflasche professionell öffnet, welche Temperatur sie haben sollte, wie man den Korken prüft und wie man den Wein dekantiert.«
»Soll ich eine Karaffe holen?«
Sergej lächelte. »Nein, Boris, natürlich nicht bei diesem San-

Die beiden an der Loire gegenüberliegenden Weinbaugebiete SANCERRE und POUILLY-FUMÉ stehen fast synonym für trockene, ausdrucksstarke Weine aus Sauvignon Blanc.

cerre. Aber du könntest in die Küche gehen und diese wunderbaren großen Bordeauxgläser gegen schlanke Weißweingläser austauschen. Und bring bitte einen Weinkühler mit.«
Als Boris mit den richtigen Gläsern zurück war, sagte er: »So, jetzt bitte nicht voll gießen, sondern nur zu einem Drittel füllen, damit sich die Aromen im Glas entfalten können. Sehr schön, Boris, gut machst du das. Und jetzt zeige ich dir, wie ein Kenner einen Wein verkostet. Auch wenn er wie ich nicht übermäßig viel davon versteht, aber es sieht jedenfalls überzeugend aus. Wir wollen doch in unserem neuen Geschäft einen guten Eindruck machen. Als Erstes nehmen wir das Glas und halten es am Stiel oder am Fuß, ja nicht am Kelch …«
Boris hatte das Glas bereits in der Hand und schwenkte den Wein wild umher.
Sergej schüttelte protestierend den Kopf. »Falsch, Boris, viel zu überhastet. Der wahre Kenner begutachtet zunächst die Farbe des Weines. Dazu musst du konzentriert die Stirn in Falten legen und das Glas nach vorne zum Beispiel gegen die weiße Tischdecke kippen. Vorsicht, du bist ein Ferkel, natürlich so, dass nichts herausläuft. Gut, Boris, ganz egal, was du jetzt siehst, du findest es auf jeden Fall sehr aufschlussreich.«
Boris nickte. »Ich erkenne immerhin, dass es ein Weißwein ist!«
»Hervorragend«, lobte Sergej. »Die Unterscheidung von Rot- und Weißwein ist übrigens bei geschlossenen Augen und gleicher Temperatur gar nicht so einfach. Aber weil wir Weinkenner sind, erkennen wir viel mehr, zum Beispiel mit viel Glück die Rebsorte und wie alt der Wein ist. Nun gut, Boris, wir erkennen nichts. Aber wir nicken kennerhaft und murmeln irgendetwas, was keiner versteht, am besten auf Russisch. Jetzt kommt die erste Nase …«
»Die erste Nase?«
»Ja, klingt schwachsinnig, ich weiß. Die erste Nase, das bedeutet, du riechst aus dem ungeschwenkten Glas. Dabei darfst

du die Augen zumachen, das sieht sehr professionell aus. So, nun lächelst du wissend, weil dir selbst bei einer Blindverkostung bereits alles klar ist. Zugegeben, mir ist oft noch nicht viel klar und dir noch gar nichts, aber das weiß ja keiner. Nun kommt die so genannte zweite Nase, jetzt darfst du das Glas schwenken. Boris, das musst du üben, das muss ganz lässig gehen, aus dem Handgelenk, der Wein darf nicht im Glas hin und her schwappen, er muss schön rotieren. Nun ziehen wir die Aromanoten durch die Nase ein. Wenn dir dazu was einfällt, dann flüsterst du es. Ich habe gelernt, es ist alles erlaubt. Auch auf Weinkenner macht es einen guten Eindruck, wenn du sagst, die Aromen erinnern dich an deine Jugend und an die Taiga bei Irkutsk zu Pfingsten. Auch kannst du das Parfüm deiner russischen Großmutter zitieren.«

»Also, ich finde, der Wein riecht nach Katzenpisse!«, rutschte es Boris heraus.

Sergej schlug mit der freien Hand auf den Tisch. »Boris, mein Lieber, du bist ein Genie!«

»Das tut mir Leid, Sergej, das war vulgär«, entschuldigte sich Boris.

»Nein, überhaupt nicht. Aus dir wird noch ein großer Weinkenner. Was trinken wir? Einen Sauvignon Blanc von der Loire! Ein weißer Sancerre ist immer ein Sauvignon Blanc, das kann man sich leicht merken. Und wonach riecht diese Rebsorte? Nach Stachelbeeren und Brennnesseln, nach Holunder und frischem Gras und – das steht sogar in der Literatur – nach Katzenpisse! Du bist talentiert, Boris, das hätte ich nicht gedacht!«

Boris freute sich über das unerwartete Lob.

»So, jetzt darfst du den Wein probieren, aber bitte nicht gleich das Glas austrinken.«

»Es ist doch sowieso fast nichts drin!«

»Wenn du Durst hast, trinke Wodka! Boris, wir sind Weinkenner. Also nimmst du nur einen kleinen Schluck. Aber behalte ihn im Mund. Und nun schneidest du einige Grimassen, das macht man so, frag mich nicht, warum.«

»Vielleicht kann man besser schmecken, wenn man ein dummes Gesicht macht?«

»Das kann sein. So, und jetzt darfst du schlürfen. Du ziehst Luft durch die Lippen und atmest durch die Nase aus. Und jetzt etwas schmatzen und kauen. Das war's, nun kannst du den Wein ausspucken oder runterschlucken.«

»Ausspucken?«

»Boris, natürlich nicht im Restaurant und auch nicht auf die Tischdecke. Aber bei einer offiziellen Weinprobe musst du ausspucken, in einen Eimer oder auf den Boden, aber nur, wenn das auch die anderen machen. Man erkennt das an den Sägespänen auf dem Boden. Und jetzt musst du irgendetwas murmeln und den Wein beurteilen, entweder auf Russisch oder möglichst unverfänglich. Da jeder gute Wein, und einen schlechten wird man uns nicht anbieten, Fruchtaromen haben muss, sei es schwarze Johannisbeere, Kirsche oder Apfel, liegt man nie falsch, wenn man sich nicht festlegt und sagt, dass die Frucht in einem ausgewogenen Verhältnis steht.«

»In einem Verhältnis zu was?«

»Ist doch egal, Boris. Was auch gut ankommt, ist, wenn man sagt, der Weine wäre etwas vegetabil, also irgendwie pflanzlich, das klingt sehr professionell.«

»Ist dieser Sancerre vegetabil?«

»Auf jeden Fall, auch steht die Frucht in einem ausgewogenen Verhältnis. Und wenn es sich um einen roten Bordeaux aus dem Médoc handelt, dann sage ich immer, dass er auf angenehme Weise adstringierend ist. Das ist auch ein schönes Fremdwort, und da hat mir noch nie jemand widersprochen.«

»Und was bedeutet das?«

»Ganz genau weiß ich es auch nicht, aber es spielt auf die Tannine an. Diese Gerbstoffe merkt man, weil sich die Zunge zusammenzieht. Nun gut, man sollte noch ein Wort zum Ab-

Die adstringierende Wirkung wird bei Rotweinen durch die Tannine hervorgerufen. Diese Gerbstoffe befinden sich in den Schalen, in den Kernen und Stielen. Sie sind rebsortenabhängig beispielsweise bei einem jungen CABERNET SAUVIGNON wesentlich stärker ausgeprägt als bei einem PINOT NOIR. Die Tannine sind entscheidend für die Alterungsfähigkeit eines Rotweines.

gang sagen. Ein für diese Lage akzeptabler Abgang ist nie falsch, diese Auffassung kann man immer vertreten. Und dann noch eine Bemerkung zum Gesamteindruck. Da muss man vorsichtig formulieren. Man kann mutig sein und sagen: Von der Nase habe ich mir mehr versprochen, am Gaumen bleibt er etwas hinter den Erwartungen zurück. Oder man macht einen Scherz. Also zum Beispiel: Wäre dieser Wein eine Frau, dann hätte ich gerne noch mehr Leidenschaft und den Körper etwas üppiger!«

Abgang: Der Nachklang des Weingeschmacks (frz. caudalie) nach dem Schlucken (oder Ausspucken) ist ein wichtiges Qualitätskriterium – je länger, desto besser.

Boris nickte und betrachtete sein Glas. »Ich verstehe. Dieser Wein kommt mir vor wie ein kleines ungewaschenes Mädchen, das nach Katzenpisse riecht. Ich würde lieber die Mutter ficken.«

»Boris, du bist ordinär. Sag besser, du würdest lieber die Mutter kennen lernen. Aber das war für den Anfang nicht schlecht. So, Boris, jetzt habe ich noch einen Auftrag für dich.«

Boris schaute Sergej fragend an.

»Du stattest morgen erneut unserem Freund Jean-Yves einen Besuch ab. Ich möchte, dass er unsere Geschäftspartnerschaft ernst nimmt und auf keine dummen Gedanken kommt. Schüchter ihn noch etwas ein, mach ihm Angst. Dieser kleine Franzose soll denken, dass er bei mangelnder Kooperation ein toter Mann ist. Und dass wir erstklassige Arbeit erwarten. Mit schönen Grüßen von mir. Sozusagen mit Liebesgrüßen aus Moskau!«

8

Herzlichen Dank für den Château de Valandraud, aber das ist wirklich übertrieben«, sagte Dr. Ferdinand Praunsberg und deutete auf die Flasche, die Hipp mitgebracht hatte. Er wusste sehr wohl, dass dieser Grand Cru zu den jungen Wunderweinen aus Saint-Émilion gezählt wurde, er war so etwas wie ein moderner Klassiker für Kenner.

Erst seit 1991 gibt es den viel gerühmten Château de Valandraud aus Saint-Émilion. Er besteht zu ca. $\frac{2}{3}$ aus Merlot und $\frac{1}{3}$ aus Cabernet Franc. Empfehlenswert auch der preiswertere Zweitwein Virginie de Valandraud.

»Nein, überhaupt nicht«, wehrte Hipp ab. »Ich habe Ihnen ja versprochen, dass ich mich für Ihre Einladung zur Degustation mit einer Flasche bedanken werde. Und da ich mittlerweile Ihre Vorliebe für Bordeaux kenne, dachte ich, dass Ihnen der Valandraud gefallen könnte. Ich habe den 93er übrigens zu einem Zeitpunkt gekauft, wo er noch bezahlbar war.«

»So vorausschauend wäre ich auch gerne gewesen. Nun gut, akzeptiert, vielleicht haben wir ja mal Gelegenheit, die Flasche gemeinsam zu öffnen ...«

»Danke, doch ich finde, man kann diesen sinnlichen Tropfen ganz hervorragend alleine genießen. Aber lassen Sie uns zum Thema kommen. Sie haben angedeutet, dass jemand aus Ihrer Familie ein Problem hätte, bei dem ich eventuell helfen könnte?«

Praunsberg räusperte sich. Sie saßen im Wohnzimmer seiner Villa. Valerie, die zusammen mit Hipp eingetroffen war, lümmelte wie ein kleines Mädchen auf der Couch. Schließlich war sie in diesem Haus groß geworden. Außerdem war noch Béatrice Praunsberg anwesend, Valeries Mutter, die Hipp erst vor wenigen Minuten kennen gelernt hatte. Die gebürtige Französin war ihm auf den ersten Blick sympathisch, was nicht nur daran lag, dass er bei ihr einige liebenswerte Merkmale von Valerie wiederentdeckte. Er spürte, dass diese spontane Anziehung auf Gegenseitigkeit beruhte. Aber er merkte auch, dass sie unter einer erheblichen Anspannung stand, was sehr wahrscheinlich mit dem Problem zusammenhing, von dem sie ihm berichten wollten.

Praunsberg war ebenfalls eine gewisse Verkrampfung anzumerken. Wobei Hipp vermutete, dass diese auch etwas damit zu tun hatte, dass seine Tochter bei ihm genächtigt hatte, obwohl der Vater den kurzen telefonischen Disput mit keinem Wort erwähnte. Wahrscheinlich war ihm mittlerweile klar geworden, dass er sich damit nur lächerlich machen würde.

Praunsberg räusperte sich erneut. »Ja, in der Tat, wir haben ein kleines Problem beziehungsweise Jean-Yves …«
Praunsberg zögerte, offensichtlich fiel es ihm schwer, einen Fremden ins Vertrauen zu ziehen. Hipp gab ihm eine kleine Hilfe, indem er den Satz weiterführte: »… Jean-Yves Peyraque, der Bruder Ihrer Gattin, der nicht nur ein exzellenter Weinhändler ist, sondern zudem auf seinem kleinen Landgut in der Provence einen köstlichen Syrah produziert, einen Syrah mit Anteilen von Mourvèdre. Richtig?«
»Sie können sich noch an seinen Namen erinnern?«, staunte Praunsberg.
»Natürlich, Sie erwähnten ihn auf der Weinprobe.«
»Aber nur einmal, erstaunlich, ja, also unser lieber Jean-Yves steckt offensichtlich in Schwierigkeiten.« Praunsberg deutete auf seine Frau. »Vielleicht kannst du, liebe Béatrice, unserem Gast von seinen Anrufen berichten.«
Béatrice nickte. »Mein Bruder meldet sich oft wochenlang nicht, aber momentan ruft er jeden Tag mindestens einmal an. Ich habe ihm angemerkt, dass etwas nicht stimmt, er klang irgendwie verstört. Ich habe ihn gefragt, ob er ein Problem hat. Er hat erst geleugnet, dann zehn Minuten später wieder angerufen und erzählt, dass er erpresst wird. Mehr wollte er nicht sagen, aber ich solle mir keine Sorgen machen. Wir haben dann abends noch einmal telefoniert. Er hat angedeutet, dass die Erpressung etwas mit Wein zu tun habe. Und dass man ihm gedroht hat, ihn umzubringen.«
»Ihn umbringen?« Valeries Stimme überschlug sich. Von einer Sekunde auf die andere saß sie stocksteif auf der Couch. »Jean-Yves, meinen Lieblingsonkel, will jemand umbringen?«
Hipp blieb völlig entspannt. »Wissen Sie Genaueres? Und warum wendet er sich nicht an die Polizei?«
Praunsberg übernahm es zu antworten. »Nein, wir wissen leider nichts Genaueres. Ich habe gestern Abend lange mit ihm telefoniert. Er rückt nicht raus mit der Geschichte, sagt, dass

er uns nicht reinziehen wolle. Es täte ihm mittlerweile Leid, dass er es überhaupt erwähnt hätte. Ich werde nicht schlau aus seinen Andeutungen. Jedenfalls steht er zweifelsfrei unter starkem emotionalem Stress, und er wird offenbar zu etwas gezwungen, was er eigentlich nicht tun möchte. Und es scheint sich irgendwie um Wein zu drehen. Warum er nicht zur Polizei geht? Nun, das habe ich ihn auch gefragt. Er hat gesagt, das ginge leider nicht. Erstens würde er dann wirklich um sein Leben fürchten müssen, zweitens hätte er was Dummes gemacht, nur eine Kleinigkeit, völlig unbedeutend, eine Art Kavaliersdelikt. Aber es würde seiner Reputation sehr schaden, wenn es herauskäme. So, mehr wissen wir nicht, leider.«

»Das ist nicht viel«, stellte Hipp fest.

»Nein, ist es nicht«, entgegnete Béatrice. »Wir wollten sofort in die Provence fahren, um mit ihm zu reden. Aber mein Bruder hat das kategorisch abgelehnt.«

»Außerdem kann ich diese Woche nicht, ich habe wichtige Termine«, sagte Praunsberg. »Zum Beispiel muss ich morgen zu einer Besprechung nach Genf. Kommt hinzu, dass ich nicht wüsste, wie wir ihm helfen könnten. Erpressung und eine Morddrohung gehören nicht gerade zu den Gebieten, auf denen wir uns besonders gut auskennen.«

»Sie erwähnten am Telefon einen Auftrag, den Sie mir erteilen wollen«, sagte Hipp. »Nehmen wir mal an, Sie wollen mich bitten, Ihren Jean-Yves zu besuchen und mit ihm zu reden. Wäre er denn überhaupt damit einverstanden?«

»Er ist einverstanden«, antwortete Béatrice. »Wir haben ihm gesagt, dass Sie ein Freund der Familie wären …«

»Was mittlerweile ja auch stimmt!«, konnte sich Praunsberg mit einem Blick auf seine Tochter die Zwischenbemerkung nicht verkneifen.

»Er weiß, was Sie beruflich machen, dass Sie sich mit Wein auskennen und dass Sie viel Erfahrung haben.«

»Womit habe ich viel Erfahrung?«, wollte Hipp wissen.

Praunsberg fuhr mit der Hand durch die Luft. »Nun, mit Mord und Totschlag, mit Erpressung und so weiter. Stimmt doch, oder?«
»Vor allen Dingen mit und so weiter«, bestätigte Hipp.
»Außerdem sind Sie Psychologe«, merkte Béatrice an. »Sie finden vielleicht die richtige Art, damit sich Jean-Yves Ihnen anvertraut.«
»Und dann hilfst du ihm aus der Scheiße raus!«
»Valerie!«, empörte sich Praunsberg über die Sprache seiner Tochter.
»Valerie hat Recht«, sagte Béatrice leise. »Wir wären sehr glücklich, wenn Sie ihm aus der Scheiße heraushelfen könnten.«
Hipp schlug die Beine übereinander und überlegte. »Um ehrlich zu sein, ich weiß nicht, ob ich dafür der richtige Mann bin. Mit Mord und Totschlag, wie Sie so schön formulierten, genau damit setze ich mich nämlich prinzipiell nicht mehr auseinander. Auch mit schmutzigen Erpressungen möchte ich nichts zu tun haben.«
Valerie sah erst zu ihren Eltern, dann wieder zu Hipp. »Aber du machst es trotzdem, oder?«
»Sagen wir so, ich erkläre mich bereit, Jean-Yves Peyraque in der Provence einen Besuch abzustatten und mir seine Geschichte anzuhören, falls er sie mir wirklich erzählen sollte. Keine Ahnung, ob ich ihm raten oder gar helfen kann. Vielleicht ist ja alles ganz harmlos und leicht aus der Welt zu schaffen. Aber ich kann nichts versprechen. Außerdem würde ich mir gerne ...«
»Was würdest du gerne?«, fiel ihm Valerie fragend ins Wort.
»... mir seine Rebstöcke anschauen und mich mit ihm über seine Weinphilosophie unterhalten. Der Syrah aus unserer Weinprobe war wirklich sehr ansprechend.«
»Selbstverständlich bezahle ich Ihnen das übliche Honorar«, sagte Praunsberg. »Wann können Sie fahren?«

»Das mit dem Honorar sollten wir vorläufig zurückstellen, warten wir mal das Gespräch ab. Aber die Reisespesen können Sie übernehmen.«

»Für zwei Personen!«, sagte Valerie und stand auf.

»Warum für zwei Personen?«, fragte Praunsberg.

»Weil Valerie mitfährt«, antwortete seine Frau lächelnd.

»Ganz genau«, bestätigte Valerie. »Erstens ist Jean-Yves mein Lieblingsonkel. Zweitens habe ich momentan Zeit, weil, wie ihr wisst, meine Agentur Pleite gegangen ist und ich keinen Job habe. Und drittens habe ich mit Hipp …«

»Das mit dem Drittens will ich gar nicht wissen«, wehrte Praunsberg ab. Er dachte kurz nach, um sich dann einen Ruck zu geben. »Nun gut, ich bin nicht begeistert, aber einverstanden.« Und zu Hipp: »Allerdings nur, wenn Sie mir versprechen, auf Valerie aufzupassen.«

Hipp schüttelte den Kopf. »Ich glaube nicht, dass mich Valerie begleiten wird«, korrigierte er. »Ich fahre nämlich lieber alleine.«

»Da täuschst du dich«, sagte Valerie, die bereits die Türklinke in der Hand hielt. »Ich bin in meinem Appartement und packe schon mal meine Sachen. Wann können wir fahren?«

Er zögerte. »In zwei, drei Stunden?«

»Aber übernachtet unterwegs, die Strecke ist zu lang. Ich werde euch bei Jean-Yves für morgen Mittag ankündigen«, sagte Praunsberg.

»Geht alles klar. Hipp, hol mich ab!« Schon war Valerie draußen.

Hipp zeigte ein verzweifeltes Gesicht. »Es macht wohl wenig Sinn, mit Ihrer Tochter …?«

»Zu diskutieren?«, sagte ihre Mutter. »Nein, das macht erfahrungsgemäß ausgesprochen wenig Sinn.«

»Das habe ich befürchtet!«

9

Am späten Nachmittag waren sie in Frankfurt losgefahren. Hipp hatte sich damit abgefunden, dass ihn Valerie begleitete. Nicht, dass er grundsätzlich etwas dagegen hatte, ganz und gar nicht. Aber noch war völlig unklar, welche Probleme Jean-Yves wirklich hatte. Vielleicht stellte sich tatsächlich alles als harmlos heraus, was er insgeheim hoffte. Falls aber nicht, dann wäre er lieber alleine. Er hätte normalerweise auch darauf bestanden, dass Valerie in Bad Homburg blieb, doch er wollte sich nicht mit ihr vor den Eltern streiten. Hinzu kam, dass es Jean-Yves vielleicht leichter fallen würde, ihn ins Vertrauen zu ziehen, wenn er in Begleitung seiner Lieblingsnichte erschien. Das war ein rationales Argument, das dafür sprach. Außerdem sollte er sich freuen, mit Valerie einige Tage nach Frankreich zu fahren. So eine Art Kurzurlaub, der noch dazu von ihrem Vater bezahlt wurde, obwohl er doch ganz offensichtlich über ihre Beziehung nicht allzu glücklich war. Eigentlich eine witzige Situation.

Sie kamen nur langsam voran, der Verkehr war in Deutschland sehr dicht gewesen, vor Stuttgart waren sie eine halbe Stunde in einem Stau gestanden. Außerdem war sein alter Citroën »Déesse« ein eher gemächliches Reisetempo gewohnt. Er liebte dieses Kultauto aus den fünfziger Jahren. Der Philosoph Roland Barthes hatte die fischähnliche Karosserie einmal als superlativistisch bezeichnet, was seiner Meinung nach auch für das phantastische Luftfahrwerk des Citroën zutraf. Nur allzu zuverlässig war die »Göttin« nicht – aber in Frankreich fand er immer Werkstätten, die ihm weiterhalfen.

»Woran denkst du?«, fragte Valerie, die ihn von der Seite ansah.

»Dass ich mir, philosophisch betrachtet, erst gestern auf dieser Straße entgegengekommen bin. Das hätte ich einfacher haben können, indem ich gleich in Beaune geblieben wäre.«

»Einfacher vielleicht schon, aber dir wäre eine wunderbare Nacht entgangen«, stellte Valerie fest.
»Das muss ich zugeben«, bestätigte Hipp nach kurzem Nachdenken.
»Übrigens, weißt du ein nettes Hotel in Beaune, oder hast du das letzte Mal bei deiner Freundin übernachtet?«
»Bei meinem Freund, ich bin schwul!«
»Das wäre mir aufgefallen. Mein Vater hat uns bei Jean-Yves erst für morgen Mittag avisiert. Und vergiss nicht, mein Vater zahlt die Spesen. Das sollten wir ausnutzen.«
»Okay, ich kenne ein schönes Hotel, und ich weiß auch, wo wir was zu essen bekommen.«
Sie hatten die berühmte burgundische Pforte bereits hinter sich, jenen historischen Übergang bei Belfort, der die Grenze zwischen dem Rhein- und dem Rhône-Tal markierte. Weiter ging es auf der Autobahn nach Besançon, der Hauptstadt der Franche-Comté. Zu seiner Überraschung zeigte sich Valerie plötzlich am französischen Wein interessiert. Eigentlich hatte er den Eindruck gehabt, dass sie – vielleicht als Trotzreaktion auf die Leidenschaft ihres Vaters – von Wein nicht allzu viel wissen wollte. Dass sie an dieser Degustation teilgenommen hatte, war wohl aus anderen Motiven erfolgt. Aber schon vorhin hatte sie ihn zu den Elsässer Weinen befragt. Er hatte ihr von den Besonderheiten dieses östlichsten Weinbaugebietes Frankreichs erzählt, dass nämlich die Weine nur hier nach ihren Rebsorten benannt sind, also Gewürztraminer heißen, Muscat d'Alsace oder Pinot Blanc. Dass der in Deutschland so populäre Riesling in Frankreich einzig im Elsass angebaut werden darf. Und dass der bekannte Edelzwicker die Ausnahme von der sortenreinen Regel war und nichts anderes als ein undefinierter Verschnitt von verschiedenen Rebsorten. Von der Flûte hatte er ihr erzählt, der für das Elsass charakteristischen Schlegelflasche. Und er hatte ihr erklärt, warum aufgrund der relativ nördlichen Lage, aber mit den schützenden Vogesen

Bei den Elsässer Weinen wird die Rebsorte meist auf dem Etikett genannt: SYLVANER, PINOT BLANC, RIESLING, MUSCAT D'ALSACE, TOKAY PINOT GRIS, GEWÜRZTRAMINER, PINOT NOIR. Ganz oben in der Rangordnung rangieren die Grands Crus d'Alsace – aus 50 definierten Lagen und gesetzlich streng geregelt.

und dem gemäßigten Klima durch den Rhein, rund um Riquewihr, Turckheim, Ribeauvillé und Ammerschwihr vor allem weiße Trauben zu voller Reife gelangten und Weine mit angenehmer Säure hervorbrachten.

Jetzt, da sie sich dem Herzen der Bourgogne näherten und Beaune nicht mehr fern war, da wollte sie von ihm eine kurze Einführung in die Burgunder Weine hören. Eigentlich sei die grobe Orientierung in der Bourgogne ganz leicht, erklärte Hipp. Man müsse nur wissen, dass es etwas abseits, als eine Art Enklave, nordöstlich von Dijon rund um die Stadt Chablis das gleichnamige Anbaugebiet gebe. Und ein Chablis sei immer ein Chardonnay, also ein trockener Weißwein. Südlich von Dijon, so hatte er Valerie erklärt, liege die berühmte Côte d'Or. Sie gliedert sich von Dijon kommend in einen nördlichen Teil, der fast bis Beaune reicht und Côte de Nuits genannt wird. Von hier kommen die großen Rotweine der Pinot-Noir-Traube. Südlich schließt sich der Teil der Côte d'Or an, der Côte de Beaune genannt wird. Zwar kommen auch von der Côte de Beaune feine Rotweine aus Pinot Noir, berühmt ist sie aber für ihre Weißweine, die wieder ausnahmslos wie im Chablis aus der Chardonnay-Traube gekeltert werden.

Und dann geht es nach Süden weiter, dem Fluss Saône folgend Richtung Lyon, zunächst mit der Côte Chalonnaise, wo es sowohl Rot- als auch Weißweine gibt. Dann das Mâconnais, wo wieder der weiße Chardonnay regiert. Und schließlich bis fast vor die Tore Lyons das Beaujolais-Gebiet mit Rotweinen aus der Gamay-Traube. Fast hätte er neben dem Chardonnay die zweite weiße Traube Burgunds vergessen, den Aligoté, der früher dominierend war und heute im Schatten des Chardonnay stand. So einfach war das. Dass der Burgunder Wein bei näherer Betrachtung durchaus einige Rätsel aufzugeben in der Lage war, hatte sich Hipp für eine spätere Lek-

Bourgogne: Zu den bekannten Rotwein-Lagen (Pinot Noir) der Côte de Nuits zählen u. a. Chambertin, Vougeot und Vosne-Romanée. Berühmte Weißweine (Chardonnay) der südlich gelegenen Côte de Beaune sind u. a. Puligny- und Chasagne-Montrachet, Corton-Charlemagne und Meursault.

Nur vier Rebsorten muss man sich bei Burgund merken: die beiden weißen Chardonnay und Aligoté, die beiden roten Pinot Noir und Gamay. Fast immer (außer beim Passetoutgrain) und ganz im Gegensatz zum Bordeaux sortenrein ausgebaut. Dazu die fünf Weinbauregionen von Norden kommend: Chablis, die Côte d'Or, untergliedert in die nördliche Côte de Nuits und die südliche Côte de Beaune, die Côte Chalonnaise, das Mâconnais und das im Grunde eigenständige Beaujolais.

tion aufgehoben. Er wollte seine neue Weinschülerin nicht schon beim Grundkurs überfordern.

Das CHÂTEAU ANDRÉ ZILTENER ist ein für Weinfreunde empfehlenswertes (aber nicht ganz preiswertes) Hotel in bester Lage an der ROUTE DES GRANDS CRUS. Auch das Restaurant LES MILLÉSIMES schlägt kräftig auf den Geldbeutel, bietet dafür aber eine Sterneküche und einen sensationellen Weinkeller.

Es war bereits dunkel, als sie in Chambolle-Musigny, direkt an der berühmten Route des Grands Crus in der Côte de Nuits gelegen, am Château André Ziltener vorfuhren. Hipp hatte beschlossen, das Spesenkonto von Valeries Vater standesgemäß zu eröffnen. Und weil ihn Valerie drängte, ihren Vater richtig zur Kasse zu bitten, ließ er sich überreden, zum Abendessen einen Tisch im etwas weiter nördlich gelegenen Ort Gevrey-Chambertin zu reservieren, und zwar im Feinschmecker-Restaurant Les Millésimes. Wobei er insgeheim schon beschlossen hatte, die eine oder andere Rechnung ihres Ausflugs aus eigener Tasche zu bezahlen. Schließlich wollte er es nicht übertreiben.
Ihres Ausflugs? Was er wohl bringen würde? Nur auf den ersten Kilometern hatten sie sich über Valeries Onkel Jean-Yves unterhalten, über seine nette Wesensart und das angenehme Leben, das er in der Provence zu führen schien. Finanzielle Sorgen hatte er keine, er war gut situiert. Kaum vorstellbar, dass Jean-Yves in echte Schwierigkeiten geraten war, und noch weniger, dass er selbst eine nicht ganz reine Weste haben sollte. So jedenfalls hatte ihn Béatrice am Telefon interpretiert. Es machte tatsächlich keinen Sinn, weiter darüber nachzudenken. Er würde jetzt erst mal diesen vielversprechenden Abend mit Valerie genießen. Und morgen würden sie dann weiterfahren, Gegen Mittag sollten sie bei Jean-Yves in Saint-Rémy sein – dann würde er bald schlauer sein.

10

Als Erstes hatte Jean-Yves am Morgen nach seinem Wein gesehen. Zumindest mit ihm konnte er momentan zufrieden sein. Die Gärung war mittlerweile abgeschlossen, der Wein genau die richtige Zeit auf den Schalen geblieben. Die letzten Tage hatte er zusammen mit einem Nachbarn den Vin de goutte auf neue Eichenfässer abgezogen, Syrah und Mourvèdre noch streng voneinander getrennt. Sie mussten eben auf ihre Hochzeitsnacht noch etwas warten. Die verbliebene Maische hatte er sanft gepresst, den Vin de presse anschließend in ein älteres Fass abgefüllt, wo er separat reifen sollte. Erst später, bei der Assemblage von Syrah und Mourvèdre, würde er etwas vom Presswein, der dunkler und reicher an Tanninen war, dazu verschneiden. Gerade so viel, dass das Rückgrat des Weines ausreichenden Halt bekam. Ja, dieser Jahrgang würde zweifellos sein bisher bester werden. Er grinste. Sein unfreiwilliges Bad im Gärbottich hatte dem Wein jedenfalls keinen Schaden zugefügt.

Vin de goutte wird in Frankreich der höherwertige Vorlaufwein genannt, der nach Beendigung der Gärung abgezogen wird und von selbst abfließt. Aus der zurückbleibenden Maische wird in der Weinpresse der Vin de presse gewonnen.

Jean-Yves schaute auf die Uhr. In wenigen Minuten würde er wie fast an jedem Tag in die kleine Brasserie nach Saint-Rémy fahren, um zusammen mit Freunden einen Café au lait zu trinken, eine Brioche zu essen und lokale Nachrichten auszutauschen. Vielleicht noch ein kleiner Pastis, und dann wäre er wieder rechtzeitig zurück, um seine Besucher in Empfang zu nehmen. Er war sich immer noch nicht sicher, ob er sich diesem Monsieur Hermanus anvertrauen würde. Eigentlich ärgerte er sich, dass er Béatrice und Ferdinand überhaupt etwas erzählt hatte. Aber merde, mit wem sollte er sonst darüber sprechen? Mit seinen Freunden hier in Saint-Rémy? Das kam nicht in Frage, da hätte er ja zugeben müssen, dass er ab und zu Weinraritäten fälschte. Und falls ihm tatsächlich nichts anderes übrig bleiben sollte, als mit Sergej und Boris zu kooperieren, dann konnte er hier keine Mitwisser brauchen. Die Situation war wirklich vertrackt. Sans issue! Zur Polizei konnte er nicht gehen, dann würde ihn Sergej wahrscheinlich sofort wegen Weinfälschung anzeigen. Er hatte keine Zeugen für die Er-

pressung und außerdem Angst, dass ihn Boris tatsächlich beseitigen könnte. Diese Russen waren einfach unberechenbar, unberechenbar und gewalttätig.
Vielleicht war es wirklich eine gute Idee, mit diesem Hipp Hermanus zu sprechen. Wenn er es richtig verstanden hatte, war er so etwas wie ein Privatdetektiv, außerdem Experte in Sachen Weinkriminalität – und ein Freund der Familie. Es bestätigte sich wieder einmal: Wenn man wirklich Probleme hatte, dann blieb einem nur die Familie. Erstaunlich, selbst in unseren Zeiten! Er freute sich auf den Besuch seiner Nichte Valerie, er liebte ihre fröhliche Unbekümmertheit, die ihn an Béatrice erinnerte, als sie noch ein junges Mädchen war. Warum sie wohl Hipp Hermanus begleitete? Er hatte vergessen zu fragen, wie alt der Mann war. Jean-Yves lächelte. Vielleicht war er deshalb ein Freund der Familie? Nun, Valerie würde er hundertprozentig nicht in die Geschichte einweihen, das würde sie akzeptieren müssen. Und er würde diesem Monsieur Hermanus verbieten, ihr nur ein Sterbenswörtchen zu erzählen. Valerie durfte keinesfalls hineingezogen werden.
Während Jean-Yves seinen Gedanken nachhing, war er in den Vorraum seines Hauses gegangen. Auf einem kleinen Tisch hatte er eine Flasche Château Lafite-Rothschild stehen, Jahrgang 1982. Jean-Yves hatte bei ihrem Anblick zwiespältige Gefühle. Einerseits plagte ihn das schlechte Gewissen, andererseits war er auch ein kleines bisschen stolz auf seine Arbeit. Der Lafite-Rothschild sah tadellos aus. Ihm war es gelungen, leere Originalflaschen des Châteaus zu organisieren. Die tiefdunkle Farbe des abgefüllten Médoc war geradezu perfekt, auch die Füllhöhe stimmte. Die Defizite bei den Aromen und beim Geschmack konnte man gottlob von draußen nicht wahrnehmen. Sehr zufrieden war er auch mit der roten Kapsel. Mit dem Bild des weißen Schlosses und der Prägung auf dem Kopf war sie von einem echten Lafite kaum zu unterscheiden. Und dann das Etikett: Mit der heutigen Technik

war es ein Leichtes, dieses zu fälschen, jedenfalls viel leichter, als Geldscheine nachzumachen. Der Lafite-Rothschild verfügte weder über ein Wasserzeichen noch über einen schwierigen Reliefdruck. Jean-Yves ging in die Knie und betrachtete das Etikett. »Mis en bouteille au château« las er. Darunter die historische Abbildung des Schlosses mit den beiden arbeitenden Männern davor und den Frauen, die ihnen zusahen. Und dann in Großbuchstaben: CHATEAU LAFITE ROTHSCHILD. Der Jahrgang 1982, der Schriftzug Pauillac, die Appellation Pauillac Contrôllée, Product of France, 75 cl, Deposé, Société du Château Lafite Rothschild, Propriétaire à Pauillac (Gironde) France.
Jean-Yves nickte. Alles stimmte bis auf den letzten Punkt. Ein Schmunzeln umspielte seine Lippen. Fast alles stimmte! Denn einen kleinen Fehler hatte er ganz bewusst gemacht. Er brachte es einfach nicht übers Herz, eine größere Zahl von gefälschten Flaschen auf den Markt zu bringen, ohne dass es ein Unterscheidungsmerkmal gab. Boris und Sergej würde der Fehler wohl kaum auffallen. Sobald eine Flasche geöffnet wurde, standen die Chancen sicher schlechter, das wusste er. Die Korken waren bei einer Fälschung immer ein Problem, speziell bei ganz alten Flaschen, ein 82er war da noch vergleichsweise einfach. Aber die Korken der besseren Weine hatten alle oben und unten und auf der Seite einen Korkbrand. Gut, den konnte man noch nachmachen, doch die Alterung der Korken war fast eine unüberwindbare Hürde. Sie mussten unten vom Wein verfärbt sein und oben charakteristische Alterungsmerkmale aufweisen. Er hatte es schon mal mit neuverkorkten Flaschen versucht, immerhin ist das bei vielen Châteaux und manchen Handelshäusern üblich. Dabei wird der Schwund mit einem Originalwein aus demselben Jahrgang ausgeglichen und der neue Korken entsprechend markiert und mit einem Datum versehen. Aber eine Neuverkorkung nachzumachen war auch nicht ohne Tücke. Deshalb

hatte er sich für einen relativ jungen 82er entschieden. Bei diesem Jahrgang war der Korken noch leichter zu manipulieren, würde aber einem erfahrenen Blick wohl kaum standhalten. Gleiches galt für den abgefüllten Wein. Bei seinen Fälschungen, die er früher gemacht hatte, da hatte er häufig einen Wein vom selben Château genommen, nur einen schlechteren und viel billigeren Jahrgang, und diesen umgefüllt. Das klappte auch ab und zu ganz gut mit den Zweitweinen der Châteaux. Sein Gewissen war auf diese Weise auch nicht allzu sehr strapaziert worden, immerhin gönnte er seinen Kunden eine hervorragende Qualität. Und wer war sich beim Verkosten schon wirklich sicher, was den Jahrgang betraf. Das ganze Getue um die großen Jahrgänge beruhte doch oft nur auf irgendwelchen Parker-Punkten, die im Glas kaum einer zu schmecken in der Lage war. Auch in der Magnum-Flasche Pétrus, die ihm diesen ganzen Ärger eingebracht hat, war ja alles andere als Fusel gewesen. Der Pomerol aus einer an Pétrus angrenzenden Parzelle hatte bei Blindverkostungen mehr als einmal gut abgeschnitten. Aber natürlich fehlte es ihm am Format des legendären 47er Pétrus, solche Weine sollte man eben auch nicht nachmachen. Hätte er ja auch nicht, wäre er nicht so von Sergej bedrängt worden. Übrigens war der Pétrus bis auf den Wein ein Original gewesen, er hatte die leere Flasche vor vielen Jahren mal nach einer Verkostung aufbewahrt. Beim Lafite-Rothschild war die Situation anders: Diese Flasche auf dem Tisch war ja nur die Vorhut, weitere 999 Flaschen hatte er in Vorbereitung. Bei dieser Stückzahl konnte man nicht auf andere Lafite-Jahrgänge oder Zweitweine zurückgreifen. Hier musste man am abgefüllten Wein Abstriche machen, allerdings gäbe es Möglichkeiten, mit einigen Zusätzen die erwarteten Aromen nachzuahmen. Doch das war ja auch nicht mehr wirklich wichtig. Er hatte keine Ahnung, wohin Sergej die Flaschen verkaufen wollte, aber wenn irgendwann beim Öffnen in Moskau, Peking oder Los

Der Weinkritiker Robert Parker benotet die Weine auf einer Rangliste von 50 bis maximal 100 Punkten. Für viele Weinliebhaber sind die Parker-Punkte das entscheidende Kriterium: Alles über 90 Punkte ist die Investition wert. Leider sind diese Weine auch am teuersten. Schon deshalb lohnt es sich, auch unter dieser Schwelle nach Entdeckungen zu suchen.

Angeles tatsächlich jemandem die Fälschung auffallen sollte, dann war das Geschäft längst gelaufen.
Jean-Yves sah erneut auf die Uhr. Er musste sich beeilen. In zwei oder drei Stunden könnten bereits Valerie und dieser Hipp Hermanus eintreffen. Er warf noch einen kurzen Blick auf den Lafite-Rothschild, dann drehte er sich um.

11

Obwohl es am Abend recht spät geworden war und Hipp noch gerne länger im Bett geblieben wäre, drängte Valerie auf einen frühen Aufbruch. Schade, eigentlich wäre das romantische Château André Ziltener in Chambolle-Musigny ein idealer Platz für einen vielversprechenden Kurzurlaub gewesen. Eine Sünde, hier nur zu nächtigen, ohne in den nahe gelegenen Weinbergen von Les Bonnes Mares, Les Charmes und Amoureuses spazieren zu gehen oder sie mit den Fahrrädern zu erkunden. Auch war der von einer Steinmauer umgebene Weinberg Clos de Vougeot nicht weit, jene legendäre Grand-Cru-Lage, die auf das 14. Jahrhundert und die Zisterzienser-Mönche zurückgeht.
Nach einem eiligen Frühstück auf dem Zimmer fuhren sie los, zunächst noch einige Kilometer durch die Weinberge der Côte de Nuits. Hipp zeigte Valerie die fast schon geheiligten Lagen von Romanée-Conti, Echézeaux und La Tâche, die die wohl besten, aber auch teuersten Weine Burgunds hervorbringen. Bei Nuits-St-Georges ging es auf die A31 und dann gen Süden Richtung Lyon. Sie kamen gut voran, es war nicht viel Verkehr. Bald lag Mâcon hinter ihnen und damit der langsame Übergang von Burgund nach Südfrankreich. Die Autobahn folgte dem Fluss Saône, am Beaujolais-Gebiet vorbei.
Schließlich tauchten die Häuser und Industrieanlagen von

Über 80 Besitzer teilen sich den Clos de Vougeot. Deshalb gibt es bei diesem weltberühmten Grand Cru verwirrende Qualitätsunterschiede. Ganz anders die Monopol-Lagen La Tâche oder Romanée-Conti – sie gehören einzig und allein der Domaine de la Romanée-Conti. Die Weine mit dem Kürzel DRC sind leider unglaublich teuer. Außerdem ist ein Romanée-Conti alleine nicht käuflich, nur innerhalb eines Jahrgangskartons zusammen mit anderen Flaschen. Aber es müssen ja nicht immer die großen Lagen sein. In allen Regionen gibt es aufstrebende Winzer, deren gute und bezahlbare Tropfen es zu entdecken gilt.

Der BEAUJOLAIS wird aus der GAMAY-Traube gewonnen, man trinkt den Rotwein eher jung und leicht gekühlt. Am dritten Donnerstag im November kommt jedes Jahr der Primeur bzw. Nouveau auf den Markt, ein Jungwein, der zwar einen weltweiten Trend ausgelöst hat, bei dem aber oft die Qualität umgekehrt proportional zu seiner Popularität steht.

Lyon auf, der drittgrößten Stadt Frankreichs. Auch hier hätte sich zweifellos eine Pause gelohnt, zumindest ein Bummel durch die Altstadt Vieux Lyon am Westufer der Saône, mit den vielen Passagen, den Boutiquen und den Bouchons, wie hier die Bistros genannt werden – was aber auch Korken heißt und auf die Bedeutung des Weines in diesen Lokalen schließen lässt. Doch Hipp war klar, dass sie nicht zum Vergnügen in Frankreich waren. Obwohl, mit Valerie an der Seite, einem alten Schlager von Gilbert Bécaud im Radio, dem strahlend blauen Himmel, da hätte man schon vergessen können, wohin sie eigentlich wollten und dass es einen Jean-Yves gab, der wohl ein ernsteres Problem hatte.

Wie zur Erinnerung meldete sich Valeries Vater über das Handy, um sich nach ihrem Fortkommen und Wohlbefinden zu erkundigen. Dr. Ferdinand Praunsberg war in Genf bei seinem Geschäftstermin, von dem er erzählt hatte. Valerie sagte ihm mit einem Seitenblick zu Hipp, dass es ihnen ausgesprochen prächtig gehe und dass Lyon bereits hinter ihnen liege. Praunsberg wünschte ihnen noch eine gute Fahrt und kündigte für den Abend seinen nächsten Anruf an.

Auf der Autoroute du Soleil ging es zügig weiter dem Mittelmeer entgegen: Vienne, Valence, die bereits provenzalische Drôme rund um Montélimar. Schon glaubte man den Rosmarin zu riechen, Thymian, Salbei, Lavendel – den unvergleichlichen, betörenden Duft der Provence. Hipp sah die Ockerfarbe von Roussillon, Sonnenblumen von Vincent van Gogh. Er sah sich selbst in einem Straßencafé sitzen, in Aix-en-Provence, mit einer Zeitung und einem Glas Côtes de Provence. Und mit Valerie! Ja, das Leben konnte schön sein. Aber so war es leider nicht immer.

Mit einem Blick auf die Uhr stellte er fest, dass sie ausgesprochen gut in der Zeit waren. Er bat Valerie, bei Jean-Yves anzurufen, um ihm zu sagen, dass sie wahrscheinlich etwas früher ankommen würden. Sie ließ es lange läuten, aber Jean-Yves

meldete sich nicht. Vielleicht war er gerade draußen bei seinen Rebstöcken? Oder wahrscheinlicher, vermutete Valerie, in Saint-Rémy, in seinem Lieblingsbistro.
Bei Orange teilte sich die Autobahn, sie fuhren an Avignon vorbei Richtung Marseille, verließen dann bei Cavaillon die Autoroute und folgten den Schildern nach Saint-Rémy. Wie jedes Mal war Hipp von den schnurgeraden, schattenspendenden Platanenalleen beeindruckt, die einmal mehr auf Napoléon zurückgingen, der sie eigentlich für seine Truppenbewegungen anlegen ließ, dabei aber so weit ging, dass er sogar den Beschnitt der Platanen vorschrieb. Auf eine Straßenkarte konnte er verzichten, Valerie, die hier mit ihrer Familie oft Ferien gemacht hatte, kannte sich gut aus und zeigte ihm den Weg. Kurz vor Saint-Rémy zweigten sie auf eine kleine Straße ab. Valerie erzählte von Vincent van Gogh, der hier ganz in der Nähe ein Jahr im Hospital St-Paul-de-Mausole verbracht und auf seinen ausgedehnten Spaziergängen wie wild gemalt habe. Hipp hörte nicht richtig zu, er war mit seinen Gedanken schon bei Jean-Yves, den er nun gleich kennen lernen würde. Ob er ihm würde helfen können? Er hatte da so seine Zweifel, aber er würde es versuchen.
Die Straße war schmal und ungeteert. Sie mussten kurz rechts ranfahren, um einen roten Ferrari vorbeizulassen, der ihnen entgegenkam.
»Nicht gerade das richtige Auto für diese Straße«, stellte Hipp fest. »Ist es noch weit?«
»Nein, vielleicht noch einen Kilometer«, sagte Valerie.
Sie kamen an einigen gepflegten Olivenbäumen vorbei, noch eine kleine Abzweigung, jetzt standen Reihen von Rebstöcken neben dem Weg, vor ihnen tauchte der Mas auf, das alte Bauernhaus, das Jean-Yves bewohnte. Valerie drückte vom Beifahrersitz aus einige Male auf die Hupe.
Hipp parkte den Citroën auf dem Kies neben einem Brunnen. Schon beim Aussteigen stellte er fest, dass es ihm hier gefiel.

Unter der Schirmpinie rechts vom Eingang standen einige Bauernstühle. Daneben ein Schubkarren und ein Rechen. Bemooste Tontöpfe mit Zitronenbäumchen. Eine braune Katze huschte vorbei und schlüpfte durch die Zypressenhecke.
»Jean-Yves, nous sommes arrivés, où es-tu?«
Hipp deutete auf einen Renault. »Ist das sein Auto?«
»Ja, der gehört meinem Onkel. Komm, lass uns im Haus nachschauen. Vielleicht steckt er unten im Weinkeller? Oder er ist drüben in der Remise bei seinen Fässern.«
Zusammen mit Valerie schlenderte er die wenigen Meter zum Hauseingang. Es stellte sich heraus, dass die Tür nur angelehnt war. Valerie öffnete sie, betrat das Haus und rief erneut nach Jean-Yves. Beim zweiten Mal nur ganz kurz, wobei sie nach dem Jean plötzlich innehielt. Kein Yves? Hipp, der ihr mit einem kleinen Abstand gefolgt war, spürte sofort, dass etwas nicht stimmte. Er sah Valerie im Hausflur stehen, völlig bewegungslos, wie erstarrt.
Ab jetzt lief alles wie in einem Film ab, einen Film, den er schon bis zum Überdruss gesehen hatte, in dem er allzu oft schon selber mitgespielt hatte. Einen Film vor allem, den er nie mehr sehen wollte. Wie in Trance ging er an Valerie vorbei, darauf bedacht, nicht in die Blutlache zu treten. Er beugte sich nieder und sah dem Toten in die offenen Augen. Einer alten, aber in diesem Fall nutzlosen Routine folgend, langte er mit drei Fingern an die Halsschlagader. Dabei fragte er über die Schulter: »Jean-Yves?«
Er hörte Valerie leise schluchzen. Die Antwort war auch ohne Bestätigung klar.
Jean-Yves war tot! Um dies festzustellen, bedurfte es keines Arztes. Hipp betrachtete die kleine Verletzung auf der Stirn. Er hob leicht den Kopf des Toten, um den Schädel auch von hinten anzusehen. Wie erwartet, fand er hier die eigentliche Verletzung vor, eine grobe, tiefe Wunde mit blutverkrusteten Haaren und einigen Glassplittern. Sorgfältig und behutsam

brachte er den Kopf zurück in die Ausgangsposition. Er nahm jene Hand von Jean-Yves, die nicht im Blut lag, bewegte das Handgelenk und einige Finger des Toten, dann legte er die Hand wieder exakt dorthin, wo sie vorher war.
Hipp richtete sich auf, ging die wenigen Schritte zu Valerie und nahm sie wortlos in die Arme. Nach einer guten Minute hatte sie sich so weit beruhigt, dass er sie bitten konnte, hinaus zum Auto zu gehen und von seinem Handy aus die Polizei zu verständigen. Währenddessen sah er sich am Tatort um. Neben der Leiche lagen die Überreste einer Weinflasche. Hipp beugte sich hinunter, um das Etikett zu lesen: Lafite-Rothschild! Eine exklusive Tatwaffe. Demnach war das am Boden nicht alles Blut, sondern auch Rotwein. Die Splitter im Hinterkopf rührten sicher von dieser Flasche her. Hipp entdeckte auf dem Fenstersims ein Handy; auf dem Display war zu sehen, dass ein Gespräch nicht angenommen worden war. Mit dem Taschentuch drückte er auf die Anzeige. Die Telefonnummer kannte er, sie war seine eigene. Auch die Uhrzeit stimmte. Das war ihr Anruf auf der Anreise gewesen, mit dem sie Jean-Yves nicht erreicht hatten. Hipp kreuzte die Arme über der Brust, betrachtete die Leiche, dann den Raum im Gesamten. Er schüttelte leise den Kopf und ging hinaus auf den Hof. Valerie saß auf einem der Stühle unter der Pinie.
»Hast du die Polizei erreicht?«, fragte er.
»Ja, ist unterwegs. Wir sollen nichts anlangen!«
»Wie geht's dir?«
»Hervorragend!«, antwortete Valerie und schniefte.
»Darf ich dich noch einmal allein lassen? Ich will mich etwas im Haus umsehen, bis die Polizei da ist.«
»Wir sollen nichts anfassen!«
»Ich weiß«, sagte Hipp und verschwand erneut im Haus.
Wenige Minuten später hörte Valerie in der Ferne Polizeisirenen, die immer lauter wurden. Auf ihrem Schoß lag die braune Katze und ließ sich streicheln.

12

Mit der Faust schlug Sergej Protomkin auf den Tisch. Vor ihm stand Boris, der gerade aus Saint-Rémy zurückgekommen war, und sah betreten drein.
»Das ist nicht gut, Boris, überhaupt nicht gut.«
»Ich weiß, Sergej, aber ich kann's nicht ändern.«
»Da schicke ich dich zu Jean-Yves, um ihn etwas einzuschüchtern, damit er auf keine dummen Gedanken kommt. Und jetzt ist Jean-Yves tot! Das hätte nicht passieren dürfen. Wir brauchen ihn lebend.«
Boris nickte bestätigend. Er wusste, dass sein Boss Recht hatte.
»Und was machen wir jetzt?«, fragte Sergej. »Ich habe die tausend Flaschen Château Lafite bereits verkauft. Nach Moskau, an Vladimir. Ich bin sozusagen eine Lieferverpflichtung eingegangen, und jetzt habe ich keine Ware. Das wird Vladimir nicht witzig finden.«
»Nein, wird er nicht.«
Sergej stand auf und lief auf der Terrasse hin und her.
»Außerdem sollte das der Anfang eines vielversprechenden neuen Geschäftszweiges werden«, fuhr er fort. »Ich habe bereits Arrangements für eine weitere Lieferung getroffen, diesmal nach Peking. Auch in Tokio gibt es großes Interesse.«
»Wir haben also ein Problem.«
»Boris, ich bewundere deinen Scharfsinn. Ja, wir haben ein Problem. Hast du dich eigentlich im Haus umgesehen?«
»Nein, wieso?«
»Wieso? Nun, vielleicht hat er die Lieferung schon fertig, und die tausend Flaschen stehen irgendwo herum?«
»Ich wollte nur weg«, sagte Boris. »Und zwar so schnell wie möglich.«
»Das kann ich zwar verstehen«, gab Sergej zu, »aber du hättest trotzdem nachschauen sollen.«

»Ich glaube nicht, dass er sie bereits fertig hatte«, sagte Boris. »Er hat ja erst gestern die Etiketten bekommen.«

»Stimmt.« Sergej stützte sich auf das Geländer und sah über Cannes hinweg aufs Meer. »Finanziell ist das Ganze natürlich kein Beinbruch, wir verdienen unser Geld Gott sei Dank in anderen Branchen. Aber mir hätte diese, wie sagt man, Diversifikation gut gefallen. Ich bin mittlerweile davon überzeugt, dass man mit gefälschten Weinen hervorragende Profite machen kann.«

»Jean-Yves wird nicht der einzige Experte sein. Wir müssen nur jemanden finden.«

»Da hast du mal ausnahmsweise Recht, Boris. Wir können Jean-Yves nicht mehr lebendig machen.« Sergej hatte sich umgedreht und schaute Boris an. »Bist du eigentlich sicher, dass dich niemand gesehen hat?«

»Ja, Sergej. Es war sonst niemand da.«

»Hat dich jemand kommen oder wegfahren sehen?«

»Glaube ich nicht, das Haus von Jean-Yves liegt ja ziemlich abgelegen.« Boris dachte nach. »Das heißt, beim Wegfahren ist mir ein Auto entgegengekommen, so ein alter Citroën. Aber da war ich schon ein ganzes Stück vom Haus entfernt, bereits nach einer Abzweigung. Ich hätte also von überall kommen können.«

»Gut, wollen wir hoffen, dass dich wirklich niemand gesehen hat. Übrigens schlage ich vor, dass du das nächste Mal bei solchen Ausflügen ein unauffälligeres Auto nimmst und nicht gerade den Ferrari.«

»Aber ich fahre den Ferrari nun mal gerne«, meldete Boris schüchternen Protest an.

»Siehst du den Säbel dort?«, fragte Sergej.

Boris warf einen Blick auf den alten Säbel, den Sergej vor einigen Tagen auf dem Antiquitätenmarkt in Nizza gekauft hatte.

»Was soll ich damit?«, fragte Boris. »Ich habe heute schon genug Blut gesehen.«

»Eigentlich wollte ich dir jetzt beibringen, wie man bei einer Champagner-Flasche den Korken mit dem Säbel abschlägt«, antwortete Sergej. »Das macht bei Einladungen bestimmt einen sehr guten Eindruck.«
»Meine Vorfahren waren Kosaken«, sagte Boris, der sich spontan für diese Idee begeisterte.
Sergej schüttelte misslaunig den Kopf. »Aber mir ist die Lust auf Champagner vergangen.«

13

Hipp und Valerie standen vor Jean-Yves' Haus am Brunnen. Den gestrigen Tag hatten sie einige Stunden auf dem Commissariat de Police verbracht, danach hatte Valerie lange mit ihrem Vater und anschließend mit ihrer Mutter telefoniert. Im Hôtel les Ateliers de l'Image in Saint-Rémy fast im Ortskern hatten sie sich ein Zimmer genommen. Aber am coolen Schick dieses Designer-Hotels konnten sie genauso wenig Gefallen finden wie am späteren Abendessen im nahe gelegenen Bistro von Alain Assaud.

Infos zum Hôtel les Ateliers de l'Image und zum Restaurant Alain Assaud im Anhang (unter Provence).

Vor einer halben Stunde hatte die Polizei schließlich die Versiegelung des Hauses aufgehoben, offenbar waren alle Untersuchungen am Tatort abgeschlossen. Mit keinem Wort hatte Hipp bei der Polizei erwähnt, dass er ein ehemaliger Kollege war. Als Beruf hatte er fürs Protokoll Psychologe angegeben. Und noch etwas hatten sie der Polizei vorenthalten, nämlich die Information, dass Jean-Yves einer Bedrohung ausgesetzt gewesen war. Darum hatte Valeries Mutter am Telefon ausdrücklich gebeten. Denn Jean-Yves hatte ja eine Dummheit angedeutet, die er begangen habe. Béatrice wollte nicht, dass das Andenken an Jean-Yves in irgendeiner Weise belastet würde. Man sollte ihn als ehrenwerten Mann in Erinnerung behalten.

Jetzt, vor Jean-Yves' Haus am Brunnen, mit Blick auf die Rebstöcke und Olivenbäume, dachten sie über die weiteren Schritte nach.

»Mein Vater möchte, dass du die Aufklärung dieses Falls übernimmst«, teilte Valerie Hipp mit. »Er hat mir das heute Morgen am Telefon gesagt. Der französischen Polizei traut er nicht viel zu.«

Hipp drehte sich um und deutete auf die Stühle unter der Pinie. »Lass uns da drüben kurz hinsetzen. Wann kommen deine Eltern eigentlich?«

»Sie werden gegen achtzehn Uhr hier sein. Wir wollen dann morgen früh zusammen zum Bestattungsinstitut. Es gibt überhaupt so viel zu erledigen. Wir brauchen ein Grab, die Verwandten müssen verständigt werden, auch alle Freunde. Wir müssen die Beerdigung festsetzen.«

»Erst muss die Leiche freigegeben werden, das wird einige Tage dauern«, stellte Hipp fest, als sie Platz genommen hatten. »Was den Wunsch deines Vaters betrifft, da muss ich ihn enttäuschen, leider. Ich werde den Fall nicht übernehmen. Im Gegenteil, ich bleibe noch so lange, bis deine Eltern kommen, damit du nicht alleine bist, dann werde ich fahren. Also noch heute Abend.«

»Noch heute Abend?« Valerie sah ihn fassungslos an. »Warum?«

»Weil ich ...« Hipp zögerte, offenbar fiel ihm die Erklärung schwer. »Valerie, du hast mich mal gefragt, warum ich aus dem Polizeidienst ausgeschieden bin.«

»Ja, und du hast mir keine Antwort gegeben.«

»Richtig, weil ich darüber eigentlich nicht rede. Nur so viel: Ich hatte viel mit Gewaltverbrechen zu tun. Vor einigen Jahren, da habe ich mal eine tödliche Fehleinschätzung getroffen. Aufgrund meines psychologischen Profils haben wir bei einem Serienmörder, die gibt es wirklich, nicht nur im Kino, einen Unschuldigen verdächtigt und den Schuldigen laufen lassen.«

»Das kann doch passieren«, sagte Valerie. »Aber ihr habt sicherlich den richtigen Täter später gefasst.«
»Haben wir, ja«, bestätigte Hipp. Er machte eine lange Pause, dann fuhr er fort: »Nachdem er zwei weitere Frauen ermordet hat!«
»O Gott!«
»Ja, und ich bin schuld an ihrem Tod! Das ist die bittere Wahrheit, eine grausame Wahrheit. Ich bin verantwortlich für den Tod zweier Frauen. Wie gestern bei Jean-Yves habe ich neben ihren Leichen gestanden. Damals habe ich mir geschworen: Ich will nie mehr etwas mit Gewaltverbrechen zu tun haben. Und ich möchte keine Verantwortung mehr übernehmen, für nichts und für niemanden.«
Valerie nahm Hipps Hand. »Aber du kannst doch nichts für den Tod von Jean-Yves. Deshalb musst du doch nicht überstürzt abreisen.«
»Nicht überstürzt, Valerie, sondern wohl überlegt. Ich will einfach keine Leichen mehr sehen, kannst du das nicht verstehen? Ich will auch nicht darüber nachdenken, wer Jean-Yves umgebracht haben könnte. Ich will auch keinem Mörder mehr in die Augen sehen müssen. Nein, das ist vorbei. Vielleicht hast du das Gefühl, ich lasse euch im Stich, das tut mir Leid. Aber erstens ist die französische Polizei dafür da, Jean-Yves' Mörder zu finden. Und zweitens kann ich nicht anders. Ich habe heute Nacht wieder von den beiden toten Frauen geträumt. Zum ersten Mal seit Monaten. Ich fahre!«
»Du versuchst zu fliehen!«, sagte Valerie leise. »Du fliehst vor den beiden toten Frauen, vor ihrem Mörder, vor Jean-Yves und vor seinem Mörder.«
»Mag sein, dass dem so ist«, erwiderte Hipp. »Aber vor etwas zu fliehen ist absolut in Ordnung, zutiefst menschlich und eine gute Überlebensstrategie.«
»Ich bin keine Psychologin, aber eines ist doch klar: Man kann nicht auf ewig vor etwas weglaufen. Flucht ist allen-

falls eine kurzfristige Überlebensstrategie, irgendwann wird man müde und eingeholt. Also muss man sich stellen und kämpfen.«

Hipp sah Valerie überrascht an. »Du hast erstaunlich viel Lebensweisheit für dein Alter, das muss ich sagen. Ich sehe das übrigens im Prinzip ganz genauso. Aber was ist, wenn man keine Lust hat zu kämpfen? Außerdem stimmt die Analogie nicht ganz. In der Tierwelt kann man einer Bedrohung durchaus durch Flucht entkommen. Ein Gepard ist nur auf kurzer Distanz schnell, dann wird er müde, und die Antilope hat gewonnen.«

»Aber wenn sie intelligent genug wäre und phantasiebegabt, dann würde sie jede Nacht von Geparden träumen, die sie verfolgen. Denn die Bedrohung bleibt aktuell.«

Hipp lehnte sich zurück. »Versteh mich nicht falsch, aber ich will mein Problem mit dir nicht wirklich diskutieren.«

»Du tust es doch schon. Und du weißt, dass ich Recht habe. Du kannst nicht ewig davonlaufen. Was geschehen ist, ist geschehen. Und sicher bist nicht du für den Tod der Frauen verantwortlich, das ist einzig und allein ihr Mörder. Und was hat der Tod von Jean-Yves mit deiner Vergangenheit zu tun? Nichts, rein gar nichts. Auch trifft dich keine Schuld. Also, warum sollst du uns nicht helfen? Vielleicht hilfst du dir damit auch selbst?«

Hipp schloss die Augen und fuhr sich über die Stirn.

»Ich bitte dich um nichts«, sagte Valerie. »Aber auch ich habe heute Nacht geträumt. Und zwar von Jean-Yves, wie er mit eingeschlagenem Schädel in seinem Blut liegt.«

Hipp öffnete die Augen wieder und sah Valerie nachdenklich an. »Du bist erstaunlich, sehr erstaunlich«, stellte er fest. »Ich kann mich deiner Argumentation nicht ganz entziehen.« Er machte eine lange Pause, um dann fortzufahren: »Was hältst du davon, wenn ich heute Abend noch nicht fahre und etwas über den Mord an Jean-Yves nachdenke?«

»Das wäre ein Anfang«, sagte Valerie. Sie stand auf und gab ihm einen Kuss. »Außerdem freue ich mich, wenn du bei mir bist.«

»Aber du akzeptierst, wenn ich doch plötzlich die Segel streiche?«

»Natürlich! Wo willst du mit dem Nachdenken anfangen?«

»Drüben in der Remise. Irgendjemand muss sich doch um Jean-Yves' neuen Wein kümmern.«

14

Er stand am Waschbecken und musterte sich im Spiegel. Er war noch nicht rasiert, auch waren die Falten um die Augen, auf der Stirn und an den Wangen unübersehbar. Was auch an diesem unvorteilhaften Licht liegen konnte. Dennoch war er mit dem Bild nicht unzufrieden. Er war nun mal keine achtzehn mehr, da hatte das Leben bereits einige Spuren im Gesicht hinterlassen, was einen Mann aber durchaus attraktiver machen konnte. Jedenfalls glaubte er in letzter Zeit festzustellen, dass seine Wirkung auf das weibliche Geschlecht eher zunahm. Eine ausgesprochen angenehme Erfahrung, die das Selbstwertgefühl steigerte. Obwohl er das nicht wirklich nötig hatte. Er grinste. Denn sein Ego war ohnehin stark ausgeprägt, das war schon immer so gewesen, steckte ihm wohl in den Genen.

Er fuhr sich durch die Haare und sah sich erneut genau an. Diesmal mit strengerem Blick. Warum, so fragte er sich, faszinierte ihn der gewaltsam herbeigeführte Tod von Jean-Yves so ungemein? War das eine angemessene Reaktion? Wohl eher nicht. Keine Spur von Mitleid? Nein, er konnte kein Mitgefühl bei sich entdecken, selbst in seinem tiefsten Inneren nicht. Und das, obwohl Jean-Yves eigentlich ein ganz netter Kerl gewesen war. Mit einer Weinflasche erschlagen. Er glaubte, das Splittern des Glases zu hören. Ein kurzer, beherzt ausgeführter Schlag, ein unglücklicher Sturz auf den Steinboden. Aus, vorbei!

Er kniff die Augen zusammen. Faszinierend, wie schnell so etwas gehen konnte. Da stehen sich zwei Menschen gegenüber, der eine ist entschlossen, der andere zögerlich. Und damit war schon alles entschieden. Es war nun mal ein Gesetz des Lebens, dass die Schwächeren auf der Strecke blieben. Wie hieß das doch gleich? Survival of the fittest! Genau, so hatte Charles Darwin das genannt, und er hatte Recht gehabt. Es gibt Gewinner und Verlierer.
Er drehte den Hahn auf und spritzte sich Wasser ins Gesicht. Und er selbst? Er zeigte sich im Spiegel die Faust. Er war ein Gewinner! Auch wenn nicht immer alles so lief wie geplant, auch wenn es Krisen gab, die man durchzustehen hatte, auch wenn der äußere Schein trog und es hinter der Fassade längst nicht so rosig aussah.
Er nahm den Rasierschaum und seifte sein Gesicht ein. Dabei erinnerte er sich an die Geschichte von dem Königstiger, die er gestern in der Zeitung gelesen hatte. In irgendeinem Dorf in Südindien hatte dieser vor einigen Wochen einen Menschen gerissen. Und weil das so leicht war, viel einfacher jedenfalls, als einen Wasserbüffel zu erlegen, hatte der Tiger seine Ernährungsgewohnheiten von einem Tag auf den anderen umgestellt: Er bevorzugte jetzt Menschenfleisch. Vielleicht schmeckte es ihm auch besser, aber auf jeden Fall war der Mensch als Beute für ihn ein gefundenes Fressen. Um zu dieser Erkenntnis zu gelangen, bedurfte es dieses ersten Sündenfalls in jenem Dorf in Südindien.
Er griff zur Rasierklinge und zog eine erste Spur durch den weißen Schaum. Auch unter den Menschen gab es Königstiger. Sie wussten, wie leicht es war, jemanden ins Jenseits zu befördern. Vor allem bei Opfern, denen Gewalt fremd war, diese nur aus der Zeitung, dem Fernsehen oder vom Kino kannten. Angesichts einer unmittelbaren Bedrohung fehlten ihnen bei einem entschlossenen Gegner die Reflexe, die zum Überleben nötig waren. Es war ein Kinderspiel, sie einzuschüchtern oder gar zu liquidieren. Liquidieren? Er mochte dieses Wort, es ließ an einen technischen, völlig emotionslosen Vorgang denken.
Er betrachtete versonnen die Rasierklinge. Wenn es so leicht war,

einen Menschen umzubringen, warum griff man dann nicht viel entschiedener zu dieser Ultima Ratio? Wie jener Königstiger, der sich ja auch von der lernfähigen Seite gezeigt hatte.
Er versuchte diese Idee zu verdrängen und sich wieder auf seine Rasur zu konzentrieren, aber es gelang ihm nicht. Zielgerichtete und kühl kalkulierte Aggression, so schränkte er ein, sie musste ja nicht zwingend zum Tode führen. Bei intelligentem Einsatz konnte sie auch in dosierter Form ein befriedigendes Ergebnis zeitigen. Diese Erfahrung war nicht neu in seinem Leben, aber wie immer war alles relativ. Allerdings, der Königstiger ließ es nicht dabei bewenden, jemanden zu erschrecken, er brachte die Sache zu Ende, mit einem raschen und tödlichen Hieb seiner Pranke. Er fragte nicht danach, ob dieser Vorgang angemessen war und ob er ihm wirklich nutzte.
Erneut setzte er die Rasierklinge an. Im Spiegel sah er sein schiefes Grinsen. Er würde die Überlegungen heute Abend fortsetzen, bei Kerzenschein, bei einem Orgelkonzert von Johann Sebastian Bach – und einer Flasche Château d'Yquem!

15

Von der Remise ging es eine Treppe hinunter in einen schön gemauerten, alten Keller, in dem Jean-Yves seine Barriquefässer stehen hatte. Sie stammten aus Bordeaux und fassten jeweils zweihundertfünfundzwanzig Liter. Hipp strich mit der Hand fast liebkosend über das Holz aus französischer Eiche. Ja, Jean-Yves machte sich mit seinem Wein zweifellos einige Mühe. Der Fassausbau ließ ihn atmen, führte dem Wein weitere Aromastoffe zu und Tannine aus dem Holz. Wenn man es richtig machte, dann wurde der Wein im Barrique geschmeidiger, harmonischer, aber auch komplexer. Viel Missbrauch wurde mit dem Ausbau in Eichenfässern getrieben. Entweder waren die Weine dafür völlig ungeeignet, waren zu schlicht, hatten zu wenig Körper und wurden vom Holz förmlich vergewaltigt, oder, noch schlimmer, der Fassausbau war nur simuliert, indem zum Beispiel Holzspäne in einen Stahltank geworfen wurden.

Hipp schüttelte es schon allein bei diesem Gedanken. Aber Jean-Yves, der machte es richtig. Wollte es richtig machen, korrigierte sich Hipp. Er hatte ja nun leider keine Gelegenheit mehr dazu. Von Valerie musste er unbedingt erfahren, wer ihrem Onkel beim Wein half, er konnte ja nicht alles alleine machen. Der Beschriftung mit Kreide entnahm Hipp, dass Jean-Yves die beiden Rebsorten Syrah und Mourvèdre getrennt ausbauen und wohl erst später miteinander vermählen wollte. Er zog den Spund aus dem ersten Fass und entnahm eine Probe. Veilchen, schwarze Kirsche, begleitet von nicht zu aufdringlichen Tanninen, voller jugendlicher Kraft und Muskelstärke … Er musste Jean-Yves ein Kompliment machen, schade, er hätte ihn gerne kennen gelernt. Was war er wohl für ein Mensch gewesen? Und was hatte er für eine Dummheit begangen, die ihm womöglich das Leben gekostet hatte? Oder war er einfach zufällig auf einen anonymen Einbrecher gestoßen und hatte im anschließenden Handgemenge den Kürzeren gezogen? In diesem Fall würde sein Tod vielleicht nie aufgeklärt werden. Aber Hipp glaubte nicht daran.

Ausgehend von Australien und Neuseeland setzt sich der Einsatz von Holzspäne (Chips) weltweit durch. Es ist wohl nur eine Frage der Zeit, bis dieser zweifelhafte Barrique-Ersatz allgemein sanktioniert wird.

Er setzte den Spund wieder ein. In einigen Tagen würde man die Fässer auffüllen müssen. Man sagt, dass Barriques einen großen Durst haben, mit der so genannten Ouillage wird der verloren gegangene Wein regelmäßig spundhoch beigefüllt, um eine Oxidation oder einen Essigstich zu vermeiden.

Was sich wohl hinter dieser alten Eichentür neben den Fässern verbarg? Er hatte schon probiert, sie war abgeschlossen. Verschlossene Türen übten auf Hipp seit je eine magische Anziehungskraft aus. Schon als Kind wollte er immer wissen, ob sich dahinter irgendwelche Geheimnisse verbargen. Meistens wurde er enttäuscht.

Auch bei Menschen gab es solche verschlossenen Türen, die

ins Unbewusste führten oder zu verdrängten Erlebnissen. Oft wussten die Betroffenen selbst nicht mehr, dass es sie gab. Seine Kunst als Psychologe war es, diese zu finden, sie zu öffnen. In diesem konkreten Fall war das relativ leicht. Das simple Schloss der Tür hatte er mit einem herumliegenden Draht in wenigen Minuten geknackt. Hipp betrat den Raum, fand den Lichtschalter und sah sich um. Das Gewölbe war überraschend groß und sauber aufgeräumt. Links lagerten hunderte von leeren, noch unetikettierten Weinflaschen, steril in einer durchsichtigen Folie verschweißt. In der Mitte stand ein Automat zum Verkorken von Flaschen. Rechts ein großer Arbeitstisch. Außerdem Schränke mit vielen Schubladen und einige Regale, in denen Jean-Yves alte, aber bereits geleerte Weinflaschen aufbewahrte. Hipp nahm einige heraus und betrachtete sie: 1928 Château Haut-Brion, 1921 L'Église Clinet, 1921 Château Cheval Blanc, 1959 Château Margaux … Wahrlich eine sehr respektable Sammlung. Ob er sie wohl alle selbst getrunken hatte? Hipp zog einige Schubladen auf, fand verschiedene Etiketten, Korken und Kapseln. Mit einem Korken spielend, setzte er sich auf einen Stuhl und dachte nach. Es stimmte wohl, Jean-Yves hatte eine Dummheit begangen – oder er war gerade im Begriff, eine zu machen. Wahrscheinlich beides. Im Hinausgehen prüfte er die eingeschweißten leeren Weinflaschen. Er sah sich ganz genau einen Flaschenboden an, machte das Licht aus, zog die Tür hinter sich zu und verschloss sie mit dem zurechtgebogenen Stück Draht.

»Na, hast du was gefunden?«, fragte Valerie, die am Haus in der Sonne saß und gerade ein Telefonat mit ihren Eltern beendet hatte, die sich schon auf der Anreise befanden.
»Der junge Wein deines Onkels wird sehr gut, noch besser als der, den ich bei deinem Vater probiert habe«, antwortete Hipp.

»Davon hat Jean-Yves leider nichts mehr.«
»Wohl wahr.«
Valerie bot Hipp von den eingelegten Olives vertes an, die sie sich in einem Glas aus der Küche geholt hatte.
»Ermittelst du eigentlich immer so?«, wollte sie wissen.
»Wie darf ich deine Frage verstehen?«
»Ich meine, dass du dich auf Nebensächlichkeiten konzentrierst?«
Hipp lächelte. »Ich habe ein Faible für Nebensächlichkeiten. Aber zu deiner Beruhigung, ich werde mich jetzt noch etwas näher am Tatort umsehen. Und dann gehen wir was essen, ich habe Hunger.«
»Ich kenne hier ganz in der Nähe ein nettes Bistro. Bernard kocht hervorragend, wenn er nicht gerade beim Pétanque ist. Er war ein guter Freund von Jean-Yves.«
»Vielleicht weiß Bernard, wer Jean-Yves beim Wein geholfen hat?«
»Das weiß sogar ich. Sein Name ist Gabriel-Henri, ein liebenswerter alter Weinbauer. Er hilft Jean-Yves schon seit Jahren. Béatrice hat erzählt, dass er vor zwei Wochen einen Herzanfall hatte. Er liegt in Avignon im Krankenhaus.«
»Armer Kerl und ein möglicher Zeuge weniger. Dein Onkel war nicht verheiratet, hatte er eine Freundin?«
»Aktuell wohl nicht. Von Sabine hat er sich vor einigen Monaten getrennt, sie ist nach Marseille zurück.«
»So geht's im Leben. Kann ich noch eine Olive haben? Die schmecken köstlich.«
»Haben wir auch immer zu Hause. Sind von Jean-Yves selbst eingelegt.«
»Sag mal, wo geht eigentlich die Straße hin, die wir gekommen sind, ich meine, wenn man nach der Abzweigung geradeaus weiterfahren würde?«
»Zu einem Ferienhaus. Gehört einem Engländer.«
»Und da hört die Straße auf?«

»Ja, da ist Schluss. Warum fragst du?«
»Nur so. Ich gehe jetzt mal ins Haus. Ich will mir sein Büro anschauen und seinen Computer.«
»Valerie!«, rief sie ihm hinterher.
Er drehte sich irritiert um. »Rufst du jetzt nach dir selbst? Das wäre besorgniserregend.«
Valerie lachte. »Nein, aber so heißt das Passwort für seinen Computer – Valerie. Er hat mir das mal gezeigt.«
»Du warst wohl wirklich seine Lieblingsnichte.«

16

Die Polizei hatte die gerichtsmedizinischen Untersuchungen schneller als erwartet abgeschlossen und Jean-Yves' Leichnam für die Beerdigung freigegeben. Heute Vormittag hatten sich über zweihundert Trauergäste auf dem alten Friedhof der Église Notre-Dame eingefunden und Jean-Yves ihre letzte Ehre erwiesen. Darunter die halbe Nachbarschaft, seine Freunde aus Saint-Rémy, Sabine aus Marseille und Gabriel-Henri, der gegen den Rat seiner Ärzte das Krankenhaus in Avignon verlassen hatte. Einige Geschäftspartner aus Paris, Amsterdam und London, mit denen Jean-Yves in seinem Weinhandel zu tun hatte. Natürlich die Familie, allen voran seine Schwester Béatrice, sein Schwager Ferdinand Praunsberg und Valerie. Und selbstredend ohne Ausnahme alle Chevaliers der Weinbruderschaft, der Jean-Yves angehörte.
Hipp, der sich bei den Trauerfeierlichkeiten mehr im Hintergrund hielt, hatte einige Gesichter wiedergesehen, die er von der Weinprobe bei Praunsberg kannte. Den Schönheitschirurgen Prof. Losotzky, den Notar Dr. Quester, den Bauträger Niebauer. Pierre Allouard hatte seinen Urlaub unterbrochen und war von seinem Ferienhaus an der Loire angereist. Hipp

hatte den Internet-Aussteiger Thoelgen begrüßt, der aus Ramatuelle gekommen war. Auch Karl Talhammer hatte sich eingefunden, der Hipp zu dieser Degustation bei Praunsberg mitgenommen hatte.
Der katholische Curé hatte eine ergreifende Rede gehalten, die Glocken der Kirche hatten geläutet. Und jeder von den Chevaliers hatte zum Abschied einen Zweig von Jean-Yves' Rebstöcken auf seinen Sarg geworfen. »Qu'il trouve le repos éternel …«
Jetzt saßen der engere Familienkreis, einige ausgewählte Freunde und die Chevaliers an einer langen Tafel im Hof von Jean-Yves' Haus. Bernard hatte mit seiner Mannschaft das Regiment in der Küche übernommen. Es gab Tranches de gigot d'agneau dans la casserole, Lammkeulenscheiben in der Kasserolle, davor Tapenade-Omeletts aus Spinat, Mangold und Artischockenherzen und zum Dessert Törtchen mit Äpfeln und Pinienkernen. Praunsberg hatte aus dem Keller eine Methusalem-Flasche mit Jean-Yves' eigenem Wein geholt, die sie feierlich entkorkten, um auf den Toten anzustoßen.

Das Rezept für die TRANCHES DE GIGOT D'AGNEAU DANS LA CASSEROLE findet sich im Anhang (s. Provence).

Wie üblich bei solchen Trauerfeiern wich die allgemeine Betroffenheit bald einer fast schon ausgelassenen Stimmung. Hipp kannte die stereotype Entschuldigung: Der Verstorbene hätte es nicht anders gewollt. Er war sich nicht sicher, ob man mit dieser Vermutung immer richtig lag, bei Jean-Yves mochte sie allerdings zutreffend sein.
Zufällig saß Hipp bei einigen Weinbrüdern, die er von der Degustation kannte. Der Schönheitschirurg hatte ihm vergnügt in die Rippen geboxt und ihn zu seinem Volltreffer bei der Blindverkostung gratuliert. Noch nie habe Praunsberg ein so dummes Gesicht gemacht. Ein vermeintlicher Weinbanause, der sogar den Jahrgang errät, einfach zu köstlich, wunderbar. Niebauer erzählte von seinem schnuckeligen Château in Bor-

deaux, mit zehn Hektar bester Cabernet-Sauvignon-Lage. Losotzky schaute dabei etwas gequält. Wie sich später herausstellen sollte, war auch er an diesem Château interessiert gewesen, aber Niebauer hatte es ihm weggeschnappt. Hipp erinnerte sich daran, dass der Bauträger nur so in Geld schwimmen sollte, was sein neureiches Gehabe zwar nicht sympathischer machte, aber zumindest nachvollziehbar. Niebauer lud sie alle zu einem Besuch ein, vor allem auch Hipp, weil er an seinem fachmännischen Urteil interessiert war.

»Mit dem Château habe ich einen Barriquekeller erworben. Die Weine sind vom Feinsten. Die müssen Sie unbedingt probieren!« Hipp versprach, die Einladung anzunehmen, nur momentan gehe es nicht.

»Und bringen Sie Valerie mit. Dann haben Sie noch mehr Spaß. Sie wissen schon, wie!«

Nicht jedes Jahr gibt es einen edelsüßen Château D'YQUEM. Vor allem dann nicht, wenn der Edelfäulepilz Botrytis cinerea ausbleibt, der die voll ausgereiften Beeren verschrumpeln lässt, den Trauben dadurch Wasser und Säure entzieht und den Zucker konzentriert. Der YQUEM wird mit der Hand in mehreren Durchgängen gelesen und selektiert. Am Ende kommt gerade mal ein Glas aus einem Rebstock – wie beim Jahrgang 1937.

Niebauer zwinkerte ihm kumpelhaft zu. Das waren nun genau die Bemerkungen, die Hipp nicht sonderlich mochte. Er glaubte kaum, dass er bei Niebauer in Bordeaux vorbeischauen würde. Sehr viel sympathischer waren Allouard und Thoelgen. Zwar konnte auch der Franzose nicht mit der Information hinter dem Berg halten, dass er gerade bei einer Auktion von Sotheby's zwölf Flaschen Château d'Yquem ersteigert hatte, und zwar vom phantastischen Jahrgang 1937, was unter den Weinbrüdern großen Beifall auslöste. Aber Allouard war längst nicht so großspurig wie Niebauer und durchaus amüsant. Gleiches galt für Thoelgen, der ebenfalls kein mangelndes Selbstbewusstsein hatte, aber originell war und zudem immer wieder auf Jean-Yves und den eigentlich traurigen Grund ihres Zusammenseins zu sprechen kam. Eine Anteilnahme, die Hipp bei manch anderem vermisste.

Er sah zum anderen Ende des langen Tisches, wo Valerie neben ihrer Mutter saß. Valerie war schuld, dass er überhaupt noch hier war. Er dachte an ihr Gespräch zurück, das sie am Tag nach dem Tod gleich da vorne unter der Pinie geführt hatten. Es war ihm ernst gewesen mit der Absicht, nach Hause zu fahren. Aber Valerie hatte Recht, er konnte nicht ein Leben lang davonrennen …

»Was meinen Sie, lieber Hipp Hermanus«, riss ihn Niebauer aus seinen Gedanken, »wer hat unserem lieben Jean-Yves den Schädel eingeschlagen?«

Hipp zuckte zusammen. Den Schädel eingeschlagen? Exakt diese Brutalität war es, mit der er eigentlich nichts mehr zu tun haben wollte. Aber die direkte Sprache passte zu Niebauer.

»Das ist doch sozusagen Ihr Spezialgebiet, oder?«, ließ Niebauer nicht locker. Auch die anderen sahen ihn fragend an.

»Das ist leider überhaupt nicht mein Spezialgebiet, es war es vielleicht mal, wenn Sie so wollen, in einem früheren Leben. Ich bin hier, weil ich seit kurzem mit Valerie befreundet bin …«

»Sie sind zu beneiden«, gab Thilo Thoelgen seinen Kommentar.

»Ich habe keine Ahnung, warum Jean-Yves getötet wurde«, fuhr Hipp fort. Dann spielte er den Ball zurück und fragte in die Runde: »Was denken Sie, wer kann es gewesen sein?«

»Die Polizei glaubt, es war ein Einbrecher, den Jean-Yves auf frischer Tat überrascht hat«, sagte Allouard.

»Vielleicht ein gehörnter Ehemann, Jean-Yves war kein Heiliger«, spekulierte Niebauer.

»Wer erbt eigentlich das alles?«, fragte Thoelgen und deutete auf das Haus. Keine dumme Frage, wie Hipp im Stillen feststellte.

»Béatrice«, antwortete Losotzky.

Niebauer: »Woher weißt du das?«

Losotzky deutete zum Notar Dr. Quester, der ein Stück entfernt saß. »Von Heribert. Jean-Yves hat mal sein Testament mit ihm besprochen.«

»Dann scheidet dieses Motiv aus«, sagte Thoelgen. »Irgendwie makaber, dass er gerade mit einer Weinflasche erschlagen wurde.«

Ja, das ist es, dachte Hipp. Vor allem mit einer solchen Weinflasche!

17

Am nächsten Vormittag waren sie erneut im Haus von Jean-Yves zusammengetroffen. Allerdings nur noch Béatrice, Ferdinand Praunsberg, Valerie, Hipp und Thilo Thoelgen. Und diesmal nicht im Garten, sondern im Wohnzimmer, denn draußen pfiff der Mistral über die Dächer, jener eisige, nervtötende Wind, der durch das Rhône-Tal aus dem Norden kommt und mit Sturmstärke über die Provence herfällt. Drei, sechs oder neun Tage lang soll er dauern, sagen die Einheimischen. Auf jeden Fall mindestens einen Tag zu lang, befand Béatrice. Praunsberg hatte den Kamin angemacht. Das Knistern des Feuers hatte keine Chance gegen das Heulen des Windes. Béatrice erzählte, dass Kinder, die beim Mistral gezeugt werden, schwachsinnig würden. Jedenfalls sei dieser Glaube in der Provence immer noch anzutreffen. Mit gespielter Sorge erkundigte sich Valerie nach dem Wetter bei ihrer Zeugung, denn sie wusste, dass sie das Produkt eines Provence-Urlaubs war. Beruhigt nahm sie zur Kenntnis, dass damals völlige Windstille herrschte.

Thoelgen stand lachend auf, um sich zu verabschieden. Er nahm Valerie in die Arme und wünschte ihr ewigen Sonnenschein im Leben. Nach Hipps Gefühl hielt er sie etwas länger fest, als unbedingt nötig gewesen wäre. Aber dieses Vergnügen war ihm gegönnt.

Als sie schließlich unter sich waren, kam Praunsberg auf den Mord an Jean-Yves zu sprechen.

»Lieber Hipp Hermanus, ich möchte mich noch einmal dafür bedanken, dass Sie sich vor einer Woche spontan bereit erklärt haben, meinem Schwager zu helfen. Bedauerlicherweise sind Sie zu spät gekommen, was natürlich niemand ahnen konnte. Ich habe heute früh noch einmal mit dem Kommissar von der Police judiciaire gesprochen. Leider gibt es überhaupt keine konkreten Anhaltspunkte. Die Polizei glaubt, dass ein oder mehrere Einbrecher ins Haus eingestiegen sind. Es gibt derzeit wohl eine Serie von Einbrüchen rund um Saint-Rémy, aber auch drüben im Lubéron. Wahrscheinlich haben sie gedacht, dass das Haus leer steht. Vielleicht war Jean-Yves unten in seinem Weinkeller? Er hat die Einbrecher gehört, ist die Treppen heraufgekommen und hat sie überrascht. Möglicherweise hatte er die Weinflasche zufällig in der Hand und ist damit auf die Einbrecher losgegangen. Dann ist es wohl zu einem Handgemenge gekommen, ein Einbrecher hat ihm die Flasche entwunden und ihm mit voller Gewalt auf den Hinterkopf geschlagen.«

Praunsberg warf einen entschuldigenden Blick zu seiner Frau. »Béatrice, verzeih bitte diese Schilderung, aber so ist sie mir von der Polizei gegeben worden. Zu dem Schlag mit der Flasche kam, dass Jean-Yves wohl im Sturz mit der Stirn auf die Stufe im Steinboden aufgeschlagen ist. Jedenfalls hat beides zusammen zu einer letalen Schädelbasisfraktur geführt. Und dann hat der oder haben die Einbrecher Hals über Kopf das Haus verlassen. Ohne etwas zu stehlen, jedenfalls soweit wir das feststellen konnten. Die Polizei hat einige Fingerabdrücke am Tatort sichergestellt, übrigens nicht auf der Flasche, aber am Geländer und auf dem Boden neben der Leiche, als ob sich jemand hingekniet hätte. Valerie, deine Fingerabdrücke waren auch dabei, die von Herrn Hermanus übrigens nicht. Sie haben wohl nichts angefasst, alte Schule würde ich sagen. Die fremden Fingerabdrücke sind nirgends registriert, leider. Die Polizei konnte mir nicht viel Hoffnung machen. Wir müssen also abwarten, vielleicht fasst die Polizei die Diebe bei einem ihrer nächsten Einbrüche. Wenn nicht, dann fürchte ich, dass wir nie herausbekommen werden, wer Jean-Yves umgebracht hat.«

Praunsberg, der während seiner Ausführungen auf und ab gegangen war, setzte sich zu Béatrice und nahm ihre Hand. »Tut mir Leid, aber so sind die Fakten«, sagte er leise.

Hipp saß schweigend am Kamin und spielte mit dem Korken, den er vor einigen Tagen aus Jean-Yves' Arbeitsraum mitgenommen hatte.

»Das sehen Sie doch auch so, Herr Hermanus?«, sprach ihn Praunsberg direkt an.

»Das könnte so gewesen sein«, antwortete Hipp.

Praunsberg nickte resigniert.

»Und was ist mit der Erpressung, der Jean-Yves ausgesetzt war?«, fragte Béatrice. »Jean-Yves hat erzählt, dass er gezwungen wird, etwas zu tun, und dass man ihm gedroht hat, ihn umzubringen. Und dass er irgendeine Dummheit begangen habe. Und jetzt ist er tot, das ist doch kein Zufall.«

»Vielleicht, vielleicht aber auch nicht«, entgegnete Praunsberg. »Wie sollen wir das je herausbekommen? Du wolltest ja nicht, dass wir etwas der Polizei sagen. Und Hipp Hermanus kann uns auch nicht weiterhelfen. Du hast ja gehört, er glaubt auch an die Einbrecher.«

»Das habe ich nicht gesagt«, stellte Hipp richtig.

»Aber Sie haben doch eben ...«

»Ich habe gesagt, es könnte so gewesen sein. Doch mir geht es wie Ihrer Frau. Ich glaube nicht an Zufälle.«

»Sehr schön, nun gut, da seid ihr euch einig. Aber von einem Detektiv hätte ich, verzeihen Sie mir diese Bemerkung, etwas mehr als nur weibliche Inspiration erwartet. Doch zugegeben, es gibt keine Spuren, die Sie verfolgen könnten.«

»Vielleicht doch«, sagte Hipp. »Fangen Sie mal!« Er warf Praunsberg den Korken zu, den dieser verdutzt auffing.

»Was soll ich damit?«

»Zu welchem Wein gehört dieser Korken?«

Praunsberg schaute den Korkbrand genauer an. »Steht doch drauf: Lafite-Rothschild, Jahrgang 82. Warum?«

»Mit welcher Weinflasche wurde Ihr Schwager erschlagen?«, fuhr Hipp fort.

»Keine Ahnung«, sagte Praunsberg, »stand nicht im polizeilichen Protokoll, und Sie haben's mir auch nicht gesagt.«

»Château Lafite-Rothschild, Jahrgang 82!«

»Na und? Jetzt haben wir also den Korken zur Flasche. Wie wunderbar, gratuliere. Ich glaube, Sie sind durch Ihre Weinermittlungen etwas vom rechten Weg abgekommen. Soviel ich weiß, nennt man das eine Déformation professionelle!«

»Stimmt, so nennt man das«, bestätigte Hipp ganz ruhig. »Mir missfällt übrigens Ihr spöttischer Unterton.«

»Mir auch!«, sagte Valerie, die bisher geschwiegen hatte.

»Tut mir Leid«, entschuldigte sich Praunsberg. »Trotzdem, was soll ich mit dem blöden Korken?«

»Ich denke, Sie sind ein Chevalier und großer Weinkenner? Schauen Sie sich den Korken doch bitte etwas genauer an.«

»Nun, jetzt, wo Sie es sagen, der Korkbrand ist etwas seltsam ...«

»Weil der Korken eine Fälschung ist«, erklärte Hipp.

»Tatsächlich? Ja, könnte sein.«

»Machen Sie es nicht so spannend«, sagte Béatrice. »Was haben Sie herausgefunden? Sie haben doch etwas herausgefunden, oder?«

»Ein klein wenig, ja«, antwortete Hipp. »Aber ich weiß nicht, ob es Ihnen gefallen wird.« Er langte hinter den Stuhl und stellte eine leere Flasche Wein auf den Tisch. »Lafite-Rothschild, 1982!«

»Die Flasche, mit der Jean-Yves erschlagen wurde?«, fragte Praunsberg irritiert.

»Nein, die ist doch kaputt«, sagte Valerie.

»Richtig, ich bin schon völlig durcheinander. Warum zeigen Sie uns jetzt diese Flasche?«

»Weil diese Flasche auch eine Fälschung ist. Übrigens genauso wie die Flasche, mit der Jean-Yves niedergeschlagen wurde.«

»Eine Fälschung? Woran erkennen Sie das? Zeigen Sie mal her!«

Praunsberg studierte das Etikett, drehte die Flasche in der Hand, hielt sie gegen das Licht, begutachtete den Flaschenboden. »Nein, glaube ich nicht, keine Fälschung. Aber viel zu sauber, als ob sie jemand sorgfältig gereinigt hätte.«

»Die Flasche ist so sauber, weil sie erst noch abgefüllt werden muss. Und sie ist doch eine Fälschung, erkennbar am Jahrgang. Er müsste beim Lafite rot sein, ist aber schwarz wie zum Beispiel beim Château Latour.«

»Rot? Der Jahrgang?«

»Ja, auch bei der zersplitterten Flasche neben Jean-Yves' Leiche war der Jahrgang schwarz, also ebenfalls eine Fälschung.«

»Das ist Ihnen aufgefallen?«

»Nicht sofort, aber ich habe ein gewisses Talent, mir scheinbare Nebensächlichkeiten einzuprägen. Übrigens tragen Sie Ihre Uhr heute am anderen Handgelenk.«

»Stimmt!«, stellte Béatrice überrascht fest.

»Jetzt kommt der unangenehme Teil«, fuhr Hipp fort. »Die Fälschung stammt von Jean-Yves selbst. Ich vermute, dass dies die Dummheit ist, die er begangen hat. Um genau zu sein, ich glaube, dass Jean-Yves ab und an Weinraritäten gefälscht hat. Jedenfalls sind in seinem Computer einige verdächtige Lieferungen mit unklarer Herkunft aufgeführt. Und in seiner Werkstatt hat er alte Flaschen von ausgesuchten Jahrgängen gelagert. Ich schätze, er hat der Versuchung nicht widerstanden und sie gelegentlich neu abgefüllt, mit gefälschten Korken versehen und gekonnt verkapselt. Aber dieser Lafite ist etwas anderes. Ich habe etwa tausend Originalflaschen im Lager gefunden, keine Ahnung, wie er sie bekommen hat. Außerdem in einer Kiste ausreichend gefälschte Korken. Und in einer abgesperrten Schublade ebenfalls rund tausend gefälschte Etiketten. In hervorragender Qualität – aber mit dem Jahrgang in der falschen Farbe.«

»Warum dieser Fehler, wenn sonst alles so perfekt ist?«, fragte Praunsberg.

»Ich könnte mir vorstellen, dass er diesen Fehler bewusst gemacht hat. Nehmen wir mal an, dass er zu dieser Fälschung gezwungen wurde, wie auch immer. Er hat Ihnen ja am Telefon gesagt, dass er eigentlich nicht mitmachen wollte. Und er war im Grunde seines Herzens ein ehrlicher Mann, mit einer Verpflichtung gegenüber den großen Weinen und seinem Ruf als Weinhändler. Falls er früher gelegentlich Raritäten gefälscht haben sollte, was wir nicht sicher wissen, dann vielleicht nur aus einem Spieltrieb heraus und ohne wirkliche kriminelle Energie. Bei dieser Fälschung in großem Stil, die ihm wahrscheinlich zutiefst zuwider war, wollte er den Flaschen ein Unterscheidungsmerkmal mitgeben. Jedenfalls halte ich das für möglich.«

»Jean-Yves ein Fälscher?« Valerie wollte es noch nicht glauben.

»Die Flaschen, die Korken, die Etiketten ...« Praunsberg seufzte. »Ich glaube, Hipp Hermanus hat Recht. Ich bitte um Entschuldigung, Sie haben doch etwas herausgefunden. Ich habe Sie unterschätzt.«

»Das machst du doch ständig, du wirst auch nicht klüger«, sagte Valerie.

»Ich habe mich entschuldigt, okay? Trotzdem, was hilft uns die Erkenntnis, dass mein Schwager ein kleiner Weinfälscher war, ob freiwillig oder nicht. Wenn es das war, wozu er gezwungen wurde, dann müssten wir seine Auftraggeber kennen. Die werden aber einen Teufel tun und sich bei uns melden, erst recht, wenn sie für seinen Tod verantwortlich sein sollten.«

»Wir behalten das für uns, bitte!«, sagte Béatrice. »Kein Wort zur Polizei. Mein Bruder war ein lieber, ehrlicher Kerl. Ich möchte, dass er das in der Erinnerung der Menschen auch bleibt.«

»Kein Problem«, erwiderte Hipp.

»Nun gut, dann war's das wohl«, stellte Praunsberg fest. »Ob Einbrecher oder Erpresser und Auftraggeber für eine größere Weinfälschung, wie wollen wir das je herausbekommen? Herr Hermanus, ich danke Ihnen noch einmal für Ihre Ermittlungen. Auch wenn uns die Erkenntnisse dem Mörder nicht wirklich näher bringen.«

Valerie, die Hipp beobachtet hatte, sah zu ihrem Vater: »Ich glaube, du lernst einfach nicht dazu!«

»Warum? Warum sollte ich nicht dazulernen?«

»Weil du unseren Freund schon wieder unterschätzt«, erklärte Béatrice. »Ich habe das Gefühl, er will uns noch etwas sagen.«

»Stimmt das?«, fragte Praunsberg. »Sie haben noch etwas herausgefunden?«

»Könnte sein, ja«, bestätigte Hipp. »Valerie, erinnerst du dich an den roten Ferrari, der uns bei der Anfahrt entgegengekommen ist?«

»Ein Ferrari? Stimmt, den habe ich völlig vergessen. Wir haben rechts ranfahren müssen, um ihn vorbeizulassen.«

Praunsberg: »Vielleicht kam er vom Haus dieses Engländers am Ende der Straße?«

»Sehr unwahrscheinlich. Der Besitzer war seit drei Wochen nicht mehr hier. Ich habe ihn in London angerufen, er kennt niemanden mit einem roten Ferrari. Außerdem waren im Kies vor Jean-Yves' Haus breite Reifenspuren, die zu einem Ferrari passen könnten. Das ist mir leider erst am nächsten Tag wieder eingefallen. Mittlerweile hatte die Polizei mit ihren Fahrzeugen den gesamten Kies umgegraben, da war hinterher nichts mehr zu sehen.«

»Sie haben sich am nächsten Tag daran erinnert? So ähn-

lich wie bei dem Etikett der Flasche?«, fragte Praunsberg ungläubig.
»Ja, leider erst am nächsten Tag. Jedenfalls glaube ich, dass der Ferrari von Jean-Yves gekommen ist, ziemlich sicher sogar.«
»Jetzt müsste man nur noch das Kennzeichen wissen«, sagte Praunsberg.
Hipp: »0210 SP 06!«
»Sie kennen das Kennzeichen? Woher?«
»Wir haben ja den Ferrari gesehen, er war nicht nur rot, er hatte auch ein Nummernschild. Übrigens saß auch jemand am Steuer, nämlich ein Mann Mitte dreißig, mit einem ziemlich bulligen Kopf und kurzen Haaren. Ich denke, ich würde ihn wiedererkennen.«
»Und Sie haben sich die Nummer gemerkt? Machen Sie das bei allen Autos, die Ihnen entgegenkommen? Das gibt's doch nicht.«
»Manche Dinge prägen sich bei mir eben ein, ich erwähnte das schon. Mit etwas Glück kann ich sie später aus meinem Gedächtnis abrufen.«
»Was für eine Nummer hat mein Auto?«, fragte Praunsberg skeptisch.
Hipp lächelte. »Sie sind ein misstrauischer Mensch. Ihre Autonummer? F-FP 8888. Und der Wagen Ihrer Frau? F-BP 121. Das Auto von Ihrem Freund Thilo Thoelgen? 1411 RS 06. Der Wagen von …«
»Hören Sie schon auf. Sie werden mir langsam unheimlich.«
»Warum? Das war doch einfach!«
»Ich frage Sie jetzt nicht, ob Sie den Halter dieses Fahrzeugs kennen!«
»Sollten Sie aber. Der Fahrzeughalter heißt nämlich Sergej Protomkin, wohnhaft an der Côte d'Azur oberhalb von Cannes. Hat mich einen Anruf bei einem alten Kollegen gekostet. Dieser Protomkin steht übrigens auch im Adress-

verzeichnis von Jean-Yves' Computer. Das ist doch ein schöner Zufall, oder?«

»Meinen Sie, dass er es war, der ...?«, fragte Béatrice zögernd.

»Könnte sein, aber nicht persönlich, er saß nämlich nicht am Steuer des Ferrari, so viel ist sicher. Ich habe mir vom BKA ein Foto mailen lassen. Er ist dort registriert. Protomkin ist ein zwielichtiger Geselle, geboren in Moskau, nach Glasnost sehr schnell zu viel Geld gekommen, aber sicher nicht auf legale Weise. Jetzt mit Hauptwohnsitz an der Côte, in diverse dubiose Geschäfte verwickelt, mit Kontakten zur russischen Unterwelt. Aber man konnte ihm bislang nie etwas nachweisen. Gut möglich, dass er Jean-Yves zu dieser Fälschung animiert hat, sehr gut möglich. In Russland gäbe es bestimmt viele Abnehmer, daran würde das Geschäft nicht scheitern.«

Praunsberg stand auf. »Herr Hermanus, ich muss zugeben, Sie sind ein Genie. Ich hätte es mir denken können. Wer einen Haut-Brion Jahrgang 1961 blind erkennen kann, der muss ein Genie sein.«

»Erstens bin ich leider kein Genie, ich habe nur eine relativ gute Beobachtungsgabe. Und zweitens waren beim Wein die Geruchswahrnehmung und die Geschmacksnerven gefragt ...«

»Und das Erinnerungsvermögen!«

»Stimmt, vielleicht gibt es doch eine Gemeinsamkeit.«

»Offenbar ist nicht nur Ihr Gaumengedächtnis außergewöhnlich.«

»Was machen wir jetzt mit unseren gewonnenen Einsichten?«, fragte Béatrice.

»Ja, was machen wir? Wir haben keine Beweise, nur eine Vermutung.« Praunsberg schaute Hipp fragend an. »Da ich entgegen der Meinung meiner Tochter durchaus dazulerne, bin ich davon überzeugt, dass Sie uns gleich sagen werden, wie es weitergeht.«

Hipp grinste. »Nein, ich habe eigentlich nicht vor, es Ihnen zu sagen. Aber Sie haben Recht, ich habe eine Idee!«

18

Auf dem Tisch hatte Sergej einen großen Lageplan ausgebreitet. Boris stand hinter ihm im Raum und spielte mit dem Säbel, den Sergej aus Nizza mitgebracht hatte. Wie sollte man damit eine Champagnerflasche köpfen? Die Frage beschäftigte ihn. Nur den Korken abschlagen oder den Hals gleich mit? Boris machte in der Luft einen Probeschlag.

»Boris, lass das«, fuhr ihn Sergej an. »Das ist gefährlich. Leg den Säbel weg und komm her.«

Enttäuscht lehnte Boris den Säbel in eine Ecke, ging zu Sergej an den Tisch und sah ihm über die Schulter.

»Was ist das?«, fragte ihn Sergej.

»Schaut aus wie ein Grundriss«, vermutete Boris, »da sind mehrere Gebäude zu sehen …«

»Ganz genau, mein Lieber. Und zwar nicht irgendein Grundriss, sondern der vom Château Mouton-Rothschild in Pauillac. Siehst du hier, das ist das Haus, in dem die Baronin Philippine de Rothschild wohnt, wenn sie im Médoc ist. Das hier, Grand Chai, das ist der große Weinkeller. Ich sag dir, einfach phantastisch, ich habe ihn mal besichtigt. Hier, das ist die Halle mit den Gärbottichen. Da rechts, der Eingangsbereich für die Besucher, daneben die Boutique, das kleine Kino, der Degustationsraum und das Musée du Vin, das Weinmuseum.«

Boris sah gelangweilt auf den Lageplan. »Warum zeigst du mir das? Ich vermute, dass man das Château nicht kaufen kann.«

Sergej lachte. »Ja, da hast du wohl Recht. Aber man könnte was anderes.« Er machte eine Kunstpause, um die Spannung zu steigern. »Man könnte nämlich im Château einbrechen!«

»Einbrechen?« Schlagartig war das Interesse von Boris ge-

Mouton wurde 1853 von Baron Nathaniel aus der englischen Linie der Rothschilds gekauft. 1922 übernahm Philippe de Rothschild das Château und führte es an die Weltspitze. Viele Innovationen gehen auf ihn zurück, so die Flaschenabfüllung direkt auf dem Château und die von Künstlern gestalteten Etiketten. Seit seinem Tod (1988) steht seine Tochter Philippine an der Spitze von MOUTON-ROTHSCHILD.

weckt. »Warum? Gibt es dort einen Tresor mit viel Bargeld?«
»Kann sein, kann nicht sein«, antwortete Sergej. »Es gibt etwas viel Interessanteres, und zwar genau hier!« Er deutete auf einen Raum im Plan, den er bereits schraffiert hatte. »Das ist der so genannte Gedächtniskeller. Den gibt es, habe ich mir sagen lassen, in allen Châteaux. In diesem Keller werden von jedem Jahrgang einige Flaschen aufbewahrt und nie verkauft. Hier lagern legendäre Schätze. Du musst dir vorstellen, alle Jahrgänge, ohne Ausnahme. Der berühmte 45er genauso wie ein 29er. Wahrscheinlich zurück bis 1853.«
»Du willst diese Flaschen stehlen? Um sie zu trinken?«
Sergej schüttelte entgeistert den Kopf. »Ab und zu bist du etwas begriffsstutzig. Nein, natürlich um sie zu verkaufen. Hast du eine Ahnung, was man für diese Raritäten auf dem Weltmarkt erzielen könnte?« Sergej hob einen Finger. »Ich bin mir sicher, sehr, sehr viel Geld! Der Verkauf wird nicht ganz leicht sein. Ein Einbruch in den Gedächtniskeller von Mouton-Rothschild wird Schlagzeilen machen ...«
»Wir kommen damit in die Zeitung?«
Sergej lächelte. »Ganz bestimmt, auch ins Fernsehen. Also muss man die Flaschen unter der Hand verkaufen, am besten finden wir schon vorher Abnehmer. Aber das sollte kein Problem sein. Ich kenne da zum Beispiel einen Milliardär in Los Angeles, der würde ohne mit der Wimper zu zucken ...«
»Sag mal, Sergej, dieser Weinkeller bei Mouton ist doch sicherlich bewacht und mit Alarmanlagen versehen. Außerdem muss man die Flaschen transportieren. Das wird alles nicht so einfach.«
»Mein lieber Boris, man wächst mit den Aufgaben. Zufällig kenne ich Iwanov aus St. Petersburg, der war schon bei einem Einbruch in ein hoch gesichertes Kunstmuseum in Stockholm dabei. Iwanov ist ein Experte für Alarmanlagen.«
»Und die Flaschen? Wie viele sind das eigentlich?«
»Das ist nicht so schlimm. Über den Daumen gepeilt hundert-

fünfzig Jahrgänge je drei Flaschen, dazu diverse Magnums, vielleicht die eine oder andere Jéroboam, das war's. Macht also rund fünfhundert Flaschen, das reicht. Wir müssen ja nicht alles mitnehmen.«
»Das sollte zu schaffen sein«, überlegte Boris laut.
Sergej: »Natürlich wäre das ein anderes Geschäft als mit Jean-Yves. Wir handeln dann nicht mit Fälschungen, sondern mit Originalen.«
»Aber der Einbruch ist mit einem viel höheren Risiko verbunden«, gab Boris zu bedenken.
»Das stimmt, vor allem für Iwanov«, bestätigte Sergej lachend.
»Ich weiß nicht, ich habe kein gutes Gefühl«, zögerte Boris, »wollen wir nicht doch lieber Flaschen fälschen, meinetwegen auch Mouton-Rothschild?«
»Wir werden beides machen. Ich muss nur erst einen Nachfolger für Jean-Yves finden.« Sergej nahm den Plan und rollte ihn zusammen. »Ich erwarte Iwanov nächste Woche, dann werden wir bei Mouton-Rothschild an einer Besichtigung teilnehmen, ganz offiziell nach Voranmeldung. Dabei kann er sich schon mal ein erstes Bild von den Räumlichkeiten und den Alarmeinrichtungen machen.«
Boris wollte gerade den Säbel holen, da klingelte das Telefon. Er reichte den Hörer an Sergej weiter.
»Für dich!«
»Wer ist das?«
»Keine Ahnung, aber er will dich sprechen.«
»Also gib schon her.«
Während Sergej telefonierte, führte Boris erneut Luftschläge mit dem Säbel durch. Dabei fiel sein Blick auf den großen Kaktus am Fenster. Boris kniff ein Auge zusammen und holte aus ...
»Untersteh dich!«, schrie Sergej, sein Telefonat unterbrechend.

Die Hierarchie der Flaschengrößen: Bouteille (0,75 l), Magnum (2 x 0,75 l), Jéroboam (4 x 0,75 = 3 l), Methusalem (6 l), Salmanazar (9 l), Balthasar (12 l) und Nebukadnezar (entspricht 20 Normalflaschen = 15 l)

Wein in Magnumflaschen reift langsamer und kann deshalb von besserer Qualität sein. Die Größen ab Jéroboam (benannt nach alttestamentarischen Königen) dienen dagegen mehr der Show.

Boris schaffte es gerade noch, den Schlag am Kaktus vorbeizuführen.
Als Sergej mit dem Gespräch fertig war, nahm er als Erstes Boris den Säbel weg, dann setzte er sich aufs Sofa und dachte nach.
»Worum ging es?«, fragte Boris nach einer Weile. »Ich habe nur mitbekommen, dass du dich für heute Nachmittag verabredet hast.«
»Stimmt, in Aix-en-Provence.« Sergej kratzte sich an der Stirn. »Das war ein erstaunliches Telefonat. Boris, wusstest du, dass Jean-Yves einen Partner hatte?«
»Einen Partner? Wofür?«
»Einen Geschäftspartner, er nennt sich Albert.«
»Und? Hat er mich bei Jean-Yves gesehen?«, fragte Boris erschrocken.
»Nein, davon war überhaupt nicht die Rede. Dieser Albert weiß jedenfalls von unserer Weinbestellung bei Jean-Yves. Er hat den Lafite-Rothschild zusammen mit ihm gefälscht. Die Flaschen wären fertig, er würde gerne liefern.«
»Obwohl Jean-Yves tot ist?«
»Ja. Er sagt, dass sein Tod bedauerlich wäre, aber das Leben ginge nun mal weiter.«
»Das stimmt.«
»Er wüsste nicht, was er sonst mit den Flaschen anfangen sollte. Also würde er gerne in den Vertrag einsteigen.«
»Das klingt gut«, stellte Boris fest. »Jetzt kannst du Vladimir doch die versprochenen Flaschen liefern.«
»Sieht ganz so aus. Und dieser Albert macht freiwillig mit, er hat offenbar nicht so viele Skrupel wie Jean-Yves.«
»Das heißt, wir müssen ihn nicht einschüchtern?«, fragte Boris und warf einen sehnsüchtigen Blick zum Säbel. »Vielleicht sicherheitshalber, nur ein kleines bisschen?«
»Kommt nicht in Frage. Ich werde den Säbel wegsperren, schon um meinen Kaktus zu schützen. Boris, punkt fünfzehn

Uhr fahren wir los. Auf diesen Albert bin ich wirklich neugierig. Er hat versprochen, eine Musterflasche Lafite mitzubringen.«

19

Das Thema ging ihm nicht mehr aus dem Sinn. Immer wieder drängte sich dieser Gedanke in seine Überlegungen. Mal klammheimlich, sozusagen durch die Hintertür, dann wieder mit brachialer Direktheit. Die Idee schien sich wie dieser Königstiger in einer verborgenen Nische seines Hirns zu verstecken, von wo er seine perfiden Attacken startete.

Sollte er es wirklich wagen? Und wie hoch war das Risiko? Er grinste. Nicht besonders hoch, das sah man ja bei Jean-Yves. Alle tappten im Dunkeln. Und das würde sich nach seiner Einschätzung auch nicht ändern.

Blieb eigentlich nur noch die Frage, wie weit er gehen sollte? Vor seinem geistigen Auge tauchte ein Gesicht auf. Er glaubte zu spüren, wie sich sein Puls beschleunigte. Natürlich wusste er, dass ein Mord völlig überzogen wäre. Aber wann war das schon eine wirklich angemessene Reaktion? Darüber ließe sich lange philosophieren. In der Tierwelt gab es den Konkurrenzkampf um Reviere und um Weibchen, hier wurde die Tötung eines Artgenossen billigend in Kauf genommen. In unserer ach so kultivierten Gesellschaft wurden allenfalls aggressive Drohgebärden toleriert, das galt sogar noch als stark und selbstbewusst, aber wehe, man schritt zur Tat. Was hatte man ihm im Leben schon alles angetan? Diese Banausen, die keine Ahnung hatten, sie hatten ihn im Stich gelassen, als es darauf ankam, sie hatten ihn emotional verletzt, materiellen Schaden zugefügt. Und jetzt taten sie so, als ob nichts gewesen wäre.

Erneut sah er dieses Gesicht. Ja, das war so ein Fall. Auf den ersten Blick ein angenehmer Mensch, umgänglich, höflich. Aber in Wahrheit? Wütend schlug er mit der Hand gegen eine Mauer, so fest, dass es wehtat. In Wahrheit hatte er ihm das Schönste genommen, das er je besessen hatte. Und er hatte ihn ohne Herz ins Unglück rennen lassen. Gäbe es einen Racheengel, dann müsste dieser vom Himmel herunterfahren und ihn mit einem göttlichen Blitz niederstrecken.

Jetzt hatte das Raubtier von seinen Gedanken fest Besitz ergriffen. Der Entschluss schien gefasst, er würde selbst den Racheengel spielen. Nun gut, sein Opfer würde wohl mit dem Schrecken davonkommen. Aber vielleicht auch nicht. Diese Ungewissheit machte den besonderen Reiz aus. Die Zornesfalten auf seiner Stirn glätteten sich. Ein Lächeln umspielte seine Mundwinkel. Und zur Belohnung würde er sich einiger Flaschen bemächtigen, von denen er wusste, dass sie sich im Besitz dieses Menschen befanden. Warum sollte er nicht das Angenehme mit dem Nützlichen verbinden?

20

Sie bummelten in Saint-Rémy an der Kirche St-Martin vorbei. »Weißt du, wer hier geboren wurde?«, fragte Valerie und deutete auf ein schmales Haus, um gleich selbst die Antwort zu geben. »Michel Nostradamus!«

»Irgendwo muss er ja geboren sein«, sagte Hipp lakonisch, »von seinen Prophezeiungen halte ich trotzdem nichts.«

»Ich auch nicht, aber im Juli gibt's hier immer ein wildes Kostümfest zu seinen Ehren. Im letzten Jahr war ich mit Jean-Yves und seiner damaligen Freundin dabei.«

»Wie lange fährt man eigentlich nach Aix-en-Provence?«, fragte Hipp unvermittelt.

»Vielleicht eine Dreiviertelstunde, warum?«

»Weil ich in Aix um fünf Uhr einen Termin habe«, antwortete er.

»Einen Termin? Mit wem?«

»Erzähle ich dir hinterher.«

»Hat das was mit Jean-Yves und mit deinem Plan zu tun?«, ließ Valerie nicht locker.
»Vielleicht.«
»Du bist nicht sehr gesprächig. Aber egal, ich komme mit, und dann sehe ich ja, mit wem wir uns treffen.«
»Du wirst schön hier bleiben. Ich finde auch alleine nach Aix.«
»Das glaube ich dir. Aber ich komme mit.«
»Du bist ganz schön starrköpfig.«
»Das solltest du doch mittlerweile wissen. Also, wen treffen wir?«
Hipp ging schweigend neben Valerie her, die zielsicher zum Chocolatier Joël Durand steuerte. Seit sie hier waren, hatte sie sich dort jeden Tag mit frischen Pralines versorgt. Sie schien geradezu süchtig nach Kakao, Karamell und schwarzer Schokolade zu sein.

Bei Joël Durand werden die Pralinen im Laden frisch gemacht. Geradezu genial: Tiramisu, Vanille, Caramel und Lavande – Milchschokolade mit Lavendelblüten aus der Provence. Adresse: Saint-Rémy de Provence, Boulevard Victor-Hugo 3

»In Ordnung«, gab Hipp mit beträchtlicher Verspätung seine Antwort. »Du kannst mitkommen und mir sogar einen Gefallen tun. Aber du musst dich exakt an meine Anweisungen halten.«
»Mache ich, versprochen. Also?«
»Ich habe euch doch von diesem Russen Sergej Protomkin erzählt.«
»Der mit dem roten Ferrari?«
»Genau. Abgesehen davon, dass er ihn nicht selbst gefahren hat. Wie auch immer, ich habe ihn angerufen und mich mit ihm verabredet.«
Valerie blieb abrupt stehen. »Bist du verrückt?«
»Nein, warum?«
»Und wenn er dich umbringen lässt, so wie Jean-Yves?«
»Dafür besteht keine Veranlassung. Ganz im Gegenteil, er wird sich über die Begegnung freuen. Ich bringe ihm auch ein Geschenk mit.«
»Verstehe ich nicht, aber ich hoffe, du schätzt die Situation richtig ein. Und was soll ich dabei tun?«

»Das erzähle ich dir auf der Fahrt nach Aix, nur eine Kleinigkeit. Und du sollst auch gar nicht in Erscheinung treten. Zieh dich möglichst unscheinbar an.«
»Dazu hat mich noch nie ein Mann aufgefordert.«

Auf dem Weg vom Schokoladenladen zurück in ihr Hotel – sie wohnten immer noch im Les Ateliers de l'Images – kam Valerie auf ein Thema zu sprechen, das sie eigentlich schon seit gestern beschäftigte und ihr jetzt noch viel wichtiger schien.
»Hipp, ich möchte nicht, dass du es wegen mir machst.«
»Was soll ich wegen dir machen?«
»Den Fall Jean-Yves weiterverfolgen, dich mit diesem Russen treffen. Ich weiß, dass du das eigentlich nicht wolltest.«
Hipp nickte wortlos.
»Aber ich habe dich überredet, weil ich glaubte, dass das auch für dich wichtig ist.«
»Vielleicht hilfst du dir damit auch selbst?«
»Wie bitte?«
»Das war deine Formulierung bei unserem Gespräch unter der Pinie. Ja, möglicherweise hattest du Recht. Könnte sein, dass ich mir selbst damit helfe. Gestern beim Gespräch mit deinen Eltern hätte ich trotzdem fast abgebrochen, alles für mich behalten, wäre wieder einmal am liebsten heimgefahren.«
»Aber du hast es nicht getan. Außerdem hast du doch schon so viel herausgefunden. Das ist einfach unglaublich.«
»Jean-Yves wird davon nicht mehr lebendig.«
»Er wird davon nicht lebendig, stimmt. Aber denke doch an deinen Serientäter ...«
»Muss das wirklich sein, dass wir über ihn sprechen? Das liegt lange zurück.«
»Ich will ja gar nicht über die Vergangenheit reden. Aber auch im Fall von Jean-Yves gilt es doch, seinem Mörder das

Handwerk zu legen, ihn aus dem Verkehr zu ziehen, damit er nicht wieder morden kann. Darum geht es.«

»Und um Gerechtigkeit, und ganz archaisch um Rache. Aber worüber diskutieren wir eigentlich? Ich mach's ja, ich ziehe die Sache durch. Deshalb fahren wir auch nach Aix.«

»Ist ja okay, ich will nur, dass du es aus freien Stücken machst und nicht, um mir einen Gefallen zu tun.«

»Sehe ich so aus, als ob ich etwas unfreiwillig machen würde?«

»Eigentlich nicht.« Valerie blieb stehen und hielt Hipp fest. »Mach den Mund auf!«

»Aus freien Stücken oder weil du es so willst?«

»Weil diese Praline einfach köstlich schmeckt. Du musst unbedingt eine probieren!«

21

Sie standen auf einer alten Steintreppe vor dem kleinen Château und sahen andächtig auf die langen Reihen mit Rebstöcken, die sich unmittelbar vor ihnen über das flache Land nach Westen erstreckten.

»Cabernet Sauvignon, Merlot, Cabernet Franc«, erklärte Joseph Niebauer mit Stolz in der Stimme. »Und dahinten, da habe ich noch Petit Verdot und Malbec.«

»Du bist zu beneiden«, sagte Karl Talhammer. Was keine Floskel war, sondern von ihm in diesem Augenblick tatsächlich so empfunden wurde.

»Ja, wirklich«, stimmte ihm Heribert Quester zu, »ein solches Château im Médoc, das ist für unsereinen wie das Paradies auf Erden.«

Ebenso wie der Versicherungsmanager Talhammer, der Hipp bei Praunsberg eingeführt hatte, war auch der Notar Niebauers Einladung gefolgt und nach der Beerdigung von Jean-Yves ins Médoc gefahren.

Im MÉDOC dominiert aufgrund des kiesigen Schotterbodens die dafür ideal geeignete Rebsorte CABERNET SAUVIGNON. PETIT VERDOT und MALBEC sind außerhalb des Bordelais fast unbekannt, finden sich aber zu kleinen Anteilen in vielen großen Weinen der Region.

Der Begriff CHÂTEAU wird im Bordelais insofern inflationär gebraucht, als dass sich jeder Weinbaubetrieb (allerdings muss er bestimmte Kriterien erfüllen) auf dem Etikett so nennen darf (analog zur Domaine in Burgund). Gleichwohl gibt es prachtvolle Schlösser unter den Châteaux wie u. a. MARGAUX oder Beychevelle.

»Ganz genau, das Paradies auf Erden«, wiederholte Niebauer und lachte. »Es ist eben alles eine Frage des Geldes. Das hat leider auch unser Professor akzeptieren müssen.«
»Peter?«, fragte Quester.
»Ja, Peter Losotzky, er war auch hinter diesem Gut her, aber das habe ich ihm vor der Nase weggeschnappt.«
»Wie hast du das gemacht?«
»Indem ich einfach mehr bezahlt habe!«
»Und Peter? Ist er nicht sauer auf dich?«
»Ich glaube nicht«, sagte Niebauer.
»Er hat ja sein Haus in Aiguebelle«, warf Talhammer ein.
»Genau«, bestätigte Niebauer. »Und wenn, dann kann ich's auch nicht ändern.«
»Andere kaufen sich riesige, protzige Yachten ...«, sagte Talhammer.
»Oder leisten sich teure Frauen.«
»Sie sind im Durchschnitt dreißig Jahre alt«, stellte Niebauer fest.
»Wer, deine Frauen?«, fragte Quester grinsend.
»Nein, die Rebstöcke!«
»Im besten Alter«, flüsterte Talhammer anerkennend. »Und das Terroir, einfach göttlich.«
»Ich sage nur Médoc«, Niebauer breitete theatralisch die Hände über das Land, »da erübrigt sich jeder weitere Kommentar!«
»Schön, dass wir deiner Einladung gefolgt sind«, sagte Quester. »Du hast uns ja schon so viel von deinem Château erzählt.«
»Obwohl ich nur wenig Zeit habe, aber es hat sich schon jetzt gelohnt«, bestätigte Talhammer. »Leider muss ich heute Abend weiter. Die Beerdigung hat meine ganzen Geschäftstermine durcheinander geworfen. Morgen früh muss ich wieder in Frankfurt sein.«
»Diese Hektik ist ungesund«, stellte Quester fest.

»Es ist ja nicht jeder ein erfolgreicher Notar«, konterte Talhammer, »bei dem die Kassen wie von selbst klingeln.«
»Nur kein falscher Neid«, gab Quester zurück.
Niebauer schlug Talhammer auf die Schulter. »Wir sollten was für deine Gesundheit tun. Zunächst etwas Bewegung, ich zeige euch den Reifekeller mit den Eichenholzfässern. Und dann etwas für die Herzkranzgefäße. Das Château hat einen Degustationsraum, da warten einige ausgesuchte Jahrgänge auf uns.«
Niebauer führte seine Besucher zum Reifekeller. Dabei berichtete er von den Angestellten, die er mit dem Kauf dieses Châteaus übernommen hatte, die heute natürlich alle frei hätten, weil Sonntag sei, und von den immensen laufenden Kosten, die das Weingut verursache. Das sei eben ganz was anderes als der Einmann-Betrieb des Hobby-Winzers Jean-Yves in der Provence.
»Du hast eine Überwachungsanlage?«, fragte Quester und deutete auf eine Kamera.
»Ja, habe ich installieren lassen. Es ist alles alarmgesichert«, bestätigte Niebauer. »Fast alles«, schränkte er lachend ein, als er von einem Mauersims einen Schlüssel fischte und die Tür zum Gärkeller aufsperrte. »Hier muss noch nachgebessert werden.«
»Na, die Barriquefässer kann ja wohl keiner unter den Arm klemmen und einfach so mitgehen lassen«, sagte Quester.
»Richtig, zweihundertfünfundzwanzig Liter sind in jedem. Und jeder Liter, was sag ich, jeder Schluck ein Hochgenuss, ich schwöre es euch. Die Qualität der beiden letzten Jahrgänge, die hier heranreifen, hat für mich bei der Kaufentscheidung den letzten Ausschlag gegeben. Mit dem neuen Wein werde ich über Bordeaux hinaus für Aufsehen sorgen, das steht schon jetzt fest. Diese Barriques sind mein ganzer Stolz, ihr werdet es nachher bei der Probe bestätigt finden. Der Wein hat eine tiefe, dunkle Farbe, ist voller komplexer

Der Ausbau der Weine in Barriquefässern wurde in Bordeaux erfunden und trat von hier seinen weltweiten Siegeszug an. Nicht immer zum Wohle des Weines, denn was in Bordeaux zweifellos die Qualität verbessert (charakteristisch für den Barrique-Ausbau sind u. a. Vanille-, Kaffee- und Nussaromen), kann bei körperschwachen Tropfen und ungeeigneten Rebsorten zu katastrophalen Ergebnissen führen.

In Bordeaux, wo der Barrique-Ausbau zeitweilig sogar in Vergessenheit geraten war, wurde er durch den »Wein-Philosophen« Henri Dubosq vom Château Haut-Marbuzet (SAINT-ESTÈPHE) wieder eingeführt.

Aromen, der neue sogar noch rassiger als der vom letzten Jahr, gleichzeitig mit samtigen Tanninen und …«

22

Der Cours Mirabeau ist die Prachtstraße von Aix-en-Provence, eine fünfhundert Meter lange Platanenallee, auf der früher nur Kutschen fahren durften, auf der einen Seite prachtvolle Fassaden aus dem 17. und 18. Jahrhundert, auf der anderen viele Cafés – darunter das legendäre Les Deux Garçons. In diesem Kaffeehaus waren schon Paul Cézanne und Victor Vasarely ein und aus gegangen. Im Les Deux Garçons hatte Vincent van Gogh verkehrt und Pablo Picasso seinen Pastis getrunken.

Les Deux Garçons: traditionsreiches Café in Aix-en-Provence. Cours Mirabeau 53

Heute Nachmittag saßen draußen unter der grünen Markise in den bequemen Korbstühlen viele Einheimische und noch mehr Touristen und beobachteten das rege Treiben auf dem Cours Mirabeau. Vor sich auf den kleinen runden Tischen eine Tasse Café au lait, ein Verre de vin oder ein Bière pression. Im Inneren war das Deux G derzeit nicht so frequentiert, vielleicht nur jeder zweite Tisch belegt. Valerie hatte einen Platz vor der Bar und sah immer wieder verstohlen hinüber in die Ecke, wo Hipp mit den beiden Russen zusammensaß. Er hatte mit seiner Ankündigung Recht behalten, jedenfalls war die Begrüßung durchaus freundlich ausgefallen, und soweit sie das von hier beurteilen konnte, schienen auch danach keine Spannungen aufzukommen, bis jetzt jedenfalls. Im großen, gold eingerahmten Spiegel hinter dem Marmortischchen nahm sie unscharf die Gesichter der Russen wahr. Das Wort führte nur einer von beiden, er war groß gewachsen und hatte einen weißen Anzug an. Sein Begleiter war kleiner, dafür aber auffällig stämmig, mit kurz geschnittenen Haaren und einer Jacke, die sich über seinen breiten Schultern spannte. Es ge-

hörte nicht viel Phantasie dazu, die Rollenverteilung der beiden Russen zu interpretieren.
Hipp, der ohne Brille und mit der albernen Baseballkappe, unter der er seine langen Haare versteckt hatte, kaum zu erkennen war, lehnte völlig entspannt in seinem Stuhl. Sehr zu ihrer Beruhigung schien er die Situation unter Kontrolle zu haben. Der Mann im weißen Anzug, überlegte Valerie, das war wahrscheinlich dieser Sergej Protomkin, von dem Hipp erzählt hatte, der Besitzer des roten Ferrari. Vielleicht hatte der andere Mann am Steuer gesessen? Sie konnte sich beim besten Willen nicht an sein Gesicht erinnern. Jedenfalls wusste sie jetzt, was Hipp mit dem Geschenk gemeint hatte, das er dem Russen mitbringen wollte. Auf dem Tisch stand eine Flasche Lafite-Rothschild, ähnlich jener, die Hipp schon ihren Eltern gezeigt hatte. Sie konnte es zwar von hier nicht sehen, aber sie war sich sicher, dass der Jahrgang auf dem Etikett schwarz war.

»Harascho«, Sergej Protomkin schlug mit der flachen Hand auf den Tisch, »die Flasche sieht sehr gut aus, absolut echt, saubere Arbeit. Wie ist der Inhalt?«
»Spielt das eine Rolle?«, fragte Hipp, der bei solchen Gesprächen dazu neigte, Fragen mit Gegenfragen zu beantworten.
»Nun, nicht unbedingt«, gab Protomkin zu, »aber es wäre nicht schlecht, wenn der abgefüllte Wein einem Lafite nahe käme.«
»Wollen Sie ein Geschäft machen oder unnötige Kosten verursachen?«, erwiderte Hipp. »Sagen wir mal so, es ist kein einfacher Vin de Table, sondern immerhin ein Médoc, um genau zu sein ein ganz ansehnlicher Cru Bourgeois, einem Lafite durchaus ähnlich. Sie werden den Wein doch nicht an Robert Parker verkaufen wollen?«
Protomkin schlug in gespieltem Entsetzen die Hände über dem Kopf zusammen. »Um Gottes willen, nein, natürlich

Die Crus Bourgeois bilden eine Qualitätskategorie unterhalb den Grand Crus Classés. Sie haben seit dem Jahrgang 2000 eine eigene, streng reglementierte Klassifizierung (s. Anhang). Unter ihnen finden sich viele lohnenswerte (und noch bezahlbare) Entdeckungen.

nicht. Die Lieferung wird zum Teil nach Russland gehen, und nach Japan.«
»Nun, wo ist das Problem?«, sagte Hipp. Er ließ sich vom Ober gegen ein entsprechendes Trinkgeld drei leere Weingläser und einen Korkenzieher bringen. Er öffnete die Flasche, zeigte den Korken und goss ein.
Protomkin ließ sich mit der Beurteilung Zeit. Dann nickte er. »Gut, ich merke natürlich, dass das kein Lafite-Rothschild ist.«
»Sie merken das?« Hipp lächelte.
»Ja, aber ich bin auch ein Weinkenner. Boris würde es nicht merken, stimmt doch, Boris, oder?«
Boris erinnerte sich an seine Lektion, hielt das Glas gegen das Licht, schwenkte es wie ein Wilder, kaute und schmatzte vernehmlich und zog Luft durch die gespitzten Lippen. »Nein, merke ich nicht. Aber ich habe auch noch nie einen Lafite getrunken.«
»So ähnlich wird es Ihren Endabnehmern gehen«, stellte Hipp fest. »Sie können die Flasche übrigens gerne mitnehmen und in Ruhe überprüfen. Trinken Sie den Rest heute Abend, er wird etwas durchgeschüttelt sein, aber das macht nichts. Vergleichen Sie den Korken mit einer Originalflasche, auch das Etikett und das Glas. Sie werden überzeugt sein.«
»Ich bin es jetzt schon«, entgegnete Protomkin. Und nach einem weiteren Schluck aus dem Glas: »Sagen Sie, warum hat uns eigentlich Jean-Yves nie von Ihnen erzählt?«
»Haben Sie ihn gefragt?«
»Nein, aber es ist doch erstaunlich, dass er nicht gesagt hat, dass er einen Partner hat.«
»Ist es das? Erzählen Sie jedem, welche Partner Sie haben? Mir zum Beispiel? Doch sicher nicht. Jean-Yves und mich verbindet eine alte Freundschaft. Ich hatte früher mal ein Verhältnis mit seiner Schwester. Sie ist zwar um einiges älter als ich, aber …« Hipp schnalzte vieldeutig mit der Zunge.

Protomkin zeigte mit einem breiten Grinsen, dass er wusste, was Hipp meinte. Er trank das Glas aus und sah Hipp intensiv an. »Wir sollten uns noch kurz über den Tod von Jean-Yves unterhalten«, sagte er.
»Sollten wir das?«, erwiderte Hipp.
»Haben Sie ihn erschlagen?«, setzte Protomkin mit leiser Stimme nach.
»Nein«, antwortete Hipp, »und Sie?«
»Nein, ich auch nicht«, sagte Protomkin, der die Frage ganz offensichtlich nicht übel nahm.
»Und was ist mit Ihrem Begleiter?« Hipp wandte sich direkt an Boris. »Haben Sie Jean-Yves erschlagen?«
Boris bekam von einer Sekunde auf die andere einen roten Kopf, die Adern an den Schläfen traten hervor, er wollte aufspringen und seinem Gegenüber mit seinen großen Händen an die Gurgel gehen. Protomkin konnte ihn nur mit Mühe beruhigen.
»Sie haben Mut!«, bemerkte Protomkin. »Es ist gefährlich, Boris eine solche Frage zu stellen. Aber um sie zu beantworten: Nein, auch Boris hat Jean-Yves nicht umgebracht. Warum sollten wir auch? Wir waren gerade dabei, mit ihm ein Geschäft zu machen.«
»Aber Sie haben ihn eingeschüchtert, unter Druck gesetzt. Vielleicht war es ein Unglück, sozusagen ein Versehen? Wir konnten ja gerade erleben, wie leicht Boris aus der Haut fährt.«
»Jetzt reicht es«, zischte Protomkin durch die Zähne. »Überspannen Sie den Bogen nicht, mein lieber Albert!«
Hipp war völlig unbeeindruckt. »Verwechseln Sie mich nicht mit Jean-Yves! Mir kann man nicht so leicht Angst einjagen. Aber lassen wir das. Kommen wir zurück zum Geschäft. Das Ganze soll ja nur der Anfang sein, richtig?«
»Ja, ganz genau. Wenn alles gut läuft, steigen wir groß ein. Schaffen Sie das?«

»Natürlich, kein Problem«, bestätigte Hipp. »Hauptsache, es rechnet sich für mich. Über den Preis für die erste Lieferung haben wir uns vorhin geeinigt, was die nächste Lieferung betrifft, müssen wir neu verhandeln.«

»Aber auf gleichem Niveau.«

»Einverstanden. Wie soll die Übergabe der tausend Flaschen Lafite erfolgen? Sie sind einzeln in 12er-Kartons verpackt, insgesamt also dreiundachtzig.«

Protomkin überlegte kurz. »Da fehlen vier Flaschen!«

Hipp schmunzelte. »Sie können gut Kopfrechnen. Ich werde mich zum Auftakt unserer Zusammenarbeit von meiner großzügigen Seite zeigen und vierundachtzig Kartons liefern.«

»Sehr schön, wir verstehen uns, also …«

Sergej Protomkins Handy klingelte. Er unterbrach sich und nahm das Gespräch entgegen. Während er sich mit dem Anrufer auf Russisch unterhielt, sah Hipp hinüber zur Bar. Sein Blick kreuzte sich mit dem von Valerie. Er deutete vorsichtig ein kurzes, beruhigendes Nicken an.

»Was für ein Zufall«, sagte Protomkin und legte das Handy vor sich auf den Tisch. »Das war mein Abnehmer für unseren Wein. Er wartet schon sehnsüchtig.«

Sie setzten ihr Gespräch fort und vereinbarten die Übergabemodalitäten. Protomkin sagte, dass er die Flasche auf dem Tisch mitnehmen und von einem Experten prüfen lassen werde. Hipp zuckte gleichgültig mit den Schultern. Morgen sollte er anrufen, dann würde er von Protomkin endgültig grünes Licht bekommen.

Valerie, die den Tisch mit Hipp und den beiden Russen nie richtig aus den Augen gelassen hatte, sah, wie sie aufstanden. Hipp und der Mann im weißen Anzug gaben sich die Hand. Der stämmige Kerl mit den kurzen Haaren machte dagegen keine Anstalten, sich von Hipp zu verabschieden. Er wirkte ausgesprochen abweisend. Während die drei gemeinsam das

Café verließen, der groß gewachsene Russe hatte die Weinflasche in der Hand, erinnerte sich Valerie an ihren Auftrag. Sie stand auf, zog sich rasch zwei dünne Handschuhe an und lief hinüber zum verlassenen Tisch. Sie markierte die drei Weingläser mit kleinen Aufklebern, leerte sie vollständig in ein Wasserglas und packte sie in eine mitgebrachte Tüte. Den herbeieilenden Ober stellte sie mit einem größeren Euro-Schein zufrieden.

23

Jules nahm die filterlose Zigarette nur kurz aus dem Mund, um zu husten. »Il faut quand même que j'arrête de fumer.« Dann hatte er wieder beide Hände für das Lenkrad seines Golfcarts. Es war früh am Morgen, über den Fairways des Golfclubs von Les Bordes lagen zarte Nebelschleier. Jules mochte diese Stimmung, das waren die schönsten Augenblicke in seinem Leben als Platzarbeiter. Noch waren keine Spieler auf dem Course, es war alles wunderbar ruhig und friedlich.

Golf les Bordes (s. Anhang) ist ein Golfressort der Extraklasse an der Loire.

Jules fuhr den Golfplatz ab. Bei jedem Grün hielt er an, um mit einem zylindrischen Gerät die Löcher zu versetzen. Dabei wurde zunächst ein neues Loch ausgestochen, und zwar genau dort, wo es auf seinem Plan, den er vom Greenkeeper erhalten hatte, verzeichnet war. Dann wurde aus dem alten Loch der Einsatz herausgenommen und die Erde mit dem Gras aus dem neuen eingesetzt. Zum Schluss kam der Kunststoffeinsatz ins neue Loch, und die gelbe Fahne mit dem stilisierten Wappen von Les Bordes, einem Hirschgeweih mit Kreuz, wurde hineingesteckt. Fertig, weiter ging es zum nächsten Grün.

Jules war stolz darauf, dass er in Les Bordes arbeiten durfte. Inmitten der Sologne gelegen, jenem waldreichen Dreieck zwischen den Flüssen Loire und Cher, galt Les Bordes nicht nur als bester Golfplatz Frankreichs, eine englische Zeitschrift hatte den Platz gar auf Position eins in ganz Kontinental-

europa gesetzt. Er wusste, dass dies Baron Bich zu verdanken war, jenem legendären und mittlerweile verstorbenen Millionär, der sich auf sechshundert Hektar diesen Platz privat hatte bauen lassen und dem nichts zu teuer gewesen war.
Heute bot das Golfressort Jules einen sicheren Arbeitsplatz, noch seine Eltern hatten unter der großen Armut gelitten, die in der Sologne seit je unter der Bevölkerung geherrscht hatte – den umliegenden Schlössern der Adligen zum Trotz. Weil es in den sumpfigen Wäldern viel Wild gab, war die Sologne immer schon ein beliebtes Jagdgebiet gewesen. Jules hustete und sah hinüber zu den Bäumen. War das ein Reh? So gut wie bei jeder Runde traf er auf Tiere, meist Fasane, Rehe oder Hirsche. Gar nicht zu reden von den Wildenten. Auch für sie war Les Bordes ein Paradies, denn es gab viele Teiche. Diese Étangs waren typisch für die Sologne, oft wurden in ihnen Karpfen gezüchtet. In Les Bordes stellten sie für die Golfspieler eine echte Herausforderung dar. Jules grinste. Hier wurden in den Teichen keine Fische gezüchtet, sondern Golfbälle. Kaum einer, der auf seiner Runde nicht einige Bälle in einem Wasserhindernis versenkte.
Jules war vom dritten Grün am Abschlag der vier vorbeigefahren, einem Par 3, das mit hunderteinundfünfzig Meter von Weiß als das leichteste Loch auf dem Kurs galt. Was natürlich relativ zu sehen war, denn der Schlag ging direkt über einen großen Teich. Das Grün lag wie eine Insel im Wasser, an den vorderen Rändern senkrecht abfallend, mit Holzbrettern eingefasst. Wie viele Bälle hatte er aus diesem Teich schon herausgeholt? Jules hielt den Golfwagen an, blockierte mit einem Fußtritt die Bremse, nahm sein Werkzeug und schlenderte aufs Grün. Was er von hier nicht sehen konnte, das war ein Golftrolley mit einem braunen Bag, das vereinsamt hinter den beiden kleinen Hügeln stand, die das Grün vom fünften Abschlag trennten. Hier pflegten die meisten Spieler ihre Trolleys abzustellen, wenn sie mit dem Putter aufs vierte Grün

gingen. Aber so früh am Morgen, da waren noch keine Spieler auf dem Platz unterwegs.
Während Jules die Fahne aus dem Loch zog, dachte er, dass diese Pin-Position, so dicht am Rand des Inselgrüns, besonders gemein gewesen war. Quelle vacherie! Nun gut, heute würde er das Loch weiter nach hinten versetzen. Die Golfer würden es ihm danken. Jules nahm den heruntergebrannten Zigarettenstummel aus dem Mund und schnippte ihn in den Teich. Zufällig sah er ihm hinterher. Und so kam es, dass es Jules war, der an diesem frühen Morgen die Leiche im Teich am vierten Grün von Les Bordes entdeckte. Mit dem Gesicht nach unten trieb sie im Wasser, auf dem halben Weg hinüber zum fünften Fairway.

24

Valerie saß im Büro von Jean-Yves auf einem Hocker und sah Hipp über die Schulter, der sich mit dem Computer ihres verstorbenen Onkels beschäftigte. Vor einer Stunde waren sie aus Aix-en-Provence zurückgekehrt. Im Auto hatte Hipp ihr die Unterhaltung mit den beiden Russen wiedergegeben. Und er hatte erzählt, dass er in den nächsten Tagen die tausend Flaschen Wein liefern werde. Warum er das alles machte und wie er die Russen des Mordes an Jean-Yves überführen wollte, behielt er freilich für sich. Nur das mit den Gläsern war ihr klar. Ganz offenbar wollte Hipp die Fingerabdrücke der beiden mit jenen am Tatort vergleichen lassen.
»Was ist, wenn dieser Protomkin«, fragte Valerie, »wenn er bei deiner mitgebrachten Flasche merkt, dass Jean-Yves auf dem Etikett einen Fehler gemacht hat? Wenn zwei Flaschen, Original und Fälschung, nebeneinander stehen, dann sieht man doch sofort, dass die Farbe des Jahrgangs nicht stimmt.«
»Das würde man sehen, richtig«, bestätigte Hipp und klickte

mit der Maustaste verschiedene Verzeichnisse im Computer an.

»Du hättest ihm die Flasche besser nicht mitgegeben«, sagte sie, »das war leichtsinnig. Wenn er sie prüfen lässt und auf diesen blöden Fehler stößt, wird er nicht nur vom Geschäft zurücktreten, vielleicht schickt er dir sogar Boris auf den Hals? Und bei diesem Gedanken läuft es mir kalt den Rücken runter.«

»Das wird er nicht«, erwiderte Hipp.

»Dir Boris auf den Hals schicken?«

»Weder das, noch wird er den Fehler merken.«

»Aber das sieht doch ein Blinder, jedenfalls wenn man den direkten Vergleich hat.«

»Nicht bei der Flasche, die unser russischer Freund mitgenommen hat. Sie hat nämlich auf dem Etikett einen roten Jahrgang«, erklärte Hipp. »Er wird sie nicht von einem Original unterscheiden können. Auch wenn ihm beim Verkosten die Fälschung aufgefallen ist. Was mich sehr amüsiert hat.«

»Warum hat dich das amüsiert? Ich verstehe überhaupt nichts mehr.«

»Weil ich ihm eine Originalflasche Château Lafite-Rothschild Jahrgang 1982 mitgebracht habe. Ich habe sie aus dem privaten Weinkeller von Jean-Yves genommen.«

»Das war keine Fälschung?«

»Nein, infolgedessen wird auch sein Experte keine Abweichungen finden und Protomkin wird mir morgen freudestrahlend den Auftrag bestätigen.«

»Eine Originalflasche?« Valerie bekam einen Lachanfall. »Und er hat einen Unterschied geschmeckt?«

»So ist es. Eben ein echter Weinkenner.«

Hipp beugte sich nach vorne und studierte aufmerksam eine Liste auf dem Bildschirm.

»Suchst du etwas Bestimmtes?«, fragte Valerie.

»Nein, ich bin nur neugierig.«

»Wir könnten mit unserer Zeit was Besseres anfangen«, sagte sie.
»Wie meinst du das?«, fragte Hipp, während er mit dem Cursor am Verzeichnis des Weinkellers entlangfuhr.
»Mit dem Tod von Jean-Yves ist auch unser Liebesleben zum Erliegen gekommen«, stellte Valerie fest.
»So, ist es das?«, sagte Hipp unaufmerksam und schaute dabei konzentriert auf den Bildschirm.
»Könntest du dich bitte bei diesem ernsten Thema vom Computer losreißen!«
Hipp schüttelte verneinend den Kopf, gab einen Suchbegriff ein, wartete einen Augenblick, nickte bestätigend, schloss die Datei – und fuhr den Computer herunter.
Er drehte sich um und sah Valerie fragend an. »Was hast du gesagt?«
»Dass mit Jean-Yves auch unser Liebesleben beerdigt wurde!«
»Tatsächlich? Wie makaber.« Er überlegte. »Und? Vermisst du was?«
»Schon, ja. Du nicht?«
Hipp schmunzelte. »Durchaus. Aber vielleicht haben wir unbewusst aus Gründen der Pietät ...«
»Das ist doch Unfug. Du bist so damit beschäftigt, Sergej Protomkin und Boris des Mordes zu überführen ...«
»Was nicht meine Idee war!«
»... dass du dabei völlig vergisst ...«
»Stimmt nicht«, unterbrach Hipp erneut. »Also, dann lass uns unser Liebesleben wieder ausgraben. Und zwar hier, jetzt und sofort.«
Er stand grinsend auf und deutete vielsagend auf den Schreibtisch.
»Bist du verrückt? Doch nicht hier!«, protestierte Valerie. Sie zögerte. »Oder vielleicht doch?«
Hipp öffnete seine Gürtelschnalle. Valerie sah ihn lächelnd an, dann begann sie ihre Bluse aufzuknöpfen ...

Das Telefon im Büro klingelte ebenso laut wie penetrant. Hipp, der kurz entschlossen den Stecker aus der Wand ziehen wollte, musste enttäuscht registrieren, dass Valerie das Gespräch schon entgegennahm. Als er dann auch noch hörte, dass ihr Vater am Apparat war, zog er resignierend die Hose wieder an, gab Valerie einen Kuss auf die Stirn und machte sich auf den Weg in den Weinkeller. Das mit dem Ausgraben ihres Liebeslebens musste wohl noch etwas warten. Ihr Vater hatte ein erstaunliches Gespür für den richtigen Zeitpunkt seiner Anrufe.

Als er zwanzig Minuten später zurückkam, legte Valerie gerade auf. An ihrem Gesichtsausdruck merkte er, dass an eine Fortsetzung ihres Vorhabens nicht zu denken war.
»Ist was passiert?«, fragte er.
»Ja.« Valerie nickte bestätigend.
»Mit deinen Eltern?«, fragte er besorgt.
»Nein, denen geht's gut. Du kannst dich doch an Pierre Allouard erinnern?«
»Natürlich, er hat mir beim Essen nach der Beerdigung gegenübergesessen«, sagte Hipp.
»War eine blöde Frage, natürlich kannst du dich an ihn erinnern. Du kannst dich ja unheimlicherweise sowieso an alles erinnern. Jedenfalls ist Allouard tot!
»Tot? Hatte er einen Unfall?«
»Sieht so aus. Er besitzt doch dieses Ferienhaus an der Loire. Pierre ist von hier direkt dorthin, um noch einige Tage auszuspannen und Golf zu spielen.«
»Pierre Allouard war ein Golfspieler?«
»Ja, sogar mit großer Begeisterung. Pierre ist diese Leidenschaft jetzt zum Verhängnis geworden. Man hat seine Leiche in einem See auf einem Golfplatz gefunden. Offenbar ist er spätabends, schon fast im Dunkeln, bei einer einsamen Golfrunde in diesen See gestürzt und ertrunken.«

»Vielleicht wollte er sich spontan das Leben nehmen, weil er schlecht gespielt hat.«

»Du hast einen seltsamen Humor.«

»Tut mir Leid. Pierre Allouard war jedenfalls einer von den Netteren aus dem Kreis der Chevaliers.«

»Das war er«, bestätigte Valerie.

Hipp sah nachdenklich aus dem Fenster.

»In einem See auf einem Golfplatz ertrunken? Ein sehr ungewöhnlicher Tod. So groß sind doch diese Seen nicht, und meistens auch nicht besonders tief. War Pierre Allouard etwa Nichtschwimmer?«

»Ganz genau. Mein Vater hat erzählt, dass sie sich darüber schon oft lustig gemacht haben.«

»Verstehe ich nicht, dass jemand in unserer Zeit nicht schwimmen kann. Das ist, wie man sieht, lebensgefährlich.« Hipp drehte sich um und lehnte sich ans Fensterbrett. »Kein Anzeichen für eine Gewaltanwendung?«

»Nein, die Polizei geht von einem unglücklichen Unfall aus.«

»Sehr unglücklich, vor allem für Pierre Allouard. Sag mal, Valerie, hat dein Vater erwähnt, dass in Allouards Weinkeller eingebrochen wurde?«

»Nein, hat er nicht. Warum sollte jemand bei ihm eingebrochen haben?«

»War nur so eine Idee.« Hipp drehte sich um und sah Valerie an. »Komm, lass uns essen gehen. Und danach können wir uns im Hotel erneut unserem Projekt widmen, bei dem uns dein Vater so rüde unterbrochen hat.«

Valerie und Hipp sind zum Abendessen ins La maison jaune in Saint-Rémy gegangen (s. Anhang).

Valerie sah zum Schreibtisch und lächelte. »Ist mir ehrlich gesagt auch lieber, nicht so hart ...«

»Und morgen haben wir alle Hände voll zu tun.«

Valerie sah ihn fragend an.

»Wir müssen tausend Flaschen Lafite-Rothschild etikettieren, abfüllen und verkorken«, erklärte Hipp.

»Jahrgang 1982«, ergänzte Valerie.
»Ganz genau, und zwar mit schwarzen Ziffern!«

25

Die Hörnchenform des Croissant soll an den türkischen Halbmond erinnern. Es heißt, dass Marie-Antoinette das Rezept für die Butterhörnchen aus Wien nach Paris gebracht habe.

Vier Tage später saß Valerie in ihrem Hotel beim Frühstück. Hipp würde jeden Moment kommen, er war nur schnell um die Ecke gegangen, um am Boulevard Marceau eine Tageszeitung zu holen. Während sie zu einem Croissant griff, dachte sie daran, wie sie im Bauernhaus von Jean-Yves die Weinflaschen abgefüllt und in Kartons verpackt hatten. Die Arbeit war anstrengend gewesen, aber hatte Spaß gemacht. Trotzdem war ihr immer noch nicht klar, warum sich Hipp auf diesen merkwürdigen Handel mit den Russen eingelassen hatte. Jedenfalls hatten sie vorgestern am späten Nachmittag die vierundachtzig Kartons in einen gemieteten Transporter verstaut, und Hipp war zu Protomkin nach Cannes gefahren, um die tausend Flaschen Lafite-Rothschild abzuliefern.
Valerie schaute auf ihr Handy, das sie auf dem Tisch liegen hatte. Ob sie ihre Eltern anrufen sollte? Vielleicht waren sie schon unterwegs nach Paris, wo morgen die Trauerfeier für Pierre Allouard stattfinden sollte. Natürlich nahmen ihre Eltern an der Beerdigung teil, schließlich war Pierre Allouard ein alter Freund ihres Vaters. Valerie dachte daran, dass sich die Todesfälle in letzter Zeit häuften. Erst Jean-Yves und jetzt Pierre Allouard, ein Mord und ein Unglücksfall. Dem Mörder von Jean-Yves waren sie auf der Spur. Wer sonst sollte es gewesen sein als dieser finstere Boris? Sie mussten es ihm nur noch beweisen. Bei Pierre Allouard lag der Fall anders. Valerie fiel ein, dass Hipp nach seinem Weinkeller gefragt hatte und ob dort eingebrochen worden sei. Was hatte ihn bloß auf diesen Gedanken ge-

bracht? Leider neigte er nicht dazu, sie an seinen Überlegungen teilhaben zu lassen. Valerie hob die Arme und streckte sich. Aber was machte das schon? Sie fühlte sich ausgesprochen wohl. Es war ihr fast unangenehm, dies zuzugeben, war es doch noch nicht so lange her, dass sie bestürzt vor Jean-Yves' Leiche gestanden hatten. Valerie beglückwünschte sich trotz allem zu ihrem Entschluss, Hipp in die Provence zu begleiten. Sie hatte es gleich bemerkt, damals bei der Weinprobe im Haus ihres Vaters, nämlich, dass dieser Hippolyt Hermanus ein ganz besonderer Mann war. Gott sei Dank hatte sie sofort die Initiative ergriffen. Sie musste lächeln. Selbst ist die Frau! Auch das mit ihrem Liebesleben hatte sie wieder ...

»Hallo, c'est moi, chérie, wo bist du mit deinen Gedanken?« Hipp legte die mitgebrachten Zeitungen auf den Tisch, gab Valerie einen Kuss und setzte sich hin.

Fast wäre sie rot geworden, so fühlte sie sich ertappt. »Ach nirgends, ich habe nur so vor mich hin geträumt. Warum hat das so lange gedauert, und warum hast du gleich mehrere gekauft?«

»Weil ich mich kurz auf eine Bank gesetzt und in ihnen geblättert habe«, beantwortete er den ersten Teil der Frage.

»Suchtest du was Bestimmtes?«

»Ja«, bestätigte Hipp, »und ich habe es gefunden. Wird auch dich interessieren.«

»Du machst mich neugierig.« Valerie deutete auf den Zeitungsstapel. »Wo soll ich nachschauen?«

Hipp lächelte. »Egal, wo, steht überall drin. In der *Mérindol* auf Seite fünf ganz oben, in der *Midi Libre* auf Seite drei, in der *Nice Matin* sogar auf der Titelseite, rechts unten.«

Valerie nahm sich die Zeitung *Nice Matin*. Sie musste nicht lange suchen. Die Überschrift sprang ihr sofort ins Auge.

Russischer Geschäftsmann verhaftet

Gefälschter Wein und unter Mordanklage

Cannes – Am Mittwochabend um 21 Uhr hat die Polizei den russischen Geschäftsmann Sergej Protomkin in seiner luxuriösen Villa bei Cannes verhaftet. Mit ihm wurde sein Mitarbeiter Boris Kewtschenko in Gewahrsam genommen. In Protomkins Garage wurden 84 Kartons mit insgesamt 1008 gefälschten Flaschen Lafite-Rothschild sichergestellt. Wie die Polizei mitteilte, handelt es sich um fast perfekte Fälschungen, die von Originalflaschen kaum zu unterscheiden sind. Mit diesem Zugriff scheint es gelungen, einen gut organisierten Ring von Weinfälschern zu zerschlagen. Viel schwerer aber wiegt die Mordanklage, unter die Sergej Protomkin und Boris Kewtschenko gestellt werden. Die Polizei geht davon aus, dass die beiden Russen für den Tod an Jean-Yves Peyraque verantwortlich sind, einem Weinhändler und Winzer aus Saint-Rémy-de-Provence, der vor zehn Tagen in seinem Haus (Nice-Matin berichtete) erschlagen aufgefunden wurde. Der Staatsanwaltschaft liegt eine Zeugenaussage vor, nach der Boris Kewtschenko zum Tatzeitpunkt am Ort des Verbrechens gesehen wurde. Außerdem wurden am Tatort Fingerabdrücke von Boris Kewtschenko gefunden. Und es gibt Hinweise, dass Jean-Yves Peyraque vor seinem Tod von Protomkin bedroht wurde. Zwar liegt das mögliche Motiv für die Tat noch im Dunkeln, aber der Bürgermeister von Saint-Rémy-de-Provence hat der Polizei bereits für ihre professionelle Arbeit und die schnelle Aufklärung des Verbrechens gedankt.

Valerie ließ die Zeitung sinken und sah zu Hipp, der gerade bedächtig ein Stück von der Ficelle abschnitt. Sie beugte sich zu ihm. Hipp hob hilflos die Arme zur Seite, in der einen Hand

die Ficelle, in der anderen das Messer. Den zwei Küssen auf die Wangen folgte ein dicker Abschluss auf die Lippen.
»Du hast es geschafft!«, sagte sie aufgeregt. »Die Mörder sind hinter Schloss und Riegel, die Gerechtigkeit hat gesiegt.«
»So steht es in der Zeitung«, stellte er lakonisch fest.
»Jetzt weiß ich auch, wofür du die Fingerabdrücke auf den Gläsern gebraucht hast.« Valerie nahm ein Pain au chocolat. »Aber was wird aus unserem schönen Wein?«
Hipp bestrich die Ficelle mit Butter und Cassis-Marmelade. »Er ist beschlagnahmt. Man wird ihn hoffentlich vernichten.«
Valerie schaute enttäuscht. »Schade eigentlich, wir haben uns so viel Mühe gegeben.«

Deuxième Partie

Passion diabolique
Mörderische Leidenschaft

26

Er saß in dem alten Lehnstuhl, den er von seinem Vater geerbt hatte, nur einige Kerzen brannten, das Brandenburgische Konzert von Johann Sebastian Bach, Nummer 6 in B-Dur, war gerade beim Adagio angelangt. Adagio? Langsam, gemächlich, ja das passte zu seiner gegenwärtigen Stimmung, jedenfalls mehr als das vorangegangene Allegro. Obwohl, irgendwie war er auch heiter, das schon, aber nicht direkt lustig. Fröhliche Ausgelassenheit? Nein, das verbot sich schon aus Gründen der Pietät. Immerhin war Pierre Allouard ein alter Bekannter gewesen, der ihm sehr vertraut war. Was hatten sie doch für nette gemeinsame Erlebnisse gehabt? Er dachte an den Ausflug in die Champagne vor einigen Jahren. Von Épernay aus hatten sie die Regionen erkundet, die Côte des Blancs mit ihrem Chardonnay, die Montage de Reims, die von Pinot Noir dominiert wurde. Vor allem aber hatten sie die Keller der großen Champagnerhäuser besichtigt, die ihm wie Kathedralen erschienen waren. Er erinnerte sich amüsiert, wie Pierre, von den vorangegangenen Verkostungen im Gleichgewichtssinn etwas eingeschränkt, bei Pommery auf den letzten der hundertsechzehn Stufen, die hinunter in die Katakomben führten, gestrauchelt war. Mit einem zirkusreifen Überschlag hatte er den dort gelagerten über zwanzig Millionen Champagnerflaschen die Ehre erwiesen. Erstaunlicherweise ohne eine Blessur davonzutragen.

Er sah auf die Bouteille, die er vor sich auf dem Tisch stehen hatte. Ein Dom Pérignon 1990 von Moët et Chandon. Pierre wäre mit der Wahl sicherlich einverstanden gewesen. Kam ja noch die

In der Abtei von Hautvillers entdeckte der Benediktinermönch Pierre »Dom« Pérignon (1668 bis 1715), wie man aus den blauen Pinot-Noir-Trauben einen weißen Wein keltert, ihn einer kontrollierten zweiten Gärung zuführt und zu Cuvées vermählt.

tiefere Symbolik hinzu, dass der Champagner nach einem legendären Benediktinermönch benannt war, der mit Vornamen auch Pierre hieß, Pierre Pérignon. Das zeugte nun wirklich von tiefer Kennerschaft und ehrlichem Respekt.

Er drehte den Drahtverschluss auf, ließ langsam den Pfropfen kommen, der Jahrgangschampagner schäumte ins Glas. Er betrachtete versonnen die Perlen, die im Kelch an die Oberfläche tänzelten. Seine Nase registrierte Aromen von Aprikosen, Vanille und Honig. Ja, Pierre hätte keinen Grund zu klagen. Um seine Mundwinkel zuckte es. Aber der Anlass hätte wohl kaum seine Zustimmung gefunden. Schließlich stand der Genuss des Champagners in unmittelbarem Zusammenhang mit seinem Tod.

Er hob das Glas und prostete imaginär in die Luft. Au revoir, mon ami, et bon voyage! Den folgenden Schluck nahm er mit vollem Zug. Er hielt nichts davon, am Champagner nur höflich und respektvoll zu nippen, das war etwas für alte Damen. Ein Dom Pérignon verdiente es, dass man ihn im Sturm nahm, ganz genauso wie eine vollbusige Blondine, nur dann konnte sich die Leidenschaft ungehemmt entfalten. Seine Gedanken schweiften ab. War die Marquise de Pompadour, so fragte er sich, die Mätresse des Königs, die den Champagner so schätzte, eigentlich von blonder Haarfarbe?

Von Madame Pompadour, der Mätresse König Ludwigs XV., stammt die Einschätzung, dass der Champagner das einzige Getränk sei, das Frauen schöner mache, je mehr sie davon tränken.

Nun, Marilyn Monroe, der von ihrem Ehemann Joe DiMaggio ein Champagnerbad eingelassen wurde, angeblich mit zweihundertfünfzig Flaschen, Marilyn Monroe war sicherlich blond gewesen. Er glaubte zu sehen, wie sich Marilyn im Champagnerbad räkelte, nackt und lüstern. Plötzlich wurden ihre Pupillen weit und starr, vergeblich suchten ihre Hände nach Halt. Ein verzweifelter Hilferuf blieb ungehört. Langsam, aber unaufhaltsam versank Marilyn im Champagnerbad. Als Letztes erkannte er noch ihre blonden Haare, dann war sie vollends untergegangen – um wenig später wieder aufzutauchen, mit dem Rücken nach oben, leblos, die Arme weit ausgebreitet.

Das Vollbad der Marilyn Monroe in unverdünntem Champagner dürfte der Legende angehören, denn über die Haut würde dabei so viel Alkohol aufgenommen, dass sie an Alkoholvergiftung gestorben wäre.

Seine Hand zitterte leicht, als er das leere Glas vor sich auf dem

Tisch abstellte. Der Leichnam, den er im Wasser treiben sah, das war nicht mehr Marilyn Monroe, das war auch keine Frau mehr, und sie war auch nicht nackt. Die Badewanne hatte sich zu einem kleinen See gewandelt. Er sah, wie die Sonne hinter den Bäumen unterging, ein Frosch hüpfte über einen kurz geschorenen Rasen, in dem in einem Loch an einem langen Stab eine gelbe Fahne steckte. Der Tote im Teich, man konnte es im dämmernden Licht und trüben Wasser kaum erkennen, aber er wusste, der Tote hatte ein rotes Polohemd an, eine braune Hose und weiße Schuhe mit kleinen Spikes aus Plastik. Der Tote, das war niemand anderes als Pierre Allouard! Er flüsterte: »Gott sei seiner Seele gnädig.«

Wessen Seele? Er nahm die Flasche Dom Pérignon und goss sich ein weiteres Glas ein. Wie er feststellte, jetzt wieder mit ruhiger Hand. Nicht nur die Seele von Pierre bedurfte der Gnade des Herrn, auch seine eigene. Schließlich war er es, der dem irdischen Dasein von Pierre Allouard ein Ende gesetzt hatte. Aber schuldig? Nein, schuldig fühlte er sich nicht. Er gab sich einen Ruck. So gesehen war er auch nicht auf irgendeine Gnade angewiesen. Und an diesen Herrn im Himmel, an den glaubte er sowieso nicht. Da schon eher an eine irdische Gerechtigkeit, und weil sich diese nicht immer von selbst einstellte, bedurfte es eben gelegentlich einer gewissen Nachhilfe. Er erinnerte sich, wie er den Entschluss gefasst hatte, das war noch gar nicht so lange her. Den Entschluss, den Racheengel zu spielen und an Pierre Allouard ein Exempel zu statuieren. Die CD mit dem Brandenburgischen Konzert Nummer 6 in B-Dur, sie war am Ende angelangt.

Erneut hob er das Glas.

Es war vollbracht!

Santé!

27

Den restlichen und den darauf folgenden Tag waren sie noch gut beschäftigt. Hipp musste erneut für eine weitere Zeugenaussage auf das Commissariat de Police. Dass er der mysteriöse Unbekannte war, von dem die beiden Russen ihren gefälschten Wein bezogen hatten, davon erzählte er den Ermittlungsbehörden nichts. Viel wichtiger war, dass er Boris bei einer Gegenüberstellung als den Fahrer jenes Ferrari identifizieren konnte, der ihnen kurz nach der Tat entgegengekommen war. Valerie erledigte noch einige Formalitäten. Sie war auf einer Behörde in Avignon und besuchte bei dieser Gelegenheit Jean Yves' alten Weinbauern Gabriel-Henri im Krankenhaus. Er war nach seinem Herzinfarkt auf dem Weg der Besserung. Sie leistete bei Jean-Yves' Bank in Saint-Rémy einige Unterschriften, gab die Pflege seines Grabes in Auftrag und reichte auf Bitte ihrer Mutter beim Nachlassgericht Dokumente ein.

Zu ihrer Überraschung bekamen Valerie und Hipp noch einen Besuch von Prof. Losotzky. Der Schönheitschirurg war nach Jean-Yves' Beerdigung zu seinem Ferienhaus nach Aiguebelle bei Le Lavandou an der Côte d'Azur gefahren. Jetzt war er unterwegs zu einem Medizinerkongress in Lyon. Er wollte ihnen nur kurz Guten Tag sagen und Valerie noch einmal in die Arme schließen. Er wisse ja, wie sehr sie an ihrem Onkel gehangen habe.

Hipp fand, dass Losotzky etwas seltsam wirkte, irgendwie überdreht. Aber Valerie, die den Freund ihres Vaters schon lange kannte, wusste, dass das bei ihm häufig vorkam. Als Schönheitschirurg, der prominenten Frauen die Nasen richtete, Fett absaugte, den Busen in Form brachte, stand er ziemlich unter Druck. Zu seinem Beruf gehörte es, dass er auch am gesellschaftlichen Leben seiner Klientel teilnahm. Was sicherlich nicht immer ohne weiteres mit der anstrengenden Arbeit unter einen Hut zu bringen war.

Natürlich hatte Losotzky den Artikel über die Verhaftung der beiden Russen gelesen. Da er annahm, dass Hipp damit etwas

zu tun hatte, schüttelte er ihm anerkennend die Hand. »Ich bin froh, dass die Täter gefunden sind«, sagte er. »So bleibt Jean-Yves' grauenvoller Tod wenigstens nicht ungesühnt.«
»Hoffentlich«, erwiderte Hipp.
»Hast du das von Pierre gehört?«, fragte Valerie.
»O Gott, ja!« Losotzky schlug die Hände über dem Kopf zusammen. »Ein schlimmer Unfall, was für eine Tragödie. Fällt der arme Kerl beim Golfspielen ins Wasser und ertrinkt. Wenn's nicht so traurig wäre, wär's fast schon komisch.«
»Hoffentlich kommt Veronika damit klar«, sagte Valerie.
»Allouards Frau?«, fragte Hipp.
»Richtig«, bestätigte Losotzky. »Sie hat in der Schweiz davon erfahren, wo sie auf einer Ayurveda-Kur war.«
»Du kennst Veronika ja gut«, stellte Valerie fest.
Losotzky nickte und konnte sich dabei ein Lächeln nicht verkneifen. »Ja, ziemlich gut. Sie ist auch gelegentlich eine Patientin von mir.«
»Dabei sieht sie doch schon von Natur super aus.«
»Stimmt, und dafür, dass das so bleibt, bin ich zuständig. Wie auch immer, sie tut mir herzlich Leid. Ich werde sie möglichst bald besuchen ...«
»Um ihr etwas Trost zu spenden«, sagte Hipp mit leicht ironischem Unterton.
»Dafür sind Freunde da.«
Sie redeten noch etwas über die Ereignisse der letzten Tage, das heißt, vor allem Valerie und Losotzky sprachen miteinander, Hipp beschränkte sich weitgehend aufs Zuhören. Allenfalls stellte er belanglose Fragen, zum Beispiel, wie in Aiguebelle gestern und vorgestern das Wetter gewesen sei. Dann sah Losotzky hektisch auf die Uhr, sagte, dass er sich beeilen müsse, der Medizinerkongress warte auf ihn. Und schon war er wieder weg, nicht ohne mit seinem Auto eine kleine Mauer zu touchieren. Was er aber überhaupt nicht zu bemerken schien.
Hipp sah dem Professor kopfschüttelnd hinterher und mur-

melte etwas von chirurgischer Präzisionsarbeit. Später stattete er dem neuen Wein einen letzten kontrollierenden Besuch ab. Sie verschlossen Jean-Yves' Haus, gaben den Schlüssel bei einem entfernten Cousin ab, der in Cavaillon wohnte und versprach, sich um alles Weitere zu kümmern. In einigen Tagen würde Gabriel-Henri aus dem Krankenhaus entlassen und wieder sein Zimmer bei Jean-Yves beziehen. Dann war wenigstens jemand im Haus – und der heranreifende Wein in guten Händen.

Am späten Nachmittag kamen sie in Paris an. Die Autofahrt von Saint-Rémy hatte fast den ganzen Tag in Anspruch genommen, so dicht war der Verkehr gewesen, mit einem ärgerlichen Stau vor Lyon und einem weiteren bei Auxerre. In der Nähe der Champs-Élysées bekamen sie in der Résidence Bassano ein Zimmer. Zu Abend aßen sie im 16. Arrondissement im Zébra Square, einer Empfehlung von Valerie, die gelesen hatte, dass dies ein Lieblingslokal der Jeunesse dorée sei.

Die charmante Résidence Bassano liegt zwischen Arc de Triomphe und der Avenue George V in unmittelbarer Nähe der Avenue des Champs-Élysées. (www.hotel-bassano.com)

Le Zébra Square ist eine moderne Designer-Brasserie für prominente Künstler, Models – und solche, die es gerne wären. Place Clément-Ader 3. Einen nicht minder schicken Ableger gibt's in Monaco. (www.zebrasquare.com)

Nun saßen sie zusammen mit Valeries Eltern an einem runden Bistro-Tischchen vor der Bar du Marché in Saint-Germain-des-Prés. Ferdinand Praunsberg hatte vier Kir Royal bestellt, die in Weingläsern auf kleinen Porzellantellern serviert wurden.
»Es ist mir ein Anliegen«, sagte er und hob sein Glas, »mit euch darauf anzustoßen, speziell natürlich mit Ihnen, Herr Hermanus, dass die Mörder von Jean-Yves ihrer verbrecherischen Tat überführt wurden. Das lindert nicht unsere Trauer, auch nicht jene, die wir für Pierre Allouard empfinden, aber ich denke, das waren wir Jean-Yves schuldig.«
Ferdinand Praunsberg stieß mit seiner Frau und seiner Tochter an, auch mit Hipp, der dabei allerdings kaum merklich zögerte. Dann lehnte er sich zufrieden zurück und deutete auf die Zeitung, die neben ihm auf einem freien Stuhl lag. »Es steht heute sogar in der *Paris-Match*. Jetzt beschuldigen sie diesen Russen auch des Zigarettenschmuggels. Er kommt der

Staatsanwaltschaft wohl nicht mehr aus. Und Boris haben sie sowieso am Haken. Und das alles haben wir Ihnen zu verdanken.« Ferdinand Praunsberg hielt den Augenblick für geeignet. »Apropos, nachdem Sie nun fast zur Familie gehören, könnten wir uns eigentlich duzen, oder? Valerie, du bist doch sicher einverstanden?«

Valerie nickte lächelnd. Dann sah sie Hipp von der Seite an. Sie hatte natürlich nichts gegen den überraschenden Vorstoß ihres Vaters, aber sie war sich nicht sicher, wie Hipp reagieren würde. Gut möglich, dass er ihrem Vater jetzt einen Korb gab. Zu ihrer Erleichterung hob er das Glas: »Ist mir eine Ehre. Vor allem, weil Sie mich wohl nicht von Anfang an in Ihr Herz geschlossen hatten.«

»Das habe ich immer noch nicht«, erwiderte Praunsberg ausgelassen. »Kann aber noch kommen. Valerie ist mir da offensichtlich weit voraus.«

»Auch ich, mon chéri«, sagte Béatrice, »auch ich bin dir da weit voraus.«

»Herz hin oder her, ich heiße Ferdinand.«

»Je m'appelle Béatrice.«

»Enchanté, meine Freunde nennen mich Hipp.«

Es folgten die unvermeidlichen Umarmungen und Küsse. Ferdinand Praunsberg bestellte eine weitere Runde Kir Royal. »Noch einmal mein Kompliment, wie Sie, pardon, wie du die Russen aufs Glatteis geführt hast, einfach phantastisch. Obwohl, das mit dem gefälschten Wein hättest du dir eigentlich sparen können. Es reicht doch der Mord an Jean-Yves.«

»Aber wir brauchten doch ihre Fingerabdrücke«, erklärte Valerie.

Hipp drehte am Glas. »Die hätte sich auch die Polizei besorgen können«, sagte er.

»Stimmt«, stellte Praunsberg fest. »Mit der hast du doch sowieso irgendwie zusammengearbeitet.«

»Zusammengearbeitet? Nein, das wäre übertrieben. Aber ich

Die Bar du Marché in der Rue de Buci gehört zu den unzähligen Brasserien, Bars und Cafés von Saint-Germain-des-Prés, einst das Pariser Stadtviertel der Intellektuellen rund um Jean-Paul Sartre und Simone de Beauvoir.

Der Kir ist nach dem legendären Bürgermeister von Dijon Félix Kir benannt. Das Getränk basiert auf Crème de Cassis und Aligoté. Beim Kir Royal wird der Weißwein durch Champagner ersetzt. In Frankreich hält man nicht viel von dieser Nobelvariante: Es sei schade um den guten Champagner.

habe eine Zeugenaussage zu Boris und dem Ferrari gemacht. Mit Angabe des Kennzeichens. Außerdem habe ich die Polizei informiert, dass Jean-Yves vor seinem Tod von einem Russen bedroht worden ist.«

Béatrice widersprach: »Von einem Russen? Das hat Jean-Yves nie gesagt.«

»Ich weiß«, erwiderte Hipp, »aber ab und zu bedarf es einer kleinen Notlüge. Es hätte doch sein können, dass …«

»Jetzt, wo du es sagst«, Béatrice lächelte ihn an, »ich glaube, er hat doch einen Russen erwähnt, das könnte gut sein, ja, ich bin mir sogar plötzlich sicher.«

Hipp grinste. »Sehr schön, diese Erinnerung solltest du dir bewahren, es könnte sein, dass man dich mal fragt.«

»Pas de problème, un russe, naturellement.«

»Fast zeitgleich habe ich der Polizei einen anonymen Hinweis zugespielt, dass unser Sergej Protomkin der Kopf einer Bande sei, die mit gefälschtem Wein handelt, und dass gerade eine größere Lieferung in seiner Garage lagere.«

Ferdinand Praunsberg klatschte in die Hände. »Und dann hat die Polizei die beiden hopsgenommen. Trotzdem, das mit dem Wein verstehe ich immer noch nicht, die Aktion war doch überflüssig.«

»Nicht ganz«, erklärte Hipp. »Zum einen wollte ich Fingerabdrücke von den beiden, um sie mit jenen zu vergleichen, die die Polizei am Tatort gefunden hat. Um der nächsten Frage zuvorzukommen, ich habe die Ermittlungsakten von einem früheren Kollegen in Wiesbaden anfordern lassen. Und tatsächlich, Abdrücke von Boris waren sogar am Treppengeländer direkt neben der Leiche. Auch von Sergej Protomkin gab es Fingerabdrücke im Haus. Sie waren aber womöglich etwas älter.«

Ferdinand Praunsberg: »Gut, das verstehe ich. Doch wozu der ganze Aufwand mit der Weinfälschung? Du sagtest gerade ›zum einen‹, gibt es noch einen Grund?«

Hipp drehte erneut am Glas. Er nickte nachdenklich. »Ja, den gibt es!«
»Nun red schon«, drängte Valerie ungeduldig.
»Das wird euch nicht gefallen, was ich jetzt sage, tut mir Leid«, murmelte Hipp.
Ferdinand Praunsberg hielt eine Hand ans Ohr. »Wie bitte? Was wird uns nicht gefallen?«
»Dass weder Boris noch Sergej Protomkin für den Mord an Jean-Yves verantwortlich ist«, antwortete Hipp, jetzt wieder mit lauter Stimme. »Sie waren es nicht, sie sind unschuldig!«
Hipp leerte das Glas mit dem Kir Royal, stellte es klirrend auf den Porzellanunterteller und schaute in die ungläubigen Gesichter von Ferdinand Praunsberg, Béatrice und Valerie. Diese waren von Hipps Aussage so überrascht, dass es ihnen offenbar die Rede verschlagen hatte.

Es heißt, dass Félix Kir unter Sodbrennen litt und deshalb immer einen Flachmann mit Johannisbeerlikör dabeihatte, um die Säure im ALIGOTÉ zu mildern.

»Jedenfalls bin ich der festen Überzeugung, dass die Russen unschuldig sind«, fuhr Hipp fort. »Aber es wird ihnen nicht leicht fallen, den Kopf aus der Schlinge zu ziehen. Sollte es ihnen gelingen, haben sie immer noch die gefälschten Flaschen Lafite-Rothschild an der Backe. Jedenfalls stecken sie in ziemlichen Schwierigkeiten. Und genau das haben sie mehr als verdient, schon alleine dafür, dass sie Jean-Yves so zugesetzt haben. Was wir übrigens auch nur deshalb sicher wissen, weil ich dank des Weingeschäfts mit den beiden ein intensives Gespräch führen konnte. Protomkin hat Jean-Yves unter Druck gesetzt und zur Fälschung dieser tausend Flaschen gezwungen, so viel steht fest. Und Boris hat ihn körperlich eingeschüchtert, davon können wir ausgehen. Aber umgebracht, nein, umgebracht hat Boris ihn nicht, weder mit vorsätzlicher Absicht noch aus Versehen.«
»Doch wer war es dann?«, flüsterte Béatrice.
»Keine Ahnung«, antwortete Hipp.
»Und er war es doch«, protestierte Ferdinand Praunsberg

energisch. Er hielt Hipp die Zeitung mit dem Foto von Boris unter die Nase. »Schauen Sie sich …«
»Ihr duzt euch seit einigen Minuten«, fiel ihm Valerie ins Wort.
»Entschuldigung, also, schau dir doch diese primitive Visage an, das sieht man doch, dass das ein gewalttätiger Mensch ist. Genau so schaut ein Mörder aus. Außerdem habt ihr ihn vom Tatort kommen sehen. Nein, er war es, da bin ich mir sicher. Er wird hängen!«
»Wir sind nicht in Amerika, in Frankreich gibt es keine Todesstrafe«, korrigierte Béatrice leise.
»Vorsicht!« Hipp hob warnend den Zeigefinger. »Nur weil uns sein Gesicht nicht gefällt, ist Boris nicht gleich ein Mörder. Ich kann euch nur sagen, die schlimmsten Gewaltverbrecher, die ich in meiner früheren Tätigkeit kennen gelernt habe, die hatten Gesichter wie Engel. Deshalb ist im Umkehrschluss aber auch nicht jeder Engel …«
»Mag sein«, wischte Ferdinand Praunsberg den Einwand vom Tisch. »Trotzdem gefällt mir seine Visage nicht. Auch dieser Protomkin sieht zum Kotzen aus. Und warum sollen sie es nicht gewesen sein? Das würde mich nun wirklich interessieren.«
»Ja, warum waren sie es nicht?«, schloss sich Valerie ihrem Vater an. »Du hast mir doch selbst ganz stolz die Zeitungen mit der Nachricht gebracht.«
Hipp schüttelte den Kopf: »Nein, nicht stolz, nur zufrieden, dass alles nach Plan gelaufen ist.«
Béatrice nahm Hipps Hand. »Nun mach schon, bitte, sag es uns!«
Hipp nahm die Brille ab und rieb sich die Augen. »Es gibt mehrere Argumente, die gegen Boris als Täter sprechen. Er kam uns im Auto entgegen, ziemlich schnell, wie auf der Flucht. So fährt niemand, der es in aller Ruhe eine gute Stunde neben der Leiche ausgehalten hat. So lange nämlich liegt nach meiner

Einschätzung der wahre Tatzeitpunkt zurück. Wie wir Jean-Yves' Leiche gefunden haben, habe ich einer alten Routine folgend die üblichen Kontrollen durchgeführt, der Ausdruck der Augen, die Gerinnung des Blutes, die Beweglichkeit der Gelenke, die Hautfärbung, ihre Druckempfindlichkeit und so weiter. Jean-Yves war bestimmt schon eine Stunde tot, das konnte ich bei unserem Eintreffen viel genauer feststellen als der Arzt von der Polizei, der ja erst sehr viel später gekommen ist.«
Ferdinand Praunsberg begann die Papierserviette in kleine Stücke zu zerreißen. »Da hast du dich halt getäuscht, so was kommt vor. Jean-Yves war gerade erst einige Minuten tot.«
»Nein, ich habe mich nicht getäuscht, leider habe ich auf dem Gebiet Erfahrung. Außerdem gibt es noch ein weiteres Indiz für meine These. Auf dem Fenstersims lag Jean-Yves' Handy. Der letzte Anruf lag eine gute Stunde zurück, er war von Valerie und von mir. Wir hatten versucht ihn aus dem Auto zu erreichen, um ihm zu sagen, dass wir etwas früher kommen.«
»Jean-Yves hat dieses Gespräch nicht entgegengenommen«, ergänzte Valerie.
»Weil er zu diesem Zeitpunkt schon tot war«, zog Béatrice die Schlussfolgerung.
Ferdinand Praunsberg: »Gut, mag ja sein. Dann hat Boris eben doch über eine Stunde neben der Leiche gewartet, vielleicht musste er erst mit seinem Chef telefonieren und weitere Instruktionen abwarten? Oder er hat im Haus noch irgendetwas erledigt, vielleicht hat er was gesucht?«
»Das könnte doch sein, oder etwa nicht?«, stimmte Valerie ihrem Vater zu.
»Könnte sein, ja«, bestätigte Hipp. »Aber das war ja auch nur das erste Argument. Es ist für sich alleine nicht stichhaltig, doch in der Kombination wird's leider überzeugend. Zweitens habe ich in Aix-en-Provence beobachtet, dass Boris Linkshänder ist. Er nimmt das Glas mit der linken Hand, und auch

als er mir im Wutausbruch fast an die Gurgel gegangen ist, war die linke Hand führend. Das Dumme ist nur, dass der Mörder seinen Schlag ziemlich sicher mit der rechten Hand ausgeführt hat. Das geht aus dem Eintreffwinkel der Flasche hervor. Übrigens bin nicht nur ich zu dieser Erkenntnis gelangt, das steht auch im Protokoll der Gerichtsmedizin.«

Ferdinand Praunsberg demonstrierte einen Schlag mit der linken Hand, fast hätte er dabei alle Gläser vom Tisch gefegt. »Seht ihr, man kann auch mit links von rechts zuschlagen, wie bei einer Rückhand im Tennis!«

Hipp lächelte. »Das geht schon, wäre aber sehr ungewöhnlich. Nächstes Argument: Warum sind auf der zerbrochenen Flasche, mit der Jean-Yves erschlagen wurde, keine Fingerabdrücke? Schlussfolgerung: Der Mörder hat zumindest einen Handschuh getragen, denn Abwischen kann man die einzelnen Scherben nicht, man hätte sie allenfalls aufsammeln können. Wenn aber Boris so sorgfältig war, dass er einen Handschuh anhatte, warum hat er dann frische Fingerabdrücke am Treppengeländer neben der Leiche hinterlassen? Irgendwie unlogisch, oder?«

Wortlos zerriss Ferdinand Praunsberg die Papierserviette in immer kleinere Fetzen.

»Nächstes Argument: Der Leichnam von Jean-Yves lag genau andersherum, als zu erwarten wäre. Nämlich nicht so, als ob jemand, also zum Beispiel Boris, von draußen hereingekommen wäre. Außerdem wurde er nicht von vorne erschlagen. Die Situation stellt sich eher so dar, dass Jean-Yves von draußen gekommen ist und seinen Mörder im Haus überrascht hat. Der hat dann zur Flasche gegriffen, die dort irgendwo zufällig gestanden hat. Jean-Yves hat sich umgedreht und wollte fliehen. Sieht eher nach einem überraschten Einbrecher und nach Totschlag aus. Aber warum sollte Boris Jean-Yves erschlagen, falls ihn Letzterer im Haus angetroffen hat? Das wäre doch Boris völlig egal gewesen, der hätte nur gelacht und buh gemacht. Nächstes Argument, und da hat Sergej Protomkin richtig argumentiert: Warum sollten sie Jean-Yves überhaupt umbringen? Sie waren gerade dabei, mit ihm ein lukratives Geschäft zu machen. Nein, das alles macht keinen Sinn. Boris war es nicht, leider.«

Ferdinand Praunsberg wischte die Papierschnipsel zusammen und ließ sie in den Aschenbecher rieseln. »Es wäre ausgesprochen schade, wenn du Recht hättest. Mir hat das Gefühl gefallen, den Mörder von Jean-Yves hinter Gittern zu wissen. Und Protomkin, seinen Auftraggeber. Mir wird richtig schlecht bei dem Gedanken, dass die wieder frei rumlaufen.«

»Damit wird's in jedem Fall etwas dauern, vorläufig stecken sie in ziemlichen Schwierigkeiten. Das sollte uns als Strafe ausreichen, wenn wir mal den Gedanken akzeptiert haben, dass sie am Tod unschuldig sind.«

»Auf die Idee hast du uns ja erst gebracht«, stellte Valerie mit Blick auf Hipp fest.

»Ich weiß, aber erstens habe ich nie gesagt, dass ich Boris und Sergej der Tat schon für überführt halte. Und zweitens kommt es nun mal vor, dass man eine falsche Spur verfolgt. Das heißt, so ganz falsch war sie ja nicht.«

»Und wie soll's jetzt weitergehen?«, fragte Ferdinand Praunsberg. »Wie finden wir den wahren Mörder von Jean-Yves? Mal unterstellt, dass es Boris wirklich nicht war.«

Hipp zuckte mit den Schultern. »Keine Ahnung.«

Valerie schaute ihn zweifelnd an. »Ich versteh dich nicht, warum hast du mir nichts gesagt? Da lässt du mich im Glauben, der Mord wäre aufgeklärt und Boris überführt. Kein Wort auf der ganzen Autofahrt nach Paris ...«

»Weil ich darüber nachgedacht habe, deshalb.«

»Und was willst du als Nächstes unternehmen, du hast doch sicherlich noch eine andere Spur?«, fragte Valerie.

»Nichts werde ich unternehmen. Der Auftrag ist beendet.

Ferdinand, du musst mir nichts dafür bezahlen. Aber das war's, Schluss, Ende.«
Ferdinand Praunsberg: »Natürlich wird dir deine bisherige Arbeit bezahlt. Ist doch quatsch, schick mir eine Rechnung.«
»Wenn es dieser Boris nicht war«, sagte Béatrice, »dann waren es vielleicht doch irgendwelche Einbrecher. Jean-Yves hat sie überrascht, und dann ist's passiert.«
»Ja«, bestätigte Ferdinand Praunsberg, »ganz genau so, wie es die Polizei ursprünglich angenommen hat.«
»Oder es war alles ganz anders«, flüsterte Hipp so leise, dass es die anderen am Tisch nicht hören konnten, dazu war der allgemeine Lärmpegel zu hoch.

Als sie später von der Bar du Marché gemeinsam zum Hotel spazierten, wo Valeries Eltern wohnten, unterhielt sich Hipp mit Ferdinand Praunsberg. Dieser schien die Enttäuschung mittlerweile überwunden zu haben. Er schlug Hipp, was dieser eigentlich nicht besonders schätzte, kumpelhaft auf die Schulter, um ihm ein Kompliment dafür zu machen, dass er die Russen überhaupt zur Strecke gebracht hatte. Und der Coup mit dem Wein, den fand er plötzlich ganz genial.
»Sag mal, haben die dafür bezahlt?«, wollte er wissen, während sie eine kleine gepflasterte Seitenstraße überquerten, aus der es appetitanregend nach Knoblauch roch. Im Laden an der Ecke gab es Huile d'Olive aus der Provence.
»Na klar, Lieferung gegen Barzahlung. Das Geld habe ich Valerie gegeben, die mit dir über die weitere Verwendung sprechen wollte.«
»Und, was machst du jetzt? Hast du wieder einen Auftrag von Karl Talhammer? Vielleicht ein kleiner Versicherungsbetrug mit sündteuren Weinraritäten oder so etwas Ähnliches?«
Sie beobachteten, wie Béatrice und Valerie vor ihnen die Straßenseite wechselten. Das Motiv war leicht nachvollziehbar, gab es doch drüben einige Schaufenster mit Namen be-

kannter Couturiers. Vor ihnen unterhielt an einem kleinen Tisch ein Zauberkünstler die Passanten mit Kartentricks.
»Von Karl habe ich nichts gehört, nein. Apropos Weinraritäten, da wollte ich dich was fragen. Hat Jean-Yves eigentlich mal von einem Château d'Yquem erzählt, Jahrgang 1929?«
Ferdinand Praunsberg blieb stehen. »Ja, hat er, daran kann ich mich noch genau erinnern. Auf unserer letzten großen Degustation der Chevaliers des Grands Crus. Er hat von sechs Flaschen geschwärmt, die er auf einer Auktion erworben hat. Und davon, dass er sie zu seinem fünfzigsten Geburtstag öffnen würde, und dass wir dazu alle eingeladen wären. Der 29er war ein großartiger Jahrgang ...«
»Nicht nur beim Château d'Yquem«, erwähnte Hipp, »auch der Haut-Brion von 1929 ist großartig, ebenso der Pétrus und der Cheval Blanc.«

Der CHEVAL BLANC kommt aus SAINT-ÉMILION. Im Unterschied zu den CABERNET SAUVIGNON-dominanten Weinen aus dem MÉDOC und dem MERLOT-Riesen PÉTRUS ist beim CHEVAL BLANC die Rebsorte CABERNET FRANC prägend.

Ferdinand Praunsberg nickte bestätigend.
»Bist du eigentlich ein besonderer Verehrer des Yquem?«, wollte Hipp wissen.
»Nein, nicht unbedingt. Natürlich ist ein Château d'Yquem etwas Besonderes, keine Frage, aber um ehrlich zu sein, ich habe es nicht so mit den Süßweinen. Für mich sind die großen Rotweine aus dem Médoc das Nonplusultra, ein Latour, Lafite, Mouton, aber auch ein Palmer, Lynch-Bages und wie sie alle heißen. Diese Weine sind schon eine Sünde wert.«
»Eine Sünde?«
Ferdinand Praunsberg lächelte. »Bildlich gesprochen. Warum fragst du, ob Jean-Yves den Château d'Yquem erwähnt hat?«
»Weil die sechs Flaschen nicht mehr da sind. Ich habe sie zwar in seinem Computer gefunden, aber als ich gestern seinen Bestand gesichtet habe, stellte ich fest, dass sie fehlen.«
»Das ist aber seltsam«, reagierte Praunsberg überrascht. Und nach kurzem Nachdenken: »Vielleicht hat er sie verkauft?«
»Ja, vielleicht.« Hipp blieb vor der Auslage eines Delikatessgeschäfts stehen. »Der Ziegenkäse sieht gut aus.«

»Und die getrüffelte Gänseleberpastete!«
»Sag mal, ganz was anderes«, wechselte Hipp das Thema, als sie weitergingen, »wie ist das mit Pierre Allouard passiert? Er ist in einem See auf dem Golfplatz ertrunken?«
»Ja, ein tragischer Unfall. Auf Les Bordes in Beaugency, am vierten Loch, einem Par drei.«
»Du kennst den Platz?«
»Ja, ein bisschen. Ich hab ihn mal zusammen mit Pierre und Peter gespielt.«
»Peter?«
»Ja, Peter Losotzky ...«
»Er hat uns erst gestern in Saint-Rémy besucht.«
»Valerie hat's erzählt. Er ist auch ein leidenschaftlicher Golfer.«
»Und auf diesem Golfplatz Les Bordes, da gibt es einen See, in dem man ertrinken kann?«
»Da gibt es sogar mehrere, jedenfalls für einen Nichtschwimmer wie Pierre.«
»Aber die Seen sind doch sicher klein. Kann man in denen nicht stehen?«
»Mag sein, aber Pierre ist wohl ausgerutscht, hineingefallen und dann in Panik geraten. Von seiner Frau Veronika weiß ich, dass sich Pierre schon in der Badewanne gefürchtet hat. Das war bei ihm eine regelrechte Phobie.«
»Das gibt es«, bestätigte Hipp.
»Ein tragischer Unfall«, wiederholte Ferdinand Praunsberg.
»Eure Weinbruderschaft steht derzeit unter keinem guten Stern«, stellte Hipp fest.
Sie wichen einer alten Dame in einem rosafarbenen Mantel aus, die ihnen mit einem Pudel entgegenkam. Genau genommen kam ihnen der Pudel entgegen, der die Dame an der gespannten Leine hinter sich herzog.
Praunsberg nickte bestätigend. »In der Tat haben wir unter unseren Chevaliers zwei tragische Todesfälle zu beklagen. Wo-

bei der eine mein Schwager war und der andere ein guter Freund.«

»Wollen hoffen, dass sich die Serie nicht fortsetzt.«

Ferdinand Praunsberg blieb erschrocken stehen. »Solche Scherze finde ich überhaupt nicht lustig.«

28

Joseph Niebauer war in bester Stimmung, als er am Nachmittag von Saint-Émilion zurück zu seinem Château ins Médoc fuhr. Kein Wunder, hatte doch das Mittagessen im L'Envers du Décor köstlich geschmeckt, vor allem das Entrecôte à la bordelaise war ein Hochgenuss gewesen. Und dazu einige Gläser Rotwein, nicht von den berühmten Châteaux wie Ausone, Cheval Blanc oder Figeac, nein, sondern einfachere, aber nichtsdestoweniger den Gaumen und die Sinne erfreuende Tropfen aus den umliegenden Weinbergen. Wie im Libournais üblich, hatte es sich dabei um Weine mit einem relativ hohen Merlot-Anteil gehandelt. Darin unterschieden sich die Tropfen aus Saint-Émilion und Pomerol von seinem Rotwein aus dem Médoc. Der lehmige und sandige Boden, wie er im Libournais häufig ist, kommt der Merlot-Traube sehr entgegen, die sich hier prächtig entwickeln kann. Im Médoc, auch dort, wo er sein Château hatte, war der Boden dagegen stark mit Kiesel und Steinen durchsetzt, ideale Bedingungen für den Cabernet Sauvignon. Er selbst war natürlich ein fast schon fanatischer Anhänger der großen Weine aus dem Médoc, aber zur Abwechslung, das musste er zugeben, konnte man auch jenseits des Flusses auf seine Kosten kommen. Jedenfalls ließ sich ein Saint-Émilion jünger trinken als viele der tanninreichen Médoc-Weine. Der höhere Anteil der Merlot-Traube bescherte ihm eine angenehme Geschmeidigkeit, volle Fruchtaromen – und reichlich Alkohol. Joseph

Das L'Envers du Décor ist eine für Saint-Émilion typische Weinbar mit traditioneller Küche.

Beim Entrecôte à la bordelaise kommt's vor allem auf die rotweingeschwängerte Sauce an (Rezept im Anhang).

Niebauer schmunzelte. Na ja, Autofahren sollte er nach diesem Mittagsgelage wohl nicht mehr, aber die Polizei würde hoffentlich nicht so uncharmant sein und an einem Sonntag Alkoholkontrollen durchführen. Das würde ja schon fast gegen das französische Grundrecht verstoßen, den Tag des Herrn mit einigen Gläsern Wein zu preisen. Er langte in die Schachtel auf dem Beifahrersitz und schob sich eine Macaron in den Mund. Wann immer er in Saint-Émilion war, kaufte er diese Plätzchen.

Berühmt sind die MAKRONEN der Pâtisserie Blanchez (in der Rue de Guadet).

Hinter Bordeaux war er bei Blanquefort von der Ring-Autobahn auf die D2 abgebogen. Er liebte diese Weinstraße, die über Macau direkt ins Herz des Médoc führte, nach Margaux, Pauillac und Saint-Estèphe. Natürlich, auch Saint-Émilion war ein wunderschöner Weinort, zugegeben, vielleicht der schönste überhaupt, aber hier, auf dem linken Ufer der Garonne und Gironde, hier schlug sein Puls einfach höher. Joseph Niebauers Gedanken eilten dem Wagen voraus zu dem Weinkeller seines Châteaus, wo zwei so großartige Jahrgänge ihrer großen Premiere entgegenreiften. Karl Talhammer und Heribert Quester hatten vielleicht Augen gemacht, als sie ihn vor einer Woche verkosten durften. Vergnügt drückte Niebauer einige Male auf die Hupe. Ja, dieser Wein war sein ganzer Stolz, mit ihm würde er auf dem Parkett der Weinszene einen großartigen Auftritt hinlegen. Für die nächste Woche hatte sich Hugh Johnson angesagt, außerdem wollten Weinjournalisten aus der Schweiz und Deutschland kommen. Gestern hatte ihn ein Direktor des Conseil des Vins du Médoc besucht. Ja, es ging mit seinem sozialen Aufstieg wieder einmal schneller voran als gedacht.

Der Brite Hugh Johnson ist neben dem Amerikaner Robert Parker einer der berühmten Gurus, die mit ihrem Urteil über das Schicksal (und den Preis) eines Weines entscheiden.

Was hatte er im Leben schon alles erreicht? Vor dreißig Jahren ein Bauarbeiter mit Volksschulabschluss, dann das kleine Erbe von Tante Elisa, seine ersten mutigen Schritte als Bauunternehmer, das erste Mietshaus, die Darlehen von der Landesbank, das Großprojekt beim alten Flughafen.

Fast senkrecht war er am gesellschaftlichen Himmel emporgestiegen. Die Hochzeit mit einer Faschingsprinzessin hatte ihn in die Schlagzeilen der Boulevard-Presse gebracht. Irgendwann hatte er dann seine Liebe zu teuren Zigarren und zu Weinen aus dem Bordelais entdeckt. Erneut drückte Niebauer einige Male ausgelassen auf die Hupe. Die Mitgliedschaft bei den Chevaliers des Grands Crus. Und jetzt dieses Château und die wunderbaren Barriquefässer mit den beiden grandiosen Jahrgängen! Was war er doch für ein Glückskind. Von seiner Ehefrau hatte er sich vor einigen Jahren getrennt. Niebauer grinste. Das war aber höchste Zeit gewesen, denn auch Faschingsprinzessinnen unterlagen einem natürlichen Alterungsprozess.

Er warf einen Blick hinüber zum berühmten Turm von Château Latour, der von der Straße gut zu sehen war. Noch einige Kilometer, dann würde er bei seinem eigenen Schlösschen vorfahren. Ihm fiel für einen Augenblick Pierre Allouard ein. Schade, ihm hätte er sein Château gerne noch gezeigt. Stattdessen hatten sie ihn vorgestern in Paris zu Grabe getragen. Aber so war nun mal das Leben. Das tat seiner guten Stimmung keinen Abbruch. Ganz im Gegenteil, ihm ging es gut, das allein zählte.

Der Ruhm des Château LATOUR geht zurück bis auf das 17. Jh. Schon damals existierte der Turm, der zu den Wahrzeichen der Region zählt. Neben dem Grand Vin gibt es übrigens den preiswerteren Zweitwein Les Forts de Latour.

Niebauer hatte das Auto vor der Freitreppe geparkt. Schön, dass er heute alleine war, ganz ohne sein eifriges Personal. Diese Sonntage hatten ihren besonderen Reiz. Und in zwei Stunden würde die hübsche Verkäuferin kommen, die er in Bordeaux kennen gelernt hatte. Vom Alter her könnte sie seine Tochter sein. Und das war gut so! Voller Besitzerstolz sah er über die langen Reihen mit seinen Rebstöcken. Dann lief er beschwingt hinüber zu seinem Weinkeller, um den Barriquefässern einen ehrfurchtsvollen Besuch abzustatten.

Seltsam, wie intensiv es heute nach Wein roch. Mit dem

Schlüssel vom Mauersims öffnete er die schwere Eichentür. Die weingeschwängerte Luft, die ihm entgegenschlug, raubte ihm fast den Atem. Seine Augen begannen zu brennen. Er machte auf den Stufen einige unsichere Schritte nach unten und suchte nach dem Lichtschalter. Die Neonleuchten gingen an. Erst jetzt merkte er, dass er bis über die Knöchel in Wein stand. Fassungslos starrte er auf den Boden des Gewölbekellers, auf einen großen roten See, aus dem eine endlose Zahl von Barriquefässern herausragte.
Seine Lippen bewegten sich. »Cabernet Sauvignon«, flüsterte er, »Merlot, Cabernet Franc, Petit Verdot, Malbec.«
Wie in Trance watete er durch den Wein zum ersten Fass.
»Zwei Jahrhundert-Jahrgänge«, murmelte er.
Am ersten Fass angekommen, schlug er mit der Faust gegen die Dauben. Das Barriquefass klang dumpf und hohl. Joseph Niebauer sah verwirrt auf den Spundstopfen, der oben fest an seinem Platz saß. Ohne die Ärmel hochzukrempeln, langte er in die rote Brühe zu seinen Füßen und hob das Fass an. Es war lächerlich leicht. Direkt vor seinen Augen tauchte ein hässliches, etwa daumendickes Loch auf. Es gluckerte, und wie zum Hohn spuckte ihm ein kurzer Strahl ins Gesicht. Er ließ das Fass zurück in die Stellage fallen, stolperte zum nächsten Barrique, schlug mit der Faust dagegen, wieder gab es zur Antwort diesen schrecklichen hohlen Klang. Völlig irr geworden, hastete er an der Reihe der Barriquefässer entlang, immer mit der Hand dagegen schlagend. Am Ende angelangt, wendete er und setzte seinen taumelnden Lauf in der nächsten Reihe fort. Schließlich sank er erschöpft auf die Knie. Schwer atmend schaufelte er sich mit den Händen die rote Brühe über den Kopf. Dann hob er mit letzter Kraft die Fäuste gegen das gemauerte Gewölbe.
»Ihr Schweine«, schrie er, »ich bringe euch um!«

29

Es war ein verregneter Morgen in Paris. Nicht nur die Aussichtsplattform des dreihundertneunzehn Meter hohen Tour Eiffel steckte in den tief hängenden Wolken. Auch die Türme von Notre-Dame, die Kuppel von Sacré-Cœur und die oberen Etagen der Grande Arche in La Défense verbargen sich im dichten Regenschleier. Auf der Place de la Concorde bildeten sich immer größere Pfützen, die sich unaufhaltsam zu kleineren Seen vereinigten. Am Étoile rund um den Arc de Triomphe staute sich der Berufsverkehr. Die Scheibenwischer liefen auf Hochtouren.

Hipp hörte, wie die Tropfen gegen die Scheiben ihres Hotelfensters prasselten. Zufrieden drehte er sich im Bett und schloss die Augen. Heute würden sich auch die Straßenkünstler am Montmartre einen freien Tag nehmen. Warum also sollte er aufstehen? Es gab nichts zu tun. Valeries Eltern waren gestern Abend abgereist. Ein Anruf bei Karl Talhammer hatte ergeben, dass kein aktueller Auftrag auf ihn wartete. Und Valerie neben ihm? Wenn man sie nicht weckte, so gut kannte er sie bereits, dann vermochte sie bis zum Nachmittag durchzuschlafen.

Im Wegnicken spukten unversehens einige Bilder von einem Golfplatz durch seinen Kopf. Er sah eine Leiche im Wasser treiben, dahinter ein giftgrünes Grün mit einer gelben Fahne. Er glaubte ein höhnisches Lachen zu hören. Hipp zog sich die Decke über den Kopf. Jetzt kamen einige Weinflaschen ins Bild, das gefiel ihm schon besser. Aber es hätte kein Château d'Yquem sein müssen. Wieder hörte er es lachen, diesmal aber schon schwächer, von weiter her.

Als sie schließlich gegen elf Uhr aufstanden, hatte Hipp seinen Traum schon wieder vergessen. Was mehr als verständlich war, denn Valerie hatte ihn mit einem sehr persönlichen

Programm aus Orpheus' Armen befreit. Hipp lächelte. An dieses Ritual könnte er sich gewöhnen. Nur Spießer gingen in der Früh zum Joggen oder aufs Trimmrad. Dabei gab es doch ganz andere Möglichkeiten, seinen Kreislauf in Schwung zu bringen!

In einem Café an den Champs-Élysées, gleich um die Ecke der Rue de Bassano, nahmen sie einen Café au lait und ein Croissant zu sich. Der Regen ließ etwas nach, aber Valerie hatte Recht, es war heute besser, ein Dach über dem Kopf zu haben. Zum Beispiel jenes des Centre Pompidou. Mit der Buslinie 73 fuhren sie die Avenue hinunter zur Place de la Concorde. Dort, wo heute der über dreitausend Jahre alte Obelisk aus Luxor steht, da waltete Ende des 18. Jahrhunderts die Guillotine ihres grausamen Amtes. Louis XVI war hier hingerichtet worden, Danton und Robespierre hatten auf dieser einstigen Place de la Révolution ihren Kopf verloren, auch Marie-Antoinette. Die japanische Touristengruppe, die unter ihren transparenten Regencapes aus dem Bus zu sehen war, bekam wohl gerade diese Geschichte erzählt.

Beschützt von einem Regenschirm und unter Ausnützung einiger überdachter Passagen liefen sie die Rue Royale hinunter und statteten kurz Fauchon einen Besuch ab, dem berühmten Feinkostladen. Während sich Valerie an der Pralinentheke anstellte, sah sich Hipp im Weinkeller um. Wenig später, am Place Vendôme, stellte Hipp erfreut fest, dass sich Valerie nicht so sehr für die Auslagen von Cartier, Van Cleef oder Piaget interessierte, sondern ihm erzählte, dass im Haus mit der Nummer zwölf Frédéric Chopin gestorben sei und dass sich Hemingway zeit seines Lebens damit gebrüstet habe, das Hotel Ritz höchstpersönlich von den Nazis befreit zu haben.

Fauchon gilt als Mutter aller Feinkostgeschäfte und ist eine Pflichtadresse für Feinschmecker (legendär: die getrüffelte Gänseleberpastete). An der Place de la Madeleine 24–30, Tel. 01 47 42 60 11

Vor dem nächsten Regenschauer flüchteten sie sich in einen Bus der Linie 29, der sie zum Centre Pompidou brachte, jenem wie eine große Maschine konstruierten Kunsttempel der Moderne. Sie schlenderten durch das Musée National d'Art Moderne, um herauszufinden, dass sie sich für dieselben Künstler begeistern konnten, für Matisse zum Beispiel, für Braque, aber auch für Pollock und Niki de Saint Phalle. Mit der Rolltreppe fuhren sie in der gläsernen Röhre in die sechste Etage. Theoretisch hätte man von hier einen schönen Panoramablick gehabt, aber nicht an Tagen wie diesem. Im futuristischen Restaurant Georges auf dem Dach des Centre Pompidou fanden sie vor einer großen metallischen Amöbe einen Tisch. Bei sphärischer Musik entschieden sie sich für kleine Tartares aus Thunfisch und Lachs, für ein Gericht mit dem rätselhaften Namen Le tigre qui pleure thiou und für Filets vom Turbot. Hipp schaute geistesabwesend auf die schlanke gelbe Rose auf ihrem Tisch. Für einen Augenblick assoziierte er sie mit einer langen Stange und einer Fahne daran. Der matte Glastisch nahm eine grüne Farbe an, die ihn an Gras erinnerte. Jetzt sah er durch ihn hindurch und nahm schemenhaft seine Beine wahr, die seltsamerweise ausschauten wie ein Körper, der unter Wasser trieb. Ihm fiel wieder der Traum von heute Morgen ein. Er dachte an Pierre Allouard und an seinen mysteriösen Tod auf dem Golfplatz. Er erinnerte sich an die zwöf Flaschen Château d'Yquem vom großartigen Jahrgang 1937, die Pierre Allouard kurz zuvor auf einer Auktion erworben hatte …

Das Restaurant Georges in der obersten Etage des Centre Pompidou ist optisch (cooles Design) und gastronomisch voll im Trend.
Tel. 01 44 78 47 99
(Ruhetag: Dienstag)

»Wie bitte?« Hipp sah irritiert auf. Was hatte Valerie zu ihm gesagt?
»Ich möchte gerne wissen, wo du gerade mit deinen Gedanken bist«, sagte sie lachend. »Vielleicht bei den Aktfotos von Helmut Newton in der Sonderausstellung?«
Hipp verneinte.
»Sag ehrlich, was geht dir durch den Kopf?«
»Ich überlege gerade, was wir als Nächstes machen. Ich habe eigentlich keine Lust, nach Deutschland zurückzufahren. Und du?«
»Ich auch nicht. Außerdem habe ich im Moment keinen Job, ich hab Zeit.«

»Schön, dann hängen wir noch einige Tage dran. Warst du schon mal an der Loire?«, fragte Hipp.
»Natürlich, das letzte Mal habe ich Pierre besucht. Warum?«
»Die Schlösser an der Loire sollen sehr schön sein. Ich wollte mir immer schon mal Chambord anschauen.«
»Mein Lieblingsschloss ist Chenonceau, das Schloss der Geliebten des Königs.«
»Klingt faszinierend«, sagte Hipp. »Also, was hältst du davon? Fahren wir morgen an die Loire? Ist ja nicht weit, bis nach Orléans sind es vielleicht zwei Stunden.«
»Um Schlösser anzuschauen?«, fragte Valerie.
»Ja, warum nicht. Die Loire ist übrigens auch ein schönes Weinbaugebiet, die Weine aus Pouilly-Fumé und Sancerre, Bourgueil, der Wein der Mönche, oder Chinon, der Lieblingswein von Rabelais.«
Valerie sah Hipp zweifelnd an. »Du willst nicht zufällig beim Haus von Pierre Allouard vorbeischauen und auf dem Golfplatz, wo man seine Leiche gefunden hat?«
Hipp zuckte mit den Schultern. »Keine schlechte Idee. Wenn wir schon mal da sind, könnten wir das machen. Nur so, einfach mal gucken.«
Valerie lächelte. »Ganz genau, einfach nur gucken.«

30

Er überlegte, was er mit der Bohrmaschine machen sollte, die vor ihm auf dem Tisch lag. Er rieb sich grinsend die Hände. Sie war ja sozusagen die Tatwaffe, stellte er amüsiert fest. Und wenn es daran Zweifel geben sollte, dann sprach ihr Zustand für sich. Ihm gefiel es, sie so schmutzig zu belassen, wie sie war. An der dicken Bohrspirale hingen Spanreste von französischer Eiche. Und sie war über und über mit Rotwein verschmiert. Sah aus wie angetrocknetes Blut. Uuuh, richtig furchterregend. Man stelle sich nur vor, das Ganze hatte ja tatsächlich was von einer Massenhinrichtung gehabt. Die Maschine an die Stirn gesetzt, natürlich ganz unten, damit es richtig spritzt, und dann auf den Abzug gedrückt, ein kurzes Aufkreischen, schon war der Bohrer durch. Herausziehen, ein schneller Blick auf das überaus befriedigende Ergebnis – und weiter zum nächsten Fass. Ja, das war ein unvergleichliches Fest gewesen. Irgendwann hatte er das Zählen vergessen. Wie im Rausch hatte er die Barriquefässer liquidiert. Voll gesudelt mit Rotwein, das lange Kabel hinter sich herziehend, bis zu den Knöcheln in einem immer größer werdenden See watend, den süßen Duft in der Nase, der wie eine Droge wirkte. Und als akustische Begleitung das Kreischen der überaus zuverlässigen Bohrmaschine.

Das Tatwerkzeug reinigen, nein, das kam nicht in Frage. Wäre es eine Winchester, dann könnte man wie in einem guten alten Western die Zahl der Opfer ins Holz ritzen. Der Opfer? Er lachte laut auf. Nun gut, es waren nur Barriquefässer, jedes gefüllt mit zweihundertfünfundzwanzig Liter Wein. Aber was für ein Wein! Feinster Cabernet Sauvignon, Merlot, Cabernet Franc. Der ganze Stolz dieses selbstverliebten Joseph Niebauer, der seinen Hals nicht voll kriegen und vor neureicher Eitelkeit kaum mehr laufen konnte. Doch wozu auch, man hatte ja einen exklusiven Fuhrpark und Angestellte, die einen im Zweifel über die Stufe tragen würden. Aber ein Herz, nein, das hatte dieser Joseph nicht. Kein Herz, kein Mitgefühl, keinen Sinn für wahre Freundschaft. Er war ein aufgeblasenes Nichts, eine Null im Designeranzug. Auch seine Weinleidenschaft war nichts als eine Attitüde. Seine Rebstöcke, sein Château, sein Jahrhundertwein, wunderbar, um damit anzugeben.

Wieder lachte er laut auf. Aber wie vergänglich ist doch alles auf dieser Welt. Der Herr gibt es, und der Herr nimmt es. Nichts ist es mit dem Stolz im Barrique, keine Parker-Punkte, keine festliche Präsentation. Pustekuchen. Aus und vorbei.

Zugegeben, eigentlich hatte er nichts davon. Aber dass blinder Vandalismus so überaus befriedigend sein konnte, das hatte er nicht erwartet. Die Destruktion als Mittel zum Zweck, als subtiles Werk-

zeug des Psychoterrors, das hatte was. Nur schade, dass er Joseph Niebauer jetzt nicht sehen konnte. Aber er konnte ihn sich vorstellen. Vielleicht rannte er gerade mit dem Kopf gegen die schwere Eichentür seines Weinkellers. Immer wieder. Oder er lag schreiend auf dem Rücken in seinem langsam versickernden Jahrhundertwein – auch nicht schlecht. Oder es zitterten ihm die Hände, kalter Schweiß auf der Stirn, Schluckbeschwerden und ein ziehender Schmerz in der linken Brust, der immer qualvoller wurde. Ja, er konnte es sich vorstellen, ganz genau sogar. Das musste für den Augenblick reichen.

31

Das romantische Renaissanceschloss Chenonceau scheint einem kitschigen Traum entsprungen. Im Fluss Cher gelegen, verbindet es mit einer Galerie beide Ufer. Die spitzen Türme und Brückenbögen spiegeln sich im Wasser. Gustave Flaubert, der hier zu Gast war, faszinierte die liebliche Eleganz und melancholische Ruhe von Chenonceau. Es schien ihm, als ob das Schloss auf Luft und Wasser schweben würde.

»Das also ist dein Lieblingsschloss«, stellte Hipp fest. »Weil es so schön ist oder weil es deine Phantasie anregt?«

Sie standen auf der kleinen Brücke, die zum Schloss führte, und sahen hinauf zu den verwunschenen Giebeln, den Ecktürmchen und den beiden Balkonen.

»Da kommt beides zusammen«, antwortete Valerie. »Ich stelle mir gerade vor, wie Diana von Poitiers, die schönste Frau ihrer Zeit und Mätresse des Königs, wie sie Heinrich II. in diesem Lustschloss, das er ihr zum Geschenk gemacht hat, empfängt, wie sie auf einem dieser Balkone steht, mit wehendem Haar und bloßen Brüsten. Der König, mit seinen wollüstigen Gedanken bereits im Schlafgemach, gibt seinem Pferd die Sporen ...«

»Jetzt geht deine Phantasie aber mit dir durch«, unterbrach Hipp sie lachend.
»Und nach dem Liebesspiel«, fuhr Valerie unbeirrt fort, »da bewaffnet sie sich mit Pfeil und Bogen und reitet nackt in den Wald auf Jagd …«
»Träume sind ein Spiegel der Seele, sie offenbaren geheime Wünsche und Sehnsüchte«, stellte Hipp schmunzelnd fest.
»Na, dann weißt du ja jetzt, was du mir zu meinem Geburtstag schenken kannst«, sagte Valerie kokett.
»Pfeil und Bogen?«, fragte Hipp.
»Nein, so ein schnuckeliges Schloss, natürlich mit König!«
»Der mit einer anderen verheiratet ist.«
»Das macht doch nichts!«
»Mit Katharina de Medici, der Mutter seiner zehn Kinder.«
»Eine ziemlich hässliche Frau, jedenfalls für eine Italienerin.»
»Aber sie war die Urenkelin von Lorenzo il Magnifico, und Frankreich hat ihr unendlich viel zu verdanken.«
»Was denn, dass sie Diana dieses Schloss nach dem Tod des Königs kaltherzig weggenommen und auf Chenonceau rauschende Feste gefeiert hat?«
»Nein, ganz ernsthaft, die Franzosen verdanken Katharina das hohe Niveau ihrer Küche. Denn die Medici hat aus Florenz – sie war bei der Eheschließung gerade vierzehn Jahre alt – die besten Rezepte mitgebracht und ihre gesamte Küchenbrigade. Mit den Kochkünsten der Franzosen war es dazumal nicht sehr weit her, erst mit Katharina de Medici wurden sie zu Feinschmeckern.«
»Das darfst du hier aber nicht laut sagen.«
»Wahrscheinlich nicht, das will in Frankreich natürlich keiner glauben, auch nicht, dass der Hof erst von Katharina gelernt hat, dass es so etwas wie eine Gabel gibt.«
»Trotzdem war sie ein Ekel, eine Intrigantin, man nannte sie die italienische Schlange.«

»Du bist unbarmherzig.«
»Das ist eine weibliche Tugend.«
»Das Gespräch beginnt interessant zu werden.«
»Deshalb wechseln wir besser das Thema«, sagte Valerie lachend. »Was machen wir heute Nachmittag?«
»Chenonceau gehört zum Weinbaugebiet der Touraine und hat sogar eine eigene Appellation. Gamay, Cabernet Franc, Chenin Blanc, Sauvignon Blanc …«
Valerie sah Hipp skeptisch an. »Du bist doch nicht an die Loire gefahren, um Weine zu probieren.«
»Warum nicht?«
»Ich glaube, dass du mit Veronika reden möchtest, Pierres Frau. Sie ist im Ferienhaus, ich hab unseren Besuch angekündigt.«
»Keine schlechte Idee, wenn wir schon mal hier sind.« Hipp sah hinunter auf das träge dahinfließende Wasser. »Aber vorher möchte ich mir gerne einen Golfplatz anschauen.«

Einige Stunden später, sie hatten auf der Fahrt noch Chambord besichtigt, das größte und prächtigste Schloss an der Loire, standen sie in Les Bordes am vierten Grün. Im Clubhaus hatte man ihnen einen Golfwagen zur Verfügung gestellt und den Weg erklärt. Gerade hatte ein Flight durchgespielt, bis zum nächsten gab es eine kleine Pause.
»Hier ist es also passiert«, sagte Valerie bedrückt und sah auf den großen Teich, der das inselähnliche Grün umschloss und sich hinüber erstreckte bis zur nächsten Spielbahn. »Ein schreckliches Unglück!«
»Steil genug geht es hinunter«, stellte Hipp fest, »hier an dem Grün kommt man jedenfalls nicht mehr aus dem Wasser.« Er warf einen Stein in den Teich. »Scheint tief zu sein.«
»Pierre hätte auf die andere Seite schwimmen müssen, dort geht es flach an Land.«

»Hätte, aber er war Nichtschwimmer. Außerdem hat er wohl vor Schreck einen Herzinfarkt bekommen.«
»Vielleicht hat sein Ball ganz dicht am Rand gelegen, wie bei dem Herrn vorhin?«, spekulierte sie. »Er hat sich auf den schwierigen Putt konzentriert, hat noch einmal die Linie studiert, ist einen Schritt zurückgegangen ...«
»... und hat das Gleichgewicht verloren. Ja, so könnte es gewesen sein. Er hat abends gespielt, nur noch schnell ein paar Löcher, es war schon fast dunkel.«
»Hinter ihm kamen keine anderen Spieler mehr.«
»Und es hat niemand bemerkt, dass er auf dem Platz war. Als Clubmitglied brauchte er keine Startzeit, das hat man uns vorhin erklärt.«
Sie sahen, dass sich der nächste Flight dem Abschlag näherte, und gingen zurück zu ihrem Golfcart.
»Hier irgendwo muss sein Trolley mit dem Bag gestanden haben«, vermutete Hipp und deutete zu den beiden kleinen Hügeln, die wie Kamelhöcker das Grün nach hinten angrenzten.«
»Der arme Pierre, er hat schon unglaublich viel Pech gehabt.«
»Unglaublich, ganz genau«, flüsterte Hipp.
Er ging hinter einem Busch in die Hocke, sprang dann plötzlich auf und rannte wie ein Verrückter einige Meter über das Grün Richtung Teich.
»Fore!«, hallte ein Ruf vom Abschlag, wo sich bereits ein Spieler bereitgemacht hatte.
Hipp bremste ab, hob entschuldigend eine Hand und ging zurück zum Golfcart, wo Valerie schon auf ihn wartete.
»Was war das denn?«, fragte sie.
Hipp zuckte mit den Schultern, setzte sich ans Steuer und legte den Rückwärtsgang ein. Das folgende penetrante Hupen trug ihnen ein erneutes »Fore!« von den wartenden Golfspielern ein.

»Ich schätze, wir machen uns gerade unbeliebt«, sagte Valerie lächelnd.
»Ja, irgendwie verstoßen wir gegen die Etikette. Aber ich konnte ja nicht ahnen, dass das Auto beim Rückwärtsfahren hupt.«

32

Am nächsten Vormittag waren sie in Orléans. Während sich Valerie an der Place du Martroi die Reiterstatue der heiligen Johanna anschaute und danach durch die bekannten Einkaufsstraßen Rue de la République und die elegantere Rue Royale schlenderte, besuchte Hipp das Kommissariat in der Rue de Bourgogne, um das Protokoll von Pierres Unfall einzusehen. Man gab ihm als Exkollegen, der zudem fließend Französisch sprach, bereitwillig Auskunft. Nein, es gebe keinen Zweifel am Hergang. Auch die Gerichtsmedizin habe bestätigt, dass Pierre ertrunken sei, die Lungen seien voller Wasser gewesen. Zwar gebe es eine leichte Verletzung an der Schläfe, aber die rühre wohl daher, dass Pierre beim Sturz mit dem Kopf die Umrandung gestreift habe. Vermutlich sei er dadurch etwas benommen gewesen und noch hilfloser. Ausschlaggebend sei aber wohl sein schwaches Herz gewesen, das beim Sturz in das Wasser nicht mehr mitgemacht habe. Die Akte sei bereits geschlossen. Einfach tragisch, dass dieser Mann nicht schwimmen konnte. Und das in Kombination mit einem Herzfehler. Im Hochsommer, da habe der Teich weniger Wasser, da hätte er sogar stehen können und würde noch leben.

Nun saßen sie bei Veronika auf dem Sofa. Pierres Ferienhaus lag in der Nähe von Beaugency auf einem kleinen Hügel, mit schönem Ausblick auf die Loire. Sie hatten Veronika kondoliert, Valerie war mit ihr auf die Terrasse gegangen und hatte

sie dort länger umarmt. Dennoch, Hipp fand, dass Veronika nicht übermäßig von Trauer überwältigt war. Die Träne zur Begrüßung, das war zu erwarten gewesen, aber ansonsten wirkte sie relativ entspannt.
»Sie haben Pierre gekannt?«, wollte Veronika von Hipp wissen.
»Gekannt wäre übertrieben, aber ich habe ihn kennen gelernt, vor einigen Wochen anlässlich einer Weinprobe bei Valeries Vater. Und zur Beerdigung von Jean-Yves haben wir uns in Saint-Rémy ein zweites Mal gesehen.«
»Ich konnte leider nicht kommen, ich war zur Kur«, sagte sie.
»Ich weiß«, tat Hipp verständnisvoll, auch wenn er insgeheim dachte, dass eine Ayurveda-Kur in der Schweiz nicht unbedingt ein Hinderungsgrund gewesen wäre.
»Ich kann es immer noch nicht fassen«, sagte Veronika.
Während Valerie mitleidsvoll ihren Unterarm streichelte, stellte Hipp fest, dass diese Veronika wirklich hervorragend aussah. Losotzky hatte nicht gelogen. Ob ihr praller Busen sein Werk war? Und die vollen Lippen?
Aber es gab wichtigere Fragen. Hipp: »Pierre konnte wirklich nicht schwimmen? Nicht ein kleines bisschen?«
»Nein, leider, sonst wäre er ja noch am Leben. Pierre konnte nicht nur nicht schwimmen, er hat überhaupt eine panische Angst vor Wasser gehabt. Wahrscheinlich irgendein traumatisches Erlebnis in seiner Kindheit. So was gibt es doch, oder?«
»Ja, natürlich gibt es so etwas«, bestätigte Hipp.
»Pierre hat sich schon in der Badewanne gefürchtet. Ich könnte mir vorstellen, dass er nach dem Sturz in den Teich allein vor Schreck gestorben ist.«
»Vor Schreck stirbt man nicht, außer man hat wie Pierre ein schwaches Herz«, sagte Hipp lakonisch. »Wer wusste eigentlich davon?«
»Wovon?«

»Dass Pierre nicht schwimmen konnte und sich vor Wasser fürchtete?«
»Eigentlich jeder, ich meine, alle seine Freunde und die meisten unserer Bekannten. Pierre hat ganz offen darüber gesprochen, schon damit niemand auf die Idee kam, ihn auf ein Schiff einzuladen.«
»Und von seinen Herzproblemen?«
»Davon wussten wahrscheinlich nur ich und seine Ärzte. Pierre meinte, dass das niemanden etwas anginge. So etwas könnte durchaus bei einer Karriere hinderlich sein. Er war ja medikamentös gut eingestellt und hatte keine akuten Probleme.«
Hipp räusperte sich. »Ich habe eine Bitte. Pierre hatte doch in diesem Haus einen Weinkeller, richtig?«
Veronika nickte.
»Dürfte ich ihn mir mal ansehen?«
»Selbstverständlich, da vorne, die Tür neben dem Eingang, dort geht es hinunter.«
Hipp stand auf. »Sie entschuldigen mich.«
»Lass dir Zeit«, sagte Valerie, »ich unterhalte mich so lange mit Veronika.«

Als Hipp nach einer guten Viertelstunde zurückkam, wollte er wissen, ob Pierre noch woanders Weine gelagert habe, vielleicht in Paris?
»Nein, nur hier«, antwortete Veronika. »Warum fragen Sie das?«
»Weil Pierre in Saint-Rémy von zwölf Flaschen Château d'Yquem erzählt hat, Jahrgang 1937, die er bei Sotheby's ersteigert hat.«
»Natürlich, daran erinnere ich mich. Ich verstehe ja nichts von Wein, aber er hat tagelang von nichts anderem geredet. Doch, die müssten da unten sein.«
»Sind sie aber nicht!«

»Erstaunlich«, sagte Veronika. »Na ja, dann sind sie halt nicht da.«
Hipp hatte das sichere Gefühl, dass Veronika keine Ahnung hatte, was die zwölf Flaschen wert waren, sonst wäre sie nicht so gleichgültig gewesen.
»Darf ich Sie noch etwas fragen?«
»Sie sind ein neugieriger Mann«, sagte Veronika.
»Gelegentlich, ich hoffe, Sie verzeihen mir. Wo ist eigentlich der Hausschlüssel von Pierre?«
»Keine Ahnung, ich habe meinen eigenen Schlüssel.« Veronika überlegte. »Im Golfbag war er jedenfalls nicht, da hat die Polizei nur seinen Autoschlüssel gefunden. Wahrscheinlich ist der Hausschlüssel im Auto, vielleicht im Handschuhfach? Der Wagen steht in der Garage. Er ist offen, wollen Sie nachschauen?«
»Wenn ich darf, gerne.«
Während Hipp den Raum verließ, hörte er amüsiert, wie Veronika leise zu Valerie sagte: »Neugierig ist er schon, aber dafür sieht er hervorragend aus, würde auch mir gut gefallen ...«

»Nein«, sagte Hipp, als er von der Garage zurückkam. »Kein Hausschlüssel im Auto.«
»Dann ist er eben weg«, erwiderte Veronika.
»Vielleicht hat Pierre den Schlüssel in der Hosentasche gehabt, und er ist im Teich versunken«, vermutete Valerie.
»Dort liegt er gut, schließlich ...« Veronika konnte ihren Satz nicht fertig sprechen, weil das Telefon läutete.
... schließlich braucht Pierre keinen Schlüssel mehr, dachte Hipp den Satz zu Ende. Er gab Valerie ein Zeichen, weil er das Gefühl hatte, es war an der Zeit zu gehen.
Veronika hatte das Gespräch mit einigen leise gesprochenen Sätzen schnell beendet.
»Wir wollen uns verabschieden«, sagte Hipp. »Nochmals mein herzliches Beileid. Und wenn wir Ihnen in irgendeiner Weise helfen können ...«

»Wer war das?«, fragte Valerie dreist mitten hinein und deutete zum Telefon.
Da sage noch einer, dachte Hipp, er wäre neugierig.
»Wer das war?« Veronika war von der spontanen Frage sichtlich überrascht.
»Papi?«, gab Valerie eine mögliche Antwort vor.
»Nein, nicht Ferdinand, aber er nimmt auch sehr Anteil.« Veronika zögerte kurz. »Das war Peter.«
»Peter?«
»Ja, Peter Losotzky, er wollte hören, wie es mir geht.«
Hipp entging nicht, dass sie dabei leicht errötete.

33

Sie saßen in einem Cellier, einem jener Weinkeller, die in grauer Vorzeit zwischen Blois und Amboise als Höhlen in das weiche Tuffgestein getrieben worden sind. Das Kaminfeuer brannte. Vor ihnen stand auf dem langen, groben Holztisch eine Reihe von Weinflaschen und Gläsern bereit.
»Ich wusste gar nicht, dass du dich so für Wein interessierst«, sagte Hipp, während er von rechts beginnend aus den ersten beiden Flaschen einschenkte.
»Ich auch nicht«, erwiderte Valerie lachend. »Wahrscheinlich ist es dein schlechter Umgang.«
»Und die erbliche Vorbelastung durch deinen Vater.«
»Ich hab mir sogar in Orléans ein Buch über die Weine aus dem Tal der Loire gekauft.«
»Dann bist du ja bestens präpariert.«
»Gekauft, noch nicht gelesen«, korrigierte Valerie.
»Alors, es ist wie immer im Prinzip ganz einfach«, erklärte Hipp. »Nicht nur die Schlösser folgen der Loire wie Perlen an einer Schnur ...«

»… sondern auch die Atomkraftwerke.«

»Das stimmt zwar leider, bringt uns aber von Thema ab. Also, auch die Weinbaugebiete folgen ihrem Lauf. Deshalb kann man sie sich leicht merken. Unser freundlicher Patron hier hat meinem Wunsch folgend die Weine, natürlich nur die wichtigsten, genau so aufgereiht, wie die Loire fließt. Vom Osten, also rechts beginnend, nach links bis zur Mündung in den Atlantik in der Ebene von Nantes und bei Saint-Nazaire.«

Mit 1012 Kilometern ist die Loire der längste Fluss Frankreichs. Er ist weitgehend naturbelassen, es gibt am ganzen Lauf keine Staudämme – aber vier Kernkraftwerke mit 15 Reaktoren.

»Demnach geht es mit Sauvignon Blanc los.«

»Stimmt genau, du hast also doch schon ins Buch geschaut.«

»Nur ein bisschen.«

»Es beginnt mit den beiden Regionen Sancerre und Pouilly. Ich vereinfache jetzt natürlich extrem, aber so bekommst du ein Gerüst. Beide Weinbaugebiete sind für ihren Sauvignon Blanc berühmt, einen frischen Weißwein, der vor allem auf dem mit Feuerstein durchzogenen Kalkboden der Appellation Pouilly-Fumé zu großer Form aufläuft. Dann nach links, der Loire entlang, die Touraine. Hier sind vor allem …«, Hipp folgte mit dem Zeigefinger den aufgereihten Flaschen, »… die Rotweine aus Cabernet Franc aus Bourgueil und Chinon wichtig, außerdem die Weißweine von Vouvray aus der Chenin-Blanc-Traube. Wir machen es uns leicht und überspringen das vor allem für seinen Rosé bekannte Anjou. Hier wäre eigentlich nur der weiße Saumur erwähnenswert, ihn gibt es übrigens auch als ganz ordentlichen Schaumwein. Für Weinkenner wichtig ist Savennières, wir haben hier einen ausgezeichneten Grand Cru. Dieser Weißwein aus Chenin Blanc hat fast Kultstatus und kann sehr alt werden. Und zum Abschluss ein spritziger weißer Muscadet. Diese Flasche, sur lie aus dem Bereich Sèvre-et-Maine, ist ziemlich gut, was man leider vom Muscadet-Wein nicht immer sagen kann. Insgesamt also sieben Flaschen, die ganz gut die Vielfalt der Loire widerspiegeln.«

Valerie griff zum ersten Glas. »Kommen wir von der Theorie zur Praxis …«

Muscadet »sur lie« bleibt auf der Hefe liegen und bekommt dadurch eine besondere, aufwertende Geschmacksnote.

Eine knappe Stunde später, Valerie hatte sich zu Hipps Freude als gelehrige Schülerin erwiesen, die auch bei vertauschten Gläsern die Zuordnung nachvollziehen konnte, saßen sie entspannt vor ihren Gläsern. Hipp widmete sich seinem Savennières, Valerie verglich immer wieder aufs Neue die beiden Sauvignon Blanc aus den an der Loire gegenüberliegenden Regionen Sancerre und Pouilly-Fumé. Letzterer war tatsächlich etwas rauchiger und würziger.

Hipp rotierte bedächtig sein Glas auf dem Tisch. »Warum wolltest du wissen, wer am Telefon war?«, fragte er unvermittelt.

»Bei Veronika? Ist mir nur so rausgerutscht«, antwortete Valerie, »aber ich hatte irgendwie den Eindruck, dass ihr der Anrufer sehr vertraut war. Du weißt schon, die Körperhaltung, der Flüsterton …«

»Und? Hat es dich überrascht, dass es Losotzky war? Sie ist übrigens etwas rot geworden, als sie seinen Namen genannt hat.«

»Tatsächlich? Nein, es hat mich nicht überrascht, schließlich haben die beiden schon seit längerem ein Verhältnis miteinander.«

»Ich erinnere mich an deine zarte Andeutung in Saint-Rémy.« Hipp steckte die Nase in das Weinglas, um dann einen Schluck zu nehmen. »Hat Pierre das gewusst?«, fragte er.

»Ich glaube, nicht.«

»Woher weißt du es eigentlich?«

»Von meiner Mutter. Veronika hat sich ihr mal anvertraut.«

»Soso, ein Verhältnis mit diesem Losotzky. Ganz schön locker, die Dame.«

»Das war sie schon immer. Früher, aber das ist schon Jahre her, war sie mit Thilo Thoelgen zusammen. Und jetzt ist halt Peter Losotzky dran.«

»Das hat für ihn den Vorteil, dass er seine kosmetischen

Operationen mal einem praktischen Qualitätstest unterziehen kann.«
»Du bist gemein.«
»Findest du?« Hipp nahm eine Weinflasche und studierte das Etikett. »Ich glaube, er nimmt Drogen.«
»Wer, Peter Losotzky?«
»Ja, den Eindruck hatte ich jedenfalls bei seinem Überraschungsbesuch in Saint-Rémy.«
»Er war doch gut drauf«, wandte Valerie ein.
»Ganz genau, fast zu gut. Irgendwie überdreht. Und diese leicht flackernden Augen, das kenne ich. Übrigens haben manche Ärzte leichten Zugang zu Opiaten, die sie in der Schmerztherapie einsetzen. Muss aber nichts bedeuten, vielleicht täusche ich mich auch.«
»Jedenfalls hat er beim Wegfahren die Mauer gestreift.«
»Was er gar nicht zu bemerken schien«, kommentierte Hipp.
»Darf ich dich was anderes fragen?«
»Nur zu?«
»Wir wären doch nicht hierher an die Loire gefahren, wenn du nicht Zweifel am Unfalltod von Pierre hättest?«
Hipp lehnte sich zurück und sah Valerie an. »Zweifel? Nun, nicht direkt, aber mich haben die näheren Umstände interessiert.«
»Und jetzt? Was glaubst du jetzt?«
Hipp nahm einen Korken und tat so, als ob er ihn inspizieren würde. »Um ehrlich zu sein, ich glaube nicht, dass es ein Unfall war. Jemand, der panische Angst vor dem Wasser hat, der würde nie so dicht an den Rand des Grüns treten, dass er in den Teich fallen könnte. Da gibt es eine innere Blockade. Jemand mit Höhenangst lehnt sich auch nicht freiwillig auf einer Aussichtsterrasse über das Geländer. Nein, falls der Ball wirklich ganz nah am Rand lag, hätte ihn Pierre lieber liegen lassen, als ihn zu spielen.«

»Oder er hätte ihn mit einem langen Schläger zu sich gezogen.«
»Ganz genau. Also, sagen wir mal so, mir kommt der Tod zumindest sehr seltsam vor.«
»Kannst du dir vorstellen, dass ihn jemand hineingestoßen hat?«
»Denkbar wäre es.«
»Und die zwölf Flaschen Yquem?«, fragte Valerie.
»Die hat ganz offenbar jemand gestohlen.«
»Oder Veronika hat die Flaschen Losotzky geschenkt?«
»Glaube ich nicht, sie war selbst überrascht, dass sie nicht im Keller waren. Kommt die Merkwürdigkeit mit dem Hausschlüssel hinzu …«
»… der weder im Bag noch im Auto war.«
»In der Hosentasche war der Schlüsselbund sicher nicht, er ist ziemlich groß, das würde beim Golfspielen stören.«
»Vielleicht hat ihn jemand aus dem Bag gestohlen, nachdem Pierre ertrunken ist?«, überlegte Valerie laut.
»Könnte sein.«
»Aber es bringt doch niemand einen Menschen um, um lächerliche zwölf Flaschen Yquem zu stehlen. Das ist doch völlig hirnrissig.«
Hipp lächelte. »Das hast du schön formuliert. Ja, das wäre ziemlich hirnrissig. Außerdem konnte ja niemand wissen, dass Pierre vor lauter Schreck einen Herzinfarkt bekommen würde. Übrigens fehlen auch bei Jean-Yves im Weinkeller sechs Flaschen Château d'Yquem, Jahrgang 1929.«
»Das ist nicht wahr?«
»Doch, ich habe schon mit deinem Vater darüber gesprochen. Er kann es sich auch nicht erklären.«
»Das ist doch verrückt! Du glaubst doch nicht im Ernst, dass da ein Zusammenhang besteht? Erst der Mord an Jean-Yves, jetzt der Tod von Pierre, dazu die verschwundenen Flaschen von diesem Wein …«

»Stimmt, ich kann mir da auch keinen Zusammenhang vorstellen.«
»Außerdem hast du meinem Vater gesagt, dass der Fall für dich abgeschlossen wäre, dass du dich nicht mehr um eine Aufklärung bemühen würdest.«
Hipp grinste. »So, habe ich das gesagt? Dann wird's wohl stimmen.«

34

Von seinem Lieblingstisch direkt neben der Freitreppe hatte man den besten Blick auf die Croisette. Man sah Luxuslimousinen vorbeifahren, die das Herz höher schlagen ließen. Man konnte die Yachten sehen, die vor der Plage in der Baie de Cannes ankerten. Und immer wieder erfreuten schöne Frauen das Auge des Genießers. Ja, hier auf der Terrasse der Brasserie des Carlton-Hotels gefiel es ihm in den frühen Abendstunden am besten. Wie oft hatte er in der Untersuchungshaft davon geträumt, hier wieder zu sitzen, sich eine Zigarre bringen zu lassen, die Flasche Dom Perignon im Eiskühler und ein Glas Champagner in der Hand. Sergej Protomkin prostete dem azurblauen Meer zu, dem wolkenlosen Himmel, der Richtung Esterel ein leichtes Abendrot erkennen ließ, dem sanft wiegenden Hintern einer dunkelhäutigen Passantin. Er dankte dafür, dass er wieder auf freiem Fuß war, sein Anwalt hatte gute Arbeit geleistet. Die Kaution war zwar recht happig ausgefallen, aber noch nie hatte er eine solche Summe so gerne bezahlt.
Leider war bei Boris nichts zu machen gewesen, die Verdachtsmomente im Zusammenhang mit dem Tod von Jean-Yves Peyraque waren einfach zu groß. Aber was hatte man ihm selbst schon nachweisen können? Die tausend gefälschten Flaschen Lafite in der Garage waren geradezu lächerlich. Wer sagte denn, dass er sie weiterverkauft hätte? Außerdem

hatte er sich selbst als Betrugsopfer hingestellt, natürlich habe er geglaubt, der Wein sei echt. Dass er Jean-Yves in der Vergangenheit bedroht habe, das musste man ihm erst mal nachweisen. Und der Anklagepunkt, dass Boris auf seine Anweisung hin diesen Franzosen ermordet habe, der war ja nun wirklich absurd. Wenn, dann hatte Boris aus eigenem Antrieb gehandelt.

Eine junge Frau kam die Treppe herauf, sehr offenherzig und ausgesprochen ansehnlich – nur leider in Begleitung. Sergej schnippte mit den Fingern, um dem herbeieilenden Ober zu sagen, dass er einen dringenden Auftrag für Marcel habe.

Er goss sich etwas Champagner nach. Dabei erinnerte er sich an das Treffen mit jenem Albert, der sich als Partner von Jean-Yves ausgegeben hatte. In Aix-en-Provence hatten sie zusammengesessen und den Deal mit dem gefälschten Lafite perfekt gemacht. Leider wusste er nicht, wo und wie er diesen Menschen aufspüren konnte. Er hätte sich allzu gerne mit ihm getroffen – um ihm bei dieser Gelegenheit den Hals umzudrehen. Sergej rammte entschlossen die Champagnerflasche in den Eiskühler. Er war sich sicher, dass ihm dieser Albert eine Falle gestellt hatte. Zugegeben, die Weinlieferung war in Ordnung gewesen. Wer aber sonst sollte ihm die Polizei auf den Hals gehetzt haben? Wahrscheinlich wollte er den Tod seines Partners und Freundes Jean-Yves rächen, und irgendwie war er bestimmt auch in die Mordanklage gegen Boris verwickelt. Das sagte ihm sein Instinkt, und der hatte ihn noch nie getrogen. Mit diesem Albert würde er nur allzu gerne abrechnen. Einen Sergej legt man nicht herein!

»Monsieur Protomkin, was kann ich für Sie tun?«

Sergej hatte Marcel gar nicht kommen sehen. Dank seiner großzügigen Trinkgelder war ihm der Hotelangestellte immer gerne zu Diensten.

»Marcel, mein Lieber, siehst du da drüben diese Blondine in

den hautengen Jeans, mit der aufgeknöpften Bluse und diesen wunderbaren …« Sergej formte mit den beiden Händen große Halbkugeln.
Marcel verdrehte genießerisch die Augen. »Oh, là là, naturellement, Monsieur Protomkin, sie sind ja nicht zu übersehen!«
»Marcel, es muss nicht diese Frau sein, aber ein ähnliches Kaliber. Meinst du, du könntest es arrangieren, dass ein solches Prachtweib in der nächsten Stunde hier auftaucht, sich zu mir an den Tisch setzt und mir den Abend und die Nacht verschönt? Natürlich gegen eine entsprechende Bezahlung!«
Marcel wiegte seinen Kopf. »Monsieur Protomkin, dieser Wunsch ist, wie sagt man, quelque chose de spécial.«
»Natürlich ist er das, mein Lieber.« Sergej nahm einige größere Euro-Scheine und stopfte sie Marcel in die Jackentasche. »Aber Boris hat momentan Urlaub …«
»Ich habe es in der Zeitung gelesen«, rutschte es Marcel heraus.
Sergej lächelte schief. »Dann weißt du ja auch, dass dieser Urlaub eventuell etwas länger dauern könnte. Und ich kann mich nicht um alles selbst kümmern. Marcel, das sollte für dich nur von Vorteil sein. Also, was ist jetzt? Du kannst mir meinen kleinen Wunsch erfüllen, Marcel, davon bin ich überzeugt.«
Marcel nickte. »Évidemment, Monsieur Protomkin, ich habe verstanden. Innerhalb der nächsten Stunde, mit großen Oh, là là …« Er kniff ein Auge zu. »Pas de problème!«

35

Ihnen wurde als Vorspeise gerade eine Spezialität der Loire serviert, nämlich ein Chèvre chaud, im Ofen gebackener junger Ziegenkäse aus der Touraine auf geröstetem Brot, genau zu diesem denkbar ungünstigen Augenblick meldete sich Hipps Handy mit einer langsam anschwellenden Symphonie. Vom Nachbartisch schaute man vorwurfsvoll in seine Richtung. Hipp machte eine entschuldigende Geste und sah auf den köstlichen Ziegenkäse, der zweifellos keinen größeren Aufschub vertragen würde. Die Entscheidung war schnell getroffen. Er blickte kurz auf das Display, mit einer Taste unterdrückte er das Geräusch, das Handy verschwand in seiner Jackentasche.

»Wäre doch zu schade«, sagte Valerie, während sie den Käse anschnitt.

»Es gibt nun mal Prioritäten im Leben«, stellte Hipp fest.

»Du solltest dir angewöhnen, bei solchen Gelegenheiten das Handy abzustellen.«

»Das hilft auch nichts. Ich erinnere mich, wie uns dein Vater in Saint-Rémy bei dem hoffnungsvollen Versuch gestört hat, unser Liebesleben zu intensivieren.«

Valerie lachte. »Na, da siehst du es ja …«

»Aber er hat über das Festnetz angerufen!«

»Er lässt eben nichts unversucht, die Keuschheit seiner Tochter zu bewahren.«

»Was ihm heute Abend nicht gelingen wird.« Hipp grinste. »Unser Zimmer hat kein Telefon.«

»Aber das Bett ist ziemlich klein.«

»Und es wackelt. Es wird doch hoffentlich nicht daran scheitern?«

Valerie sah ihn vieldeutig an. »Ich weiß schon, wie wir's machen.«

Hipp schmunzelte. »Das dürfte dein Vater aber nicht hören. Ich liebe deine kreativen Einfälle, speziell auf diesem Gebiet. Vielleicht sollten wir gleich …?« Hipp legte demonstrativ das Besteck zur Seite.

Valerie schüttelte lachend den Kopf. »Jetzt konzentriere dich auf deinen Käse.«

Das kleine Restaurant gehörte zu ihrer Auberge, die etwas außerhalb von Amboise gelegen war und in der sie auch wohnten. Als Hauptspeise hatten sie Sanglier bestellt, Wildschwein in Rotwein geschmort, mit Kartoffelgratin.
»Vielleicht war es Veronika, und ihr ist doch noch etwas eingefallen?«, sagte Valerie.
»Du meinst der Anruf? Nein, Veronika war es nicht.« Hipp fischte das Handy aus der Jacke und rief die gespeicherte Nummer zurück.
»Unser Wildschwein dauert ja noch etwas«, sagte er zu Valerie.
»Was ist mit dem Wildschwein?«, fragte Niebauer, der den letzten Satz am Telefon mitbekommen hatte.
»Herr Niebauer, Sie also waren der Anrufer«, meldete sich Hipp, der die Stimme erkannte. »Hier spricht Hermanus. Das Wildschwein schmort noch im Rotwein und wird Valerie und mir in Bälde serviert.«
»Sie lassen es sich ja gut gehen. Wo sind Sie?«
»An der Loire, wir haben Veronika Allouard besucht.«
»Die Arme, wie kommt sie klar?«
»Erstaunlich gut«, antwortete Hipp. »Warum haben Sie angerufen?«
»Ich bin in meinem Weingut in Bordeaux. Mir ist was Schreckliches widerfahren«, sagte Niebauer. Dann erzählte er Hipp in knappen Sätzen von der Tragödie, von den angebohrten und ausgelaufenen Barriquefässern, von den beiden »Jahrhundert-Jahrgängen«, die komplett im Boden seines Weinkellers versickert seien, von seiner unbändigen Wut auf den oder die unbekannten Täter. Die Polizei habe überhaupt keinen Anhaltspunkt und engagiere sich auch nicht allzu sehr. Hipp hörte, wie Niebauer stöhnte.
»Kurz und gut, Herr Hermanus, ich brauche Sie. Sie müssen für mich diese Schweine finden, die dürfen nicht ungestraft davonkommen. Nachdem Sie den Mord an Jean-Yves so bravourös aufgeklärt haben, haben Sie ja vielleicht Zeit. Ich

zahle Ihnen das Doppelte Ihres normalen Honorars, und wenn Sie Erfolg haben, gibt's eine satte Prämie. Wann können Sie hier sein?«

»Tut mir Leid ...«, erwiderte Hipp.

»Sie wollen mir doch keine Absage geben!«, protestierte Niebauer lautstark.

»Tut mir Leid, aber das Wildschwein wird gerade serviert. Ich rufe Sie nach dem Dessert wieder an.«

Hipp schaltete das Handy aus und steckte es weg.

Valerie fächelte sich über dem Teller die aufsteigenden Aromen in die Nase. »Riecht wunderbar«, sagte sie. »In was für einem Wein das Fleisch wohl geschmort wurde?«

Hipp schnupperte am Teller, nahm einen Löffel vom Sud, zog ihn schlürfend durch die Lippen, schmatzte etwas, überlegte kurz. »Cabernet Franc, zweifellos ein Chinon, vermutlich von der Domaine du Colombier, vielleicht drei oder vier Jahre alt ...«

Valerie sah ihn fassungslos an. »Das gibt's doch nicht, das ist ja übermenschlich!«

Hipp grinste. »War nicht so schwierig.«

Valerie sah entgeistert auf ihren Teller, dann wieder zu Hipp. Mittlerweile lachte er bis über beide Ohren.

Valerie legte den Kopf auf die Seite. »Könnte es sein, dass du mich gerade ...?«

»Könnte sein, ja. Ich hab natürlich keine Ahnung, was das für ein Wein ist ...«

Valerie nahm ihre Serviette und warf sie Hipp über den Tisch ins Gesicht.

»... aber das Fleisch macht einen guten Eindruck, schön dunkel und mürbe.«

Zum Dessert gab es einen Klassiker der Loire, nämlich die legendäre Tarte Tatin, benannt nach den Geschwistern Tatin aus dem Ort Lamotte-Beuvron. Sie wird auf dem Kopf zubereitet, zuunterst die Äpfel und der Zucker, und darüber der Teig. Vor dem Servieren wird die Tarte Tatin dann gestürzt.

Das Rezept der TARTE TATIN gibt's im Anhang unter Loire.

Valerie, die sich den Anruf von Niebauer hatte genau wiedergeben lassen, kam erneut auf die angebohrten Fässer zu sprechen. Natürlich habe Niebauer viele Neider, stellte sie fest, und bestimmt sei er nicht überall beliebt, aber wer mache denn schon so was?

»Vielleicht hat er sich mit irgendwelchen Winzern vor Ort überworfen?«, zog Hipp diese Möglichkeit in Erwägung. Immerhin sei Niebauer im Médoc ein Neuling, er kenne die Gepflogenheiten nicht, die ungeschriebenen Gesetze, die es einzuhalten gelte. Das Aufbohren von zwei kompletten Jahrgängen habe ja schon irgendeine tiefere Bedeutung, könne eine Art Botschaft beinhalten. »Andererseits«, ließ er Valerie an seinen Überlegungen teilhaben, »ist es ja wirklich merkwürdig, dass schon wieder einem Chevalier aus der Weinbruderschaft etwas widerfährt. Die Herren sind momentan schlecht bestrahlt. Erst Jean-Yves, dann Pierre, jetzt dieser Niebauer.«

»Immerhin ist er noch am Leben«, relativierte Valerie den Vergleich.

»Als ob es jemand auf die Chevaliers abgesehen hätte. Aber die Fässer, die passen irgendwie nicht ...« Hipp unterbrach sich und dachte nach.

»... nicht ins Bild!«, ergänzte Valerie den Satz.

»Ganz genau. Falls alles miteinander zusammenhängen sollte, dann ist zumindest keine einheitliche Handschrift zu erkennen. Was natürlich auch wieder gegen diese These spricht.« Hipp kratzte die letzten Reste der Tarte Tatin vom Teller, dann griff er zum Handy und rief Niebauer zurück.

»Na, hat's geschmeckt?«, meldete der sich.

»Ja, wunderbar. An der Loire kann man zur Jagdsaison wunderbar Wild essen. Nicht nur Wildschwein, auch Fasan, mit Speck umwickelt, Rebhuhn, schön kross, Hasenfilets mit Kastanien ...«

»Hören Sie schon auf, mir läuft das Wasser im Mund zusammen. Nun, haben Sie es sich überlegt, nehmen Sie den Auftrag an?«

»Würde ich gerne, Herr Niebauer, aber ich habe momentan leider andere Verpflichtungen. Ich muss Ihnen also zu meinem Bedauern absagen …«

»Doppeltes Honorar!«, erinnerte Niebauer an sein Angebot.

»Ich weiß, aber glücklicherweise bin ich von finanziellen Zuwendungen ziemlich unabhängig.«

»Dreifaches Honorar!«, legte Niebauer nach.

»Lassen Sie es gut sein«, erwiderte Hipp lachend. »Das führt zu nichts. Aber ich darf einen Kompromissvorschlag machen. Wenn Sie einverstanden sind, kommen wir Sie morgen kurz besuchen. Von hier ist es ja nicht allzu weit. Ich würde mir die Bescherung gerne mal anschauen.«

»Damit bin ich sehr einverstanden. Ich erwarte Sie.«

»Vielleicht fällt mir ja irgendetwas auf. Aber dann müssen wir weiter.«

»Ihre anderen Verpflichtungen haben nicht zufällig etwas mit unserer hübschen Valerie zu tun?«, fragte Niebauer.

»Nein, wie kommen Sie auf diese Idee?«

»Na egal, möglicherweise kann ich Sie noch umstimmen.«

»Ich hätte noch eine Frage«, sagte Hipp. »Sie haben doch sicher auch einen privaten Weinkeller in ihrem Haus?«

»In meinem Château«, korrigierte Niebauer. »Ja, natürlich habe ich einen Weinkeller, prächtig sortiert. Warum wollen Sie das wissen?«

»Ist dort eingebrochen worden?«

Niebauer verneinte und verwies auf die Alarmanlage, die im Fasskeller leider gefehlt habe.

Hipp hakte nach: »Und was ist mit den alten Jahrgängen vom Château d'Yquem? Sind Sie sich wirklich sicher, dass alle Flaschen noch da sind?«

»Ich verstehe zwar Ihre Frage nicht, aber da bin ich mir hundertprozentig sicher. Ich hab's nämlich nicht so mit Süßweinen, die aus diesen verschrumpelten, verfaulten Trauben gemacht werden. Ich besitze überhaupt keinen Sauternes!«

»Schade eigentlich. Ich dachte, Ihr Weinkeller ist prächtig sortiert?«

»Aber nach meinen ganz persönlichen Vorlieben, mein Bester. Und die sind nicht von schlechten Eltern. Sie werden sich ja morgen davon überzeugen können.«

»Mit dem größten Vergnügen. Ich denke, wir treffen am frühen Nachmittag ein.«

»Ausgezeichnet«, Niebauer ließ ein polterndes Lachen hören, »und noch viel Spaß bei Ihren anderen Verpflichtungen.«

Hipp verzichtete auf einen Kommentar und beendete das Gespräch.

»Was gibt's da zu grinsen?«, fragte Valerie.

»Dieser Niebauer ist zwar ein neureicher Prolet, aber er trifft manchmal den Nagel auf den Kopf. Nur schade, dass er keinen Yquem mag.«

»Wir fahren morgen zu ihm?«, fragte Valerie.

»Ja, aber nur für einen Kurzbesuch. Ich werde seinen Auftrag nicht annehmen.«

»Außerdem muss ich zurück nach Frankfurt. Wie du weißt, habe ich heute kurzfristig eine Einladung zu einem Vorstellungsgespräch bekommen.«

»Das haben wir doch schon besprochen. Sofern mein alter Citroën nicht schlapp macht, sind wir am Donnerstag zu Hause.«

»Am Freitag habe ich meinen Termin.«

»Kein Problem. Außerdem würde ich mich gerne mit deinem Vater unterhalten ...«

»... aber doch hoffentlich nicht über mich?«, unterbrach Valerie.

»Ich könnte ihm erzählen, was du mit älteren Männern in viel zu kleinen Betten treibst. Er wäre schockiert.«

»Untersteh dich!«
»Nein, im Ernst, ich würde gerne einiges mehr über diese Chevaliers wissen. Darüber möchte ich mit ihm sprechen, vielleicht kommen wir gemeinsam auf irgendeine Spur.«
Valerie fuhr Hipp unter dem Tisch mit dem nackten Fuß unter das Hosenbein. »Apropos zu kleine Betten …«
»Klein und wackelig«, ergänzte Hipp.
»Ich sagte doch, ich hab da eine Idee. Funktioniert ganz ähnlich wie bei der Tarte Tatin.«
Hipp stand auf und reichte Valerie die Hand. »Komm, lass uns gehen, uns trennt nur eine Treppe von deiner Idee.«

36

Es war ihm nicht leicht gefallen, so lange zu warten. Aber er war es diesem Wein schuldig, dass er ihm nur zu einer besonderen Gelegenheit, nur zu einem feierlichen Anlass die Ehre erweisen würde. Alles andere wäre ein gotteslästerlicher Frevel, eine unverzeihliche Missachtung seiner grandiosen Einzigartigkeit. Fünf Flaschen dieser Reliquien hatte er in seinen Besitz gebracht, in jener vollmondigen Nacht auf dem Friedhof im Mâconnais. Fünf Flaschen Château d'Yquem aus dem Jahre 1784, mit den Insignien von Thomas Jefferson, dem dritten Präsidenten der USA, dem Verfasser der amerikanischen Unabhängigkeitserklärung und Liebhaber französischer Kultur und Lebensart. Wie lange er wohl schon tot war? Wahrscheinlich bald zweihundert Jahre. Aber sein Wein, der hatte die Zeiten überdauert, das war jedenfalls zu hoffen.
Einen feierlichen Anlass gab es heute, wohl wahr, schließlich hatte er Geburtstag. Und welch großartigeres Geschenk könnte er sich machen, als eine Bouteille von Thomas Jefferson zu öffnen? Obwohl er alleine war, hatte er sich der Würde dieses Augenblicks angemessen gekleidet. Den Smoking hatte er vorher aufbügeln lassen, die Schleife saß korrekt, die Schuhe waren auf Hochglanz poliert,

sogar die Manschettenknöpfe hatte er gefunden. Die Tür zu seinem geheimen Weinkeller hatte er hinter sich geschlossen. Die Kerzen brannten, nicht nur jene im fünfarmigen Lüster, auch alle anderen hatte er angezündet. Als musikalische Untermalung hatte er sich diesmal für eine Oper entschieden, Tosca *von Giacomo Puccini schien ihm adäquat, dargeboten von Luciano Pavarotti.*
Er betrachtete die ausgewählte Flasche, wie sie vor ihm auf dem Tisch stand. Man sah ihr die Jahrhunderte an, sie war vollendet in ihrer Alterung und hätte nicht schöner sein können. Sie hatte kein Etikett, die Buchstaben »Th.J.« waren in geschnörkelter Schrift in die tiefgrüne Flasche graviert. Auf dem getrübten Glas erregten bizarre Spuren und Flecken die Phantasie. Sie ließen ihn ebenso an Spinnweben denken wie an Erde und vertrocknetes Herbstlaub. Auch der Friedhof kam ihm in den Sinn und der geöffnete Sarg. Was seiner Vorfreude keinen Abbruch tat, im Gegenteil, die Erinnerung verlieh dem bevorstehenden Ritual einen morbiden Charme.
Der Anlass seines Geburtstages alleine hätte vielleicht noch nicht ausgereicht, einen 1784er d'Yquem zu öffnen. Aber er fühlte sich auch genau in der richtigen Stimmung. Zufrieden, doch nicht übertrieben euphorisch, mit einem leichten Anflug von Melancholie. Sein Blick wanderte hinüber zu den zwölf Flaschen d'Yquem, die er von Pierre hatte. Sie waren Mahnmal und Erfolgsprämie zugleich. Er schloss die Augen und erinnerte sich. Was hatte Pierre für ein entsetztes Gesicht gemacht, als er auf ihn zugestürmt war. Völlig verstört war Pierre zurückgetreten. Schon dabei wäre er fast über seine eigenen Füße gestolpert. Die Faschingsmaske, die er sich aufgesetzt hatte, und sein schrilles Indianergeheul waren jedenfalls nicht ohne Wirkung geblieben. Hinzu kam der Driver aus Pierres Golfbag, den er wild über seinem Kopf hatte kreisen lassen. Für jemanden, der sich gerade auf seinen Putt konzentrierte, war das gewiss in höchstem Maße irritierend gewesen. Dabei hatte die Faschingsmaske noch einen wichtigen Nebeneffekt, mit ihr hätte er nämlich unerkannt wieder im Unterholz verschwinden können.

Pierre hatte zunächst genau so reagiert, wie er es erwartet hatte. Nach dem ersten Schrecken hatte er den Putter schützend über sein Haupt gehalten. Das Wasser hinter sich vergessend, war er einen weiteren Schritt zurückgewichen. Dann hatte er ihn mit dem Driver im Eifer des Gefechts irgendwo am Kopf gestreift, Pierre war ins Straucheln geraten, ein leichter Stoß gegen den Oberkörper, schon war er über die Abgrenzung gestürzt und zwei Meter tiefer flach auf dem Wasser aufgeschlagen.
Wer konnte ahnen, dass Pierre ein so schwaches Herz hatte? Außerdem hatte ihn wohl der Schlag gegen den Kopf etwas benommen gemacht, auch mochte der Aufprall heftiger ausgefallen sein, als es eigentlich aussah, jedenfalls brachte Pierre nur einige stark verzögerte Bewegungen zustande, dann drehte sich der Körper plötzlich auf die Seite und begann langsam, aber unaufhaltsam zu versinken. Kurioserweise hielt Pierre bis zuletzt seinen Putter fest umklammert.
Einige Minuten hatte er ungläubig am Grünrand ausgeharrt. Er konnte es nicht glauben, dass es mit Pierre zu Ende gegangen war. Irgendwie hatte er sich seine Rache anders vorgestellt. Wenigstens einen Entsetzensschrei hätte er erwartet, vor Furcht aufgerissene Augen, einen verzweifelten Kampf gegen das Ertrinken, einen Ruf um Hilfe, mit letzter Kraft das Erreichen des rettenden Ufers. An diesem Anblick hatte er sich erfreuen wollen. Aber nichts von alledem. Stattdessen war Pierre sang- und klanglos von der Bühne des Lebens abgetreten. Einfach so!
Er hatte den Driver zurück in das Bag gesteckt, in der Seitentasche hatte er den Hausschlüssel gefunden. Dann noch ein kurzer Besuch in Pierres Weinkeller – und das war's gewesen. Geradezu lächerlich undramatisch war alles vonstatten gegangen.
Für einen Moment wanderten seine Gedanken zu Niebauer und seinen angebohrten Barriquefässern. Auch das war ihm leicht von der Hand gegangen. Leider war ihm auch hier die unmittelbare Beobachtung des menschlichen Leids versagt geblieben. Ganz gewiss hatte Niebauer nicht so apathisch und schicksalsergeben reagiert,

wie das offenbar Pierres Wesensart entsprochen hatte. Er lächelte. Dazu kannte er Niebauer gut genug. Seine Wutausbrüche waren legendär.

Sein Blick fiel hinüber in die linke Ecke seines Weinkellers, wo er die immer noch verschmutzte Bohrmaschine aufbewahrte. Sie war im Kerzenlicht nicht zu sehen, aber er wusste sie auf einer leeren Kiste, in der mal Flaschen aus Niebauers Château gelagert waren. Ihm gefiel dieses Arrangement, es hatte etwas von einer künstlerischen Installation. Oder nannte man das Objektkunst? Jedenfalls standen der Bohrer und die Weinkiste in einer Art Dialog zueinander, den freilich nur er interpretieren konnte.

Er überprüfte den korrekten Sitz seiner Smokingschleife und betrachtete versonnen den 1784er d'Yquem. Langsam wurde es ernst. Er lauschte der Stimme Pavarottis, die in seinem gemauerten Weinkeller vortrefflich zur Geltung kam. Ja, Tosca war für diesen feierlichen Anlass geradezu ideal. Ging es doch in Puccinis Oper um Verrat, um Intrigen, um Folter und Betrug, um Mord und Eifersucht. Das waren nun mal die Ingredienzien des Lebens. Früher war ihm das nicht bewusst gewesen, da hatte er gedacht, es wäre alles nur ein Spiel. Ein Spiel? Nun, vielleicht war es das auch, aber ein Spiel ohne Regeln und mit hohem Einsatz.

Ob der Yquem seinen Erwartungen entsprechen würde? Hoffentlich bröselte der Korken nicht allzu sehr. Seine Nase gaukelte ihm bereits den zarten Duft von Vanille vor, er ahnte Aromen von Karamell und Honig, einen Hauch von Aprikose …

37

Wie geht es Valerie?«, fragte Ferdinand Praunsberg, der Hipp über die Garage in sein Haus führte.

»Sie macht auf mich einen sehr vitalen Eindruck«, sagte Hipp, der fast ein schlechtes Gewissen hatte, dass ihm dabei unwillkürlich die jüngste Nacht in der Auberge an der Loire

einfiel und das Zimmer mit dem kleinen Bett. Wenn der gute Ferdinand wüsste, wie vital seine Tochter sein konnte.
»Wie meinst du das?«, fragte Praunsberg, der im Vorbeigehen die Hand liebevoll über den Lack seines schwarzen Porsches gleiten ließ.
Hipp räusperte sich. »Ich meine, sie ist gut drauf und mit großem Optimismus in ihr heutiges Vorstellungsgespräch gegangen.«
»Das ist erfreulich. Hoffentlich klappt es, wird Zeit, dass sie wieder was zu tun bekommt. Ich wollte ja nie, dass sie Webdesignerin wird, sie hätte was Anständiges studieren sollen.«
»Wenn es ihr gefällt.«
Praunsberg klopfte gefühlvoll auf den Kotflügel. »Sechs Zylinder, 3,6 Liter Hubraum, 320 PS, von null auf hundert in 5,0 Sekunden!«
»Klingt beeindruckend.«
»Ist es auch, mein lieber Hipp. Leider hat das Schmuckstück momentan unerklärliche Aussetzer.«
»Zumindest das hat der Wagen mit meinem alten Citroën gemeinsam.«
Praunsberg lachte. »Das dürfte aber auch schon fast alles sein. Ich bringe ihn am Montag in die Werkstatt, ist sicherlich nur eine Kleinigkeit.«
Er öffnete die Verbindungstür zum Haus. »Komm rein, ich freue mich über deinen Besuch.«
»Wo ist Béatrice?«
»Beim Bridgespielen, wir haben sturmfreie Bude. Was hältst du davon, wenn wir den Château de Valandraud aufmachen, du weißt schon, die Flasche …«
»… die ich dir als Dankeschön für die Einladung zur Degustation mitgebracht habe. Kommt einem vor, wie vor einer kleinen Ewigkeit.«
Praunsberg nickte. »Ja, leider ist einiges passiert seitdem.«
»Trotzdem, die Idee ist nicht schlecht. Überprüfen wir mal,

wie schnell der Valandraud von null auf hundert beschleunigt.«

Der Château de VALANDRAUD gilt als glanzvoller Senkrechtstarter unter den Weinen von SAINT-ÉMILION.

Eine Stunde später saßen sie in der Bibliothek von Ferdinand Praunsberg. Hipp erzählte von ihrem Besuch bei Joseph Niebauer im Médoc. Nur kurz seien sie da gewesen, hätten das Desaster im großen Barriquekeller besichtigt und sich von Niebauer alle Details erzählen lassen. Dem Drängen Niebauers, den Fall zu übernehmen, habe Hipp nicht nachgegeben. Aber darüber nachdenken würde er, das habe er versprochen, was ja zu nichts verpflichtete.

»Und? Hast du eine Theorie?«, fragte Praunsberg.

Hipp ließ den Wein im Glas kreisen. »Am wahrscheinlichsten ist, dass Joseph Niebauer als Neuling im Médoc einigen Leuten auf die Füße getreten ist, vielleicht, ohne es überhaupt zu merken.«

»Was ihm ähnlich sähe. Und die haben ihm dann eine Lektion erteilt?«

»Wäre jedenfalls denkbar. Ich habe einen alten Freund, der in Pauillac lebt, gebeten, sich mal diskret umzuhören.«

»So läuft das also, wenn du einen Auftrag nicht annimmst«, sagte Praunsberg schmunzelnd.

Hipp lächelte und roch am Wein. »Hat eine sinnliche Nase!«, stellte er fest.

»Hat er«, bestätigte Praunsberg, »mit einem wunderbaren Pflaumenaroma.«

»Um auf Niebauer zurückzukommen, es ist nicht immer jenes zutreffend, was am wahrscheinlichsten ist. Erinnerst du dich daran, was ich in Paris gesagt habe, dass eure Weinbruderschaft derzeit unter keinem guten Stern steht?«

»Ja, da ist wohl was dran. Mit Pierre, das war wirklich ein tragischer Unfall.«

»Tragischer Unfall? Das glaube ich nicht!«

»Wie meinst du das?«

»Ich vermute, dass Pierre ins Wasser gestoßen wurde, wohl wissend, dass er nicht schwimmen konnte.«
Praunsberg stellte erschrocken das Glas auf den Tisch. »Schon wieder ein Mord? Wie grauenvoll. Gibt es denn dafür Beweise?«
»Nicht wirklich, aber es deuten einige Unstimmigkeiten darauf hin.«
»Pierre umgebracht? Ich kann mir das nicht vorstellen. Wer sollte so etwas tun?«
»Das genau ist die Frage.«
»Ich glaube kaum, dass Pierre Feinde hatte.«
»Genauso wenig wie Jean-Yves«, sagte Hipp.
»Sieht man einmal von diesem Russen ab. Weißt du übrigens, dass er wieder auf freiem Fuß ist?«
Hipp nickte. »Ja, aber nur Sergej Protomkin, nicht Boris. Doch du kennst ja meine Einschätzung.«
»Dass beide nichts mit Jean-Yves' Tod zu tun haben, ich weiß.«
»Ganz genau.« Hipp lehnte sich zurück. »Jean-Yves Peyraque, Pierre Allouard, jetzt Joseph Niebauer, alle sind sie Mitglieder der Chevaliers des Grands Crus. Ferdinand, könnte es sein, dass ihr euch irgendjemanden zum Feind gemacht habt?«
Praunsberg sah Hipp verständnislos an. »Wir? Feinde? Völlig undenkbar, wir sind doch die harmlosesten Menschen der Welt. Wir öffnen gelegentlich einige Flaschen Wein, noch dazu unter Ausschluss der Öffentlichkeit. Wer sollte da etwas dagegen haben?«
»Habt ihr Neider?«
»Mag sein, wir sind alle erfolgreiche Geschäftsleute und repräsentieren einen bestimmten Lebensstil. Aber das ist doch lange kein Grund …«
»Nein«, gab Hipp zu. »Das ist es nicht.«
»Na, siehst du!«
»Eine andere, ziemlich abgefahrene Möglichkeit wäre, dass ir-

gendjemand unbedingt Mitglied bei euch werden wollte, den ihr nicht aufgenommen habt. Kommt so etwas vor?«

Praunsberg schüttelte den Kopf. »Vielleicht früher mal, aber aktuell, nein! Warum? Glaubst du allen Ernstes, dass es da einen Zusammenhang gibt, ich meine, zwischen dem Mord an Jean-Yves, dem Tod von Pierre und diesen angebohrten Fässern von Joseph? Das passt doch alles überhaupt nicht zusammen.«

»Auf den ersten Blick nicht, das stimmt schon, aber vielleicht auf den zweiten? Wenngleich es einem schwer fällt, irgendein Handlungsmuster zu erkennen oder ein Motiv zu konstruieren.«

»Ganz genau«, bestätigte Praunsberg. »Nein, da bist du auf dem Holzweg, gegen uns hat niemand etwas!«

Hipp strich sich nachdenklich über das Kinn. »Nun, vielleicht kein Außenstehender. Möglicherweise ist es jemand aus dem Kreis der Chevaliers ...«

Praunsberg sprang empört auf. »Bist du völlig verrückt? Das sind alles meine Freunde, für die lege ich meine Hand ins Feuer.«

»Tut mir Leid«, entschuldigte sich Hipp. »Ich habe nur laut nachgedacht und alle theoretischen Möglichkeiten in Erwägung gezogen. Natürlich ist dieser Gedanke absurd.«

»Das ist er, absurd, richtig, und zwar zu hundert Prozent!« Praunsberg setzte sich wieder und griff mit leicht zitternder Hand zum Weinglas. »Wir sind alle gute Freunde«, wiederholte er mit leiser Stimme, mehr für sich als für Hipp bestimmt.

»Was ich überhaupt nicht verstehe, das ist diese Sache mit dem Yquem«, sagte Hipp nach einer längeren Pause und als er das Gefühl hatte, dass sich die verständliche Aufregung von Praunsberg etwas gelegt hatte.

»Was meinst du mit dem Yquem? Sprichst du von den Flaschen, die bei Jean-Yves verschwunden sind? Du hast mir in Paris davon erzählt.«

»Ja, von diesen sechs Flaschen, Jahrgang 1929. Und von den zwölf Flaschen 1937 von Pierre Allouard.«
»Die er bei Sotheby's ersteigert hat?«
»Ganz genau, sie sind ebenfalls weg!«
Praunsberg schaute irritiert. »Woher weißt du das?«
»Wir haben bei unserem Besuch Veronika gefragt. Außerdem habe ich im Weinkeller nachgesehen. Die zwölf Flaschen sind nicht mehr da.«
»Das ist wirklich überaus seltsam«, sagte Praunsberg, »bei mir fehlt übrigens auch eine Flasche Yquem.«
Diesmal war es Hipp, der ungläubig dreinblickte. »Wie bitte, auch bei dir ist ein Yquem verschwunden? Vielleicht hast du ihn getrunken und kannst dich nicht mehr daran erinnern?«
Praunsberg schaute Hipp vorwurfsvoll an. »An einen Yquem Jahrgang 1858? Daran soll man sich nicht mehr erinnern?«
»1858? Ein legendärer Jahrgang, ich gebe dir Recht, an den würdest du dich erinnern. Und die Flasche ist wirklich weg? Seit wann?«
Praunsberg zuckte mit den Schultern. »Keine Ahnung, ich habe sie schon seit einigen Jahren. Mir ist der Verlust erst diese Woche aufgefallen, eigentlich aus Zufall. Wahrscheinlich weil du mir von Jean-Yves' Flaschen erzählt hast. Da habe ich mal einen Blick auf meinen eigenen Bestand geworfen.«
Hipp erhob sich und lief in der Bibliothek auf und ab. »Das ist alles wirklich mehr als mysteriös.«
»Und es lässt dich nicht los!«, bemerkte Praunsberg. »Eigentlich wolltest du ja keine Ermittlungen mehr anstellen, hast du mir jedenfalls in Paris gesagt.«
»Tu ich ja auch nicht«, spielte Hipp sein Engagement herunter. »Aber mir tut es Leid, dass ich den Mord an Jean-Yves nicht aufklären konnte ...«
»Mir auch, aber ich glaube weiter daran, dass der oder

die Mörder gefunden werden. Vielleicht war es doch dieser Boris.«
»… und ich würde gerne verhindern, dass es unter euch Chevaliers weitere dramatische Zwischenfälle gibt«, brachte Hipp seinen Satz zu Ende.
»Das ist zwar sehr nett von dir, deine Sorge ehrt dich, dennoch bin ich mir sicher, dass die Unglücksfälle nichts, aber auch gar nichts mit unserer Weinbruderschaft zu tun haben!«
»Und der Yquem?«
»Zugegeben, das klingt alles sehr verrückt, aber ist bestimmt ein Zufall. Bei mir kann es die Putzfrau gewesen sein oder irgendein Handwerker, wir hatten mal im Keller einen Rohrbruch. Da gibt es viele Möglichkeiten. Der Betreffende hat halt irgendeine Flasche herausgezogen, die besonders alt aussah, und dabei ein glückliches Händchen bewiesen.«
»Und dann hat er den Yquem mit Eiswürfeln und Strohhalm vor dem Fernseher geschlürft«, unkte Hipp.
Praunsberg schüttelte sich. »Eine grauenvolle Vorstellung.«
»Trotzdem, ich würde gerne einiges mehr über die Chevaliers erfahren. Natürlich glaube ich nicht, dass einer von ihnen zu Gewalttaten fähig wäre …«
»Sieht man einmal von Niebauer ab, der kann ganz schön ausflippen!«
»Wobei er kaum seine eigenen Fässer anbohren wird. Nein, deine Freunde kommen natürlich nicht in Betracht, aber vielleicht gibt es irgendwo einen versteckten Schlüssel, hat einer von ihnen Probleme, die euch alle gemeinsam in die Schusslinie geraten lassen.« Hipp hob hilflos die Hände. »Ehrlich gesagt habe auch ich keine Ahnung …«
Sie wurden vom Läuten der Eingangsglocke unterbrochen. »Das wird Thilo sein«, vermutete Praunsberg im Davoneilen. »Er ist im Lande und wollte auf einen Sprung vorbeischauen.«

»Du kommst wie gerufen«, sagte Praunsberg einige Minuten später, als Thilo Thoelgen mit ihnen gemeinsam in der Bibliothek saß.

»Ich sehe schon«, erwiderte Thoelgen und deutete grinsend auf die Weinflasche, »ihr braucht Hilfe bei der Degustation.«

»Auch das, die Flasche ist übrigens ein Geschenk von Hipp Hermanus. Unser Freund hat mich gerade gebeten, ihm die Chevaliers etwas ausführlicher vorzustellen. Dabei könntest du mir helfen. Er interessiert sich vor allen Dingen für etwaige Probleme, ob jemand Feinde hat oder so ähnlich. Stimmt doch, Hipp, oder?«

»Ja, zum Beispiel. Aber ich frage ohne besonderen Grund, nur so, aus Interesse, um mir ein Bild zu machen.«

»Bei Joseph Niebauer habe ich mich das auch schon gefragt«, sagte Thoelgen. »Ich meine, ob er Feinde hat. Ganz offensichtlich wollte ihm da jemand einen Denkzettel verpassen.«

»Sieht ganz so aus«, bestätigte Hipp, »aber ihm sind keine eingefallen.«

»Die Schwierigkeit ist«, fuhr Praunsberg fort, »dass wir uns zwar gut kennen, was aber im geschäftlichen Bereich abläuft ...«

»... und da macht man sich schließlich die meisten Feinde«, warf Thoelgen ein.

»... mit wem man dort überquer ist, darüber sprechen wir eher selten.«

»Okay, fangen wir mit mir an«, sagte Thoelgen. »Ich bin aus dem Job ausgestiegen, nicht ganz freiwillig, meine Internet-Firma hat Pleite gemacht, aber im Nachhinein bin ich alles andere als unglücklich. Meine ehemaligen Aktionäre wird es zwar weniger freuen, aber ich habe meine Anteile gerade noch rechtzeitig versilbert und kultiviere heute das Leben eines unabhängigen Privatiers. Ich lebe als Single in Ramatuelle, nur einen Steinwurf entfernt von Saint-Tropez und seinen schönen Frauen. Was will der Mensch mehr?« Er deutete auf Praunsberg:

»Ich habe nette Freunde. Von Feinden ist mir nichts bekannt. Aber wo sollen die bei mir auch herkommen? Wenn's mir langweilig wird, dann treffe ich mich mit Peter Losotzky. Er hat, wie Sie wahrscheinlich wissen, auch ein Haus an der Côte d'Azur, ganz in der Nähe, in Le Lavandou, genauer gesagt in Aiguebelle. Das wär's, viel mehr gibt's von mir nicht zu erzählen.«

»Professor Losotzky«, sagte Hipp, »weil Sie ihn schon ansprechen, was ist das für ein Mensch?«

»Er hat dich und Valerie doch in Saint-Rémy besucht«, erinnerte sich Praunsberg.

»Ja, da hat er auf mich einen etwas überdrehten Eindruck gemacht«, sagte Hipp, um dann ganz direkt zu fragen: »Nimmt er irgendwelche Drogen?«

»Wo denkst du hin?«, protestierte Praunsberg. »Losotzky ist ein angesehener Chirurg aus der Schweiz. Drogen? Auf keinen Fall!«

»Na, da wäre ich mir nicht so sicher«, warf Thoelgen ein, »kann schon sein, dass er sich mal eine kleine Nase reinzieht.«

»Losotzky? Nie im Leben!«, schenkte Praunsberg Thoelgens Bemerkung keinen Glauben. »Höchstens eine Nase feinsten Burgunders!«

»Wäre ja auch nicht so schlimm«, relativierte Hipp. »War Losotzky nicht auch an dem Château im Médoc interessiert, das schließlich Niebauer gekauft hat?«

»Ich glaube, ja«, bestätigte Praunsberg. »Aber er hätte ja sowieso keine Zeit gehabt, sich darum zu kümmern.«

»Peter, der alte Schürzenjäger? Nein, der hätte keine Zeit. Außerdem gibt es zu viele Busen zu vergrößern und Nasen, die einer Korrektur bedürfen.«

»Alter Schürzenjäger?«, griff Hipp das Stichwort fragend auf.

»Na ja«, sagte Thoelgen lachend. »Peter schleppt in Saint-Tropez regelmäßig die tollsten Frauen ab. Außerdem hat er ein Verhältnis mit Veronika ...«

»Wir sollten die Privatsphäre respektieren«, versuchte ihn Praunsberg zu bremsen.
»Warum? Das ist kein so großes Geheimnis. Der Einzige, der das nicht wusste, dürfte Pierre gewesen sein. Veronika ist ja auch ein lockerer Vogel. Wenn das einer weiß, dann ich.«
»Warum gerade Sie?«, fragte Hipp.
Praunsberg hüstelte. »Weil Thilo mal mit Veronika befreundet war.«
Thoelgen grinste. »Ist schon länger her, dann ist sie mit Pierre davon und hat mir wieder die Freiheit geschenkt. Dem Himmel sei Dank. Und jetzt lässt sie sich von Peter trösten. Irgendwann hat sie alle Chevaliers durch.«
»Nun mach aber mal einen Punkt, ich bitte dich!«, protestierte Praunsberg.
»Wirst schon sehen«, konterte Thoelgen feixend. »Wahrscheinlich bist du der Nächste!«
»Kommen wir zu Dr. Quester. Was gibt's von ihm zu erzählen?«, wechselte Hipp das Thema.
»Heribert? Er ist Notar in München, das weißt du ja. Ziemlich vermögend. Glücklich verheiratet ...«
»Aber nicht treu!«
»Zwei Kinder, Mitglied in einem Yachtclub am Starnberger See ...«
»Golfer?«, fragte Hipp.
»Natürlich, auch Golfer, das sind wir ja alle, das gehört dazu ...«

Über eine Stunde unterhielten sie sich über den Kreis der Chevaliers. Hipp brachte zwar einiges in Erfahrung, aber zum Schluss musste er zugeben, dass er keine wirklich neuen Erkenntnisse gewonnen hatte, die ihm irgendwie dabei helfen konnten, das Puzzle zusammenzusetzen. Vermutlich war das auch überhaupt nicht möglich, stellte er nüchtern fest. Und zwar einfach deshalb, weil es gar kein Puzzle war. Der Mord an

Jean-Yves, der merkwürdige Tod von Pierre, die Fässer von Joseph Niebauer, die verschwundenen Flaschen Yquem – das alles waren singuläre Ereignisse, ohne jeglichen Zusammenhang. Wahrscheinlich hatten sie nichts miteinander zu tun. Höchstwahrscheinlich, aber eben nicht sicher! Er hatte gelernt, dem allzu Wahrscheinlichen zu misstrauen. Und an Zufälle glaubte er schon lange nicht mehr.
Weil er mit Valerie verabredet war, um mit ihr über das hoffentlich erfolgreiche Vorstellungsgespräch zu reden, verabschiedete er sich von Ferdinand Praunsberg und Thilo Thoelgen, die mittlerweile eine andere Flasche Wein geöffnet hatten und mit leicht geröteten Gesichtern Erinnerungen austauschten. Thoelgen lud Hipp noch schnell nach Ramatuelle ein – mit oder ohne Valerie. Praunsberg erinnerte Thilo Thoelgen umgehend daran, dass sie demnächst das große Jahrestreffen der Chevaliers hätten, nicht dass er gerade zu dieser Zeit mit Hipp durch die Bars von Saint-Tropez ziehen wolle. Natürlich nicht, dementierte Thoelgen, der Termin der Conférence annuelle habe für ihn immer absolute Priorität. Hipp schüttelte beiden die Hand. Dabei hielt er es für geboten, ihnen zu sagen, dass sie auf sich aufpassen sollten.

38

Vor dem Szenecafé Sénéquier am Vieux Port ankerten die obligatorischen Luxusyachten. Soeben war eine Harley am Quai vorbeigebollert, bei der wohl kein männlicher Beobachter auf die polierten Chromteile und auf die Auspuffanlage geschaut hatte. Sergej Protomkin schmunzelte. Schließlich war die Bikerin blond gewesen, braun gebrannt und trotz des recht kühlen Abends nur mit Bikini und Cowboystiefel bekleidet. Er lehnte sich im roten Regiestuhl zurück und schlug zufrieden die Beine übereinander. Ja, hier fühlte

er sich wohl, Saint-Trop war ganz nach seinem Geschmack. Auch und gerade in der Nachsaison. Und Sylvie war auch nicht zu verachten. Marcel sei Dank. Der Angestellte des Hotel Carlton in Cannes hatte sich bei der Auswahl der Dame selbst übertroffen. Sylvie sah einfach umwerfend aus, gewiss ein wenig ordinär, aber das machte nichts, ganz im Gegenteil. Vor allem, und das war am wichtigsten, hatte sie unglaubliche Brüste. Er war Russe, er liebte Kaviar und große Titten!
Sergej nahm sein Champagnerglas und prostete Sylvie zu, die ihm im Sénéquier schräg gegenübersaß. Dabei sah er ihr nur kurz ins Gesicht, dann bewunderte er einmal mehr, wie die aufgeknöpfte dünne Velourslederbluse gerade noch die Brustwarzen bedeckte. Ganz erstaunlich, dass das nicht verrutschte, nicht einmal jetzt, da sich Sylvie nach vorne beugte und ihm mit ihrem Glas zurückprostete. »Santé«, flüsterte sie, wohl schon etwas berauscht von der gefährlichen Mischung ihres Cocktails Sénéquier, bestehend aus Gin, Fraise und Champagner. Er selbst bevorzugte den Lanson black label lieber unverfälscht.
Dass sich Sylvie für ihre Begleitung bezahlen ließ, das störte ihn nicht. Er hatte sie nach der Nacht in Cannes gleich für eine Woche durchgebucht. Anderen Weibern musste man Schmuck kaufen, Klamotten, eine Uhr von Cartier. All dies entfiel bei Sylvie, das relativierte die Kosten. Dafür hatte er mit ihr eine professionelle Hure im Bett, die fast alles tat, wonach ihm gerade gelüstete. Von welcher Frau konnte man das sonst erwarten?
Dabei hatte Sylvie durchaus auch eine romantische Ader. Vorhin hatte sie ihm von einem deutschen Playboy erzählt, der Brigitte Bardot einmal in Saint-Tropez einen Heiratsantrag gemacht hatte, indem er dreißigtausend rote Rosen aus einem Hubschrauber regnen ließ. Keine schlechte Idee, von fast russischer Lebensart. Aber wer dachte heute bei Saint-Tropez noch an Brigitte Bardot oder an Roger Vadim, ihren

Entdecker? »Et Dieu créa la femme!« Und immer lockt das Weib? Immerhin, der Filmtitel ist nicht schlecht, dachte Sergej, der wieder einmal mit den Augen im verheißungsvollen Tal zwischen Sylvies gewaltigen Brüsten versunken war.
Er würde noch seinen Champagner austrinken und dann mit ihr zur Harascho hinüberschlendern, der Yacht eines Freundes aus alten Moskauer Tagen, der ihn auf eine kleine Kreuzfahrt eingeladen hatte. Dort angekommen, würde er Sylvies Talente auf dem Oberdeck erproben, im Freien unter dem klaren Sternenhimmel der Côte d'Azur. Die Kühle der Nacht auf der nackten Haut war ganz nach seinem Geschmack. Und später am Abend, da wurde es dann Zeit, ins Les Caves du Roy zu gehen, der besten Disco von Saint-Trop.
Sergej streckte sich. Das Leben meinte es wieder gut mit ihm. Fast vergessen waren die frustrierenden Tage im Untersuchungsgefängnis. Aber nur fast, denn zum einen dachte er gelegentlich an Boris, der dieses Schicksal noch ertragen musste. Doch Boris war ein harter Knochen, dem machte das nicht viel aus. Zum anderen hegte er erhebliche Rachegefühle. Irgendein Schwein hatte ihm die Polizei auf den Hals gehetzt. Und er hatte immer noch das sichere Gefühl, dass es dieser Albert gewesen war, der Typ, der ihm den Wein verkauft hatte. Denn einen Albert, der Französisch mit deutschem Akzent sprach, einen solchen Albert, den kannte niemand in Saint-Rémy, das hatte er bereits herausgefunden. Von wegen Partner von Jean-Yves! Diese Schweinebacke hatte ihm eine Falle gestellt. Obwohl, der gelieferte Wein, der war unglaublich gut gewesen. Er erinnerte sich an die Probeflasche, die er aus Aix-en-Provence mitgenommen hatte. Der Lafite-Rothschild ließ sich von einem Originaltropfen kaum unterscheiden.
Dennoch, diesem Albert würde er noch einmal über den Weg laufen, da war er sich ganz sicher. Man trifft sich immer zweimal im Leben! Um dem Glück etwas auf die Sprünge zu hel-

fen, hatte er in Marseille einen pensionierten Hafenpolizisten beauftragt, für ihn Erkundigungen einzuziehen. Von ihm wusste er, dass Jean-Yves keinen Partner hatte. Vielleicht fand dieser Eric eine Spur, das war zu hoffen. Und dann würde er …

Sylvie winkte dem Ober. »Encore un Sénéquier, s'il vous plaît!«

Noch einen Cocktail? Diese Sylvie war hart im Nehmen. Sergej lächelte schief. Und zwar in jeglicher Hinsicht. Hoffentlich trank sie schnell aus, das Oberdeck und der Sternenhimmel warteten!

39

Valerie saß gemütlich auf dem Sofa, neben sich eine offene Schachtel Pralinen, und blätterte in einem der Weinbücher, die sie sich aus Hipps Regal genommen hatte. Mit Erstaunen hatte er in den letzten Tagen zur Kenntnis genommen, dass sie sich mit immer größerem Vergnügen in seine Weinliteratur vertiefte. Sie hatte sogar extra einen Block angelegt, in den sie fortwährend irgendwelche Notizen machte.

»Ich glaube kaum«, stellte er amüsiert fest, »dass dir das bei deinen Vorstellungsgesprächen hilft.«

»Für einen Psychologen bist du ganz schön unsensibel«, bemerkte Valerie, ohne von dem Buch aufzusehen. »Musst du mich an dieses Misserfolgserlebnis erinnern? Ich könnte ja einen seelischen Schaden davongetragen haben.«

Hipp legte die Zeitung zur Seite und lächelte. »Das ist offensichtlich nicht der Fall. Dein Selbstwertgefühl scheint unerschütterlich.«

Valerie kicherte. »Das habe ich von meinem Vater.« Sie steckte eine Praline in den Mund und fügte kaum verständlich hinzu: »Außerdem, was kann ich dafür, dass mich diese Pfeifen nicht genommen haben?«

»Ich wusste doch, dein Ego ist absolut intakt. Und jetzt hoffst

du beim nächsten Vorstellungsgespräch mit deinem Weinwissen brillieren zu können? Obwohl das wahrscheinlich im Beruf einer Webdesignerin eher weniger verlangt wird.«
»Quatsch!« Valerie deutete auf die Schachtel. »Magst du eine Praline?«
Hipp schüttelte verneinend den Kopf.
»Aber das mit dem Wein ist viel interessanter, als ich dachte. Außerdem gefallen mir diese Histörchen«, sagte Valerie. »Ich bin gerade bei Madame de Pompadour …«
»Also beim Champagner!«
»Ganz genau. Die Mätresse von Ludwig XV. war ja ganz scharf auf diesen Wein.«
»Aber nur zur Osterzeit«, präzisierte Hipp.
Valerie klappte das Buch zu. »Nur zu Ostern? Diese Bemerkung dürfte außer uns beiden kaum jemand verstehen.«
»Na ja, Weinkenner schon.«
»Also, ich weiß jedenfalls, worauf du anspielst. Nämlich darauf, dass der Wein aus der Champagne zu Zeiten der Madame de Pompadour im Frühjahr wie durch ein Wunder das Schäumen anfing.«
»Allerdings nur für ein paar Wochen. Und warum?«
»Weil der Champagner, wie wir ihn heute kennen, eigentlich auf einen Geburtsfehler zurückgeht. Das Weinbaugebiet liegt so weit im Norden, dass die alkoholische Gärung regelmäßig im Herbst zum Erliegen kam. Richtig?«
»Ganz genau, weil es nämlich zu kalt wurde. Bei Temperaturen unter zwölf Grad machen die Hefen schlapp!«
»Die Weinfässer mit dem nicht gänzlich durchgegorenen Wein wurden in früheren Jahrhunderten trotzdem ausgeliefert, vor allem nach England und auch an den Hof des französischen Königs. Und im Frühjahr, wenn's warm wurde, legten die Hefen wieder los, der Wein begann zu perlen …«
»Eigentlich ein Makel, gleichwohl einer mit besonderem Reiz. Übrigens wird dem Benediktinermönch Dom Pérignon

Das kühle Klima der Champagne ist auch für ein langsames Reifen der Trauben und damit für die charakteristische Säure des Champagners verantwortlich.

zugeschrieben, dass er als Erster den Vorgang durchschaute, was nicht ganz richtig ist, denn …«

Valerie winkte lächelnd ab. »Bitte, jetzt kein Weinseminar. Aber das mit der Madame de Pompadour, das gefällt mir. Sie fühlte sich von diesem Blubberwein sexuell angeregt.«

»Das wird den König gefreut haben. Übrigens hätte auch ich noch eine Flasche im Kühlschrank.«

Champagner wird normalerweise aus den roten (!) Trauben PINOT NOIR und PINOT MEUNIER (Schwarzriesling) mit weißem CHARDONNAY verschnitten. Sortenreiner Champagner aus CHARDONNAY heißt BLANC DE BLANCS, aus roten Trauben wird er BLANC DE NOIRS genannt.

»Wie soll ich diese Information interpretieren?«

Hipp schaute unschuldig. »Überhaupt nicht, ich habe sie dir ganz ohne Hintergedanken gegeben.«

»Wie kommt es, dass ich dir nicht glaube? Was für einen Champagner hast du denn kalt gestellt?«

»Einen sortenreinen Chardonnay, einen Blanc de Blancs von Bollinger.«

»Ist das nicht die Champagnermarke, die James Bond trinkt?«

»Das entzieht sich meiner Kenntnis, wäre aber keine schlechte Wahl.«

Valerie fuhr sich durch die Haare. »Ich denke, das mit dem Champagner sollten wir etwas zurückstellen. Aber ich werde auf dein großzügiges Angebot bei passender Stimmungslage zurückkommen.«

»Es ist übrigens nicht nötig, damit bis Ostern zu warten.«

»Ich danke dir für diesen Hinweis. Madame de Pompadour wäre keine gute Mätresse gewesen, wenn sie nur zu Ostern …«

»Wäre sie nicht, nein.«

»Allerdings bin ich auch keine Mätresse!«

»Schade.«

Valerie nahm erneut eine Praline aus der Schachtel. »Was hältst du davon, wenn wir das Thema wechseln? Wo hast du dich eigentlich heute Vormittag rumgetrieben?«

»Ich habe einige Recherchen in die Wege geleitet.«

»Haben diese Recherchen zufällig etwas mit Jean-Yves zu tun und mit Pierre?«

Hipp zögerte nur kurz. »Im weitesten Sinne, ja.«

»Du glaubst wirklich an einen Zusammenhang?«
»Ich glaube an gar nichts, aber es wäre möglich. Und um das herauszufinden, bin ich an einigen Informationen interessiert.«
»Hältst du es für möglich, dass es jemand auf die Chevaliers abgesehen hat?«
»Das wäre jedenfalls denkbar.«
»Dann wäre ja auch mein Vater gefährdet«, schlussfolgerte Valerie.
»Ich will dich nicht beunruhigen, aber es stimmt schon, dann könnte auch er eine Zielscheibe sein, er und alle anderen. Aber ich hoffe, dass dem nicht so ist.«
»Das hoffe ich auch!«
»Und genau deshalb habe ich einige Informationen zusammengetragen«, sagte Hipp.
»Du willst mir nicht zufällig sagen, welche?«
»Nein, nicht so gerne.«
»Das habe ich mir gedacht. Und? Was machen wir jetzt?«
»Die Flasche Champagner?«, konnte sich Hipp den Hinweis nicht verkneifen.
»Nein, ich meine, die nächsten Tage. Hast du irgendeinen Auftrag, musst du arbeiten?«
Hipp zuckte mit den Schultern. »Nein, keinen Auftrag. Talhammer wollte, dass ich ihn mal zurückrufe, aber das hat Zeit.«
»So entspannt, wie du das sagst, bist du nicht direkt auf regelmäßige Einkünfte angewiesen, oder täusche ich mich da?«
»Nicht direkt, nein. Meine verstorbene Großmutter hat mich sehr großzügig in ihrem Testament bedacht. Das gibt mir eine gewisse Unabhängigkeit. Ich bin nicht reich, aber ich kann bequem leben, ohne dem schnöden Mammon hinterherzujagen.«
»Ein schönes Privileg.«
»Ja, vor allen Dingen hat mich diese finanzielle Unabhängig-

keit in die Lage versetzt, meine Arbeit bei der Polizei quittieren zu können, nachdem ...« Hipp brach mitten im Satz ab und schwieg.
»Ich weiß, nach dieser Sache mit dem Serienmörder, für die du dir immer noch die Schuld gibst. Was völliger Blödsinn ist.«
Hipp verzichtete auf einen Kommentar.
»Also, was machen wir jetzt? Ich habe jedenfalls keine Lust, mich wieder bei einem solchen Saftladen zu bewerben. Vielleicht sollte ich einen anderen Beruf ergreifen oder studieren?«
»Wir könnten noch einige Tage Urlaub dranhängen. Thilo Thoelgen hat uns in sein Haus nach Ramatuelle eingeladen«, schlug Hipp vor.
»Keine schlechte Idee. In Südfrankreich scheint die Sonne, und hier regnet's.«
»Ich könnte bei dieser Gelegenheit auch Prof. Losotzky besuchen«, dachte Hipp laut nach. »Ich habe mit ihm telefoniert, er ist am nächsten Wochenende in Aiguebelle und hätte Zeit.«
»Losotzky interessiert dich, nicht wahr? Doch da bist du auf dem Holzweg, Peter ist vielleicht ein bisschen seltsam, mag auch sein, dass er Drogen nimmt, und er hat ein Verhältnis mit Veronika, aber das ist schon alles.«
»Könnte sein. Es ist nur schwer vorstellbar, dass er mit alldem etwas zu tun hat.«
»Warum auch? Er hat nun wirklich kein Motiv. Außerdem war er mit Jean-Yves befreundet, ebenso mit Pierre.«
»Stimmt, aber unterhalten würde ich mich trotzdem gerne mit ihm.«
»Also gut, dann lass uns nach Südfrankreich fahren. Außerdem ist meine Mutter im Haus von Jean-Yves, wir können sie besuchen.«
»Aber gerne. Was macht sie dort?«
»Sie hat es ja von meinem Onkel geerbt, und so will sie sich

auch darum kümmern. Sie liebt die Provence, sie hat schon immer davon geträumt, einmal dort zu leben. Wann wollen wir aufbrechen?«

»Übermorgen, ich möchte gerne noch einige Dinge erledigen.«

»Auch sollten wir vorher die Flasche Champagner …«

»Unbedingt!«

40

Es war neun Uhr am Morgen. Dr. Heribert Quester stand am Stehpult in seiner Kanzlei in der Münchner Maximilianstraße und sah die Postmappe durch. Er hatte seit einigen Jahren Probleme mit den Bandscheiben, da tat es gut, wenn immer möglich am Stehpult zu arbeiten. Schließlich wollte er bis ins hohe Alter über den Golfplatz laufen. Sein Bandscheibenprolaps war wohl auf das ewige Sitzen zurückzuführen, das sein Beruf als Notar mit sich brachte. Quester nahm einen Schluck vom magenfreundlichen Kaffee. Zugegeben, als Notar konnte man in Bayern viel Geld verdienen, aber wie strapaziös die Tätigkeit für den Rücken war und für die Stimmbänder, das wurde allgemein unterschätzt. Immerhin war man die meiste Zeit damit beschäftigt, Mandanten gegenüberzusitzen und ihnen juristische Texte vorzulesen. Das war auch intellektuell wenig befriedigend, denn die meisten seiner Zuhörer kapierten ohnehin nur die Hälfte – und das war schon eine sehr optimistische Annahme.

Quester schmunzelte. Aber er hatte keinen Grund zu klagen, wirklich nicht. Alles lief in seinem Leben wie geschmiert. Er genoss in seiner Branche einen ausgezeichneten Ruf, er war Mitglied in einem noblen Yachtclub, wurde auf alle wichtigen Feste eingeladen, er hatte eine attraktive Frau und zwei gesunde Kinder. Was wollte man mehr? Und geschäftlich konnte ihm sowieso keiner etwas vormachen. Es gab in seinem Beruf schier unbegrenzte Möglichkeiten, die Einnahmen zu optimieren. Er wusste, dass er hier auf einem schmalen Grat wanderte, aber er hatte alles im Griff. Sowohl das Großbauprojekt in Sachsen-Anhalt, das zwar eine erhebliche Herausforderung darstellte, aber unter anderem dazu führte, dass er so gut wie keine Steuern bezahlte, als auch seine Tätigkeit als Testamentsvollstrecker, die er immer wieder zu seinem Vorteil zu interpretieren wusste.

Dr. Quester freute sich, als er in seiner Postmappe die Einladung von Ferdinand Praunsberg zum Jahrestreffen der Chevaliers des Grands Crus entdeckte. Das war regelmäßig ein großes Vergnügen, wurden dabei doch traditionell große Weine entkorkt, das gehörte bei den Chevaliers zum Zeremoniell. Nun, diesmal würde die Stimmung etwas getrübt sein, schließlich hatten sie den Tod zweier Freunde zu beklagen, aber nach einigen Gläsern Wein würde man darüber hinwegkommen. Er nahm seinen ledergebundenen Kalender zur Hand, um den Termin einzutragen. Dabei wunderte er sich über den Lärm, der zwar gedämpft, aber unüberhörbar aus seinem Vorzimmer durch die gepolsterte Tür drang. Seine Mandanten wurden auch immer unverschämter, konnten nicht einmal ihre Stimmen zügeln. Denen würde er gleich etwas Anstand beibringen …

In den nächsten Sekunden überstürzten sich die Ereignisse. Das Telefon klingelte, gleichzeitig meldete sich seine Sekretärin über die Gegensprechanlage, die Tür zu seinem Zimmer wurde aufgerissen, einige Herren in schlecht sitzenden Anzügen stürmten herein. Im erschreckten Umdrehen stieß Dr. Quester gegen seine Kaffeetasse, deren Inhalt sich über die Postmappe ergoss.

»Was fällt Ihnen ein? Sind Sie von allen guten Geistern verlassen?«, rief Dr. Quester seinen ungebetenen Besuchern erregt entgegen. »Sie wissen wohl nicht, wo Sie sind?«

»Natürlich wissen wir das, ganz genau sogar«, antwortete ihm ein Mann, der ihm irgendwie bekannt vorkam. Jetzt erinnerte er sich, das war ein Staatsanwalt. Und die anderen Herren, die hielten irgendwelche Dienstausweise in den Händen. Hatte er gerade das Wort Steuerfahndung gehört? Wie kam es, dass sein sonst so klar funktionierender Verstand bei diesem Überfall plötzlich erhebliche Ausfallerscheinungen zeigte? Eine Durchsuchung seiner Büroräume?
»Meine Herren, ohne Gerichtsbeschluss geht da gar nichts«, protestierte er reflexartig. Erst jetzt realisierte er, dass der Staatsanwalt ihm etwas unter die Augen hielt, was einem Durchsuchungsbeschluss des Amtsgerichts verteufelt ähnlich sah. Auf diese Situation war er nun wirklich nicht vorbereitet. Hatte ihn da jemand anonym angezeigt? Vielleicht einer aus der Bauherrengemeinschaft in Sachsen-Anhalt? Was konnte er dafür, dass es da einige Verluste zu beklagen gab?
Dr. Quester versuchte sich zu konzentrieren. »Marlene«, wies er seine Sekretärin an, die zitternd in der Tür stand, »bitte kopieren Sie alle Dienstausweise dieser Herren. Christine soll ein Protokoll von allen Unterlagen machen, die beschlagnahmt werden.« Und mit einem Blick auf die überschwemmte Unterschriftenmappe: »Die Praktikantin soll die Post trockenlegen und mir einen frischen Kaffee bringen.«
Dr. Quester atmete tief durch. Er hatte sich wieder unter Kontrolle. An den Staatsanwalt gerichtet, fragte er süffisant: »Dürfen wir Ihnen auch einen Kaffee anbieten?«

Einige Minuten später war die Steuerfahndung bereits eifrig damit beschäftigt, Aktenordner in mitgebrachte Kartons zu verstauen. Dr. Quester hatte sich mit der Beschlagnahme ausdrücklich nicht einverstanden erklärt, darüber hinaus auf keine einzige Frage des Staatsanwalts geantwortet und auf sein Aussageverweigerungsrecht gepocht. Wieder klingelte das Telefon. Am Display sah er, dass der Anruf von seiner Frau

kam. Da sie um diese Zeit normalerweise nie anrief, ahnte er Schlimmes.
»Hallo, Schatz, was gibt es?«, meldete er sich. So schrill hatte er die Stimme seiner Frau noch nie gehört, nicht einmal, als vor einem Jahr ihr geliebter Zwergpinscher überfahren wurde.
»Ja, ich weiß«, versuchte er sie zu beruhigen, »die Steuerfahndung. Sie ist nicht nur bei dir zu Hause, sondern auch hier in der Kanzlei. Nein, da kann man jetzt nichts dagegen machen, es gibt einen Gerichtsbeschluss. Die können alle Akten beschlagnahmen und mitnehmen. Keine Sorge, mein Schatz, nein, es gibt keinen Grund, sich aufzuregen. Ich habe alles im Griff, wie immer. Wir treffen uns zum Mittagessen im Wirtschaftsclub, bis dann.«
Alles im Griff? Das war ziemlich übertrieben. Ihm war klar, dass er urplötzlich in erheblichen Schwierigkeiten steckte. Die Steuerfahndung konnte bei ihm sehr wohl einiges finden. Vielleicht war er in letzter Zeit etwas leichtsinnig geworden. Aber wer konnte auch ahnen, dass ihm so unvermittelt die Steuerfahndung auf den Pelz rücken würde? Ihm, Dr. jur. Heribert Quester, immerhin einem angesehenen Notar, mit hoch gestellten Freunden in der Politik und Wirtschaft? Da war etwas ganz gehörig schief gelaufen. Aber er wäre nicht Dr. Heribert Quester, ein Mann mit scharfem Verstand, wenn es ihm nicht gelänge, den Kopf wieder aus der Schlinge zu ziehen. Das wäre doch gelacht!

41

Mit auf den Rücken gelegten Händen lief er in seinem Weinkeller auf und ab. Seltsam, dass er sich nur hier wirklich konzentrieren und seine Gedanken ordnen konnte. Was vermutlich daran lag, dass er sich in diesem Gewölbe völlig ungestört wusste. Niemand ahnte, dass man durch den großen alten Schrank

im Keller in seine geheime Cave privée gelangen konnte. Dazu der Schein der Kerzen und die gemauerten Regale mit den verstaubten Flaschen. Und in der Mitte seine unvergleichliche Sammlung an alten Weinen des Château d'Yquem. Ob es noch irgendjemanden auf der Welt gab, der so viele Jahrgänge zu dieser großen Symphonie vereint hatte? Natürlich fehlten Jahre wie 1974 oder 1992. Was selbstredend kein Makel war. Denn aus diesen Jahren gab es überhaupt keinen d'Yquem, da genügten die Weine nicht den hohen Ansprüchen des Château. Nein, seine Sammlung war nahezu komplett – bis hin zu den legendären Thomas-Jefferson-Bouteillen von 1784. Dem Commandant und seinem Grab sei Dank!
Er blieb vor der leeren Weinkiste mit der Bohrmaschine stehen. Ein wohliges Schaudern überkam ihn. Er schüttelte sich und drehte sich um. Ja, bisher war alles glatt gegangen. Wenn man einmal davon absah, dass Pierre nicht hätte sterben müssen – auch wenn er dieses Schicksal durchaus verdient hatte.
Langsamen Schrittes durchmaß er seinen Weinkeller. Selbst mit geschlossenen Augen hätte er ohne anzustoßen alle Hindernisse umkurvt, den hohen Kerzenleuchter, den kleinen Tisch, den Lehnstuhl, die Kisten mit dem Château Latour. In Gedanken ließ er die letzten Tage Revue passieren. Die Zeichen waren unübersehbar, er durfte sein Glück nicht überstrapazieren. Seine Rachegelüste, die hatte er befriedigt. Im Falle von Pierre sogar nachdrücklicher als beabsichtigt. Aber jetzt, da liefen die Dinge Gefahr, außer Kontrolle zu geraten. Welche Schlussfolgerung hatte er daraus zu ziehen? Ganz einfach, er würde mit dem Spiel aufhören und dafür Sorge tragen, dass alles wieder ins rechte Lot kam.
Er hielt vor einem Regalfach inne und legte den Kopf auf die Seite. Jetzt sah er, was ihn unbewusst gestört hatte: Bei einer Flasche zeigte das Etikett nach unten, das konnte er überhaupt nicht leiden. Er nahm mit drei Fingern die Flasche am Hals und drehte sie behutsam in die korrekte Position.
Wo war er gerade mit seinen Gedanken gewesen? Ach so, dass er mit alldem aufhören würde. Schade eigentlich, wo er doch langsam

in Übung kam. Nun denn, eine Kleinigkeit wollte er noch erledigen, das würde ja wohl möglich sein.
Er verschränkte die Arme über der Brust und überlegte. Seine Lippen, die gerade noch ernsthaft verkniffen waren, sie lösten sich und wichen langsam einem Lächeln. Er beglückwünschte sich zu dem Einfall, den er gerade hatte. Wie immer kamen ihm in diesem Weinkeller die besten Ideen. Ja, mit dieser Aktion würde er den Schlusspunkt setzen – und dann seine Hände in Unschuld waschen!

42

Es war ein schöner Tag im Herzen der Provence. Die Wolken des nächtlichen Gewitters hatten sich verzogen, der Himmel war so azurblau wie auf einem Bild von Cézanne. Hipp stand auf der Terrasse des alten Mas von Jean-Yves. Der Verstorbene hatte diesen Blick geliebt, das wusste Hipp von Béatrice. Wie konnte es auch anders sein? Seine Augen wanderten von der ockerfarbenen Mauer mit den Lavendelsträuchern an dem alten Holzgatter vorbei über die Rebstöcke und Olivenbäume hinüber zu den Alpilles, den kleinen Alpen, die so genannt wurden, weil ihre schroffen weißen Felsen tatsächlich so aussahen wie Miniaturausgaben gewaltiger Berggipfel. Das Licht, für das die Provence so berühmt war, das oft alles wie durch einen Weichzeichner und in sanften Pastelltönen erscheinen ließ, dieses Licht eines van Gogh oder Renoir war heute einer unendlichen Klarheit gewichen. Auch diese Herbsttage hatten ihren großen Reiz, vor allem, wenn einen der Mistral verschonte und die Sonne für milde Temperaturen sorgte.

Das Rinderfilet in Blätterteig wird auch FILET DE BŒUF WELLINGTON genannt. Der britische Feldmarschall besiegte Napoléon in der Schlacht von Waterloo. (Kurzrezept im Anhang unter Provence)

Valerie hatte den Tisch auf der Terrasse bereits gedeckt, jetzt war sie in der Küche und half ihrer Mutter beim Aufschneiden des Rinderfilets in Blätterteig, das es zum Mittagessen gleich geben würde. Hipp kreuzte die Arme vor der Brust und atmete tief ein. War es Einbildung oder roch es wirklich nach den Kräutern der Provence, nach Thymian, Estragon, Lavendel und Rosmarin? Ja, schön war es hier und unendlich friedlich. Kaum zu glauben, dass es nur wenige Meter von hier vor nicht allzu langer Zeit zu einem Gewaltakt gekommen war, der Jean-Yves das Leben gekostet hatte. Sein Tod lastete immer noch auf diesem Gehöft, das hatte er gestern Abend, als sie angekommen waren, sofort gespürt. Zwar fühlte sich Béatrice in dem Haus ihres Bruders ganz offensichtlich sehr wohl, aber im Flur, da machte sie immer unwillkürlich einen großen Bogen um die Stelle, wo man den Leichnam gefunden hatte. Ihre Stimme war meist gedämpft, und wenn sie dann doch mal lachte, dann schien sie danach fast ein schlechtes Gewissen zu haben. Valerie war da unbekümmerter, was Béatrice sichtlich gut tat. Und wie sie zusammen das Filet de bœuf Wellington zubereiteten, das gefiel ihm. Wie eine ältere Schwester verhielt sich Béatrice dabei gegenüber ihrer Tochter. Er hatte ihnen in der Küche zugeschaut, wie sie als gut eingespieltes Team den Blätterteig ausrollten, Kräuter klein hackten, das Filet in den Teig einschlugen und diesen mit Eigelb bestrichen. Als Beilage gab es, wenn er das richtig gesehen hatte, ein Kartoffelgratin.

Sein Beitrag zum Mittagessen beschränkte sich darauf, einen passenden Wein auszuwählen. Er hatte sich für einen Rotwein aus Cabernet und Grenache des Château Romanin entschieden. Es wunderte ihn nicht, dass Jean-Yves reichlich Flaschen dieses Weingutes in seinem Keller hatte. Das Château Romanin lag nur wenige Kilometer von Saint-Rémy entfernt und war für seinen biodynamischen Anbau bekannt. Die Weine verstanden sich als Spiegel der Region und der hier lebenden Menschen: Sie waren etwas mythisch, aber von aufrechtem Charakter, nicht übermäßig kompliziert, aber ehrlich und im Gleichklang mit der Natur.

Zu den Besitzern des Weingutes Château Romanin gehört Jean-André Charial, der Patron des viel gerühmten Oustaù de Baumanière (s. Anhang) in Les Baux-de-Provence.

Eine ähnliche Philosophie hatte Jean-Yves mit seinem eigenen Wein verfolgt. Natürlich ohne einen vergleichbaren Aufwand zu treiben, aber wohl auch unter Verzicht auf künstlichen Dünger und unter Beachtung des Mondes und der Sterne. Vor einer Stunde erst hatte er Jean-Yves' Wein in den Fässern kontrolliert, er entwickelte sich erwartungsgemäß sehr vielversprechend. Zweifellos befand er sich bei Gabriel-Henri in guten Händen. Gottlob hatte sich der alte Weinbauer von seinem Herzanfall weitgehend erholt und konnte Béatrice bei allem zur Hand gehen. Ganz behutsam nämlich hatte sich Valeries Mutter darangemacht, im Haus aufzuräumen, die Sachen ihres Bruders zu ordnen, an Freunde oder Verwandte zu verschenken. Keine leichte Aufgabe, denn bei jedem Stück galt es erneut, ein wenig Abschied zu nehmen.

Hipp bückte sich und hob gedankenverloren einen kleinen Ast auf, den der nächtliche Gewittersturm abgebrochen hatte. Jean-Yves war tot, kaltblütig erschlagen, mit einer Flasche Rotwein, die ein gefälschtes Etikett hatte. Durfte ein solcher Tod ungesühnt bleiben? Hipp holte aus und warf den Zweig über die Mauer. Ja, wie oft blieb eine solche Gewalttat unaufgeklärt? Wie oft kamen die Täter davon? Viel zu oft! Aber im Falle von Jean-Yves würde das nicht passieren, davon war er mittlerweile fest überzeugt. Den Mord, den hatte er nicht verhindern können, dazu war er zu spät eingetroffen. Aber den Täter, den würde er zur Strecke bringen, das hatte er sich vorgenommen.

Er spürte, dass er mit seinen Überlegungen auf dem richtigen Weg war. Auf eine perfide Art und Weise hing alles miteinander zusammen. Der Mord an Jean-Yves, der Tod von Pierre, der skurrile Anschlag auf Niebauers Weinfässer, die verschwundenen Flaschen Yquem. Ja, vielleicht sogar die Steuerfahndung, die Heribert Quester aufgrund einer anonymen Anzeige ereilt hatte. Béatrice hatte heute Morgen beim Frühstück davon erzählt.

Hipp fuhr sich mit der Hand über die Stirn. Einige wich-

tige Puzzlesteine hatte er bereits beieinander, langsam fügten sie sich zu einem Bild. Noch wusste er nicht genau, wie es schließlich aussehen würde, aber allzu lange würde es nicht mehr dauern, da war er ziemlich sicher. Er kannte das von früheren Fällen, die urplötzlich eine ganz eigene Dynamik entwickelten und ohne sofort nachvollziehbaren Grund ihrer Aufklärung entgegenstrebten.
Es bedurfte noch einiger weiterer Erkenntnisse und womöglich eintretender Ereignisse, dann könnte er mit den richtigen Schlussfolgerungen die Sache zu Ende bringen. Er war das vielleicht weniger Jean-Yves schuldig, schließlich hatte er ihn nie kennen gelernt, auch fühlte er sich gegenüber Valerie und ihren Eltern nicht wirklich in der Pflicht – aber es war für seinen eigenen Seelenfrieden wichtig. Es durfte einfach nicht noch mal geschehen, dass er von einem Mörder an der Nase herumgeführt wurde. Und es lag an ihm zu verhindern, dass noch jemand sein Leben lassen musste.

»Hipp, wo bist du mit deinen Gedanken?«, rief Valerie. »Das Essen ist fertig. Kannst du bitte aus der Küche das Gratin holen.«
Leicht verärgert drehte er sich um. Er war gerade kurz vor einem wichtigen Gedanken gewesen, er spürte so etwas, denn auch scheinbar spontane Ideen schickten ihre geflügelten Vorboten aus dem Unterbewusstein, aber jetzt war die Chance vertan.
»Natürlich kann ich«, sagte er, »bin schon unterwegs.«
»Aber vorsichtig, die Form ist heiß. Wo ist eigentlich Gabriel-Henri?«
»Im Schuppen, er macht beim Traktor einen Ölwechsel.«
Béatrice, die gerade mit einem Tablett aus dem Haus kam, erschrak. »O mon Dieu, vraiment appetissant! Er soll sich rasch die Hände waschen, besser wäre ein Vollbad, aber das dauert zu lange.«

»Außerdem badet Gabriel-Henri nur am ersten Sonntag im Monat«, sagte Valerie lachend.

Später, als sie mit dem Filet im Blätterteig fertig waren – es hatte köstlich geschmeckt –, plauderten sie entspannt über unverfängliche Themen. Hipp hatte etwas über den Wein vom Château Romanin erzählt. Gabriel-Henri wusste zu berichten, dass an der Stelle der heutigen Weinstöcke früher ein Kultplatz der Druiden war. Auf die Geschichte von Les Baux waren sie gekommen, nicht nur auf die berühmten Troubadoure mit ihrer Liebeslyrik, sondern dank Gabriel-Henri auch auf die Eigenart eines Burgherrn, von den hohen Felsen Gefangene in den Tod springen zu lassen. Dann hatten sie über Olivenbäume geredet und darüber, wie wichtig sie in früheren Jahrhunderten für den Wohlstand der Provence gewesen waren. Und dass der ewige Baum ein Symbol der Unsterblichkeit sei und des Friedens. Schließlich war Gabriel-Henri auf sein Lieblingsgetränk gekommen, nämlich auf den Pastis. Fast täglich trinke er einige »petits jaunes« in seinem Lieblingsbistro in Saint-Rémy. Das sei gut für sein angegriffenes Herz und überhaupt … Gabriel-Henri unterbrach sich, weil ihm plötzlich einfiel, dass er erst gestern an der Theke von einem schnauzbärtigen Mann angesprochen worden war, der unüberhörbar aus Marseille kam. Er hatte ihn schon einige Male in der Umgebung herumschleichen sehen. Dieser Typ wusste genau, wer er war, und wollte unbedingt in Erfahrung bringen, ob Monsieur Peyraque einen Partner namens Albert gehabt habe, den suche er nämlich dringend. Albert sei groß gewachsen und spreche Französisch mit deutschem Akzent.

Pastis: Der anishaltige Lieblingsaperitif der Franzosen wird mit eiskaltem Wasser verdünnt.

Hipp beugte sich nach vorne. »Er sucht einen Mann namens Albert? Das ist ja interessant. Et qu'est-ce que tu lui a dit?«
Gabriel-Henri verdrehte die Augen. »Alors, einen Partner Albert? C'est absolument ridicule! Jean-Yves hatte keinen Partner, das wissen wir doch alle.«

Hipp lächelte. »Ganz genau. Wie kann dieser Mensch nur auf diesen abwegigen Gedanken kommen? Und wer spricht hier schon Französisch mit deutschem Akzent? Was glaubst du, Gabriel-Henri, war das ein Detektiv?«
Gabriel-Henri nickte. »Un détective? Pourquoi pas, oui. Aber nicht von der Polizei, immerhin hat er mich zu einem Pastis eingeladen!«
»Der arbeitet für Sergej Protomkin!«, stellte Valerie fest. »Ist doch klar, oder?«
»Das könnte stimmen«, bestätigte Hipp. »Dieser Russe glaubt wohl, dass besagter Albert an seiner Verhaftung Schuld trug ...«
»Das glaube ich allerdings auch«, erwiderte Valerie mit einem leisen Lächeln.
»Na, Gott sei Dank gibt es keinen Albert, da kann dieser Mensch noch viele Pastis ausgeben«, sagte Hipp.
»Noch viele Pastis?«, nahm Gabriel-Henri das Stichwort auf. »Pas de problème, er kann mich meinetwegen jeden Tag befragen.« Er kniff das rechte Auge zu. »Ich kenne zwar niemanden, auf den seine Beschreibung passen würde, aber zum Pastis lasse ich mich trotzdem gerne einladen, avec plaisir.«

43

In Burgund, im nördlichen Mâconnais, da gibt es einen kleinen Ort, der heißt Chardonnay. Zwar sind sich die Weinhistoriker nicht ganz einig, aber es war wohl dieses beschauliche Dorf, das der berühmten Rebsorte ihren Namen gegeben hat. Ganz sicher hat der Chardonnay in Burgund seine Wurzeln. Und von hier hat er seinen Siegeszug rund um die Welt angetreten: nach Norditalien, über den großen Teich nach Kalifornien, nach Chile, nach Südafrika, sogar bis nach Australien und Neuseeland. Ein Erfolg, der auf die bemerkenswerte Anpassungsfähigkeit der Rebsorte zurückzuführen ist, die mit den unterschiedlichsten Böden klarkommt, auch nicht besonders wetterfühlig ist und sich zudem gut dafür eignet, in Eichenfässern ausgebaut zu werden. Bei der großen Menge der Chardonnay-Weine versteht es sich von selbst, dass sie der Rebsorte nicht immer zur Ehre gereichen. Dabei können sie von herausragender Qualität sein, leicht buttrig und nussig, stahlig wie beim klassischen Chablis oder mit Aromen von Vanille und Karamell, die vom Barrique herrühren.

Beim CHABLIS lehnen die Traditionalisten den Ausbau in Barrique weiterhin ab. Aufgrund der nördlichen Lage kann der Frost eine beeinträchtigende Rolle spielen, weshalb beim CHABLIS die Jahrgänge wichtig sind.

Die CHARDONNAY-Weine aus PULIGNY-MONTRACHET (Burgund), vor allem die vier Grands Crus, sind wegen ihrer oft überragenden Qualität und Opulenz zu Recht weltberühmt.

Heribert Quester und Ferdinand Praunsberg machten beim Chardonnay keine Kompromisse, sie hatten eine Flasche vom Feinsten geöffnet, nämlich einen Puligny-Montrachet. Praunsberg hatte sich dabei die obligatorische Bemerkung nicht verkneifen können, dass man einen Montrachet eigentlich auf den Knien und mit entblößtem Haupt trinken sollte. Und natürlich hatte Quester gewusst, dass dies ein Zitat des französischen Schriftstellers Alexandre Dumas war, der dem großen Weißwein aus Burgund im 19. Jahrhundert diese Huldigung entgegengebracht hatte.

Eigentlich hatte der Wein für Quester und Praunsberg am heutigen Abend nur eine nachrangige Bedeutung. Schließlich war Praunsberg bei seinem Freund nach einem Geschäftstermin in München vorbeigefahren, um mit ihm über die Steuerfahndung zu sprechen, um ihm etwas Trost zu spenden und vielleicht einige Ratschläge zu geben. Einfach unglaublich war es, was Heribert Quester da passiert war. Der Albtraum eines jeden gut verdienenden Menschen. Wie der sprichwörtliche Blitz aus heiterem Himmel. Nun gut, dass Quester eine Vorliebe für gewagte finanzielle Engagements hatte, davon wusste Praunsberg, schließlich war er selbst in diesem unseligen Anlageprojekt in Sachsen-Anhalt involviert. Aber die Steuerfahndung war ganz sicher auf eine anonyme Anzeige zurückzuführen, das hatte Quester längst in

Erfahrung gebracht. Wobei die Anzeige wohl mit einer Reihe von Dokumenten unterfüttert war, die ihn ziemlich belasteten. So etwas kannte man bei schmutzigen Scheidungen, wenn sich die Ehefrauen an ihren Männern rächten. Aber Heribert Quester war glücklich verheiratet.
Die beiden Männer schwenkten ihre Gläser, um die flüchtigen Aromen freizusetzen. Dann atmeten sie mit halb geschlossenen Augen den Duft des Montrachet ein.
»Was für eine Nase!«
»Welche Finesse und Eleganz!«
Es folgte der erste Probeschluck. Praunsberg zog etwas Luft durch die gespitzten Lippen. Quester begann, den Wein bedächtig zu kauen. Nur allzu gerne ließen sich die beiden für einige Momente von ihrem ernsten und der Stimmung nicht gerade förderlichen Thema ablenken.
»Etwas kopflastig«, philosophierte Quester.
»Mag sein, jedenfalls viel Tiefe und eine gut eingebundene Säure«, konstatierte Praunsberg.
»Und im Barrique wohl ausgewogen.«
»Nach elf Jahren in der Flasche genau im richtigen Alter.«
»Der Puligny-Montrachet wird leider auch immer teurer!«, klagte Quester.
»Solltest du trotzdem nicht von der Steuer absetzen«, erwiderte Praunsberg grinsend, »das fehlte noch auf deinem Sündenkonto.«
»Na ja, einige Flaschen kann man durchaus …«

Quester brachte den Satz nicht zu Ende. Die Explosion war so heftig, dass Praunsberg das Glas mit dem Montrachet zu Boden fallen ließ. Durch das Fenster sahen sie einen Feuerball aufsteigen, der die Bäume auf der anderen Straßenseite in ein gleißendes Licht tauchte. Wie in Zeitlupe rotierte irgendein größeres Teil durch die Luft.
Nach der ersten Schrecksekunde stürzten sie an das gottlob

intakt gebliebene, aber immer noch klirrende Fenster. Sie blickten aus dem ersten Stock der Villa über den kleinen Garten und die Hecke auf die Straße.
»Da hat jemand dein Auto in die Luft gesprengt«, stellte Quester lakonisch fest.
Fassungslos sah Praunsberg auf seinen brennenden Porsche, der freilich als solcher nicht mehr zu erkennen war. Das Teil, das durch die Luft geflogen war, identifizierte er bei der Landung im Vorgarten als Heckspoiler. Sein geliebter Porsche! 320 PS. Von null auf hundert in 5,0 Sekunden. Und das seit dem letzten Werkstattaufenthalt ohne Aussetzer …
»Oder er ist von selbst explodiert«, zog Quester diese theoretische Möglichkeit in Betracht. »Ist aber wohl sehr unwahrscheinlich.«
»Völlig ausgeschlossen«, stammelte Praunsberg.
»Sei froh, dass du nicht dringesessen hast!«
»Du musst die Polizei anrufen, die Feuerwehr!«
»Wird nicht nötig sein«, sagte Quester, den nach der Razzia in seinem Büro nichts mehr so schnell aus der Ruhe zu bringen schien. »Das Polizeirevier ist gleich da vorne. Ich schätze, die reagieren in diesem Fall auf Rauchzeichen.«
»Der Wagen hatte eine Sonderlackierung«, lamentierte Praunsberg.
»Ich weiß, ein besonderes Schwarz. Das passt doch zum Anlass. Wenn die Porsches Trauer tragen …«
Praunsberg sah seinen Freund vorwurfsvoll an. »Du entwickelst einen seltsamen Humor.«
»Man nennt das Galgenhumor.« Quester reichte Praunsberg sein Weinglas. »Hier, nimm einen Schluck!«
»Ich glaube, ich brauche jetzt etwas Stärkeres.«
»Wie wär's mit einem Cognac?«
Praunsberg nickte. Er sah wieder völlig entgeistert hinunter auf die Straße. »Wer um Gottes willen hat das getan?«
Quester zuckte ratlos mit den Schultern. »Diese Frage können

wir uns mittlerweile fast alle stellen. Jeder auf seine Art, du, Joseph Niebauer, meine Wenigkeit. Jean-Yves ...«
»Der kann sich diese Frage nicht mehr stellen«, korrigierte Ferdinand Praunsberg.
»Stimmt, was deinen hochexplosiven Porsche nicht mehr ganz so wichtig erscheinen lässt!«
»Ja, im Leben ist alles relativ.«

44

Sie standen an Deck der Fähre, die vor wenigen Minuten in La Tour Fondue abgelegt hatte und sie hinübersetzte nach Porquerolles, eine der drei Îles d'Or, der goldenen Inseln vor Hyères. Béatrice hatte ihnen diesen Ausflug vorgeschlagen, als Kind sei sie mit ihren Eltern oft dort gewesen. Wie ein Paradies sei ihr Porquerolles damals vorgekommen, ein Garten Eden mit einsamen Stränden, mit azurblauem Wasser, mit Pinien und Eukalyptusbäumen. Tatsächlich hat sich die Insel ihren ursprünglichen Charme bis heute bewahrt. Nur wenige Menschen leben auf ihr, sie steht unter Naturschutz, und es gibt so gut wie keine Autos. Im Hochsommer wird Porquerolles zwar von Tagesbesuchern gestürmt, doch selbst dann, vor allem aber abends und in der Vor- und Nachsaison, da erinnert die Insel an vergangene Zeiten, da kann man auf ihr die sprichwörtliche Seele baumeln lassen.
Valerie und Hipp waren erst für den morgigen Tag mit Thilo Thoelgen in Ramatuelle verabredet, und auch Losotzky würde erst heute Abend aus der Schweiz kommend in seinem Haus in Aiguebelle eintreffen. Da passte der Ausflug nach Porquerolles ideal ins Programm.
Valerie hielt sich an der Reling fest, der frische Morgenwind fuhr ihr durch die Haare. Keine halbe Stunde dauerte die Fahrt über die kleine Meerenge Petite Passe, die Porquerolles

von der Halbinsel Giens trennte. Valerie wäre hier gerne noch länger stehen geblieben und hätte hinaus aufs Meer geblickt, wäre mit den Augen den Möwen gefolgt, die das Schiff begleiteten, hätte das Salz auf den Lippen geschmeckt. Aber schon war das Fort du Moulin zu sehen und der Hafen mit den vielen Sportbooten.

Wenig später machte das Fährschiff fest. Nach einem Café au lait an der Hafenbar mieteten sie sich bei La Meduse zwei Mountainbikes und radelten auf breiten Forstwegen unter Pinien und an Macchia-Büschen vorbei die drei Kilometer hinüber zur Plage de Notre-Dame, dem wohl schönsten Strand der Insel. Dort lasen sie in einem Reiseführer, dass Porquerolles Anfang des 20. Jahrhunderts von einem belgischen Millionär seiner jungen Frau zur Hochzeit geschenkt worden war. Hipp wusste zu berichten, dass ein Enkel dieses spendablen Herrn heute auf der Insel einen Wein anbaute, der gar nicht mal schlecht sei. Georges Simenon, der Schöpfer des Kommissar Maigret, habe auf Porquerolles ein Refugium besessen und hier viele seiner Romane geschrieben.

Das LE MAS DU LANGOUSTIER ist ein abgeschieden gelegenes »tropisches Paradies«, in dem obendrein hervorragend gekocht wird (s. Anhang unter Provence).

Nach einem frischen Bad im schon herbstlich kühlen Meer radelten sie auf die andere Seite der Insel, wo Hipp im Mas du Langoustier einen Tisch reserviert hatte. Auf der Terrasse dieses romantisch gelegenen Hotels gaben sie sich bei einem frischen Seefisch vom Grill der Illusion hin, ganz weit weg zu sein, auf einer Insel in der Karibik zum Beispiel, ohne die Sorgen und Kümmernisse des Alltags. Keine Suche nach einem Job, kein Mord an Jean-Yves, keine Gewalttaten mehr. Nur noch das leise Rauschen des Windes in den Palmen, den Sand des feinen Strandes zwischen den Zehen.

»Je vous prie de m'excuser, Madame Monsieur«, unterbrach der Ober ihre Tagträume vom fernen Glück und servierte die Teller mit dem Dessert. »Fraîcheur aux fraises avec fleurs de jasmin«, erläuterte er das kunstvolle Arrangement, »Erdbee-

ren mit Jasminblüten.« Er räusperte sich kurz, dann stellte er eine überraschende Frage. »Pourrais-je vous poser une question, kannten Sie zufällig Jean-Yves Peyraque?«
Während Hipp wortlos aufsah, antwortete Valerie spontan: »Bien sûr, natürlich kannte ich Jean-Yves! Schließlich war er …«
Hipp unterbrach Valerie mit einer Handbewegung. »Wie kommen Sie darauf, dass wir Jean-Yves kennen könnten?«
»Alors, also«, erneut räusperte sich der Ober, »nun, ich habe einige Zeit in Saint-Rémy gelebt.«
»Und?«
Der Ober beugte sich über den Tisch und drehte verlegen die Teller in eine andere Position. »Ich habe Sie zusammen mit Jean-Yves gesehen, jedenfalls glaubte ich mich an Ihre Gesichter zu erinnern …«
»Sie haben mich zusammen mit Jean-Yves gesehen?«, fragte Hipp ungläubig.
»Nein, dich natürlich nicht«, kam Valerie dem Ober mit der Antwort zuvor, »aber mich haben Sie zusammen mit Jean-Yves gesehen. Das kann gut sein, ich habe ihn häufig besucht.«
Der Ober nickte. »Natürlich, Madame, das wollte ich damit sagen.«
»Was haben Sie eigentlich in Saint-Rémy gemacht?« Hipp sah ihn fragend an.
Er fühlte sich sichtbar nicht wohl in seiner Haut, was aber Valerie nicht aufzufallen schien. »Ich war Kellner«, antwortete er.
»Darf ich fragen, in welchem Restaurant?«, ließ Hipp nicht locker.
»In welchem Restaurant?« Wieder räusperte er sich. Er nahm die Serviette aus der Armbeuge und wischte einige imaginäre Krümel von der Tischdecke. »Nun, in der Auberge, im Maison …«, fing er zögernd an.

»In der Maison jaune?«, fragte Valerie.
»Ja, genau, in der Maison jaune«, bestätigte der Ober erleichtert.
»Dort haben wir uns bestimmt mal gesehen«, erklärte Valerie, »da war ich häufiger mit Jean-Yves.«
»Natürlich, ich erinnere mich genau daran. Ich wollte nur sagen, das mit Jean-Yves Borraque ...«
»Peyraque«, korrigierte Hipp den Versprecher.
»... Peyraque, natürlich, also das tut mir aufrichtig Leid. Ein tragischer Unfall.« Der Ober hatte bereits den Rückwärtsgang eingelegt und deutete eine leichte Verbeugung an. »Und genießen Sie Ihr Dessert. Bon appétit, Madame, Monsieur.«
Hipp sah dem davoneilenden Ober kopfschüttelnd hinterher. Valerie hatte bereits den Löffel in der Hand und kostete von der feinen Sauce, die um die Erdbeeren garniert war.
»Ich würde mir wünschen, du wärst manchmal etwas weniger spontan«, sagte Hipp leise.
»Warum? Ist doch nett, dass wir hier einen Bekannten von Jean-Yves aus Saint-Rémy treffen. Warum wolltest du nicht, dass ich ihm sage, dass Jean-Yves mein Onkel war?«
»Der gute Mann hat Jean-Yves noch nie in seinem Leben gesehen, und dich übrigens auch nicht, davon bin ich fest überzeugt. Und hättest du ihm nicht aus seiner Verlegenheit geholfen, dann hätte er das auch zugeben müssen.«
»Meinst du wirklich?« Valerie sah Hipp ratlos an. »Aber woher hat er dann gewusst, dass wir Jean-Yves kennen?«
»Das genau würde mich auch sehr interessieren«, antwortete Hipp. Er legte die Serviette neben den Teller und stand auf.
»Was tust du?«
»Ich will mich nur mal umsehen. Macht es dir was aus, diesmal zwei Desserts zu essen?«
»Ganz im Gegenteil, die Fraises schmecken einfach hinreißend!«

45

Habe ich es mir doch gedacht!« Sergej Protomkin schlug mit der rechten Faust in die geöffnete linke Handfläche. »Das ist dieser Albert, wie er leibt und lebt! Und seine Freundin? Die hat Jean-Yves früher häufig besucht. Interessant, sehr interessant.«
Der Ober nickte bestätigend und wischte sich mit der großen Stoffserviette den Schweiß von der Stirn. Sergej lehnte sich zufrieden in seinem Korbsessel zurück. Sein Tisch stand auf der Terrasse des Mas du Langoustier verdeckt hinter einem Terrakotta-Topf mit einer weit ausladenden Fächerpalme. Ihm war dieser Albert sofort aufgefallen, als er vor gut einer Stunde das Lokal betreten hatte. Das war schon immer eine Stärke von ihm gewesen, nämlich, dass er sich Gesichter gut merken konnte. Und obwohl der Typ jetzt keine Kappe trug und seine langen Haare im Nacken zum Zopf gebunden waren, hatte er ihn gleich wiedererkannt. Daran änderte auch die komische Nickelbrille nichts. Was hatte er doch letzthin gesagt? Man trifft sich immer zweimal im Leben! Und wenn dieser lausige Detektiv nicht weiterkommt, dann hilft einem eben der Zufall! Kommt doch dieser unselige Albert genau hierher zu einem Zeitpunkt, wo er mit der Yacht seines Freundes unten in der Bucht vor Anker liegt. Albert präsentierte sich sozusagen auf einem Silbertablett. Das Schicksal meinte es schon wieder gut mit ihm. Er würde dieser Ratte das Genick brechen!
»Monsieur Protomkin, ich bin mit meinen Nerven völlig am Ende«, gestand der Ober und ließ sich entgegen allen Vorschriften für das Personal erschöpft in den freien Sessel fallen. »Ich bin vielleicht ins Schwitzen gekommen. Ich wusste von Ihnen ja nur, dass dieser Jean-Yves Peyraque in Saint-Rémy gelebt hat und bei einem Unfall ums Leben gekommen ist. Das war etwas wenig. Ich musste ziemlich improvisieren.«
»Das hast du sicher sehr gut gemacht«, sagte Sylvie, die zwar

keine Ahnung hatte, worum es ging, die aber dem Ober aufmunternd den Unterarm tätschelte. »Tu es un héros!«
»Nur nicht übertreiben«, bremste Sergej ihr Mitgefühl. Er öffnete seine Brieftasche, entnahm ihr einige größere Euro-Noten, die der Ober blitzschnell in der Jacke verschwinden ließ. »So, jetzt geht es dir bestimmt wieder besser!«
»Viel besser, Monsieur Protomkin, Sie sind sehr großzügig. Es war mir ein Vergnügen.« Der Ober stand auf und verbeugte sich.
»Ganz meinerseits«, sagte Sergej und bedeutete ihm mit einer kurzen Handbewegung, dass er verschwinden könne.
Sylvie rückte ihr Oberteil zurecht. »Du entschuldigst mich«, sagte sie zu Sergej. »Ich müsste mal kurz …«
»Tu dir keinen Zwang an, ma jolie cocotte«, erwiderte Sergej geistesabwesend. Er sah ihr nicht einmal hinterher, als sie beim Gang durch die Tische wie immer alle Blicke auf sich zog. Stattdessen nahm er sein Handy, um auf der Yacht anzurufen. Unter den Matrosen waren zwei starke Männer aus Sankt Petersburg, deren Dienste brauchte er jetzt.

Sergej wollte gerade die eingespeicherte Nummer aufrufen, da legte sich eine Hand auf seine Schulter. »Sergej Protomkin, was für ein Zufall. Ich freue mich, Sie wiederzusehen!«
Sergej drehte überrascht den Kopf und sah einem freundlich lächelnden Hipp ins Gesicht. Nur mit großer Willensbeherrschung gelang es ihm, seine spontane Reaktion zu unterdrücken, nämlich aufzuspringen und diesem Albert an die Gurgel zu gehen.
»Guten Tag, Albert, du bist ein toter Mann«, begrüßte er seinen unerwarteten Besucher auf Russisch.
»Sie wissen also, wer ich bin. Sehr schön. Darf ich mich für einen Moment zu Ihnen setzen?«, fragte Hipp, der sich ohne eine Antwort abzuwarten bereits in Sylvies Korbsessel niederließ. »Wir haben nämlich etwas zu besprechen.«

»Es gibt nicht viel zu besprechen«, murmelte Sergej, der daran dachte, dass ihn dieser Albert bei der Polizei hatte auffliegen lassen und dafür verantwortlich war, dass er einige höchst unerfreuliche Tage im Untersuchungsgefängnis verbracht hatte, und vielleicht auch dafür, dass Boris noch immer hinter Gittern saß. Das war jedenfalls seine feste Überzeugung. Für so etwas brauchte er keine Beweise, dafür genügte der Instinkt, den er in vielen Jahren unsauberer Geschäfte erworben hatte. Was wollte diese Ratte mit ihm noch groß besprechen?
»Ich bin erst vorgestern früh um acht Uhr aus dem Untersuchungsgefängnis in Marseille entlassen worden«, eröffnete Hipp das Gespräch.
»Wie bitte?«, sagte Sergej verblüfft. »Sie waren auch im Untersuchungsgefängnis, warum denn das?«
»Aus dem gleichen Grund wie bei Ihnen. Irgendein Schwein hat uns beide verpfiffen. Die Polizei hat einen Hinweis bekommen und mich nach meiner Lieferung bei Ihnen um vier am Morgen verhaftet. Die Bullen wussten leider auch von meiner Halle, wo ich einige Paletten mit gefälschtem Wein gelagert hatte.«
Sergej sah Hipp mit zusammengekniffenen Augen an. Auch Albert war in jener Nacht aufgeflogen? Diese Möglichkeit hatte er überhaupt nicht in Erwägung gezogen. Aber warum hatte davon nichts in der Zeitung gestanden?
»Ich habe noch versucht Sie zu warnen …«, sagte Hipp.
»Wirklich?«
»Ja, aber da war es schon zu spät«, fuhr Hipp fort. »Sie fragen sich wahrscheinlich, warum nichts von meiner Verhaftung in der Zeitung gestanden hat?«
Dieser Albert konnte Gedanken lesen.
»Das hat die Polizei verhindert. Die Bullen haben nämlich gehofft, dass ihnen über meine Lagerhalle und mein Büro noch einige nichts ahnende Komplizen ins Netz gehen.«
Sergej nickte. Ein solcher Trick sah der französischen Polizei

ähnlich, das musste er zugeben. Er schaute Hipp in die Augen Kein Zucken, kein Zeichen von Nervosität. Der Mann schien die Wahrheit zu sagen. Es sah ganz so aus, als ob er die Geschichte völlig falsch interpretiert hatte. So etwas war ihm bisher zwar nur sehr selten passiert, aber im Fall dieses Albert, da hatte er sich offenbar in eine falsche Theorie verrannt.

»Und? Hatte die Polizei Erfolg?«, fragte Sergej. »Ich meine, haben sie noch einige Komplizen geschnappt?«

»Nein, natürlich nicht«, antwortete Hipp grinsend. »Ich habe nämlich keine. Ich versuche ja gerade erst in dem Geschäft Fuß zu fassen. Sie waren mein erster größerer Auftrag. Vorher habe ich nur mit Jean-Yves ab und an kleinere …«

Hipp brach mitten im Satz ab, weil sich Sylvie ihrem Tisch näherte, auf hohen Stöckelschuhen und in einem Kleid, das wenig mehr war als ein knapp sitzender Bikini.

»War das Ihr Sessel?«, fragte Hipp und machte Anstalten aufzustehen.

»Sie bleiben sitzen, Albert«, entschied Sergej. Und zu Sylvie: »Ich habe einen geschäftlichen Termin, Chérie. Geh auf die Yacht und warte dort auf mich. A bientôt!«

Sylvie nahm noch ihre Zigaretten und das Feuerzeug vom Tisch, wobei sich Hipp beachtliche Einblicke eröffneten, dann hauchte sie Sergej über die Fingerspitzen einen Kuss zu und trat ihren viel beachteten Rückzug an.

»Eine bemerkenswerte Begleitung haben Sie«, sagte Hipp anerkennend.

»Genau das Richtige, um mich für die menschenunwürdige Untersuchungshaft zu entschädigen«, bestätigte Sergej nicht ohne Besitzerstolz. »Aber wie ich gesehen habe, sind Sie auch nicht alleine hier«, fügte er hinzu, sich an die junge Dame erinnernd, mit der Albert gekommen war.

»Mit einer früheren Freundin von Jean-Yves. Ich bin wie gesagt erst vorgestern aus dem Untersuchungsgefängnis entlas-

sen worden, übrigens nur gegen eine hohe Kaution, da habe auch ich einigen Nachholbedarf.«
»Das verstehe ich. Ist sie gut?«, fragte Sergej mit leichtem Zweifel. Das Mädchen war, so viel er vorhin gesehen hatte, zwar recht apart, aber für seinen Geschmack etwas zu dünn.
»Sie ist eine Raubkatze«, sagte Hipp, auf das Machogehabe von Sergej eingehend.
»Sehr schön«, erwiderte Sergej. Dabei dachte er, dass Albert keine Ahnung hatte, was eine Raubkatze war, keinen blassen Schimmer. Da sollte er mal Sylvie in Aktion erleben!
»Wir müssen dieses Schwein zur Strecke bringen«, sagte Hipp.
»Welches Schwein?« Sergej war mit seinen Gedanken noch bei Sylvie.
»Irgendjemand hat uns doch beide hingehängt, den müssen wir finden und aus dem Verkehr ziehen.«
Dieser Albert hat Recht, dachte Sergej, verdammt Recht. Wenn er es nicht gewesen war, dann hatte ein anderer mit ihnen sein schmutziges Spiel getrieben. Und dieser jemand musste zur Rechenschaft gezogen werden.
»Das müssen wir!«, bestätigte Sergej.
»Ich werde Erkundigungen einziehen, ich kenne viele Leute, auch bei der Polizei. Sobald ich was weiß, melde ich mich. Und wenn sich die Wogen geglättet haben, dann sollten wir unsere Geschäftsbeziehung wieder aufleben lassen.«
»Das sollten wir, ja. Aber das nächste Mal bestimme ich die Regeln!«
»Ich denke dabei an was wirklich Bedeutendes«, sagte Hipp, »hunderttausend Flaschen Mouton-Rothschild, Latour und Margaux. Warum werden nur Cartier-Uhren im großen Stil gefälscht oder Taschen von Louis Vuitton? Der Weltmarkt wartet nur auf ein solches Angebot!«
Dieser Albert lässt sich nicht allzu schnell entmutigen, dachte Sergej. Und der Mann hatte Visionen, das gefiel ihm.

»Wie geht es übrigens Boris?«, fragte Hipp.
»Er wird nicht so schnell herauskommen«, antwortete Sergej. »Die Polizei glaubt immer noch, dass er Jean-Yves umgebracht hat.«
»Und? Vielleicht hat er es wirklich?«
Sergej musste zugeben, dass er sich diese Frage auch schon gestellt hatte. Immerhin wäre es möglich, dass Boris sozusagen im Affekt Jean-Yves erschlagen hatte. Und dann hatte er Angst vor Sergejs Reaktion gehabt und so getan, als ob Jean-Yves schon bei seiner Ankunft tot war. Nun, das könnte tatsächlich so gewesen sein. Boris war ab und zu etwas unbeherrscht. Aber erstens glaubte er nicht so recht daran, und zweitens würde er einen Teufel tun und gegen Boris einen Verdacht äußern.
»Nein, er war es nicht«, sagte Sergej bestimmt.
»Dann waren es irgendwelche Einbrecher.« Hipp stand auf und reichte Sergej die Hand. »Ich muss gehen, meine Freiheit genießen!«
»Mit Ihrer Raubkatze? Tun Sie das«, sagte Sergej, der in die Hand einschlug. »Und dieses Schwein, das schlachten wir gemeinsam!«
»Das machen wir«, bestätigte Hipp mit festem Druck. »Worauf Sie sich verlassen können. Sie hören von mir!«
Sergej sah Hipp hinterher, dann nahm er die Flasche Weißwein aus dem Kühler und goss sich sein Glas voll. Das war nun wirklich ein interessantes Gespräch gewesen, welches die vergangenen Ereignisse in einem anderen Licht erscheinen ließen. Wenn nicht Albert der Schuldige war, wer dann? Natürlich hatte er einige Feinde. Aber die könnten ihn bei weit größeren Aktionen über die Klinge gehen lassen. Beim Handel mit Drogen oder mit Waffen zum Beispiel. Schließlich verdiente er damit sein Geld. Die Sache mit dem Wein sollte doch nur so etwas wie eine Kür sein, wenig einträglich für den Geldbeutel, aber gut fürs Image und ein angenehmer Zeitver-

treib. Wer würde ihm wegen einer solchen Bagatelle ein Bein stellen? Vielleicht brachte dieser Albert tatsächlich etwas heraus?
Sergej fiel ein, dass er völlig vergessen hatte, Albert nach seinem Nachnamen und nach seiner Adresse zu fragen. Er stand auf und sah hinüber zum Platz, an dem Albert mit diesem Mädchen gesessen hatte. Aber der Tisch war leer, die Gläser waren nicht einmal ausgetrunken.

46

Im 19. Jahrhundert, Saint-Tropez war noch ein verschlafenes Fischerdorf, in Monte Carlo hatte man gerade das Spielkasino eröffnet und hoffte auf zahlungsfähige Gäste, da war die Belle Époque in Hyères schon längst in vollem Gange. Die britische Königin Victoria hatte das milde Klima des Badeorts schätzen gelernt, der Schriftsteller Robert Louis Stevenson träumte hier von seiner Schatzinsel. Die Champagnerkorken flogen, englische Lords und russische Großfürsten gaben sich die Ehre – und gelegentlich die letzte Kugel. Eine Tradition, die sich später in Monaco fortsetzen sollte.
Heute steht Hyères ein wenig im Schatten der viel berühmter gewordenen Orte an der Côte d'Azur. Trotzdem wäre Valerie gerne noch etwas länger geblieben. Sie hatten sich nach ihrem fluchtartigen Rückzug von Porquerolles in einem kleinen Hotel in der Vieille Ville, der mittelalterlichen Altstadt von Hyères, einquartiert. Beim Abendessen hatten sie über Hipps Begegnung mit Sergej Protomkin gesprochen und darüber, wie leicht diese hätte ins Auge gehen können. Was aber ausschließlich Valeries Ansicht war, denn Hipp hielt Sergej für relativ leicht ausrechenbar und gut zu manipulieren. Vorläufig jedenfalls würde Sergej Ruhe geben. Außerdem habe er mit dieser Sylvie viel Ablenkung.

Später hatte Valerie einen Anruf von ihrem Vater bekommen. Und sie hatten erfahren, dass irgendein Wahnsinniger seinen heiß geliebten Porsche in die Luft gesprengt hatte. Bei dem Gedanken, dass ihr Vater dabei hätte ums Leben kommen können, war es Valerie übel geworden. Hipp hatte das Handy übernommen und sich von Ferdinand Praunsberg den Vorfall schildern lassen. Nach den polizeilichen Ermittlungen sprach alles für ein Attentat, wobei völlig unklar war, ob selbiges Heribert Quester gegolten hatte, der Person Ferdinand Praunsberg oder einfach nur dem Porsche als Zielobjekt antikapitalistischen Hasses.
Valerie ging es bald wieder besser, aber sie fand es ausgesprochen beunruhigend, dass die mysteriösen Vorkommnisse nun auch ihren Vater erreicht hatten. In diesem Fall musste Hipp ihr zustimmen. Wie wollte man es nennen? Eine Pechsträhne, der – wie es schien – langsam, aber sicher jeder Chevalier zum Opfer fiel? Im Falle von Jean-Yves und Pierre mit letalem Ausgang? Es wurde Zeit, dieser schicksalhaften Entwicklung einen Riegel vorzuschieben.
Nach einem vormittäglichen Spaziergang durch die Altstadt, durch einen Palmengarten und zur Ruine der Burg waren sie aufgebrochen. Nicht weit war es von hier nach Ramatuelle, wo Thilo Thoelgen in seinem Haus auf sie wartete. Auch hatten sie bereits Prof. Losotzky erreicht, der frühzeitig in Aiguebelle eingetroffen war, den Hipp allerdings erst abends oder am morgigen Tag besuchen wollte.

Durch Le Lavandou, an Aiguebelle und Cavalière vorbei fuhren sie über Croix-Valmer nach Ramatuelle. Thilo Thoelgens Beschreibung folgend, fanden sie die Abzweigung, wo es durch Weingärten hinaufging zu seinem Landhaus. Das schmiedeeiserne Tor stand offen. Hupend fuhren sie aufs Grundstück, um dann vor einer steinernen Figur anzuhalten, die dem David von Michelangelo nachempfunden war. Sie stiegen aus und schauten sich um. Kein Thilo Thoelgen zu sehen. Valerie und Hipp blickten sich ratlos an. Sie deutete zu einem Durchgang, der offenbar zum Garten führte. Laut seinen Namen rufend, ging sie voraus. Deshalb war sie es, die Thilo Thoelgen als Erste sah. Sich an der Hauswand abstützend, schleppte er sich ihnen entgegen, mit blutüberströmten Gesicht und kaum vernehmbar um Hilfe rufend. Er versuchte noch die Hand zu heben, dann verließen ihn die Kräfte. Mit einem Stöhnen sackte er zu Boden und blieb regungslos liegen.

Keine halbe Stunde später war Thoelgen bereits notdürftig verarztet und im Rettungswagen unterwegs ins Krankenhaus. Offensichtlich war er mit einer Flasche niedergeschlagen worden. Sie hatten einige Meter weiter die Scherben gefunden, außerdem sprach die Platzwunde auf seiner Stirn eine klare Sprache. Aber Thoelgen schien einen harten Schädel zu haben, bereits einige Minuten nach ihrem Eintreffen hatte er das Bewusstsein wiedererlangt und ihnen in abgehackten Sätzen von einem maskierten Mann erzählt, der ihm aufgelauert und ihn niedergeschlagen habe. Wären Valerie und Hipp nicht genau in diesem Moment hupend aufs Grundstück gefahren, dann wäre er jetzt wohl tot. Beim Gedanken daran, an Jean-Yves und an die Duplizität der Ereignisse war es Valerie kalt den Rücken heruntergelaufen. Nur dass sie diesmal nicht zu spät, sondern gerade noch rechtzeitig eingetroffen waren. Der Angreifer hatte jedenfalls von Thilo Thoelgen abgelassen und die Flucht ergriffen, nach hinten über das Grundstück und dort wahrscheinlich über die Mauer.
Kurz nach dem Rettungswagen war die Polizei eingetroffen. Sie hatte die Personalien aufgenommen, ein kurzes Protokoll erstellt und war wieder gefahren. Später komme die Spurensicherung, Hipp solle um den Tatort einen großen Bogen machen.

Jetzt war Hipp ganz alleine am Haus. Valerie war bei Thilo Thoelgen im Krankenwagen mitgefahren. Ruhig war es. Keine Sirenen mehr und kein aufgeregtes Stimmengewirr. Natürlich machte er keinen großen Bogen um den Tatort, vielmehr inspizierte er sehr genau die Stelle, wo Thoelgen niedergeschlagen worden war. Einen Unterschied gab es schon mal zu Jean-Yves: Die Flasche war leer gewesen. Vermutlich hatte sie der Angreifer aus einer offenen Kiste auf der Terrasse genommen, wo Thoelgen, wie es schien, die ausgetrunkenen Flaschen für den Glascontainer sammelte. Hipp versuchte sich in die Person des Angreifers zu versetzen. Er schlug mit einer imaginären Flasche zu. Dann drehte er sich um und rannte über das Grundstück hinüber zur Mauer. Sie war nicht sehr hoch, da kam man schnell rüber, und dahinter ging es in einen kleinen Weinberg, in dem man sich gut davonschleichen konnte.
Langsam ging Hipp zurück zum Haus. Erneut probierte er, Prof. Losotzky mit dem Handy zu erreichen. Er hatte seine Nummer bereits wenige Minuten nach Thoelgens Zusammenbruch gewählt, allerdings ohne Erfolg. Jetzt dagegen klappte es. War es nur Einbildung oder war Losotzky etwas außer Atem? Wo er denn gewesen sei, wollte Hipp wissen. Am Pool, antwortete Losotzky, nein, unten im Ort, um eine Zeitung zu kaufen, das heißt eigentlich eine Baguette. Warum Hipp anrufe, fragte er. Ob er denn jetzt wisse, wann er genau vorbeikommen wolle?
Hipp verneinte und schilderte ihm in knappen Sätzen, was gerade passiert war. Losotzky wollte ihm zunächst nicht glauben. Dann drückte er seine große Betroffenheit aus und wünschte Thilo alles Gute. Am besten würde er gleich bei seinen Arztkollegen in der Notaufnahme anrufen und um eine bevorzugte Behandlung bitten.
Hipp bestärkte ihn in diesem Vorhaben, verabschiedete sich, schaltete das Handy aus und sah auf die Uhr. Die Spurensi-

cherung ließ auf sich warten. Sein Blick fiel neben der offenen Terrassentür auf einen kleinen Tisch mit einem halb ausgetrunkenen Glas Wein. Das großvolumige Sommelier-Glas ließ auf einen besseren Tropfen schließen. Gedankenverloren nahm er es in die Hand, hielt es einer alten Gewohnheit folgend zunächst leicht geneigt gegen den weißen Tisch, um die Farbe des Rotweins zu begutachten. Was wohl Losotzky jetzt machte? Er sollte seinen Besuch beim Schönheitschirurgen nicht allzu lange aufschieben. Wahrscheinlich war es am besten, das Überraschungsmoment zu nutzen. Sobald er Nachrichten aus dem Krankenhaus hatte, würde er sich ins Auto setzen und einfach zu ihm hinfahren. Es waren ja nur einige Kilometer, und er kannte die Adresse. Die Spurensicherung würde auch ohne ihn klarkommen. Hipp schwenkte routinemäßig das Glas, damit sich die noch vorhandenen Aromen entfalten konnten, dann hob er es an die Nase. Mit dem Weinglas in der Hand betrat er das Haus. Thilo Thoelgen hatte sicherlich nichts dagegen, wenn er sich in der Zwischenzeit etwas umsah.

47

Der Kopfverband sah aus wie ein verrutschter weißer Turban. Er verlieh Thoelgen ein eher komisches Äußeres. Kam hinzu, dass Thoelgen alles andere als gequält dreinblickte. Er war erleichtert, dass der Überfall relativ glimpflich verlaufen war. Die Platzwunde am Kopf war genäht, man hatte ihm Tabletten gegen die Schmerzen gegeben und eine Infusion zur Stabilisierung des Kreislaufs. Das Röntgenbild hatte bestätigt, was ihm schon immer nachgesagt wurde, nämlich dass er über einen ziemlichen Dickschädel verfügte und den Schlag mit der Flasche deshalb ohne Knochenabsplitterung überstanden hatte. Zwar hätten ihn die Ärzte zur Beobachtung gerne über Nacht dabehalten, vor allem deshalb, weil Prof.

Losotzky angerufen und auf besondere Sorgfalt gedrängt hatte, aber Thoelgen hatte davon nichts wissen wollen. Er hatte ein Formular unterschrieben und auf eigene Verantwortung in Begleitung von Valerie das Krankenhaus verlassen.

Nun saßen sie in Thoelgens Haus am Bistrotisch in seiner Küche. Hipp hatte in La Croix-Valmer eine Quiche Lorraine gekauft, die sie gerade im Ofen aufbackten. Dazu tranken sie einen Rosé, und zwar einen aus Bandol, der deutlich besser schmeckte als die leider oft belanglose Masse der provenzalischen Rosé-Weine. Ob seine Ärzte damit einverstanden wären, interessierte Thoelgen reichlich wenig. Ihm war es ein Bedürfnis, mit seinen Gästen auf seine Wiedergeburt anzustoßen und sich bei ihnen dafür zu bedanken, dass sie im richtigen Augenblick angekommen waren. Genau zur rechten Zeit, um seinen Angreifer in die Flucht zu schlagen.

Die Appellation BANDOL in der Nähe von Toulon ist nicht nur für ihren Rotwein bekannt, sondern vor allem für höherwertige, trockene Rosés (v. a. aus MOURVÈDRE und GRENACHE).

Die QUICHE LORRAINE stammt eigentlich aus Elsass-Lothringen (Rezept im Anhang unter Elsass).

Während es schon vielversprechend nach der Quiche Lorraine roch, schilderte Thoelgen erneut den Überfall, diesmal etwas flüssiger als kurz nach seiner Ohnmacht, aber in der Sache kaum aufschlussreicher. Mindestens einen Kopf größer sei der Gewalttäter gewesen und ziemlich kräftig gebaut. Eine braune Cordhose habe er angehabt, eine blaue Windjacke und über dem Gesicht eine alberne Faschingsmaske, so eine Art Harlekin. Er habe ein Geräusch gehört, erzählte Thoelgen, auf der Terrasse, und im Umdrehen habe er plötzlich diesen Menschen unmittelbar hinter sich stehen sehen. Er habe nicht einmal mehr Zeit gehabt, die Arme zum Schutz hochzuheben, schon sei die Flasche auf seinem Kopf zersplittert. Im Stürzen habe er es hupen hören, das waren wohl Hipp und Valerie gewesen. Der Angreifer habe jedenfalls von ihm abgelassen und sei davongerannt. Er selbst habe sich wieder aufgerappelt und sei ihnen mit schwindenden Kräften entgegengelaufen. Den Rest der Geschichte, den kannten sie ja.

Ob die Spurensicherung etwas gefunden habe, wollte Thoelgen von Hipp wissen.

»Keine Ahnung«, antwortete dieser. »Die sind erst gekommen, als ich schon weg war.«
»Du warst weg? Wo denn?«, fragte Valerie.
»Bei Losotzky«, antwortete Hipp.
»Er hat in der Klinik angerufen«, sagte Thoelgen. »Ich habe mich schon gewundert, woher er wusste, was mir passiert ist.«
»Das wusste er von mir.«
»Und?«, fragte Valerie. »Wie war er so?«
»Etwas von der Rolle«, sagte Hipp. »Er war während des Überfalls nicht zu Hause. Und irgendwie konnte er sich nicht so recht mit sich selbst darauf einigen, was er in der Zeit getrieben hat.«
»Das ist ja wohl auch seine Privatsache«, befand Thoelgen.
»Kommt darauf an«, relativierte Hipp.
»Wie meinen Sie das?«
»Hipp ist der Ansicht, dass sich Losotzky oft recht eigenartig benimmt und ...«, begann Valerie an seiner statt mit einer Erklärung.
»Außerdem ist er ungefähr einen Kopf größer als Sie und ziemlich kräftig«, erwähnte Hipp.
Thoelgen riss ungläubig die Augen auf. »Wie bitte? Habe ich Sie da gerade richtig verstanden? Sie wollen doch nicht etwa andeuten, dass Peter ...?«
»Nein, will ich nicht andeuten«, korrigierte Hipp, »aber die prinzipielle Möglichkeit ist nicht auszuschließen. Er hatte die Gelegenheit zur Tat, er hat, wie es scheint, kein Alibi, die Täterbeschreibung passt ...«
»Sie passt auch auf tausend andere Menschen, und außerdem ist Peter mein Freund. Der Gedanke ist völlig absurd.«
»Das ist er gewiss«, bestätigte Hipp. »Aber erstens sind all die merkwürdigen Dinge, die sich seit dem Tod von Jean-Yves ereigneten, in sich selbst und ihrer Kombination reichlich absurd. Also macht es durchaus Sinn, auch scheinbar absurde

Überlegungen anzustellen. Zweitens hätte Losotzky durchaus das eine oder andere Motiv.«

»Etwa gegenüber Niebauer, der ihm das Château vor der Nase weggeschnappt hat«, ergänzte Valerie.

»Aber nicht bei mir«, sagte Thoelgen, »da gäbe es überhaupt kein Motiv für Peter.«

»Was möglicherweise nicht ganz stimmt«, entgegnete Hipp.

»Wie darf ich diese Bemerkung verstehen? Was sollte Peter denn gegen mich haben?«

»Er hat jedenfalls so eine Andeutung gemacht, nämlich, dass er bei dem Börsenabsturz Ihrer Internet-Firma viel Geld verloren hat. Und dass Sie verabsäumt haben, ihm rechtzeitig einen Hinweis zu geben.«

Thoelgen machte eine wegwerfende Handbewegung. »Das ist Schnee von gestern. Peter weiß sehr wohl, dass ich gegen das Gesetz verstoßen hätte, wenn ich ihm damals Insider-Informationen gegeben hätte. Außerdem habe ich ja selbst die Situation falsch eingeschätzt und bis zum Schluss mit einer Wende zum Besseren gerechnet.«

»Ich kann mir nicht vorstellen, dass das ein Grund sein könnte, dich Jahre später auf deiner Terrasse niederzuschlagen«, sagte Valerie.

»Ich wollte damit nur andeuten«, fuhr Hipp fort, »wie leicht man sich täuschen kann, wenn man glaubt, dass man keine Feinde hätte. Motive sind zudem nicht immer rational nachvollziehbar, sie werden oft nur subjektiv empfunden und gründen tief im Unterbewusstsein. Sie sind also möglicherweise dem Täter selbst gar nicht gegenwärtig, geschweige denn einem Außenstehenden. Sie verstehen, was ich meine?«

Thoelgen schüttelte verständnislos den Kopf.

»Es ist oftmals fast unmöglich, die Motive einer Gewalttat nachzuvollziehen.«

»Aber Peter ist ein lieber, netter Kerl«, wandte Thoelgen ein.

»Das ist nun allerdings das schwächste aller Argumente. Es

gibt unvorstellbare Diskrepanzen zwischen der wahrgenommenen Persönlichkeit eines Täters und der Tat, die er begeht. Das können Sie mir glauben.«

»Hier spricht der ehemalige Polizeipsychologe«, sagte Valerie.

»Leider ja. Jedenfalls führt einen das Kriterium der Sympathie nur allzu gerne in die Irre.«

»Mag ja sein, aber Peter kenne ich zufällig ziemlich gut.«

»Dann können Sie mir sicher erklären, warum Losotzky auf mich ab und zu ein wenig desorientiert wirkt«, ließ Hipp nicht locker.

»Tut er das? Nun ja, vielleicht ist er manchmal etwas durch den Wind, kann schon sein. Er ist halt ein zerstreuter Professor.«

»Kein sehr beruhigendes Gefühl, wenn man sich als Patientin bei ihm unters Messer legt«, sagte Valerie.

»Könnte es sein, dass er Drogen nimmt?«

»Jetzt reicht's«, protestierte Thoelgen energisch. »Peter ist mein Freund. Ob er Drogen nimmt, interessiert mich nicht. Aber eines ist hundertprozentig sicher ...« – Thoelgen hob beschwörend den Zeigefinger – »... er hat mich nicht niedergeschlagen, er war es nicht!«

»Aber er käme rein theoretisch als Täter in Frage«, beharrte Hipp auf seinem Standpunkt.

»Rein theoretisch vielleicht«, sagte Thoelgen fast ein wenig mürrisch. »Aber die Theorie hilft uns in diesem Fall nicht weiter.«

Valerie hob schnuppernd die Nase. »Ich glaube, die Quiche ist fertig«, sagte sie in der Hoffnung, mit diesem Stichwort das heikle Thema beenden zu können.

Wenige Minuten später hatte sich die latente Spannung, die gerade noch im Raum lag, wieder gelegt. Die Quiche Lorraine stand dampfend auf dem Tisch und roch würzig nach Speck. Valerie, die es durchaus sympathisch gefunden hatte, wie vehement Thilo Thoelgen seine Freundschaft zu Peter Losotzky beschworen hatte, verteilte drei Stücke auf die Teller. Hipp goss Wein nach und stellte Thoelgen zusätzlich ein Glas Wasser hin. Valerie und Hipp bedankten sich dafür, dass sie in dem kleinen Gästezimmer in der Mansarde übernachten durften. Thoelgen sagte, dass er darüber schon deshalb sehr froh sei, weil sie ihm helfen könnten, falls es ihm plötzlich schlechter gehe.

Wie nicht anders zu erwarten, kamen sie auch auf den Wein zu sprechen. Ein Rosé sei ja nicht gerade das, was einen Weinkenner vom Hocker riss, waren sie sich einig. Obwohl man ihm so manches Mal Unrecht tue. Dieser leicht pfeffrige Rosé in ihren Gläsern passe doch vortrefflich zur Provence und zu ihrer Quiche.

Was er denn sonst für Weine zu schätzen wisse, fragte Hipp. Immerhin sei Thoelgen ein ehrenwertes Mitglied der Chevaliers des Grands Crus. Wo er denn seinen Weinkeller habe?

»Da muss ich Sie enttäuschen«, antwortete Thoelgen mit einem Lachen. »Ich habe keinen, und zwar aus Überzeugung.«

»Als Chevalier? Das dürfte mein Vater nicht wissen«, sagte Valerie, »er würde dich sofort exkommunizieren!«

»Keine Gefahr, dein Vater weiß es«, entgegnete Thoelgen. »Übrigens auch alle meine Freunde. Sie akzeptieren diese Eigenart von mir, wenngleich sie sie missbilligen.«

»Sie sagten, Sie hätten aus Überzeugung keinen Weinkeller?«

»Ja, ich finde, den Aufwand kann man sich sparen. Sind wir doch mal ehrlich, auch meine lieben Chevaliers trinken nicht jeden Tag einen Cheval Blanc, einen Mouton, La Tâche oder Margaux. Das wäre viel zu teuer und macht auch keinen Spaß. Damit ginge der Reiz des Exklusiven verloren. Ich trinke gerne die Weine aus der Region, auch einfache und jüngere Jahrgänge, und die kaufe ich bei meinem Weinhändler. Wenn ich mal eine besondere Flasche öffnen will, das kommt natürlich

schon vor, dann gibt es auch diese beim Weinhändler. Dazu brauche ich keinen eigenen Weinkeller.« Thoelgen schmunzelte. »Ich bin ein Freund des Outsourcing, nicht nur im Wirtschaftsleben.«
»Keine schlechte Philosophie«, sagte Hipp.
»Nur nicht gut fürs Image«, stellte Valerie fest. »So ein Weinkeller ist doch auch eine Art Statussymbol, oder?«
»Darauf pfeife ich«, sagte Thoelgen selbstbewusst. »Wahre Kennerschaft muss sich nicht in einem Weinkeller ausdrücken. Wer diesen nur deshalb hat, um bei Freunden und Kollegen Eindruck zu schinden, ist zu bemitleiden.« Er sah Hipp fragend an. »Haben etwa Sie einen Weinkeller?«
»Nein, ich verfüge weder über geeignete Räumlichkeiten noch über das erforderliche Kapital«, gab Hipp zu. »Aber einen Klimaschrank mit einigen ausgewählten Flaschen, den habe ich schon. Übrigens, was ist mit Losotzky? Hat der einen Weinkeller?«
»Natürlich«, antwortete Thoelgen, »der hat sogar zwei. In Aiguebelle einen kleinen, aber feinen, den hat er sich für Schweinegeld in den Fels hinter sein Haus hauen lassen. Und einen großen in der Schweiz. Von den dortigen Degustationen berichtet sogar das *Zürcher Tagblatt*.«
»Ob er mich dazu mal einlädt?«, fragte Valerie.
»Nanu, meine Liebe, seit wann interessierst du dich für die hohe Kunst des Schlürfens und Schmatzens?«, wunderte sich Thoelgen.
»Seit dieser Degustation bei meinem Vater. Du weißt schon …«
»Natürlich weiß ich. Das werde ich dank unserem Freund hier nie vergessen.« Amüsiert nahm er einen Schluck vom Rosé.
»Valerie ist ein großes Talent«, lobte Hipp. »Sie hat eine ausgesprochen sensible Nase, sie nimmt Aromen sehr differenziert wahr, und sie kann sie sich gut merken.«
»Kein Wunder, bei diesem Vater«, sagte Thoelgen.

Valerie hob das Glas und prostete Hipp zu: »Und bei diesem Lehrmeister!«

48

Leicht vornübergebeugt saß er mit zusammengefalteten Händen auf einer Weinkiste. Nur eine einzige Kerze hatte er diesmal angezündet, schließlich wollte er nicht lange bleiben. Er starrte fasziniert auf die Flamme. Wahrscheinlich war der Docht zu lang, jedenfalls tanzte der Lichtschein hin und her wie ein verrückt gewordener Derwisch. Das konnte einen richtig nervös machen.

Eigentlich hatte er seinen Weinkeller immer als einen Ort der Ruhe und Besinnlichkeit empfunden. Diese Zufluchtsstätte war für ihn wie eine private Kapelle, in der man mit sich selbst in einen inneren Dialog treten konnte. Hier war es ihm noch jedes Mal gelungen, sein seelisches Gleichgewicht wiederzufinden und neuen Mut zu fassen. Wie eine Kapelle? Er lächelte. Nun, es fehlte ein Bild der Mutter Maria, auch hatte er kein Weihwasser, dafür aber eine Auswahl an Messwein, die kaum zu übertreffen war. Messwein? Was für eine profane Herabwürdigung. Verehrungswürdige Reliquien waren es, die hier aufbewahrt wurden. Und die Flaschen Château d'Yquem, die stellten so etwas wie das Triptychon zu einem Altar dar. Auf die Knie sollte man sinken und sich bekreuzigen.

Wurde der Wein in der Eucharistie nicht Gott geweiht? Wie hieß es doch bei Lukas? Dieser Kelch mit meinem Blute, das für euch vergossen wird! Oder so ähnlich. Er war lange nicht mehr in der Kirche gewesen. Aber er glaubte sich zu erinnern, dass zum Abendmahl, nachdem man den Beistand des Heiligen Geistes erfleht hatte, ein abschließendes Fürbittgebet gehörte. Wenn das hier seine Kapelle war, dann könnte auch er einen Wunsch erbitten. Vielleicht wurde er ihm erfüllt. Einen Wunsch? Dass wieder Frieden in sein Leben einkehre, dass er nicht zum Sklaven seiner Begierden werden würde, dass er sich befreite von der Lust, anderen

Menschen Schaden zuzufügen und sich an ihrem Leid zu erfreuen …
Wollte er das wirklich? Die irrlichternde Kerze stieß schwarze Rußwolken aus. Viel wichtiger wäre ein anderes Begehren, dass er nämlich finanziell wieder in die Gänge käme. Vielleicht sollte er seine neu entdeckten Talente mehr an diesem Ziel ausrichten? Aber er musste auch Gefahr abwenden und dafür Sorge tragen, dass ihm kein Unheil geschah. Ganz schön viel auf einmal. Irgendwie wollte es ihm nicht so recht gelingen, seine Gedanken zu ordnen. In seinem Kopf herrschte eine verwirrende Unruhe. Wo blieb die Magie dieses Raumes, der schöpferische Frieden, der sich hier sonst wie von selbst einzustellen pflegte? Wo blieb der analytische Verstand, der plötzlich so klar wurde wie ein frischer Bergquell und auf den wesentlichen Punkt konzentriert wie ein Sonnenstrahl unter dem Brennglas?
Seltsamerweise hatte er schon beim Betreten seines Kellers ein verunsichertes Gefühl gehabt. Ganz so, als ob der heilige Boden entweiht wäre. Ein leichtes Zittern hatte sich eingestellt, war aber gottlob schnell wieder verflogen. Ob er zur Beruhigung eine Flasche öffnen sollte? Vielleicht einen Yquem aus dem Jahr der russischen Revolution? Oder einen Château Margaux von 1929? Das war kein gutes Jahr für die Börse gewesen, aber sehr wohl für einen Wein aus dem Médoc. Nein, das war der falsche Augenblick, verwarf er den Gedanken, dazu fehlte es ihm an der angemessenen Zeit und am inneren Gleichklang.
Wahrscheinlich lag es nur an dieser blöden, flackernden Kerze. Natürlich hatte sich der Mythos seines Weinkellers in keinster Weise verändert. Und an anderen Tagen hätte er die tanzenden Schatten an den Wänden als eine Botschaft von Dionysos gedeutet, als eine exzessive Orgie hemmungsloser Bacchantinnen. Er liebte seine erotischen Phantasien. Und noch mehr liebte er es, sie in der Realität auszuleben.
Was hatte er sich gerade überlegt? Ach ja, dass er sich etwas wünschen sollte. Vielleicht wurde seine Bitte wirklich erhört. Von Dio-

nysos, vom Heiligen Geist oder vom Gottvater selbst – was spielte es für eine Rolle? Dass wieder Frieden in sein Leben einkehre, das war sein erster Gedanke gewesen. Ja, und genau das wünschte er sich jetzt. Er hatte seinen Spaß gehabt und seine kindlichen Rachegelüste befriedigt. Nun sollte der Vorhang fallen, das Stück war vorbei, der Applaus des Publikums wäre ihm sicher, ein Strauß Rosen, eine Verbeugung, ein letzter Gruß. Die Inszenierung war gelungen, aber es würde keine Fortsetzung geben. Und sobald er wieder seine Ruhe gefunden hatte, würde auch die Magie dieses Raumes zurückkehren. Wahrscheinlich war nur diese hektische Kerze schuld. Er hielt eine Hand hinter die Flamme und pustete sie aus. Stockfinster war es jetzt. Aber den Weg zur Tür, den würde er auch mit verbundenen Augen finden.

49

Valerie saß vor dem Luxushotel Négresco, auf der gegenüberliegenden Seite der Straße, und blickte über die Markise einer Strandbar hinweg auf das Meer, das heute seinem Namen alle Ehre machte und tatsächlich eine azurblaue Farbe angenommen hatte. 1930 erst hatte man diese Promenade angelegt und zu Ehren der Engländer Promenade des Anglais genannt. Schließlich waren sie es, die Nizza Ende des 18. Jahrhunderts als Ferienort für die Wintermonate entdeckt und berühmt gemacht hatten.

Das Négresco an der Promenade des Anglais ist eines der berühmtesten und traditionsreichsten Hotels der Welt – und leider entsprechend teuer. Für die, die es sich leisten können, hier die Telefonnummer: 04 93 16 64 00

Valerie hatte die Füße auf das niedrige Geländer gelegt und hing ihren Gedanken nach. Nur eine Nacht waren sie bei Thilo Thoelgen in Ramatuelle geblieben, dann hatten sie sich verabschiedet, um ihm Gelegenheit zu geben, sich in aller Ruhe von seiner Verletzung zu erholen. Nach dem Frühstück waren sie gestern hierher nach Nizza gefahren. Hipp kannte ein kleines Hotel in der Altstadt, in das sie sich einquartiert hatten. Ausgesprochen wortkarg war Hipp den ganzen Tag

über gewesen. Und heute früh hatte er gebeten, für ein paar Stunden alleine sein zu dürfen. Er wolle über einige Dinge nachdenken, außerdem habe er diverse Telefonate zu führen.
Valerie war am Vormittag zu Fuß durch Nizza gestreift. Sozusagen auf den Spuren von Friedrich Nietzsche, dessen Spaziergänge durch die Stadt an der Baie des Anges legendär waren. In einem Reiseführer hatte sie gelesen, dass er sich dabei Inspirationen für seine philosophischen Werke geholt hatte. Ja, irgendetwas hatte diese Stadt, ein besonderes Flair, das die Phantasie und die Gedanken anregte. Ob das an dem viel gerühmten Licht lag? La Lumière de Nice, dem auch Marc Chagall, Henri Matisse oder Auguste Renoir verfallen waren?
Am Markt hatte sie eine Socca gegessen, einen Fladen aus Kichererbsen. Auf dem Friedhof hatte sie das Grab von Guiseppe Garibaldi gesucht. Dass Nizza, die Hauptstadt der französischen Riviera, bis 1860 italienisch gewesen war, hatte sie auf einer Tafel gelesen. Vielleicht deshalb schien hier das Lebensgefühl sowohl vom französischen Savoir vivre als auch vom italienischen Dolce far niente geprägt zu sein. Dazu gehörten wohl auch diese vielen Stühle an der Promenade des Anglais, die dazu einluden, einfach mal nichts zu tun. Nur hinauszublicken aufs Meer. Da spielte es auch keine Rolle, ob sich Hipp etwas verspäten würde. Um ein Uhr hatten sie sich hier, direkt vis-à-vis vom Hotel Négresco, verabredet.
Valerie ließ die letzten Wochen Revue passieren. Zweifellos waren sie die aufregendsten in ihrem Leben gewesen. Leider nicht nur im positiven Sinne. Dass es fast zeitgleich so glückliche Momente geben konnte, dann wieder Bestürzung, und über allem als Schleier die Trauer um Jean-Yves? Aber so war es wohl, das Leben. Und Hipp? Sie war von dem Mann fasziniert, keine Frage. Vielleicht gerade deshalb, weil sie ihn immer noch nicht richtig kennen gelernt hatte? Er hatte ihr zwar einiges von sich erzählt, aber nur widerstrebend und auch bloß das, was sie unbedingt wissen wollte. Mal war er herzlich und amüsant, dann

wieder verschlossen, in sich zurückgezogen, fast depressiv und irgendwie gleichgültig. Er verfügte über ein unglaubliches Gedächtnis, nie hatte sie ihn irgendetwas aufschreiben sehen, auch wusste er alle Telefonnummern auswendig. Nicht zu reden vom Wein, er schien seinen Johnson oder Parker komplett abgespeichert zu haben. Und wenn sie ihn fragte, nur so zum Spaß, wer vor drei Tagen im Lokal am Tisch hinter ihnen gesessen hatte, dann konnte er nach kurzem Nachdenken eine detaillierte Beschreibung der Personen abgeben – bis hin zur Farbe der Krawatte. Geradezu unheimlich war das. Aber was machte Hipp aus diesen Fähigkeiten? In diesem Punkt hatte ihr Vater Recht. Hipp schien überhaupt keine Ziele im Leben zu haben. So etwas wie Ehrgeiz kannte er nicht. Er ließ sich treiben, scheute Verantwortung. Nun, sie wusste, dass all das mit seinem Trauma zusammenhing, als Polizeipsychologe versagt zu haben und für den Tod zweier Frauen verantwortlich zu sein. Aber das war doch kein Grund …

»Wartest du schon lange?«, fragte Hipp. Er gab Valerie einen Kuss auf die Wange, zog einen leeren Stuhl heran und setzte sich.
»Nein, das heißt ja, eigentlich schon, macht aber nichts. Ist schön hier«, antwortete sie.
»Die Wirkung dieser herrlichen Lichtfülle auf mich sehr gequälten Sterblichen grenzt ans Wunderbare!«
»Ist das von dir?«
»Nein, von Nietzsche.«
»Das mit dem ›gequälten Sterblichen‹ hätte auch bei dir gepasst.«
»Findest du?« Hipp folgte mit den Augen einer vorbeifliegenden Möwe. »Also, mit der Sterblichkeit kann ich mich identifizieren. Jedenfalls ist das sehr wahrscheinlich. Aber gequält? Nein, das bin ich nicht, nur zuweilen etwas bedrückt, doch daran sind meist andere Menschen schuld.«

Valerie sah ihn verunsichert an. »Meinst du damit etwa mich?«
»Nein, natürlich nicht, sondern ...« Er machte eine Pause.
»Sondern?«
»Sondern zum Beispiel jener Mensch, der sich bemüßigt fühlt, im Kreise der Chevaliers für Verwirrung zu sorgen, der merkwürdige Attentate verübt, vor Mord und Totschlag nicht zurückschreckt. Und auch schon mal einige Flaschen Wein mitgehen lässt. So ein Mensch schlägt mir auf die Stimmung.«
»Wenn es diesen Menschen überhaupt gibt«, stellte Valerie die Aussage in Frage. »Vielleicht hast du dich da in eine fixe Idee verrannt?« Da Hipp nicht reagierte, fuhr Valerie fort: »Ich hatte heute Vormittag auch Zeit zum Nachdenken. Mir scheint immer wahrscheinlicher, dass alles eine Verkettung von Zufällen ist, dass die Ereignisse in überhaupt keinem Zusammenhang stehen. Jean-Yves wurde von diesem Boris umgebracht oder von Einbrechern, die er bei der Tat überrascht hat. Der Tod von Pierre war ein tragischer Unfall. Die Weinfässer von Niebauer eine Vergeltung von irgendwelchen Weinbauern aus seiner Nachbarschaft. Die Steuerfahndung von Quester? Nun, dafür ist sie ja da, um schwarze Schafe aufzuspüren. Der gesprengte Porsche meines Vaters? Der Sozialneid eines Verrückten. Der Angriff auf Thilo Thoelgen? Auch an der Côte d'Azur gibt es Raubüberfälle. So, das war's schon. Die Vorfälle passen doch überhaupt nicht zusammen. Es gibt keinen mysteriösen Unbekannten, der für all das verantwortlich ist.« Valerie atmete tief durch. Dann fiel ihr noch ein: »Und Peter Losotzky, der mag eigenartige Vorlieben haben und gelegentlich etwas durcheinander sein, aber, ich habe es schon mal gesagt, der hat mit alldem nichts zu tun. Da bin ich mir sicher.«
Hipp sah hinaus aufs Meer. Hatte er ihr überhaupt zugehört? Sie berührte ihn am Arm.
»Hipp, bitte, lass es gut sein. Du hast herausgefunden, dass Jean-Yves von Sergej erpresst worden ist, du hast ihm einen

Denkzettel verpasst. Und falls Boris wirklich der Mörder sein sollte, hast du ihn ja bereits hinter Gitter gebracht. Dafür bin ich und dafür sind dir mein Vater und meine Mutter dankbar. Das war mehr, als wir von dir erwarten konnten, schließlich wolltest du ursprünglich nichts damit zu tun haben, du erinnerst dich? Aber das war's. Schluss, aus, vorbei. Pierre hatte ein schwaches Herz. Thilo geht es schon wieder besser, meinem Vater ist nichts passiert. Was gehen uns die Weinfässer von Niebauer an? Du hast den Auftrag doch ohnehin nicht angenommen. Die Sonne scheint, es ist warm, das Meer vor uns könnte nicht schöner sein. Am Horizont eine Yacht mit weißen Segeln. Hörst du? In der Strandbar vor uns spielen sie ein Chanson von Edith Piaf. Je ne regrette rien! Ein so schöner Tag, wir sollten ihn genießen. Meinst du nicht?«

»Ich mag Jacques Brel lieber als die Piaf«, sagte Hipp.

»Schön, dass du wieder an unserem Gespräch teilnimmst.«

Hipp lächelte. »Ich habe dir genau zugehört. Also habe ich an dem Gespräch teilgenommen.«

»Und?«

»Du willst wissen, was ich von deiner Theorie halte? Dass alles eine Verkettung von blöden Zufällen ist?«

Valerie nickte.

»Nun, da muss ich dich enttäuschen. Es ist nicht der Zufall, der bei diesem bizzaren Stück Regie führt. Diesen mysteriösen Unbekannten, von dem du gesprochen hast, den gibt es wirklich.«

»Davon bist du überzeugt?«

»Ja, und das ist keine fixe Idee von mir.«

Valerie merkte ihm an, dass er keine Zweifel mehr hatte. Zu entschieden hatte er sich gerade festgelegt.

»Und? Weißt du auch, wer?«

Hipp nahm seine Brille ab und rieb sich die Augen. »Ja, ich denke schon. Meine Telefonate heute Vormittag waren sehr aufschlussreich.«

Valerie sprang auf. »Nun komm schon, wer ist es? Kenne ich ihn? Mach es nicht so spannend!«
»Wer sagt, dass es ein Mann ist?«
»Willst du damit sagen …?«
»Nein, will ich nicht. Es ist wie ein großes Puzzle, das sich erst langsam zusammenfügt, aber das Bild ist schon zu erkennen. Auch wenn noch einige Steinchen fehlen.«
»Wer ist es? Und warum?«
»Warum? Eine gute Frage. Meine liebe Valerie, ich werde dir die Antwort heute schuldig bleiben. Du wirst dich noch einige Tage gedulden müssen. Ich habe bereits mit deinem Vater telefoniert und mich mit ihm abgestimmt. Du weißt, dass die Chevaliers des Grands Crus nächste Woche ihr großes Jahrestreffen haben?«
»Ja, aber was hat das …?«
»Ich werde an dem Treffen teilnehmen. Und wenn alles so läuft, wie ich mir das vorstelle, wird sich der Täter an diesem Abend selbst entlarven.«
»Das heißt, er wird dabei sein?«
»Ich denke schon«, antwortete Hipp.
»Ich kann es nicht glauben.«
»Es sind auch Gäste geladen.«
»Mein Vater weiß Bescheid? Du hast ihm gesagt, wen du im Verdacht hast?«
»Er hilft mir, ja. Aber wer es ist, das habe ich ihm nicht gesagt. Mir fehlen auch noch die schlüssigen Beweise.«
»Ist es doch Losotzky?«
»Du wirst mich zu keiner Antwort verleiten können.«
»Oder Joseph Niebauer?«, spekulierte Valerie. »Heribert Quester? Oder etwa Veronika? Nein, nicht Veronika. Oder gar dieser Russe, Sergej Protomkin? Aber den wird mein Vater kaum zum Jahrestreffen der Chevaliers einladen.«
»Wer weiß?«
»Ach, Quatsch. Dein Freund Karl Talhammer? Von dem ha-

ben wir schon länger nichts mehr gehört. Oder dieser Werber aus Düsseldorf, wie hieß er doch gleich?«

»Dieter Schmid. Die Chevaliers werden ihn an diesem Tag in ihren erlauchten Kreis aufnehmen.«

»Wird Thilo Thoelgen dabei sein?«

»Das Jahrestreffen wird er sich nicht entgehen lassen. Trotz Kopfschmerzen.«

»Du sagtest, es werden auch Gäste da sein?«

»Ja, einige. Dein Vater hat mir bei der Gästeliste ein Mitspracherecht eingeräumt.«

»Vielleicht ist es einer von den Gästen?«

»Vielleicht. Aber nun lass es bitte gut sein. Ich habe keine besondere Freude an dieser Entwicklung. Und diesen Abend mit den Chevaliers des Grands Crus und ihren Gästen, ich würde ihn mir gerne ersparen. Aber ich habe mich nun mal in die Geschichte reinziehen lassen, jetzt möchte ich sie auch zu Ende bringen. Und außerdem hast du Recht?«

»Womit?«

»Es ist ein ausgesprochen schöner Tag, wir sollten ihn genießen.«

»Wollen wir was essen? Ich habe Hunger.«

»Eine gute Idee. Vielleicht gleich da unten, in der Strandbar?«

»Einverstanden. Vielleicht haben sie ja auch eine Platte mit Chansons von Jacques Brel?«

»Ne me quitte pas ...«

50

Eigentlich widerstrebte es ihm, wie ein Hampelmann einer anonymen SMS zu folgen, sich Ort und Zeit für ein Treffen vorschreiben zu lassen, ohne zu wissen, auf was und auf wen er sich da einließ. Aber die Nachricht, die Hipp gestern Nachmittag auf seinem Handy erreicht hatte, war interessant genug, dass er bereit war, über seinen Schatten zu springen. Vielleicht kam er auf diese Weise zu einer Zeugenaussage, die seinen Verdacht bestätigte? Oder ihm wurden einige Beweise zugespielt? Dann würde ihm dieser Abend mit den Chevaliers erspart bleiben und damit die Notwendigkeit, den Täter so in die Enge zu treiben, dass er sich selbst entlarvte. Vielleicht aber war auch alles nur ein plumper Versuch, ihn in die Irre zu führen? Oder Valerie hatte Recht, die glaubte, es könnte sich um eine Falle handeln? Noch heute Morgen hatte sie versucht ihn davon abzuhalten, den Termin wahrzunehmen. Weibliche Intuition? Nun, es gab nur eine Möglichkeit herauszufinden, was an der kurzen Nachricht dran war: nämlich hinzufahren! Zum Absender zurückverfolgen ließ sich die SMS nicht, das hatte er schon versucht. Der Text in französischer Sprache war ebenso knapp wie eindringlich.

Wer hat Jean-Yves umgebracht? Ich kenne
den Mörder. Kommen Sie morgen, Mittwoch,
12 Uhr, in den Golfclub Monte Carlo.
Alleine! Erwarte Sie an der Bar.
Gruß. Ein Freund.

Ein Freund? Das war sicher übertrieben. Aber vielleicht jemand, der ein Interesse hatte, den Mörder hinzuhängen. Bald würde er mehr wissen. Von Nizza war er die Basse Corniche an der Küste entlanggefahren. An Villefranche und am Cap Ferrat vorbei, durch Beaulieu und dann eine schmale, kurvige Straße hinauf nach Eze-Village, jenem mittelalterlichen Ort, der wie ein Adlerhorst auf einem Felsen thront. Ihm fiel Friedrich Nietzsche ein, von dem Valerie gestern in Nizza erzählt hatte. Vor Jahren einmal war er vom Meer aus zu Fuß nach Eze-Village gelaufen, auf einem anstrengenden Weg, der nach dem großen Philosophen und passionierten Wandersmann benannt war. Also sprach Zarathustra. Ob sich der Täter für einen Übermenschen hielt? Dann müsste man ihm mit Nietzsche entgegnen: »Oh, Mensch, gib Acht! Was spricht die tiefe Mitternacht?« Eine Frage, die er sich allerdings auch selber stellen könnte. Es war sicher nicht verkehrt, etwas Acht zu geben. Und die Mitternacht, die fand bei ihm halt mittags statt.

Fast hätte er die Abzweigung verfehlt, die hinaufführte zur Grande Corniche. Mit einem geschmeidigen Kippen der Karosserie und leichtem Singen der Pneus hatte sein alter Citroën die Kurve elegant gemeistert. Fast könnte man glauben, dass sich die Déesse hier wie zu Hause fühlte. Es war ohnehin ein Phänomen, das ihm immer wieder auffiel. Sein französischer Wagen lief in Frankreich wie ein Uhrwerk, kaum war er über der Grenze, protestierte das Gefährt mit den seltsamsten Ausfallerscheinungen.

Bereits 1911 hat sich der Zwergstaat Monaco in 800 Meter Höhe das exklusive Terrain des Golfclubs MONTE-CARLO zugelegt. Schließlich gibt es unten am Meer keinen Platz für Fairways und Greens.

Nur wenige Kilometer waren es bis nach La Turbie. In antiken Zeiten war hier die Via Julia Augusta verlaufen. Wahrscheinlich war der Ort eine römische Gründung. Jedenfalls sollte er hier den Hinweisen Richtung Peille folgen, hatte er der Karte entnommen. Und dann würde es sicher bald ein Schild geben, das hinauf zum Mont Agel führte und zum traditionsreichen Monte Carlo Golfclub.

Dass sein unbekannter Informant ihn gerade hierher bestellt hatte, war zweifellos beruhigend. In einem einsamen Waldstück hätte er sich nicht mir ihm getroffen. Aber im Monte Carlo Golfclub, wo die Haute-volée und der Jetset auftreten, da würde ihm keiner nach dem Leben trachten.

Da war es schon, das Schild mit dem Wappen des Golfclubs. Er bog rechts ab, einige Kilometer ging es in eng gewundenen Kurven bergauf, dann fuhr er, am fünften Grün vorbei, der sechsten Spielbahn folgend, zu den Parkplätzen. Er rangierte in eine der wenigen freien Parklücken. Hipp stieg aus und sah sich um. Links vorne, das war das Club-

house, rechts verwies ein Schild auf den Caddiemaster. Mit einem Blick auf die Uhr stellte er fest, dass er sich nur um wenige Minuten verspätet hatte. Trotzdem nahm er sich die Zeit, an den parkenden Autos vorbeizulaufen und die Kennzeichen zu kontrollieren. Nein, es war kein Fahrzeug dabei, das ihm bekannt war. Er würde sich also noch etwas gedulden müssen, bis er die Identität seines Informanten kennen würde. Hipp blieb bei seinem Citroën stehen. Er nahm aus der Jackentasche einen Kugelschreiber, schraubte die Spitze ab und stellte sie mit dem Gewinde nach unten auf die geschwungene Kühlerhaube. Genau auf die Stelle mit dem kleinen Rostflecken. Dann drehte er sich um und lief zum Clubhouse. Er umkurvte einige Trolleys, grüßte eine junge Dame an der Rezeption, die ihm den Weg zur Bar zeigte. Am Eingang blieb er stehen und musterte die Gäste. Kein vertrautes Gesicht darunter. Einige warfen ihm einen kurzen Blick zu, aber wohl nur deshalb, weil er so blöd rumstand. Er ging zu einem freien Sofa und setzte sich hin. Hier war er nicht zu übersehen. Ihm blieb, wie es schien, nichts anderes übrig, als zu warten. Er bestellte einen Café und kontrollierte das Display seines Handys. Keine neue Message. Die Plätzchen auf der Schale vor ihm schmeckten nicht schlecht. Die Artikel im englischsprachigen Golfmagazin interessierten ihn nicht.
Nach einer halben Stunde gewöhnte er sich an den Gedanken, dass es mit dem Treffen wohl nichts mehr werden würde. Was natürlich viele Gründe haben konnte. Am wahrscheinlichsten war, dass der Absender der SMS kalte Füße bekommen hatte.
»Excusez-moi, vous êtes bien Monsieur Hermanus?« Die Frage kam vom Mann hinter dem Bartresen.
»Oui, c'est moi«, bestätigte Hipp. »Pourquoi?«
»J'ai un message pour vous. Gerade hat jemand angerufen, der wohl mit Ihnen verabredet ist. Er bittet um Entschuldigung,

Das monegassische ZÉBRA SQUARE (s. Anhang) ist ein Ableger des gleichnamigen Hotels und Restaurants in Paris.

aber es wäre etwas dazwischengekommen. Ob Sie sich wohl um vierzehn Uhr mit ihm in Monte Carlo treffen könnten. Zum Lunch im Zébra Square.«
Hipp stand auf und ging die wenigen Schritte zur Bar. »Hat er seinen Namen genannt?«
»Nein, pardon, Monsieur. Ich habe auch nicht gefragt. Wissen Sie, wo das Zébra Square ist?«
»Nein, ich kenne nur das gleichnamige Lokal in Paris.«
»Sie finden es ganz leicht. Den Weg nach Monte Carlo kennen Sie ja sicher. Über La Turbie hinunter nach Cap d'Ail, dann …«
»Den Weg nach Monte Carlo finde ich«, unterbrach Hipp.
»Alors, das Zébra Square ist im Grimaldi Forum, und zwar …«
»Merci bien, ich kenne auch das Grimaldi Forum. Pas de problème!«
Hipp zahlte. Er machte noch einen Umweg über die Toilette und lief dann gemächlich über den Parkplatz zu seinem Auto. Er war sich noch nicht ganz im Klaren, ob er an diesem Suchspiel weiter teilnehmen sollte. Erst von Nizza hierher zum Golfclub, jetzt hinunter nach Monaco. Er hatte keine Lust, sich zum Narren machen zu lassen. Aber es könnte ja sein, dass dem Betreffenden wirklich etwas dazwischengekommen war. Und ein Lunch im trendigen Zébra Square war gewiss keine schlechte Idee. Von der wunderschönen Terrasse mit Blick auf das Meer hatte er schon gehört.
Beim Auto angelangt, blieb er misstrauisch stehen. Wo war die Spitze seines Kugelschreibers abgeblieben? Auf der Kühlerhaube stand sie jedenfalls nicht mehr. Er bückte sich und fand sie am Boden wieder. Seltsam. Aber das musste nichts bedeuten. Die Karosserie der Déesse hatte nun mal sanfte Rundungen, da konnte das Plastikteil leicht herunterfallen, ein kleiner Windstoß mochte da schon ausreichen. Trotzdem

legte er sich hin und unterzog den Unterboden seines Citroën einer kurzen optischen Inspektion. Nichts zu sehen, war so schmutzig wie immer und leider an einigen Stellen etwas verrostet. Jedenfalls keine niedliche Bombe wie beim Porsche von Ferdinand Praunsberg. Darauf konnte er gerne verzichten. Hipp stand auf und klopfte sich die Hose sauber. Als Nächstes öffnete er die Haube und sah im Motorraum nach dem Rechten. Alles normal. Er sollte bei Gelegenheit mal etwas Kühlwasser nachfüllen. Ohne vollends in den Wagen einzusteigen, startete er den Motor und entfernte sich einige Meter. Der Citroën schnurrte zufrieden, wie das in Frankreich so seine Art war.

Alles klar. Kein Grund, sich Sorgen zu machen. Er stieg ein, schnallte sich an und glitt aus dem Parkplatz. Die Bremsen? Funktionierten astrein. Er kurbelte die Seitenscheibe herunter und fuhr durch das Tor. Hipp hatte seine Entscheidung getroffen. Er würde zum Zébra Square nach Monaco fahren, sollte aber nach zehn Minuten kein Kontakt zustande kommen, würde er die Aktion abbrechen, Valerie anrufen und über die N 90 nach Nizza zurückkehren.

In der ersten Serpentine stellte er fest, dass man von hier einen überwältigenden Blick hinunter auf Monte Carlo hatte. Der Felsen mit dem Grimaldi-Palast, die Hochhäuser, die Yachten im Hafen. Wie aus dem Flugzeug.

Wenige Minuten später kam er erneut durch La Turbie. Nach dem Marktplatz bog er links Richtung Cap d'Ail ab. Die letzten Häuser. Ein Schild warnte vor den folgenden Lacets, den Haarnadelkurven, die hinunterführten zum Fürstentum, dem Tummelplatz all jener, die im Leben zu kurz gekommen waren. Ein weiteres Schild informierte ihn über das bevorstehende Gefälle von zehn Prozent. Dann eine Warnung vor Steinschlag. Komisch, so dramatisch hatte er das noch nie wahrgenommen. Rappel! Dieses Schild hätten sie sich sparen können. Wo war eigentlich Gracia Patricia ums Leben gekommen? Irgendwo hier ganz in der Nähe musste der schreckliche Unfall passiert sein. 1982. Gracia Patricia, Grace Kelly. Ihm fiel passenderweise der Hitchcock-Thriller *Bei Anruf Mord* ein.

Hipp passierte ein Warnschild mit Schleudersymbol. Rappel! Der Citroën federte weich und geschmeidig über eine Bodenwelle. Ein Beifahrer mit Höhenangst würde hier Zustände bekommen. Vor allem, weil nur sehr sparsam Leitplanken montiert waren.

Hipp schaltete das Radio ein. Der Sender spielte einen Klassiker von Gilbert Bécaud. Es näherte sich die nächste Haarnadelkurve. Hipp, der bereits in den ersten Gang heruntergeschaltet hatte, trat auf die Bremse. Eine Sekunde später wusste er, dass die Kugelschreiberspitze doch nicht von selbst von der Motorhaube gefallen war. Irgendjemand hatte sich an seinem Auto zu schaffen gemacht. Merde. Verdammt. Das Bremspedal ließ sich ohne Gegendruck bis aufs Bodenblech durchtreten. Ein zweiter Versuch. Nichts, keine Wirkung. Wie in einem blöden Film. Zum Beispiel bei Hitchcock …

Die Haarnadelkurve kam näher. Dank des bremsenden Motors fuhr der Citroën nicht allzu schnell, aber der Motor drehte aufgrund des Gefälles immer höher, der Wagen beschleunigte sich, die Kurve kam rasch näher. Und für diese Kurve, die bergab in hundertachtzig Grad zurückführte, für diese enge Haarnadelkurve war die gute alte Déesse viel zu schnell. Hipp zog an der Handbremse. Vergeblich. Da hatte die liebe Valerie mit ihrer Befürchtung also doch Recht gehabt. Er sollte in Zukunft mehr auf die weibliche Intuition hören. Obwohl, das mit der Zukunft könnte sich hiermit erübrigt haben. Für ihn und für seinen alten Citroën. Das Kühlwasser würde er nicht mehr nachfüllen müssen, so viel war sicher. Wenigstens würde er beim Abflug einen schönen Ausblick haben. Gracia Patricia, ich folge dir …

51

Keine vier Stunden später stand Valerie einige hundert Meter weiter unten an der Straße und blickte hinauf zur Serpentine, wo Hipps Citroën durch das mickrige Mäuerchen gebrochen war. Deutlich war die Lücke in den Steinen zu sehen. Von dort war es dann offenbar zunächst im freien Flug in die Tiefe gegangen. Aufgerissene Erde und ein Stück Blech im Hang zeigten, wo der Wagen erstmals wieder Bodenkontakt bekommen hatte. Kurz darauf musste er wie ein von oben kommendes Geschoss in die Straße eingeschlagen haben, die hier nach einer weiteren Serpentine erneut vorbeiführte. Valerie wendete den Kopf und sah hinüber zu dem Lastwagen, auf dem mit einem kleinen Kran die Überreste des Citroën aufgeladen waren. Um was für einen Fahrzeugtyp es sich handelte, war nicht mehr zu erkennen. Das Dach war so stark eingedrückt, dass man an ein Cabriolet glauben mochte. Selbst ihr Taxifahrer, der sie von Nizza hergebracht hatte, war nicht sofort darauf gekommen, dass es sich um eine Déesse handeln könnte.

Valerie zog ihren großen Schal eng um die Schultern. Hätte doch Hipp nur auf sie gehört. Dieser Termin hatte von Anfang an zum Himmel gestunken. Aber von einer möglichen Falle hatte er nichts wissen wollen. Und selbst wenn, er passe schon auf sich auf, hatte er gesagt. Dass Hipp nicht durch einen Fahrfehler von der Straße abgekommen war, sondern dass die Bremsen ausgefallen waren, davon war auch die Polizei überzeugt. Schließlich hatte man am eigentlichen Unfallort, also da oben in der Serpentine, nicht die leiseste Andeutung einer Bremsspur entdeckt. Blieb nur noch die Frage, warum die Bremsen ihren Dienst versagt hatten, und zwar, wie es schien, inklusive der Handbremse. Rein theoretisch könnte es am hohen Alter des Citroën gelegen haben. Aber Hipp hatte das Auto regelmäßig zur Wartung in die Werkstatt gebracht, wie sie sich erinnerte, das letzte Mal erst vor einigen Tagen in Saint-Rémy. Auch die Polizisten aus Cap d'Ail wollten nicht so recht an ein zufälliges Versagen der Bremsen glauben, immerhin sei die Déesse – wie sie nicht ohne Patriotismus bemerkten – ein herausragendes Beispiel französischer Ingenieurskunst. Blieb also noch die Möglichkeit, dass sich jemand am Auto zu schaffen gemacht hatte, am Monte-Carlo Golfclub, während Hipp an der Bar gewartet hatte. Der leitende Polizist hatte ihr versichert, dass man das zweifelsfrei herausfinden werde. Aber es werde sicher etwas Zeit in Anspruch nehmen. Was am bemitleidenswerten Zustand des Fahrzeugs liege.

Valerie gab ihrem Taxifahrer ein Zeichen. Sie hatte genug gesehen. Es wurde Zeit, diesen makabren Ort zu verlassen. Nachdem sie auf der schmalen Straße, die durch die Bergungsarbeiten immer noch gesperrt war, mühsam gewendet hatten, fuhren sie hinunter nach Monte Carlo. Dort angekommen, ging es am Boulevard de Bélgique nach rechts, am Parc Princesse Antoinette und am berühmten Jardin Éxotique vorbei zur Avenue Pasteur.
Das Taxi hielt direkt vor dem Haupteingang des monegassischen Hospitals Princesse-Grace. Valerie bat den Fahrer zu warten. Vor einer Stunde, als sie das Krankenhaus verlassen hatte, um den Unfallort zu besichtigen, war Hipp beim erneuten Röntgen gewesen. Die ausgekugelte Schulter war zu dem Zeitpunkt bereits eingerenkt, die Schürfwunden am Arm und am Oberschenkel waren versorgt. Er hatte die obligatorischen Spritzen gegen Wundstarrkrampf bekommen. Eine Infusion zur Stabilisierung des Kreislaufs. Es gab den Verdacht auf ein leichtes Schleudertrauma. Aber das war auch schon alles. Gemessen am schrottreifen Zustand seines Automobils waren Hipps Verletzungen fast schon als harmlos zu bezeichnen.

Wäre er im Citroën sitzen geblieben, dann wäre er, das stand außer Zweifel, jetzt tot, eingepresst in den Blechteilen wie eine Sardine in der Dose. Aber Gott sei Dank hatte er sich im letzten Augenblick doch noch entschlossen auszusteigen. Das hatte er ihr vor zwei Stunden erzählt. Ihr Taxifahrer hatte vorher die Strecke von Nizza nach Monaco in Rekordzeit bewältigt. In der Notaufnahme hatte sie ihn getroffen, noch schmerzverzerrt wegen der Schulterluxation. Auf den letzten Metern, so seine Schilderung, habe er sich losgeschnallt und die Fahrertür geöffnet. Mit dem Abflug des Citroën habe er sich hinausfallen lassen. Wobei ihm zu dem Zeitpunkt nicht ganz klar gewesen war, ob ihm das wirklich das Leben retten könnte. Er hätte ja mit dem Kopf auf Felsen aufschlagen oder mit dem Auto kollidieren können, das wäre es dann gewesen. Aber das Schicksal hatte es gut mit ihm gemeint. Überaus gut. Er war im spitzen Winkel auf dem erdigen Steilhang gelandet, wahrscheinlich mit der Schulter voran, hatte sich mehrfach überschlagen und war schließlich bei einem kleinen Busch zum Liegen gekommen. Aus dem Augenwinkel habe er noch gesehen, wie sich viel weiter unten sein Auto in die Straße gebohrt habe. Dann habe er wohl für einige Minuten das Bewusstein verloren.

»Na, wie geht's dem Bruchpiloten?«, wurde Hipp, der auf einer Bank vor der Notaufnahme saß, von Valerie begrüßt.
»Ziemlich gut. So wie es aussieht, habe ich keine bleibenden Schäden davongetragen«, antwortete er.
Valerie lächelte frech. »Glauben die Ärzte?«
»Ja, sagten sie jedenfalls«, bestätigte Hipp.
»Welche Weinberge gehören zur Domaine de la Romanée-Conti?«
»Romanée-Conti?« Hipp sah Valerie fragend an. »Ist das ein italienischer Schuhfabrikant?«
»O mein Gott, ich muss sofort den Chefarzt holen.«

»La Tâche, Richebourg, Romanée-Saint-Vivant, Échézeaux …«
»Gut, gut«, winkte Valerie mit gespielter Erleichterung ab. »Du hast mich vielleicht erschreckt. Aber dein Erinnerungsvermögen scheint doch einigermaßen intakt zu sein.«
»Erfreulicherweise, ja. Darf ich eine Frage stellen?«
»Bitte, gern!«
»Woher kennen wir uns? Arbeiten Sie hier als Krankenschwester?«

Eine gute Stunde später saßen sie in einem Café am Place du Palais. Hipp hatte nach seiner Entlassung aus dem Krankenhaus den Wunsch geäußert, etwas spazieren zu gehen. Dank der Schmerzmittel und der Armschlinge hätte er gerade so gut wie keine Beschwerden. Das mochte sich im Laufe des späteren Nachmittags und Abends noch ändern. Bei einem Sorbet framboises und einer Crème glacée tiramisu feierten sie sein glückliches Überleben. Hipp gestand, dass er sich am meisten über sich selber ärgere. Er habe das Auto am Parkplatz kontrolliert, dabei aber offensichtlich einiges übersehen. Wahrscheinlich seien die Bremsschläuche nur angeschlitzt oder nur halb abgezogen gewesen? Und der Seilzug von der Handbremse feinsäuberlich durchgeschnitten? Jedenfalls so professionell, dass ihm dies nicht sofort ins Auge gefallen sei.
Sie sahen dem operettenähnlichen Wachwechsel vor dem Grimaldi-Palast zu. Auf dem Dach wehte eine Fahne, die anzeigte, dass der Fürst anwesend war. Die vollautomatischen Kameras der Touristen blitzten.
Ob das Attentat in sein Puzzle passe, fragte Valerie nach einer längeren Pause. Ob dafür auch jener Unbekannte in Frage komme, den er im Verdacht habe? Hipp sagte, dass er darüber noch nachdenken müsse, möglich sei es. Eine Woche sei es noch bis zum großen Treffen der Chevaliers. Bis dahin habe er sich auch darüber Klarheit verschafft.

Valerie: »Eine Woche noch. Sieben Tage! Geht es nicht schneller?«
Hipp schüttelte den Kopf. »Nein. Aber ich bin optimistisch, ich denke, es wird nichts mehr passieren.«
»Ob ich an dem Jahrestreffen teilnehmen kann?«
»Keine Ahnung. Da musst du wohl deinen Vater fragen. Auf meiner Gästeliste stehst du jedenfalls nicht.«
»Warum nicht?«
»Weil ich dich als Täter nicht in Betracht ziehe.«
»Bist du dir da ganz sicher?«
Hipp lächelte. »Ja, wenigstens in diesem Punkt habe ich keine Zweifel.«

La Grande Conférence annuelle des Chevaliers des Grands Crus

52

Der goldene Saal in dem mittelalterlichen Taunusschlösschen war festlich dekoriert. In den großen Kandelabern sorgten unzählige Kerzen für eine stimmungsvolle Atmosphäre. Eine junge Violinsolistin vom Konservatorium spielte eine Improvisation von Vivaldi. An einer langen Tafel saßen die Chevaliers des Grands Crus. Alle mit königsblauen, pelzgesäumten Umhängen und mit einem seltsamen Dreispitz auf dem Kopf. Den Vorsitz führte Dr. Ferdinand Praunsberg, der am Kopfende der Tafel saß und vor sich einen Gong stehen hatte, dessen Klangscheibe die Form eines überdimensionalen Tastevin hatte, jener typischen Weinprobierschale aus Burgund. Alle Chevaliers hatten sich zur Grande Conférence annuelle eingefunden. Der schwerreiche Bauträger Joseph Niebauer war aus Bordeaux angereist. Der Münchner Notar Dr. jur. Heribert Quester war froh, für einige Stunden den Ärger mit der Steuerfahndung vergessen zu können. Prof. Dr. med. Peter Losotzky hatte die Leitung seiner Züricher Privatklinik wie so oft seinem Chefarzt überlassen. Bei Thilo Thoelgen verbarg der Dreispitz das große Pflaster über seiner genähten Kopfverletzung. Er war schon gestern von Ramatuelle angereist und hatte im Haus von Praunsberg übernachtet. Dieter Schmid, der Werbeagenturbesitzer aus Düsseldorf, saß am Tisch, mit einem erwartungsvollen Lächeln, denn in wenigen Minuten würde er als Novize in den elitären Kreis der Confrérie aufgenommen werden. Der Versicherungsmanager Karl Talhammer war gekommen. Und noch weitere Chevaliers, die das ganze Jahr über nicht viel von sich hören ließen. Aber sie hatten sich noch nie eine Grande Conférence entgehen lassen. Praunsberg schätzte ihre Mitgliedschaft, weil sie zu den großzügigsten Spendern zählten, wenn es um gemeinnützige Engagements ging. Sie kamen aus Brüssel, Hamburg, Wien und Amsterdam.

In gebührendem Abstand von der großen Tafel saßen einige wenige ausgewählte Gäste, die auf Einladung der Chevaliers dem feierlichen Ereignis beiwohnten. Natürlich Hippolyt Hermanus, der den linken Arm immer noch in einem Tuch fixiert hatte. Valerie Praunsberg, die ihren Vater so lange bedrängt hatte, bis er schließlich nachgegeben hatte. Veronika, die Witwe von Pierre Allouard, die sich auf persönliche Einladung von Ferdinand Praunsberg eingefunden hatte. Einige Ehefrauen weiterer Chevaliers, so von Dieter Schmid und von Heribert Quester. Valeries Mutter Béatrice war nach anfänglichem Zögern doch gekommen. Zwei Männer hatten sich dazugesellt, die zwar keiner kannte, aber die offenbar gut zum Kreis der Chevaliers passten, denn sie wurden von Praunsberg als große Weinliebhaber vorgestellt. Und eine gepflegte Dame war gekommen, die zur Überraschung von Valerie eine gute Freundin von Hipp war – dies hatte jedenfalls ihr Vater beim Willkommensgruß gesagt. Sie war vielleicht vierzig Jahre alt, hatte eine strenge Frisur und ein graues Kostüm an. Sie sah nicht schlecht aus, aber wirkte etwas steif. Eine Bekannte von Hipp hatte sich Valerie irgendwie anders vorgestellt.

Während die junge Geigerin ihr kleines Konzert mit einigen Passagen aus Vivaldis *Vier Jahreszeiten* ausklingen ließ, dachte Valerie an die vergangenen Tage zurück. Die Woche seit Hipps Unfall bei Monaco, sie war unglaublich schnell vergangen – und hatte doch ewig gedauert. Schnell vergangen? Schon am nächsten Tag waren sie von Nizza nach Frankfurt geflogen. Hipp hatte gebeten, etwas für sich alleine sein zu dürfen. Er müsse nachdenken, hatte er gesagt, außerdem habe er ziemlich viel zu erledigen. Und schließlich sei er etwas rekonvaleszent, die Schulter schmerze, und auch sonst tue einiges weh.

Unmittelbar nach ihrer Ankunft in Frankfurt war er ins Krankenhaus zu einem befreundeten Professor gefahren, um sich dort erneut untersuchen und weiterbehandeln zu lassen. Insgesamt aber ging es ihm nicht so schlecht. Jedenfalls körperlich. Valerie lächelte. Davon hatte sie sich persönlich überzeugt. Dass er vierundzwanzig Stunden seine Ruhe brauchte, davon war ja nicht die Rede gewesen. Es reichte, dass sie bereitwillig ihre Sachen bei ihm abgeholt und wieder in das Appartement bei ihren Eltern gezogen war. Deshalb musste sie ja dort nicht schlafen. Das heißt, eine Nacht war Hipp nicht da gewesen. Er sei in geschäftlichen Dingen unterwegs, hatte er erzählt.

Während des Tages hatte sie sich mit Freundinnen getroffen, außerdem erneut einige Bewerbungen an Agenturen rausgeschickt. Aber nur halbherzig. Denn immer intensiver reizte sie etwas ganz anderes. Auch in dieser Angelegenheit hatte sie diverse Telefonate geführt.

So gesehen war die Woche schnell vergangen. Und doch hatte sie ewig gedauert. Dieser große Abend der Chevaliers, an dem alles ein Ende finden sollte, er wollte einfach nicht kommen. Sie hatte eine irrationale Angst, dass bis dahin noch irgendetwas passieren könnte. Hipp, ihr selbst, ihrem Vater oder ihrer Mutter? Sie hatte die Stunden gezählt. Mit Hipp konnte sie nicht darüber reden. Der blockte bei dem Thema immer ab. Nicht die geringste Andeutung ließ er sich entlocken. Wer also würde heute Abend entlarvt werden? Würde es wirklich so kommen? Wer könnte ein Motiv haben?

Je näher der heutige Abend gekommen war, desto verschlossener hatte Hipp gewirkt. Valerie musste feststellen, dass er nur noch selten lächelte. Vielleicht lag das an seinem Unfall? Jedenfalls hoffte sie, dass in einigen Stunden alles vorüber war. Dass es eine logische Erklärung für alles gab, dass der Täter überführt wurde – und Hipp anschließend wieder so war, wie sie ihn mochte.

Mit einer Verbeugung nahm die Violinsolistin den Applaus entgegen. Praunsberg räusperte sich. Er nahm den Klöppel und schlug dreimal gegen den Gong, stand auf und erklärte die Jahresversammlung der Chevaliers des Grands Crus offiziell für eröffnet. Zunächst gab er kurz das Programm des Abends bekannt. Sie würden mit einer Schweigeminute für ihre verstorbenen Mitglieder Pierre Allouard und Jean-Yves Peyraque beginnen. Dann verlese er die Bilanz der gemeinnützigen Projekte, die sie im zurückliegenden Jahr finanziert hatten. Anschließend gebe Karl Talhammer einen würdigenden Rückblick auf die erfolgten Degustationen der letzten zwölf Monate. Eine besondere Freude sei es für ihn, Dieter Schmid in ihren Kreis aufzunehmen und zum Chevalier zu schlagen. Der absolute Höhepunkt dieses Abends sei eine große Verkostung erlesener Grands Crus auf Einladung und unter der kenntnisreichen Regie ihres neuen Freundes Hippolyt Hermanus. Sozusagen par surprise, denn auch er selbst wisse nicht, welche Flaschen Hipp ausgewählt habe. Vorab würden einiges Canapés serviert. Nach der Verkostung würden sie mit kulinarischen Kreationen eines berühmten Sternekochs verwöhnt, der bereits in der Küche seinem Genius freien Lauf lasse.
Anerkennend klopften die Chevaliers auf den Tisch. Das Programm höre sich wirklich vielversprechend und sehr abwechslungsreich an, lobte Karl Talhammer. Valerie rutschte nervös auf ihrem Stuhl hin und her. Talhammer hat keine Ahnung, dachte sie, wie abwechslungsreich der Abend vermutlich werden wird.

Praunsberg nahm den Dreispitz ab und gab allen Anwesenden ein Zeichen aufzustehen.
»Ich bitte um eine Minute der stillen Trauer«, sagte er. »Wir wollen an unsere verstorbenen Freunde und Chevaliers denken, die auf so tragische Weise von uns gegangen sind. An Pierre Allouard, dessen Witwe heute unter uns weilt. Und an Jean-Yves Peyraque, den Bruder meiner Frau, meinen Schwager. Eine Minute der inneren Versammlung und des Abschiednehmens.«
Mit gesenkten Häuptern und gefalteten Händen erwiesen die Chevaliers und die Gäste den Verstorbenen ihre letzte Ehre.
Praunsberg bedankte sich für das Mitgefühl. Ihm folgend, setzten alle Chevaliers wieder ihren Dreispitz auf und nahmen auf ihren Stühlen Platz. Praunsberg referierte über die gemeinnützigen Projekte, die zu unterstützen sich die Chevaliers zur Aufgabe gemacht hatten: ein Waisenhaus, eine Kinderklinik und ein Altenheim. Karl Talhammer ließ die Degustationen des letzten Jahres Revue passieren. Dabei ging er besonders ausführlich auf jene ein, bei der Hipp mit der Identifikation des Haut-Brion Jahrgang 61 für Überraschung gesorgt hatte.
Nun kam Dieter Schmid an die Reihe. Er nahm den Hut ab und kniete sich hin. Mit dem Rapier schlug ihn Praunsberg feierlich zum Chevalier des Grands Crus. Dabei wurde in französischer Sprache die Präambel der Confrérie verlesen.

»Meine hochverehrten Chevaliers, liebe Gäste, nun kommen wir zum önologischen Höhepunkt dieses Abends.« Praunsberg nahm den Klöppel und schlug dreimal gegen den Gong. »Ich gebe hiermit das Wort an Hippolyt Hermanus, der für uns eine außergewöhnliche Degustation vorbereitet hat. Wir sind alle sehr gespannt.«
Hipp stand auf und nahm mit einem höflichen Nicken den Applaus entgegen.

»Herzlichen Dank. Es ist mir eine große Ehre, Sie durch die heutige Degustation begleiten zu dürfen. Natürlich ist die Erwartungshaltung in diesem Kreis der Chevaliers und Connaisseure ungewöhnlich hoch. Aber ich bin mir sicher, dass die ausgewählten Kreszenzen Ihre besondere Wertschätzung erfahren werden. Was haben die Weine des heutigen Abends gemeinsam? Sie erzählen alle eine Geschichte. Jede Flasche hat etwas Besonderes erlebt, jede auf ihre ganz individuelle Art und Weise. Und wenn wir uns auf die Weine mit offenen Sinnen einlassen, dann werden sie uns ihre Geheimnisse verraten, werden sie Zeugnis ablegen von ihren Erlebnissen. Denn im Wein, da liegt nun mal die Wahrheit. In vino veritas!«

Hipp gab ein Zeichen. Einige livrierte Ober begannen in die Gläser der Chevaliers aus bauchigen Karaffen Rotwein zu gießen.

»Unsere Gäste haben bitte Verständnis dafür, dass die Verkostung den ehrenwerten Chevaliers vorbehalten bleibt«, entschuldigte sich Hipp bei Valerie und bei allen anderen, die in der Besucherreihe saßen. »Leider sind wir in der Menge bei den meisten Tropfen etwas beschränkt. Als Kompensation wird Ihnen in Kürze ein Jahrgangschampagner ausgeschenkt, ein vorzüglicher Krug aus dem Jahr 1988.«

Hipp, der ein Glas mit dem Rotwein aus der Karaffe in der Hand hatte, drehte und schwenkte es, hielt es unter die Nase. »Nun, dieser Wein wird Sie gewiss enttäuschen. Er ist noch jung, verdient eigentlich den Namen Wein noch nicht. Er ist rau, ungeschliffen, hat sich noch nicht geöffnet. Die Assemblage ist nur ein erster Versuch, er braucht noch Jahre, bis man ihn wirklich trinken kann. Ihm fehlt die Reifezeit im Barrique. Was haben wir hier? Einen Syrah mit Anteilen von Mourvèdre. Warum ich Ihnen diesen Rebensaft zumute?« Hipp hob das Glas. »Wir sollten mit ihm auf Jean-Yves Peyraque anstoßen. Es ist sein letzter Jahrgang. Ich bin

sicher, er wäre stolz auf diesen Wein, denn in ihm steckt viel Potential.«
Hipp beobachtete die Chevaliers, wie sie dem Wein plötzlich die ihm gebührende Wertschätzung entgegenbrachten und seine noch versteckten Aromen zu ergründen versuchten.
»Ich sagte, jeder Wein erzählt eine Geschichte. In diesem Fall stimmt es nicht ganz. Der Wein verrät uns nichts vom Mord an Jean-Yves, von der Gewalt, die ihm angetan wurde. Er gibt uns keinen Hinweis auf den Täter. Übrigens, falls Sie glauben sollten, dass Jean-Yves von diesem Russen erschlagen wurde, dann muss ich Sie enttäuschen. Boris Kewtschenko ist unschuldig, ebenso wie sein Chef, Sergej Protomkin. Boris und Sergej haben Jean-Yves nicht auf dem Gewissen! Aber wer war es dann? Vielleicht liegt es daran, dass der Wein noch so jung ist, er hat noch kein Gedächtnis, er hilft uns nicht weiter.«
Er gab den Kellnern ein Zeichen, den nächsten Wein auszuschenken. Währenddessen fuhr er fort: »Ich hoffe, Sie sind damit einverstanden, wenn ich die Degustation des heutigen Abends mit den Ereignissen der letzten Wochen verknüpfe. Schließlich waren viele von Ihnen unmittelbar Betroffene. Um mit Pierre Allouard anzufangen, der nicht mehr unter uns weilt: Sein Tod war kein Unglück, sein Herzversagen kam vielleicht unerwartet, aber sein Sturz in den Teich wurde bewusst herbeigeführt.«
Ein Raunen ging durch die Chevaliers.
»Das glaube ich nicht«, entfuhr es Losotzky.
»O mein Gott«, flüsterte Veronika, Pierres Witwe.
»Joseph Niebauer wird sich die Frage stellen, wer seine Fässer angebohrt hat!«
»Davon können Sie ausgehen«, sagte Niebauer, »jede Stunde frage ich mich das mindestens einmal.«
»Ich hoffe, dass wir auf diese Frage am Ende der Degustation eine Antwort haben. Wie auch auf die Frage, wer den Tod von Pierre Allouard zu verantworten hat.«

Jetzt hätte man die sprichwörtliche Nadel auf den Boden fallen hören, so still war es plötzlich im goldenen Saal. Selbst die Kellner hatten beim Einschenken innegehalten.
»Bitte machen Sie weiter«, sagte Hipp zu ihnen, um dann fortzufahren: »Ich hoffe, dass uns die Weine verraten werden, wer Herrn Thoelgen niedergeschlagen hat.« Thilo Thoelgen langte sich an die Stirn. »Wer Ferdinand Praunsbergs Porsche in die Luft gesprengt hat, gottlob saß er nicht drin.«
»Ja, dem Herrn sei Dank.« Zur Bekräftigung schlug Praunsberg mit dem Klöppel gegen den Gong.
»Es ist vielleicht etwas viel verlangt, aber womöglich verrät uns ein Wein sogar, wer unserem Freund Dr. Quester die Steuerfahndung auf den Hals geschickt hat.«
Heribert Quester reagierte so abrupt, dass ihm der Dreispitz vom Kopf rutschte. »Da besteht ein Zusammenhang?«
»Ich schließe es nicht aus.«
»Und das Attentat auf dich in Monaco?«, fragte Valerie dazwischen.
Hipp sah auf seinen eingebundenen linken Arm. »Warten wir's ab. Kommen wir zum Wein, der Ihnen gerade eingeschenkt wurde. Ich bitte unsere Ober, die Flaschen zu präsentieren. Was sehen Sie? Einen Lafite-Rothschild 1982. Und nun bitte der erste Eindruck.«
Neugierig hoben alle die Gläser, um am Wein zu riechen.
»Sehr merkwürdig«, äußerte sich Thilo Thoelgen spontan. »Hätte ich nicht gedacht, dass der 82er Lafite …«
»Ausgezeichnet, mein Lieber, Sie haben eine gute Nase«, bestätigte Hipp. »Ferdinand Praunsberg kennt die Geschichte bereits. Das ist kein 82er Lafite-Rothschild. Es handelt sich um eine Fälschung. Sehr gut ausgeführt, auch kein schlechter Wein, aber eben kein Lafite. Ich gebe zu, ich mache es heute etwas spannend. Denn auch dieser Wein kann keine Geschichte erzählen, die für uns interessant wäre. Nur die, dass

die Fälschung des Lafite aufs Konto der Russen geht. Dank meiner bescheidenen Intervention sitzt Boris Kewtschenko deshalb im Gefängnis.«
»Wer hat diesen Wein gefälscht?«, fragte Talhammer.
»Das ist ein Geheimnis, das wir heute nicht lüften wollen. Die Fälschung ist im Grunde ohne Belang. Dennoch ist es schade, dass uns dieser Wein nichts berichten kann. Er hat nämlich alles mit angesehen. Denn er war in der Flasche, mit der Jean-Yves erschlagen wurde.«
Wieder war es totenstill im Saal. Eines muss man Hipp lassen, dachte Valerie, er macht es unglaublich spannend.
»Der erste Wein war zu jung, um uns etwas zu erzählen, der zweite Wein ist eine Fälschung, vermutlich sind auch Fälschungen schlechte Zeugen. Aber mit dem nächsten Wein wird alles anders, Sie werden sehen. Ich darf darum bitten einzuschenken.«
Die beiden Flaschen, aus denen eingegossen wurde, waren so mit Stoffservietten umhüllt, dass man sie nicht erkennen konnte.
Hipp drehte das Glas. »Schon diese Farbe. Ist sie nicht unglaublich? Wie flüssig gewordener Bernstein. Was, glauben Sie, haben wir im Glas?«
»Einen Sauternes«, sagte Schmid.
Praunsberg hob das Glas an die Nase. »Einen Château d'Yquem!«, tippte er.
»Und zwar einen vom Feinsten«, bestätigte Talhammer nach einem ersten Gaumentest.
»Ganz genau, und zwar ein Château d'Yquem aus dem großartigen Jahrgang 1929«, erklärte Hipp.
»Ein 29er d'Yquem. Einfach genial«, flüsterte Schmid. »Eine Offenbarung.«
»Gutes Stichwort«, sagte Hipp. »Offenbarung? Vielleicht erinnern Sie sich daran, dass Jean-Yves Peyraque mal von diesem Wein erzählt hat?«

»Natürlich, er hat von diesem Jahrgang sechs Flaschen auf einer Auktion erworben«, sagte Niebauer.
»Zu seinem fünfzigsten Geburtstag wollte er sie öffnen«, erinnerte sich Losotzky.
»Das sind zwei von diesen sechs Flaschen«, sagte Hipp.
»Ich denke, sie wurden ihm gestohlen«, rutschte es Praunsberg heraus.
»Wurden Sie auch. Aber nicht an dem Tag, an dem Jean-Yves erschlagen wurde, sondern erst später. Und zwar anlässlich der Beerdigungsfeier, an der die meisten von Ihnen teilgenommen haben. Der Wein erzählt, dass ihn jemand aus Jean-Yves' Keller herausgetragen hat, zum hinteren Eingang, während wir alle im Hof gesessen haben. Dieser jemand hat den Wein dort versteckt und erst später abgeholt. Er hätte ihn ja nicht vor unser aller Augen in seinem Auto verladen können.«
»Wollen Sie damit sagen, dass einer von uns ...«, protestierte Losotzky.
»Ja, das will ich sagen. Derjenige, der den Wein gestohlen hat, weilt hier und jetzt unter uns.«
In die Betroffenheit hinein fragte Talhammer: »Woher hast du den Wein, wenn er doch gestohlen wurde?«
»Eine gute Frage. Sagen wir so, der Dieb hat ihn heute Abend kredenzt – ohne es zu wissen.«
»Vielleicht waren Sie es selbst, schließlich hatten Sie ...«, spekulierte Heribert Quester.
»Wäre möglich, ja«, reagierte Hipp gelassen. »Aber es ist jemand unter Ihnen, der weiß ganz genau, dass ich es nicht war. Und er fragt sich jetzt, wie ich zu diesem Wein gekommen bin. Fahren wir fort.«
Hipp forderte die Ober auf, die nächste Flasche zu servieren. Insgesamt fünf Gläser standen vor jedem Chevalier. In sie wurde im Verlauf der Verkostung diagonal von rechts vorne nach links hinten eingeschenkt.
»Ich will um diesen Wein gar kein großes Geheimnis machen.

Es ist auch ein Château d'Yquem, diesmal der vortreffliche Jahrgang 1937. Welche Geschichte erzählt uns dieser Wein?«
Valerie sah hinüber zu der Dame im Kostüm, die der Präsentation ohne äußerliche Regung folgte. Dann blickte sie zu Peter Losotzky, der zunehmend einen fahrigen Eindruck machte. Aber das musste nichts bedeuten. Die Spannung ging an keinem spurlos vorüber.
Hipp roch am Glas und nahm einen Schluck. »Ich kann Pierre Allouard gut verstehen, dass er zwölf Flaschen dieses Jahrgangs bei Sotheby's ersteigert hat, wenige Wochen vor seinem Tod. Übrigens, auch dieser Yquem wurde gestohlen. Aus dem Weinkeller in seinem Haus, mit dem Schlüssel, den Pierre in seinem Golfbag hatte. Nachdem er auf dem Grün angegriffen und in den Teich gedrängt wurde, wo er als Nichtschwimmer dann vor Schreck einen Herzinfarkt erlitten hat und ertrunken ist. Der Täter hat dabei einfach zugesehen, sich dann den Schlüssel geschnappt und ist zum Haus gefahren.«
»Das ist doch Unfug«, brauste Losotzky auf. »Bei aller Liebe, ein Yquem ist doch kein Motiv für ...«
»Vorsicht, lieber Professor«, schnitt ihm Hipp das Wort ab. »Ich warte nur auf solche Reaktionen. Denn viele von Ihnen könnten es gewesen sein, auch Sie!«
»Wie bitte, ich?« Losotzky schlug sich auf die Brust. »Sind Sie verrückt?«
»Hätten Sie es gerne knapp oder ausführlich?«
»Was?«
»Ihr Motiv! Ich mach's knapp: Sie sind kokainsüchtig ...«
»Ich zeige Sie an wegen Verleumdung, übler Nachrede ...«, schrie Losotzky.
»Wird nichts helfen. Ich habe eine Haarprobe von Ihnen analysieren lassen. Sie erinnern sich an meinen Besuch bei Ihnen in Aiguebelle? Haben Sie danach nicht Ihre Haarbürste vermisst? Also, Sie sind kokainsüchtig, Ihr Professorentitel stammt aus Amerika und ist, lassen Sie es mich vor-

sichtig formulieren, nicht ganz lupenrein. Sie haben ein Verhältnis mit Veronika Allouard …«

»Hipp, das geht zu weit!«, versuchte ihn Praunsberg in die Schranken zu weisen.

»Warum? Pierre hätte das nicht gefallen. Vielleicht hat er es rausbekommen, und unser Professor hat die Situation bereinigt.«

»Sie sind wahnsinnig«, sagte Losotzky heiser, dem plötzlich die Stimmbänder zu versagen schienen.

»Beruhigen Sie sich«, erwiderte Hipp. »Ich behaupte ja nicht, dass es so war. Aber Sie könnten es gewesen sein. Fast jeder hier könnte es gewesen sein. Sie sind ein großer Liebhaber des Château d'Yquem. Warum also nicht das Angenehme mit dem Nützlichen verbinden? Den Rivalen aus dem Weg räumen und darauf mit einem 37er Yquem anstoßen. Vielleicht haben Sie auch die Fässer von Niebauer angebohrt, immerhin hat er Ihnen das Schloss weggeschnappt.«

»Auf dieses Schloss pfeife ich!«

»Und Sie hatten auch Gelegenheit, unseren lieben Thilo Thoelgen niederzuschlagen. Immerhin haben Sie für die Tatzeit kein Alibi.«

Losotzky fasste sich an den Hals.

»Aber bevor Sie einen gesundheitlichen Schaden davontragen«, fuhr Hipp fort, »entspannen Sie sich, Sie waren es nicht, Sie sind unschuldig. Trotzdem sollten Sie versuchen vom Kokain runterzukommen, und den Professorentitel, den würde ich in Zukunft weglassen.«

»Warum dann dieses ganze Affentheater?«, fragte Niebauer.

»Möglicherweise macht es mir Spaß, etwas an der heilen Fassade zu kratzen? Vielleicht will ich den Täter provozieren, aufzustehen und mit der Wahrheit herauszurücken?«

»Wer war das nun mit meinen Fässern?«, wollte Niebauer wissen.

»Sie selbst könnten es gewesen sein. Sie haben mich angelogen, der Wein war sehr wohl versichert. Ein finanzieller Schaden ist Ihnen jedenfalls nicht entstanden. Vielleicht war der viel beschworene Jahrhundertjahrgang umgekippt, nur noch Essig …«

»Aber das glauben Sie doch nicht wirklich. Warum wollten Sie dann, dass ich Ihnen Holzproben von meinen Fässern schicke?«

»Richtig, ich glaube es nicht. Sie sind ebenfalls unschuldig. Obwohl Sie auch ein Motiv gegen Jean-Yves gehabt hätten. Aber das lassen wir jetzt mal.«

»Und ich mag keinen Yquem, ist mir zu süß!«, sagte Niebauer.

»Fast jeder könnte es gewesen sein. Dr. Quester zum Beispiel, der immerhin wusste, dass der Reifekeller keine Alarmanlage hat.« Hipp wandte sich direkt an Dr. Quester. »Sie erinnern sich an Ihren Besuch im Médoc? Außerdem verfügen Sie über viel mehr kriminelle Energien, als man es einem Notar zutrauen würde …«

»Das ist eine böse Unterstellung. Was sollte ich gegen irgendjemanden hier haben? Meine einzigen Feinde sitzen im Finanzamt«, protestierte Quester.

»Nun, unter anderem hätten Sie ein Motiv, Thilo Thoelgen niederzuschlagen. Schließlich haben Sie bei der Pleite seiner Dotcom-Firma viel Geld verloren. Ist doch richtig, oder? Das Schicksal teilen Sie übrigens mit einigen Ihrer lieben Chevaliers hier am Tisch. Sie könnten doch glauben, dass Thoelgen mit falschen Prognosen den Aktienkurs hochgeredet, dass er die Bilanzen frisiert und Ihnen das Geld aus der Tasche gezogen hat. Dass könnten Sie doch glauben? So etwas nennt man gemeinhin ein Motiv.«

»Ich habe den Eindruck, wir kommen nicht weiter«, intervenierte Praunsberg. »Bevor du uns alle gegeneinander aufbringst, könntest du bitte diesem grausamen Spiel ein Ende bereiten?«

»Einverstanden. Kommen wir zum Höhepunkt des Abends.

Und ich kann Ihnen versichern, zumindest was den Wein betrifft, wird es einer. Wir werden uns mit einer Flasche begnügen, aber schon ein Fingerhut wäre unvergesslich.«

Wieder gab Hipp den Obern ein Zeichen.

»Wo wollen Sie hin?«, fragte Hipp, als er sah, wie Thoelgen im Begriff war aufzustehen.

»Auf die Toilette, bin gleich wieder da«, antwortete er.

»Ich würde alle bitten, hier zu bleiben«, sagte Hipp. »Daran wäre mir sehr gelegen. Denn der nächste Wein vermag eine gar schauerliche Geschichte zu erzählen. Sie trug sich zu auf einem Friedhof im Mâconnais. Im September, tief in der Nacht, es muss Vollmond gewesen sein, hat sich einer an einem Grab zu schaffen gemacht. Er hat geschaufelt und gegraben, so lange, bis er auf einen Sarg gestoßen ist. Er hat diesen dann geöffnet ...«

Wer je (was leider unwahrscheinlich ist) in die Verlegenheit kommen sollte, einen ähnlich alten Yquem auszuschenken, der sollte dies aus der Flasche tun. Denn das Depot dürfte eher gering sein, und bei Luftkontakt verliert der Wein extrem schnell seine Nase. Temperatur: 10 bis 12 °C. Nicht zu kleine Gläser.

Hipp sah ruhig in die Runde. Aus der verdeckten Flasche war allen Chevaliers eingegossen worden.

»Bevor ich weitererzähle, möchte ich gerne von Ihnen wissen, welchen Yquem-Jahrgang wir jetzt im Glas haben. Peter Losotzky, was meinen Sie?«

»Keine Ahnung. Er duftet außerirdisch.«

»Malz, Vanille, Pfirsich ...«, begann Praunsberg seine Duftwahrnehmung zu schildern.

»Dieser Yquem ist alt, uralt,« stellte Quester fest, »riecht ein bisschen nach einem Arzneischrank, aber das verflüchtigt sich jetzt.«

Hipp nickte. »Nun möchte ich jemanden fragen, der sich beim Château d'Yquem wirklich auskennt. Im Vergleich zu ihm sind wir alle Waisenknaben.«

Die Chevaliers sahen sich gegenseitig an. Fühlte sich jemand angesprochen?

»Herr Thoelgen«, sagte Hipp, »wären Sie bitte so freundlich, uns zu verraten, welchen Jahrgang wir im Glas haben.«

»Warum ich? Woher soll ich das wissen?« Thilo Thoelgen

nahm eine Serviette und tupfte sich den Schweiß von der Stirn.

Hipp lächelte. »Weil Sie der Einzige in diesem Raum sind, der diesen Jahrgang nachweislich schon einmal getrunken hat.«

Thoelgen nahm das Glas, das er bisher noch gar nicht angerührt hatte, und führte es an die Nase. Das Zittern seiner Hand war für jeden sichtbar.

»Nun sagen Sie schon! Sie wissen ganz genau, welchen Yquem wir hier vor uns haben. Sie haben es auch beim 29er Jahrgang gewusst und beim 37er von Pierre Allouard.«

»Ich, ich habe keine Ahnung«, stammelte Thoelgen.

»Woher, glauben Sie, dass ich diese Flaschen habe?«

Thoelgen sah Hipp mit aufgerissenen Augen an.

Hipp nickte. »Ganz genau. Und deshalb können Sie es uns auch sagen. Er ist es? Oder?«

»Was heißt, er ist es?«, fragte Praunsberg dazwischen.

»Ach so, ich habe die Geschichte noch nicht fertig erzählt. Der Friedhof im Mâconnais. Was hat der einsame Grabschänder im Sarg gefunden? Fünf Flaschen Château d'Yquem von einem einzigartigen Jahrgang ...«

»Sie wollen doch nicht sagen, dass dieser Wein hier einmal in einem Sarg gelegen hat?«, fragte Quester entsetzt.

»Doch, das hat er. Aber nur für kurze Zeit«, bestätigte Hipp.

»Mit oder ohne Leichnam?«, fragte Praunsberg.

»Mit! Aber dem Wein ist nichts anzumerken, glaub mir. Da stimmen Sie mir doch zu, Herr Thoelgen?«

Thilo Thoelgen schien überhaupt nicht zugehört haben. Mit geschlossenen Augen nahm er das Aroma des Weines auf. Dann nahm er einen Schluck, nur einen kleinen, gerade ausreichend, um die Geschmacksnerven im Gaumen zu bedienen, um die flüchtigen Duftnoten vom Mund- und Rachenraum in die Nase aufsteigen zu lassen. Fasziniert beobachteten die Chevaliers am Tisch, wie sich Thoelgens Gesichtszüge entspannten, einen fast seligen Ausdruck annahmen.

»Die Nacht auf dem Friedhof, sie muss unheimlich gewesen sein. Aber die Arbeit hat sich für Thilo Thoelgen gelohnt …«
»Du warst das?« Praunsberg sah seinen Weinbruder entsetzt an. Quester schüttelte fassungslos den Kopf. »Du hast ein Grab geschändet, um in den Besitz irgendwelcher Flaschen Wein zu gelangen? Ich kann das nicht glauben.«
Hipp stellte das Glas ab. »Nicht irgendwelcher Flaschen Wein. Herr Thoelgen, nun verraten Sie uns doch endlich …«
»Er ist viel zu schade für euch. Ihr habt ja überhaupt keine Ahnung«, flüsterte Thilo Thoelgen.
»Château d'Yquem, Jahrgang …«, sagte Hipp, um dann innezuhalten.
»… 1784!«, vervollständigte Thoelgen den Satz.
»Eine Sonderabfüllung für …« Hipp sah ihn fragend an.
»… Thomas Jefferson!«
Den linken Arm in der Schlinge, spendete Hipp leisen Applaus. Der Ober nahm die Serviette von der Flasche und zeigte sie in die Runde.
»1784? Da hat ja Friedrich der Große noch gelebt.« Schmid sah das Glas ehrfurchtsvoll an. »Wolfgang Amadeus Mozart, Haydn.«
»Noch fünf Jahre bis zur Französischen Revolution!«, rechnete Talhammer.
»Thomas Jefferson, der dritte Präsident der Vereinigten Staaten.«
»Und Unterzeichner der Unabhängigkeitserklärung …«
Thoelgen schüttelte langsam den Kopf. »Was seid ihr doch für jämmerliche Ignoranten«, sagte er heiser. »Was versteht ihr schon von den Offenbarungen, die …«
Hipp unterbrach ihn mit scharfer Stimme: »Haben Sie Jean-Yves Peyraque getötet?«
Thoelgen sah ihn irritiert an. »Jean-Yves? Nein, natürlich nicht, warum denn auch?«

»Vielleicht, weil er damals gegen Ihre Aufnahme in den Kreis der Chevaliers gestimmt hat?«
»Diese alte Geschichte?«
Hipp stieß mit dem Zeigefinger auf Thoelgen zu. »Sie haben seinen Yquem gestohlen!«
»Nein, habe ich nicht«, flüsterte Thoelgen.
»Doch, haben Sie!«, insistierte Hipp.
Man sah förmlich, wie ein Ruck durch Thoelgens Körper ging. Sein Gesicht nahm urplötzlich einen hämischen Ausdruck an. »Also gut, ich geb's zu«, sagte er mit triumphierender Stimme. »Jean-Yves hat ja keine Gelegenheit mehr, den 29er Yquem zu seinem fünfzigsten Geburtstag zu trinken. Und ich bin der Einzige unter uns, der diese Rarität wirklich zu schätzen weiß, der dem Yquem die ihm angemessene Wertschätzung entgegenbringt, der die Magie dieses großartigen Weines empfinden und ihn wahrhaft würdigen kann. So gesehen stand er mir zu, nur mir. Also habe ich ihn mir genommen. So einfach ist das!«
»Und dann haben Sie Pierre Allouard in den Tod getrieben!«, setzte Hipp nach.
»Pierre in den Tod getrieben?« Thoelgen legte die Stirn in Falten.
»Auf dem Golfplatz von Les Bordes am vierten Grün! Sie sind auf ihn zugestürmt, wahrscheinlich mit einem Golfschläger in der Hand. Pierre ist zurückgewichen. Sie wussten, dass er panische Angst vor Wasser hatte.«
»Aber ich wusste nichts von seinem schwachen Herz«, sagte Thoelgen leise.
»Warum sollte Thilo?«, fragte Quester, der es nicht glauben wollte.
»Vielleicht beabsichtigte er wirklich nicht, Pierre Allouard umzubringen, mag sein«, antwortete Hipp. »Aber Thilo Thoelgen hat es Pierre nie verziehen, dass er ihm seine damalige Freundin Veronika ausgespannt und geheiratet hat.«

Veronika, die in der Reihe der Gäste saß, schlug ungläubig die Hände zusammen. »Wegen mir? Du hast wegen mir Pierre umgebracht?«
»Nicht wegen dir, da überschätzt du dich maßlos«, ging Thilo Thoelgen unmittelbar auf Veronikas Frage ein. »Sondern wegen mir, wegen meiner Ehre. Man nimmt mir nicht etwas ungestraft weg!«
»Außerdem hat Pierre Ihnen einen Großauftrag gekündigt«, gab Hipp ein weiteres Motiv preis. »Eine Kündigung, die Ihrer Firma den Rest gegeben und sie endgültig in die Insolvenz getrieben hat.«
»Sie sind gut informiert«, sagte Thoelgen, »erstaunlich gut. Ja, das stimmt, Pierre hatte meine Firma auf dem Gewissen. So viel zum Thema gute Freunde!« Thoelgen lachte irre. Er tunkte den Zeigefinger in das Glas mit dem Yquem und benetzte sich die Lippen.
»Es geht Ihnen nicht gut«, fuhr Hipp fort, »überhaupt nicht gut. Von wegen reicher Bonvivant. Ihnen steht das Wasser bis zum Hals, Sie haben noch hohe Anwaltskosten zu bezahlen. Ihr Haus in Ramatuelle ist bis zur Dachkante beliehen. Und den Yquem, den Sie so lieben, den können Sie sich schon lange nicht mehr leisten. Deshalb haben Sie sich auch bei Pierre bedient und die zwölf Flaschen mitgenommen.«
Thoelgen zuckte mit den Schultern. »Na und? Wen hat's gestört? Veronika trinkt doch sowieso am liebsten Gin.«
»Um das Verfahren zu beschleunigen …«
»Was für ein Verfahren? Bin ich hier etwa angeklagt?«
»Sie haben die Fässer von Niebauer angebohrt!« Hipp holte aus einer Tasche eine Bohrmaschine und ließ sie krachend auf die Tafel fallen. »Die Holzspäne stimmt mit den Proben von Niebauer überein. Außerdem sind noch Ihre Fingerabdrücke drauf. Und Reste vom Wein, der nach einer Laboruntersuchung jenem aus Niebauers Fässern entspricht.«
Thoelgen sah Hipp mit starren Augen an. »Sie waren in mei-

nem Weinkeller«, flüsterte er. »Ich habe es geahnt, ich habe es gespürt. Sie haben ihn entweiht, seine Magie zerstört.«

»Finden Sie nicht, dass Sie ziemlich wirres Zeug reden«, provozierte Hipp.

»Wirres Zeug?«, schrie Thoelgen. »Glauben Sie etwa, ich bin verrückt?«

»Jedenfalls entspricht Ihr Verhalten nicht unbedingt der Norm«, sagte Hipp mit ruhiger Stimme.

»Er ist verrückt, natürlich ist er das!«, rief Niebauer. »Warum sonst sollte er meinen Jahrhundertwein vernichten?«

»Sagen Sie es ihm«, forderte Hipp Thoelgen auf, Niebauer zu antworten. »Erzählen Sie, wie er Sie hat hängen lassen ...«

»Ja, du vollgefressener Prolet«, nahm Thoelgen das Stichwort auf. Er schien die letzten Hemmungen abgeschüttelt zu haben. »Du wolltest mir mit einem Darlehen aus der Patsche helfen, damals, als mir Pierre den Auftrag gekündigt hat. Du hast mir das Geld versprochen. Ich habe mich darauf verlassen. Und dann hast du mich hängen lassen, hast dir stattdessen dieses Château gekauft. Dabei bist du steinreich ...«

»Ich wäre nicht steinreich, wenn ich in Pleiteobjekte investieren würde«, wischte Niebauer das Argument vom Tisch.

»Kommen wir zum Ende«, sagte Hipp. »Herr Thoelgen, Sie haben Heribert Quester bei den Finanzbehörden angezeigt.«

»Weil du mich bei meinen Verträgen beschissen beraten hast«, wendete sich Thoelgen an den Notar. »Weil du mir vorsätzlichen Konkurs und illegale Gewinnmitnahmen vorgeworfen hast. Weil du vertrauliche Informationen an die Presse weitergegeben hast. Weil du mit einer weißen Weste auf einem hohen Ross sitzt. Dabei hast du selber Dreck am Stecken. Deshalb!«

»Und das Attentat auf ihn in Ramatuelle?«, fragte Valerie.

»Das war ein Ablenkungsmanöver. Thoelgen wusste, dass ich alle Chevaliers für verdächtig hielt. Also hat er sich selbst mit einer Flasche auf den Kopf geschlagen. Mit einer leeren, damit's nicht ganz so wehtut. Und zwar genau zu dem Zeitpunkt, als er uns kommen hörte. Damit wir ihm gleich erste Hilfe leisten konnten. Das war mutig. Respekt. Dafür bedarf es einiger Selbstüberwindung.«

»Thilo hat sich selbst niedergeschlagen?«, sagte Losotzky ungläubig.

»Ja, was aber nichts geholfen hat. Im Gegenteil, denn während er im Krankenhaus war, habe ich seinen versteckten Weinkeller entdeckt. Mit der unglaublichsten Sammlung von alten Yquem-Jahrgängen, die ich je gesehen habe. Und mit einem Zeitungsartikel, der von der Grabschändung im Mâconnais berichtet. Davor eine leere und vier volle Flaschen des 1784er Yquem. Jetzt sind es leider nur noch drei volle Flaschen.« Thoelgen zuckte zusammen.

Hipp deutete auf den Tisch. »Auch die Bohrmaschine habe ich dort gefunden. Und die gestohlenen Bouteillen von Jean-Yves und Pierre. Übrigens auch eine, die von Ferdinand Praunsberg stammen könnte, Jahrgang 1858. Ist ihm mal gestohlen worden. Ich vermute, damals bei meiner Teilnahme an der Weinprobe, da hat uns Thilo Thoelgen für relativ lange Zeit verlassen, jedenfalls lang genug.«

Thoelgen stand auf. In der linken Hand hielt er immer noch das Weinglas.

Hipp sagte: »Bitte setzen Sie sich. Ich bin nämlich noch nicht fertig. Wir hätten da noch den Sprengstoffanschlag auf den Porsche von Ferdinand Praunsberg und das Attentat auf meine Wenigkeit. Jetzt wird's kompliziert.«

Thoelgen blieb ungerührt stehen. Der Dreispitz auf seinem Kopf war etwas verrutscht. Aber sonst wirkte er völlig gefasst. Das Zittern war überwunden, er schien seine Emotionen nunmehr ganz und gar unter Kontrolle zu haben.

Er räusperte sich. »Liebe Freunde«, sagte er, »ich habe geahnt, dass dieser Abend eine unerfreuliche Entwicklung nehmen wird. Deshalb habe ich etwas mitgebracht.«

Mit einer schnellen Bewegung langte er unter seinen Umhang. Plötzlich hielt er eine Pistole in der rechten Hand. Er zielte auf Praunsberg, dann auf Quester, Niebauer, schließlich auf Hipp. Ein seltsames Grinsen huschte über sein Gesicht.
»Es macht wenig Sinn abzudrücken«, sagte Hipp, der äußerlich völlig ruhig blieb. »Wir sind viel zu viele, Sie können uns nicht alle erschießen. Dafür reicht Ihr Magazin nicht.«
»Aber ich könnte einige Opfer auswählen, oder?«, erwiderte Thoelgen. »Das wäre doch befriedigend.«
»Machen Sie es nicht noch schlimmer«, sagte Hipp. »Legen Sie die Pistole auf den Tisch. Die beiden Herren, die ich mitgebracht habe«, Hipp deutete auf die Besucherreihe, »sind von der Kripo Frankfurt. Sie werden Sie gerne hinausbegleiten. Ich darf noch die Dame im grauen Kostüm vorstellen. Ihr Name ist Dr. Losinger, sie ist Oberstaatsanwältin. Also, bitte, Herr Thoelgen, legen Sie die Pistole auf den Tisch.«
Thoelgen machte keine Anzeichen, der Aufforderung zu folgen. Mittlerweile hielt er die Pistole genau auf Valerie gerichtet. Er führte mit der linken Hand das Weinglas an die Nase. Er schwenkte es leicht hin und her. Mit einem langen Schluck trank er es aus. Nur für Sekundenbruchteile schloss er die Augen. Dann steckte er den Lauf der Pistole in seinen Mund und drückte ab.

Épilogue

In der Nacht hatte Valerie sehr unruhig geschlafen. Immer wieder war sie aufgeschreckt, weil sie im Traum diesen fürchterlichen Schuss gehört hatte. Und dann jener grauenvolle Anblick. Wie es Thoelgens Kopf nach hinten gerissen hatte. Der große widerliche Fleck an der Wand. Einmal hatte sie ins Bad gehen und sich übergeben müssen.
Thilo Thoelgen. Unfassbar. Dabei war er immer einer der Nettesten im Kreis der Chevaliers gewesen. Aber so konnte man sich täuschen. Er war anscheinend verrückt gewesen, anders ließen sich seine Taten nicht erklären. Die Motive? Nun, offenbar gab es tatsächlich welche, auch wenn sie gemessen an einem normalen Empfinden nie für einen Gewaltakt ausgereicht hätten. Und dann dieser Wahn mit dem Yquem? Hipp hatte später noch berichtet, dass Thoelgen im Besitz fast aller je abgefüllten Jahrgänge dieses Châteaus gewesen war. Einfach unglaublich.
Apropos Hipp. Der hatte auch nicht gut geschlafen. Lange hatte er im Lehnstuhl am Fenster gesessen und hinaus in die Nacht geschaut. Am Vormittag schließlich war er spazieren gegangen. Alleine und im strömenden Regen.
Und jetzt? Jetzt saßen sie bei Valeries Eltern im Salon. Es war später Nachmittag. Béatrice hatte Tee serviert, Plätzchen und Pralinen, kannte sie doch die Vorliebe ihrer Tochter für kleine, aber feine Schleckereien.
Ferdinand Praunsberg zündete sich eine Zigarre an. Hipp hatte das Angebot einer Cohiba dankend abgelehnt.

Gemeinsam ließen sie den gestrigen Abend noch einmal Revue passieren. Hipp entschuldigte sich für den dramatischen Ausgang. Er hatte nicht damit gerechnet, dass Thoelgen eine Pistole mitführen würde. Irgendwie musste er vorher misstrauisch geworden sein.

Wie er den geheimen Weinkeller von Thilo Thoelgen gefunden habe, wollte Praunsberg wissen. Es sei das Weinglas gewesen, erzählte Hipp. Das Glas, aus dem Thoelgen getrunken habe, kurz bevor er niedergeschlagen wurde. Das heißt, kurz bevor er sich selbst außer Gefecht gesetzt hatte, übrigens wahrscheinlich mit einem heruntergezogenen Hemdärmel, um Fingerabdrücke zu vermeiden. Einer schlechten Gewohnheit folgend, hatte Hipp an dem Glas gerochen und dann probiert. Château d'Yquem 1941, sehr lieblich in der Nase und am Gaumen, mit einem leicht bitteren Abgang. Merkwürdig nur, dass sich im ganzen Haus keine Bestände hochwertiger Weine finden ließen. Und auch in der Kiste mit den leeren Flaschen waren keine Spitzenweine zu finden, schon gleich kein Yquem 1941. Offenbar hatte sich Thoelgen vorher Mut angetrunken. Aber woher hatte er die Flasche? Im Keller hatte Hipp dann den großen provenzalischen Bauernschrank entdeckt, in dem nur eine Jacke hing. Die Scharniere der Türen waren frisch geölt. Auf dem Boden des Schranks waren bei genauem Hinsehen Fußabdrücke zu erkennen gewesen. Dann hatte es nur noch wenige Minuten gedauert, bis er den geheimen Mechanismus entdeckt hatte, mit dem sich die Rückwand des Schranks öffnen ließ. Von dort ging es einige Stufen hinunter in den gemauerten Weinkeller, der bis unter die Decke voll war mit den unglaublichsten Raritäten. Latour, Cheval Blanc, Haut-Brion, Margaux, Romanée-Conti, Pétrus. Alles ausgesuchte Jahrgänge. Kein Wunder, dass Thilo Thoelgen kein Geld mehr hatte. Aber all diese Weine waren unbedeutend im Vergleich zu den Flaschen d'Yquem, die Thoelgen angesam-

melt hatte. Nahezu alle Jahrgänge, die es je gegeben hat, waren in seinem Weinkeller vertreten. Darunter solche, von denen schon seit langem keine einzige Flasche mehr auf den großen Auktionen aufgetaucht war, Jahrgänge, die längst als ausgetrunken und verschollen galten. Was seine Leidenschaft für den Yquem betraf, in diesem Punkt war Thoelgen gewiss nicht mit normalen Maßstäben zu messen, da waren Wahnsinn und ein grotesker Realitätsverlust im Spiel. Hipp, der sich mit solchen Urteilen immer vorsichtig zurückhielt, war in diesem Fall ungewöhnlich direkt.
Und die Flaschen für die gestrige Degustation? Wo hatte Hipp diese her? Aus Thoelgens Weinkeller, gab Hipp zu. Er sei gestern Vormittag nach Nizza geflogen. Thoelgen war ja schon bei Praunsberg eingetroffen, da konnte er sich also in seinem Weinkeller ungestört bedienen. Zugegeben, das war nicht ganz gesetzeskonform, aber er musste Thoelgen bei der Degustation aus der Reserve locken. Denn konkrete Beweise, sah man einmal von der Bohrmaschine ab, gab es kaum welche. Thoelgen musste seine Taten gestehen. Das war die einzige Chance. Nach Hipps Einschätzung hätte er dies in Polizeiverhören nie gemacht, sehr wohl aber in so einer Inszenierung wie gestern Abend.
»Quod erat demonstrandum!«, stellte Praunsberg anerkennend fest.
Valerie, die Hipp bei seinen Ausführungen genau beobachtet hatte, war nicht entgangen, dass er sehr ernst wirkte, fast bedrückt. War ihm der Selbstmord von Thilo Thoelgen so an die Nieren gegangen?
Ihr Vater dagegen wirkte völlig entspannt. Deshalb nutzte Valerie die Gelegenheit, ihr neues Berufsziel zu offenbaren. Die Sache mit dem Webdesign habe ihr nie besondere Freude bereitet, außerdem finde sie keine vernünftige Anstellung. Hipp habe ihr die Augen für den Wein geöffnet, nicht nur die Augen, sondern auch die Nase und den Gaumen. In den letzten

Tagen und Wochen habe sie sich diagonal durch Hipps Bibliothek gelesen. Und beim Verkosten der Weine habe Hipp ihr großes Talent attestiert. Also habe sie sich auf der École du Vin in Bordeaux angemeldet.
»Willst du eine Sommelière werden?«, fragte ihre Mutter überrascht.
»Keine Ahnung, aber eher nicht. Vielleicht Fachjournalistin für Weingazetten? Ja, das würde mir gefallen.«
»Mir auch«, erklärte Ferdinand Praunsberg. »Meine Zustimmung hast du!«
Valerie stand auf und gab ihrem Vater einen Kuss.
»Der Apfel fällt nicht weit vom Stamm«, sagte Béatrice.
»Stimmt das?«, wollte Ferdinand Praunsberg von Hipp wissen.
Der hatte die Augen geschlossen. »Wie bitte?«, fragte er.
»Hat Valerie tatsächlich das Zeug, eine Weinexpertin zu werden?«, sagte Praunsberg.
»Ach so, ja, das hat sie, ganz zweifellos«, bestätigte Hipp.
»Wo bist du mit deinen Gedanken?«, fragte Valerie besorgt und nahm Hipp am Arm.
Hipp machte eine abwehrende Bewegung. »Bitte lass mich in Ruhe!«
Valerie sah ihn erschrocken an.
»Willst du einen Cognac?«, fragte Béatrice.
»Ja, gerne, einen doppelten«, antwortete Hipp.
»Du bist heute nicht gut drauf, oder?«, sagte Praunsberg.
»Nein, ganz und gar nicht«, antwortete Hipp. Er nahm das angebotene Glas. Zum Erstaunen von Valerie trank er den Cognac in einem Zug aus. Das hatte sie bei Hipp noch nie gesehen. Noch größer war ihre Verblüffung, als er Béatrice die Flasche aus der Hand nahm und sich das Glas nachfüllte.
»Was ist mit dir?«, fragte Valerie. »Thilo hat sich selbst gerichtet. Da kannst du doch nichts dafür. Außerdem hat er es verdient. Er hat Pierre umgebracht und Jean-Yves.«

»Nein, nicht Jean-Yves. Das war er nicht!«, stellte Hipp richtig.
Praunsberg vergaß an der Zigarre zu ziehen. Béatrice richtete sich stocksteif in ihrem Sessel auf. Valerie fiel die Praline aus der Hand.
»Aber er hat es doch gestanden!«, insistierte Béatrice.
»Nein, hat er nicht. Du hast das hineininterpretiert, weil es deinem Bedürfnis nach Aufklärung und nach Gerechtigkeit entspricht. Aber Jean-Yves, nein, den hat Thilo Thoelgen nicht umgebracht. Zu diesem Punkt wollte ich eigentlich gestern Abend noch kommen.«
»Aber wer war es dann?«, flüsterte Béatrice. »Geht jetzt alles wieder von vorne los? Ich kann nicht mehr, ich halte das nicht aus.« Eine Träne lief über ihre Wange.
Hipp nahm einen großen Schluck aus dem Cognac-Glas. »Ihr wart wie eine Familie zu mir ...«, fing er unvermittelt einen Satz an. »Valerie, ich hab dich wirklich gerne. Fahr nach Bordeaux und beschäftige dich mit Wein. Béatrice, genieße die Provence, erfreue dich am Lavendel, am Rosmarin, an den Olivenbäumen, an den Sonnenstrahlen, die durch die Zweige fallen ...«
Valerie sah ihn kopfschüttelnd an. »Ich glaube, du bist betrunken.«
»Noch nicht genug«, sagte Hipp. Er trank das Glas leer. Dann griff er erneut zur Flasche.
»Jetzt ist es aber genug, bitte hör auf«, protestierte Valerie. »Ich mache mir wirklich Sorgen. Soll ich einen Arzt holen?«
»Ich brauche keinen Arzt. Ich bleibe sowieso nur noch wenige Minuten, dann werde ich gehen und euch alleine lassen.«
»Was ist nur mit dir los?«, jammerte Valerie.
»Es fällt mir schwer, es auszusprechen.«
»Was willst du uns sagen?«
Hipp fuhr sich mit der flachen Hand über die Augen. »Ferdinand, bitte sag du es ihnen. Ich kann nicht.«

Praunsberg schüttelte verständnislos den Kopf. »Was, bitte, soll ich Béatrice und Valerie sagen?«
»Zum Beispiel, wo du am Todestag von Jean-Yves warst.«
»Das wisst ihr doch, in Genf, bei einer Besprechung, wo soll ich sonst gewesen sein?«
Hipp: »Du bist dort um vierzehn Uhr eingetroffen. In Bad Homburg bist du allerdings schon kurz nach Mitternacht mit deinem Porsche losgefahren. Béatrice hatte eine Schlaftablette genommen. Stimmt, oder?«
Béatrice nickte. »Ja, ich habe mir große Sorgen um Jean-Yves gemacht. Und ich wollte nicht die ganze Nacht wach liegen.«
»Valerie und ich waren zu diesem Zeitpunkt in Beaune«, fuhr Hipp fort.
Valerie sah ihren Vater an. »Nun sag schon, wo warst du vor deinem Termin in Genf? Papi, hast du eine Freundin?«
»Dein Vater war in Saint-Rémy!«, erklärte Hipp.
»Wie kommst du auf diese verrückte Idee?«, fragte Praunsberg aufbrausend.
»Weil du uns von deinem Handy im Auto angerufen hast, auf unserer Anreise zu Jean-Yves. Ich habe über den Netzbetreiber den Funkknoten feststellen lassen. Du hast dich zu diesem Zeitpunkt in Saint-Rémy befunden. Außerdem gibt es von einer Überwachungskamera eine Videoaufzeichnung von dir und deinem Porsche, beim Tanken auf der Autobahn, kurz nach Orange, um acht Uhr morgens. Du musst ganz schön Gas gegeben haben.«
Praunsberg legte die Zigarre in den Aschenbecher. Sein rechtes Auge zuckte nervös.
»Also gut«, sagte er nach kurzem Nachdenken, »angenommen, ich war wirklich in Saint-Rémy, wo ist das Problem?«
»Du hättest auf der Türklinke im Haus von Jean-Yves keine Fingerabdrücke hinterlassen sollen. Sie waren durch Boris, der zufällig nach dir gekommen ist, etwas verwischt, aber sie

ließen sich eindeutig identifizieren. Hat nur etwas gedauert. Ich habe mir von der französischen Spurensicherung alle Fingerabdrücke geben lassen und systematisch mit denen der Chevaliers verglichen. War etwas mühsam. Bei dir hat's gepasst.«

Valerie schluchzte. »Papi, sag, dass es nicht wahr ist.«

Praunsberg saß wie erstarrt in seinem Sessel.

»Es gibt noch einen viel schlimmeren Beweis«, fuhr Hipp fort. »Du hast Jean-Yves mit der Rotweinflasche erschlagen. Dabei hast du dich von oben bis unten bespritzt. Mit Wein, aber auch mit Blut. Dann bist du nach hinten über das Grundstück gelaufen und eilig in deinem Porsche davongefahren. Wir durften dir ja nicht begegnen. Später hast du die Kleidungsstücke wahrscheinlich ausgezogen und weggeworfen. Aber auf deinem Fahrersitz konnten mikroskopische Proben genommen werden. Das ist vor zwei Wochen geschehen, als du den Wagen wegen deiner Zündaussetzer in die Werkstatt gegeben hast. Mit der Spektralanalyse lässt sich exakt nachweisen, dass die Spuren des Rotweins auf deinem Fahrersitz identisch mit dem Wein sind, mit dem Jean-Yves erschlagen wurde. Beim isolierten Blut würde die DNA-Analyse weiterhelfen, aber das wird kaum mehr nötig sein.«

Béatrice hielt die Hände vor ihrem Gesicht. Praunsberg zeigte keine Regung. Valerie sah verzweifelt zwischen Hipp und ihrem Vater hin und her.

Hipp stand auf. »Ich muss jetzt gehen. Ferdinand, erzähle Béatrice und Valerie, wie viel Geld du an der Börse verloren hast. Dass dieses wunderschöne Haus hoch beliehen ist. Dass du nicht wusstest, wie du die nächsten Raten bezahlen sollst. Dass du den Sprung in den Vorstand deines Unternehmens nicht mehr schaffen wirst, weil sie dich schon auf das Abstellgleis geschoben haben. Erzähl Béatrice, dass du ihr den Traum von einem eigenen Haus in der Provence nie mehr hättest erfüllen können. Dass alles nur noch Fassade war, auch die teuren Weine, der Porsche, die Chevaliers. Und dann erzähle Béatrice und Valerie, wie dir der rettende Einfall gekommen ist in jenen Tagen, als Jean-Yves erpresst wurde. Wahrscheinlich hast du anfangs nur klammheimlich gehofft, dass er der Bedrohung zum Opfer fällt. Erst langsam dürfte der Mordgedanke … «

Béatrice: »Nein, das ist nicht wahr, das kann nicht sein, Jean-Yves war mein Bruder.«

»Und du warst seine Generalerbin«, fuhr Hipp fort. »Eine einmalige Gelegenheit. Alle würden die Erpresser verdächtigen. Aber dann kam ich ins Spiel. Du hast Ferdinand bedrängt, mich einzuschalten, damit ich Jean-Yves helfe. Und plötzlich hat auch das in den Plan gepasst.«

Hipp wendete sich wieder Ferdinand Praunsberg zu. Wortlos hatte dieser die Flut der Vorwürfe über sich ergehen lassen. Seine Wangen waren eingefallen, die Haut fahl, er schien um Jahre gealtert. »Vielleicht wolltest du ursprünglich sogar mein Gespräch mit Jean-Yves abwarten und erst nach meiner Abreise zuschlagen. Aber dann fuhr plötzlich Valerie mit. Womöglich hätte sie sich für Tage bei ihrem Onkel einquartiert. Da musstest du improvisieren. Das war leicht, du musstest nur vor uns bei Jean-Yves eintreffen. Das hast du ja dann auch geschafft, leider.«

Hipp atmete tief durch.

»Noch kurz einige Worte zum Sprengsatz unter dem Porsche und das Attentat auf mich in Monaco. Dann gehe ich. Den Porsche hast du selber in die Luft gesprengt. Du hast Chemie studiert, für dich ist es ein Leichtes, einen geeigneten Sprengstoff herzustellen. Damit wolltest du den Porsche als Beweismittel aus dem Verkehr ziehen. Denn irgendwann ist dir klar geworden, dass dir das Auto noch gefährlich werden könnte. Außerdem wolltest du dich in die Reihe der Opfer einreihen, um jeden Verdacht abzuwenden. Schon seltsam, denselben genialen Einfall hatte auch Thilo Thoelgen. Und

Monaco? Das warst auch du. Im Golfclub hast du dich erst davon überzeugt, dass Valerie nicht dabei ist, schließlich sollte ihr nichts geschehen. Du hattest Angst, dass ich etwas herausfinden könnte. Vielleicht hat man dir gesagt, dass in der Autowerkstatt ein Mann mit Zopf und Nickelbrille aufgetaucht ist und nach deinem Porsche gefragt hat. Die Spurensicherung war erst in der Nacht da, davon wusste nur der oberste Chef der Werkstatt, den wir zu Stillschweigen verpflichtet haben. Ist ja auch egal. Du erinnerst dich, dass ich mir gerne Autokennzeichen merke? Nun, nach dem Unfall, den ich nur mit viel Glück überlebt habe, habe ich die drei Schweizer Kennzeichen überprüft, an die ich mich auf dem Parkplatz des Golfclubs noch erinnern konnte. Der weiße E-Klasse-Mercedes war ein Leihwagen aus Genf. Der Mietvertrag trägt deine Unterschrift.«

Praunsberg hustete. Dann brach er sein Schweigen. »Und jetzt?«, fragte er lakonisch.

»Und jetzt?« Hipp beugte sich zu Valerie und gab ihr einen Kuss auf die Stirn. Sie schien zu keiner Reaktion fähig. Er wischte einige Tränen aus ihrem Gesicht. Dann wandte er sich Béatrice zu. »Es tut mir Leid«, sagte er, »aufrichtig Leid. Ich lasse euch jetzt alleine. Ferdinand soll sich freiwillig der Polizei stellen. Das wird beim Strafmaß gewürdigt.« Hipp ging zur Tür. »Ich finde den Weg alleine. Und bitte gebt auf Ferdinand Acht. Ein Selbstmord in diesem Fall reicht. Au revoir!«

Vor dem Haus blieb Hippolyt Hermanus stehen. Immer noch regnete es. Er drehte sich um und warf einen Blick auf das erleuchtete Fenster im Erker. Hipp war froh, dass er nicht mehr dort war. Obwohl er Valerie gerne noch einmal in den Arm genommen hätte. Nicht nur Valerie, sondern auch Béatrice, die nach ihrem Bruder nun auch ihren Mann verlieren würde. Hipp schlug den Mantelkragen hoch. Er machte sich auf den

Weg zur Bushaltestelle. Nein, solche Fälle waren nichts für ihn. Dies erst recht, wenn man sich emotional zu sehr mit den Personen verstrickte. Und Valerie? Ob sie ihn jemals würde wiedersehen wollen? Den Mann, der ihren Vater des Mordes überführt hatte? Ihm fiel ein altes Chanson von Edith Piaf ein: »Demain il fera jour. C'est quand tout est perdu, que tout commence. Demain il fera jour.«

FIN

Supplément

In diesem Anhang werden alle Weine 🍷 vorgestellt, die im Roman erwähnt werden. Damit das Buch auch als vinologischer Reiseführer genutzt werden kann, aber auch wegen der allgemein besseren Orientierung sind die Weine den klassischen Weinregionen zugeordnet. Also zum Beispiel ein Château Latour oder Lafite-Rothschild der Region Bordeaux. Am Ende des Anhangs finden Sie ein Register, in dem alle Weine (und Rebsorten) in alphabetischer Folge aufgelistet sind – mit dem Hinweis auf die betreffende Region, wo Sie den Wein finden können. Dieser Anhang ist ein kleiner, kompakter Weinführer. Deshalb geht das Supplément über die Weinerwähnungen im Roman hinaus. Schließlich konnten nicht alle wichtigen Weine in die Erzählung integriert werden, aber sie sollen wenigstens im Anhang genannt werden. Dass hier keine Vollständigkeit angestrebt wird, versteht sich von selbst.

Da dieses Buch auch als Begleiter für Weinreisen durch Frankreich gedacht ist, gibt es in jeder Weinregion günstig gelegene 🛏 Hotel- und 👨‍🍳 Restaurantempfehlungen. Um den Umfang des Anhangs in Grenzen zu halten, beschränken sich diese auf eine kleine (naturgemäß sehr willkürliche) Auswahl – mit dem Ziel, erste Anlaufadressen zu geben. Die Restaurants und Hotels haben bei aller Unterschiedlichkeit eines gemeinsam, nämlich dass sie dem Autor bei einem Besuch gut gefallen haben.

Was wäre der Wein ohne die Köstlichkeiten der regionalen Küche? Erst im Zusammenspiel stellt sich der wahre Genuss ein.

Deshalb finden sich in diesem Supplément auch einige typische Gerichte aus den bekannten Weinregionen Frankreichs. Vom Foie gras de canard in Bordeaux bis zum Poulet de Bresse in Burgund.

In Frankreich lassen sich nicht nur mit Hingabe Weine degustieren, auch wer leidenschaftlich Golf spielt, kommt voll auf seine Kosten. Und wer gerne das eine mit dem anderen kombiniert, findet am Ende der jeweiligen Weinregion die Adressen einiger ausgewählter Golfplätze, die sich oft in Sichtweite der Rebstöcke befinden.

Introduction des Vins

Gemessen an der Produktion in Litern liegt Frankreich unter den Weinländern dieser Welt an erster Stelle (ganz knapp vor Italien, dann folgen Spanien und USA). Von den rund 940 000 ha Anbaufläche ist etwa die Hälfte mit der kontrollierten Ursprungsbezeichnung Appellation d'Origine Contrôlée (AOC) für Qualitätsweine ausgewiesen. In der offiziellen Hierarchie folgen nach unten die VDQS-Weine (Vin Délimité de Qualité Supérieure), die auch Qualitätsweine sind, aber nicht aus AOC-Regionen stammen und weniger strengen Reglements unterliegen, dann die Vins de Pays (VdP), also einfachere Landweine mit Herkunftsnachweis, und als unterste Kategorie die hinsichtlich Herkunft und Qualität anonymen Vins de Table (VdT). Allein bei den AOC-Weinen gibt es in Frankreich über 90 000 Winzer. Es ist also klar, dass in diesem Anhang kein umfassender Überblick über die französischen Weine gegeben werden kann – was überhaupt ein aussichtsloses Unterfangen wäre. Aber es werden nacheinander die wichtigsten Weinbauregionen vorgestellt: Bordeaux, Burgund, Champagne, Elsass, Jura-Savoyen, Korsika, Languedoc-Roussillon, Loire, Provence, das Rhône-Tal und Südwestfrankreich. Die wichtigsten Appellationen, Rebsorten und vinologischen Besonderheiten der jeweiligen Region sind in alphabetischer Reihenfolge aufgeführt. All dies soll der groben Orientierung dienen, Lust auf französischen Wein machen, zum Probieren anregen und zu Entdeckungstouren einladen.

Bordeaux

Die Weine aus der Region Bordeaux (bzw. aus dem Bordelais) stehen weltweit in höchstem Ansehen. Und das nicht erst heute, sondern schon seit Jahrhunderten. Tatsächlich reicht die Tradition zurück bis zu den alten Römern, und schon im Mittelalter lieferte die Region ihre Weine unter anderem an den englischen Königshof. Mit der Klassifikation von 1855 wurden die Eliteweine im Médoc und in Sauternes in den Adelsstand eines Grand Cru Classé erhoben. Darunter befanden sich vier rote Premiers Crus: Château *Lafite-Rothschild,* Château *Latour,* Château *Margaux* (alle Haut-Médoc) und Château *Haut-Brion* (Pessac-Léognan). Und als einziger (edelsüßer) Weißwein wurde der Château *d'Yquem* 1855 als Premier Cru Supérieur klassifiziert. Schon allein diese fünf Edelgewächse haben den Ruf des Bordeaux in die weite Welt hinausgetragen. Wobei noch der *Mouton-Rothschild* hinzuzufügen wäre, der 1973 in den Kreis der Premiers Crus aufgenommen wurde. Nicht zu vergessen all die anderen Spitzengewächse wie zum Beispiel ein *Cheval Blanc* aus *Saint-Émilion* und ein *Pétrus* aus *Pomerol.* Dass das Bordelais mit einer Appellation-Rebfläche, die mit über 100 000 ha so groß ist wie alle deutschen Weingebiete zusammengenommen, nicht nur Spitzenweine hervorbringt, darf bei einer Gesamtbetrachtung nicht verschwiegen werden. Über 90 % sind Weine mit eher schlichterem Charakter. Was sind die wesentlichen Rebsorten im Bordelais? Für die Rotweine (die fast alle aus mehreren Sorten verschnitten werden) vor allem *Cabernet Sauvignon, Merlot* und *Cabernet Franc.* Hinzu kommen die Trauben *Pe-*

tit Verdot und *Malbec*. Für die Weißweine wird *Sémillon* angebaut, *Sauvignon Blanc* und *Muscadelle*. Die geographische Orientierung fällt nicht allzu schwer und wird durch die beiden Flüsse Dordogne und Garonne vorgegeben, die – von Osten bzw. Südosten kommend – nördlich der Stadt Bordeaux zur Gironde zusammenfließen, die schließlich rund 100 km weiter in den Atlantik mündet. Auf der Karte links von der Gironde liegt das *Médoc* (u. a. *Lafite-Rothschild, Latour, Margaux, Mouton-Rothschild*). Südlich von Bordeaux die Regionen *Pessac-Léognan* (u.a. *Haut-Brion*), *Graves* und *Sauternes* (u.a. *d'Yquem*). Im Norden auf der rechten Seite von Dordogne und Gironde das Libournais mit den Weinbergen von *Saint-Émilion* (u. a. *Cheval Blanc*) und *Pomerol* (u. a. *Pétrus*). Bleibt noch das südöstliche Dreieck zwischen den Flüssen Dordogne und Garonne, das dieser Lage entsprechend *Entre-Deux-Mers* heißt (v. a. Weißweine). Die jährliche AOC-Weinproduktion des Bordeaux beträgt ca. 5,5 Mio. hl.

Ausone

Kleines, aber höchst renommiertes Weingut in **Saint-Émilion** mit einem charaktervollen Premier Grand Cru Classé (Rebsorten: **Merlot, Cabernet Franc**).

Cabernet Franc

Obwohl mit dem **Cabernet Sauvignon** verwandt, hat der Cabernet Franc deutlich weniger Tannine und eine geringere Farbintensität. Im Bordelais hat die Rebsorte ihre eigentliche Bestimmung in der Assemblage (Anteil meist zwischen 5 und 10 %) mit **Cabernet Sauvignon** und **Merlot**. An der Loire (s. d.) kommt Cabernet Franc dagegen auch sortenrein zum

Einsatz. Und in **Saint-Émilion** beweist die Traube – vor allem beim legendären **Cheval Blanc** –, dass sie im Zusammenspiel mit **Merlot** sogar die Führung übernehmen kann.

Cabernet Sauvignon

Bordeaux ist die Heimat der roten Rebsorte Cabernet Sauvignon, die heute in der ganzen Welt große Popularität genießt und u. a. auch in Italien, Kalifornien, Chile, Australien und Südafrika angebaut wird. Dies geschieht häufig mit dem Ziel, den großen Bordeaux-Weinen nachzueifern, in denen der Cabernet Sauvignon (v. a. im **Médoc**) häufig prägend ist. Die Traube – wie man heute weiß, ist sie eine Kreuzung aus **Cabernet Franc** und **Sauvignon Blanc** – bringt volle Weine hervor, die reich sind an Tanninen (entsprechend alterungsfähig sind sie), an Körper und Bouquet. Der Cabernet Sauvignon braucht kieselhaltige Böden, wie sie geradezu maßgeschneidert im Haut-Médoc vorzufinden sind. Dort wird der Cabernet Sauvignon meist mit dem geschmeidigeren **Merlot** assembliert, mit **Cabernet Franc** und traditionell oft auch mit **Petit Verdot** und gelegentlich mit **Malbec**.

Château

Im Bordelais werden alle Weingüter Châteaux (über 5000) genannt, auch wenn sie nicht über ein entsprechend repräsentatives Gemäuer verfügen. Allerdings gehören zu den Châteaux auch veritable Schlösser, dies sogar in beträchtlicher Zahl, und in vielen Fällen sind sie (nach Voranmeldung) auch auf Besucher eingestellt.

Cheval Blanc

Der Cheval Blanc zählt zu den großartigsten Weinen von Bordeaux. Seine Heimat ist **Saint-Émilion**, wo er 1954 die höchste Einstufung eines Premier Grand Cru Classé A erhalten hat. Das Weingut ist auf außerordentliche Qualität bedacht, weshalb schon mal ein kompletter Jahrgang (z. B. 1991) ausfallen musste, weil er den Maßstäben nicht genügte. Ungewöhnlich beim Cheval Blanc ist die dominierende Rebsorte **Cabernet Franc** (über 50 %), zu der sich **Merlot** (über 40 %) und ganz minimal **Cabernet Sauvignon** und **Malbec** gesellen.

Clairet

In früheren Jahrhunderten blieben die Rotweine aus Bordeaux oft nur ein bis zwei Tage auf der Maische und waren entsprechend hell. In England, wo der Wein sehr beliebt war, nannte man ihn deshalb »claret«, in Bordeaux wurde daraus »clairet«. Heute haben die Begriffe eine unterschiedliche Bedeutung. Während im englischsprachigen Raum »claret« für die klassischen tiefroten Bordeaux-Weine steht, charakterisiert »clairet« in Frankreich einen leichten hellen Rotwein, der in Richtung Rosé tendiert, wenig Tannine hat und gekühlt getrunken wird.

Cognac

Die Rebstöcke (weiße Trauben wie Ugni Blanc) für den Cognac werden nördlich von Bordeaux rund um den Ort Cognac angebaut. Nur Weinbrand aus dieser klar definierten Region darf sich Cognac nennen. Er ist nach dem Cognac-Verfahren doppelt gebrannt (Rohbrand + Feinbrand), verschiedene Jahrgänge werden in der Assemblage verschnitten, es folgt eine mehr oder weniger lange Lagerung (oft mehrere Jahrzehnte) im Eichenholzfass.

Crus Artisans

Hierbei handelt es sich um **Médoc**-Weine, die von weniger

bekannten Gütern stammen. Während diese früher häufig in Winzergenossenschaften zusammengeschlossen waren, handelt es sich heute um selbstständige Weingüter (insgesamt 300), die bestimmte Voraussetzungen erfüllen müssen (z. B. werden die Weine in einer Blindprobe auf ihre Qualität geprüft). Der Name »artisans« geht auf die Zeit zurück, als diese Betriebe so klein waren, dass ihre Besitzer eine Nebentätigkeit als Handwerker ausüben mussten.

Crus Bourgeois
Weine im **Médoc**, die hierarchisch unterhalb der Klassifizierung der **Crus Classés** (und über den **Crus Artisans**) rangieren und einer eigenen Qualitätsnorm unterliegen (benannt nach den Bürgern »bourgeois« von Bordeaux). Seit dem Jahr 2000 sind die Crus Bourgeois eine offizielle und streng reglementierte Klassifizierung analog den **Crus Classés** von 1855. Bei den Crus Bourgeois gibt es drei Kategorien. An der Spitze stehen die Crus Bourgeois Exceptionnels (sie sind qualitativ den **Crus Classés** gleichzusetzen), darunter folgen die Crus Bourgeois Supérieurs und schließlich die eigentlichen Crus Bourgeois.

Crus Classés
Im Auftrag von Napoléon III. wurden 1855 anlässlich der Pariser Weltausstellung die Châteaux des **Médoc** und von **Graves** klassifiziert. Die Kategorien gelten im Wesentlichen bis heute. Die Grands Crus Classés staffeln sich von den Cinquièmes Crus bis zur Elite der Premiers Crus Classés (**Lafite-Rothschild, Mouton-Rothschild, Latour, Margaux** und **Haut-Brion**). Unter den edelsüßen Weinen in **Sauternes** rangiert der Château **d'Yquem** als Premier Grand Cru Classé Supérieur über allen anderen Grands Crus (Premiers Crus, Deuxièmes Crus). Erst in

der zweiten Hälfte des 20. Jh.s wurden die Grands Crus von **Saint-Émilion** klassifiziert, wobei die Châteaux **Ausone** und **Cheval Blanc** den Rang eines Premier Grand Cru Classé A erhielten. Insgesamt kann das Klassifizierungssystem im Bordelais nur als grobe Orientierung dienen, zweifellos gibt es viele Châteaux, die in ihrer Leistung von ihrer offiziellen Einstufung deutlich abweichen.

École du Vin

Anerkannte Weinschule in Bordeaux, die mehrtägige Kurse sowohl für Anfänger als auch für Fortgeschrittene anbietet.
Tel. 05 56 00 22 66
Internet: www.ecole.vins-bordeaux.fr

Entre-Deux-Mers

Der Name dieser großen Appellation leitet sich von der Lage im Dreieck zwischen den beiden Flüssen (Mers) Garonne und Dordogne ab. Der Entre-Deux-Mers ist ein trockener Weißwein aus **Sauvignon Blanc**, **Sémillon** und **Muscadelle**. Meist leicht und unkompliziert, gelegentlich auch anspruchsvoll (u. a. Château Bonnet).

Fronsac

Weinbaugebiet im Westen von Libourne unweit von **Pomerol** und **Saint-Émilion**. Der geographischen Nähe entsprechend wird auch in dieser Appellation vorwiegend **Merlot** angebaut.

Graves

Zum Weinbaugebiet südlich von Bordeaux gehören folgende AOC: Graves, **Pessac-Léognan**, Graves Supérieurs, Cérons

(süße und trockene Weißweine), Barsac und **Sauternes** (edelsüße Weißweine).

Haut-Brion
(s. **Pessac-Léognan**)

Lafite-Rothschild
Als das Château 1855 in den Rang eines Premier Cru Classé erhoben wurde, hieß es noch Lafite. Kurz darauf wurde es von Baron James de Rothschild gekauft und in Lafite-Rothschild umbenannt. Bis heute befindet sich das Weingut im Besitz der Familie Rothschild, wobei es sich hier um den französischen Zweig der Familie handelt (s. **Mouton-Rothschild**). Der Lafite-Rothschild gilt unter vielen Weinkennern als der beste Bordeaux überhaupt. Der Zweitwein heißt Les Carruades de Lafite.

Latour
Das weltberühmte Château (benannt nach einem Turm) wurde 1855 als Premier Cru Classé eingestuft und hält sich kontinuierlich an der Spitze der großen **Médoc**-Weine. Damit er seine ganze Pracht entfalten kann, bedarf es oft jahrzehntelanger Geduld. Der (billigere) Zweitwein heißt Les Forts de Latour.
Pauillac, Tel. 05 56 73 19 80, Fax 05 56 73 19 81

Léoville-las-Cases
(s. **Saint-Julien**)

Le Pin
Erst seit 1979 wird in äußerst geringen Mengen (die Parzelle misst nur 2 ha) aus **Merlot**-Trauben dieser hochkarätige **Pome-**

rol erzeugt, der mittlerweile zu den teuersten Weinen der Welt zählt.

L'Intendant

Kein Wein, sondern die vielleicht beste Adresse, selbigen einzukaufen – jedenfalls wenn es um Spitzengewächse geht. Im Herzen der Stadt Bordeaux (gegenüber dem Grand-Théâtre) liegt dieser eindrucksvolle Laden, der in Serpentinen über vier Stockwerke über 15 000 Flaschen präsentiert (nach oben wird's immer teurer!).
Bordeaux, Allées de Tourny, Tel. 05 56 48 01 29,
Fax 05 56 81 18 87
E-Mail: intendant@moueix-export.fr
Internet: www.intendant.com

Listrac

Gemeinde-Appellation des Haut-Médoc, der ein Grand Cru Classé fehlt, die aber einige ansprechende, oft recht kernige Rotweine produziert.

Lynch-Bages

Ein klassischer **Pauillac**, der sehr viel besser ist als die Klassifizierung eines Cinquième Cru vermuten lässt. Das Château stellt auch Weißwein her. Die modernen Anlagen können nach Voranmeldung besichtigt werden. Zweitwein: Haut-Bages-Avérous.
Pauillac, Tel. 05 56 73 24 00, Fax 05 56 59 26 42
E-Mail: infochato@lynchbages.com

Malbec

Alte, fast vergessene Rebsorte im Bordelais, die in geringen Mengen an manchen großartigen Rotweinen v. a. im **Médoc** be-

teiligt ist. Da sie dem **Merlot** ähnelt, aber weniger Eleganz hervorbringt, wird sie im **Médoc** wohl allmählich gänzlich verschwinden. Im Südwesten Frankreichs ist die Rebsorte als Cot oder Auxerrois bekannt und beliebt.

Margaux

Von Bordeaux über Macau kommend, ist Margaux die erste berühmte Weinregion des **Médoc**. Und was für ein Auftakt: Nicht weniger als 21 Grands Crus gehören zu dieser Appellation. Und mit Château Margaux sogleich eine Perle des Bordelais. 1855 als Premier Cru Classé eingestuft, steht dieses Château für einen eleganten und verführerischen **Médoc (Cabernet Sauvignon, Merlot, Cabernet Franc, Petit Verdot)**. Der Zweitwein heißt Pavillon rouge (es gibt auch einen Pavillon blanc). Kaum schlechter als der Château Margaux (obwohl nur ein Troisième Cru Classé) ist der Château Palmer. Und mit u. a. Prieuré-Lichine, Monbrison und Marquis de Terme kann Margaux mit weiteren Spitzengewächsen aufwarten.

Besichtigung und Degustation (nach Voranmeldung):
Château Margaux, Tel. 05 57 88 83 83, Fax 05 57 88 31 32
E-Mail: chateau-margaux@chateau-margaux.com
Internet: www.chateau-margaux.com
Château Palmer, Tel. 05 57 88 72 72, Fax 05 57 88 37 16
E-Mail: chateau-palmer@chateau-palmer.com
Le Pavillon de Margaux, Relais de Margaux
Savoie

Médoc

Das Médoc ist die wohl berühmteste Weinbauregion nicht nur des Bordelais, sondern der ganzen Welt. Kommen doch von dem schmalen Küstenstreifen entlang dem linken Ufer der Gironde

einige der legendärsten und edelsten Rotweine überhaupt – und das seit über 150 Jahren! Schon allein die vier Chateaux **Lafite-Rothschild, Mouton-Rothschild, Latour** und **Margaux** rechtfertigen den einzigartigen Ruf des Médoc. Die Region beginnt nördlich von Bordeaux ungefähr beim Zusammenfluss der Garonne und der Dordogne und folgt dann der immer breiter werdenden (und starken Gezeiten unterworfenen) Gironde bis fast zur Mündung in den Golf von Biskaya. Dank der begünstigten Lage am Fluss und der Nähe zum Meer, gleichzeitig geschützt vor allzu heftigen Atlantikwinden durch große Waldgebiete im Westen, hat das Médoc ein relativ ausgeglichenes Klima, das dem Weinbau in idealer Weise entspricht. Hinzu kommt der kiesige, wasserdurchlässige Boden, der perfekt mit dem **Cabernet Sauvignon** harmoniert. Dies trifft vor allem für das südliche Haut-Médoc zu, der nördliche Teil nennt sich einfach Médoc (früher Bas-Médoc) und hat einen lehmigeren Untergrund. Zum Haut-Médoc gehören (von Süden) die Gemeinde-Appellationen **Margaux, Saint-Julien, Pauillac** und **Saint-Estèphe** sowie westlich an **Margaux** angrenzend **Listrac** und Moulis.

Merlot

Die rote Merlot-Traube bringt im Unterschied zum **Cabernet Sauvignon** hohe Erträge, sie präferiert lehmige und sandige Böden (dagegen **Cabernet Sauvignon** Kiesschotter), kommt früher zur Reife, hat weniger Tannine und gibt dem Wein Geschmeidigkeit. Die Wiege dieser Rebsorte wird im Libournais vermutet, wo sie in **Saint-Émilion** und **Pomerol** fast im Alleingang (nur geringe Beteiligung etwa von **Cabernet Franc**) große Weine hervorbringt (z. B. **Pétrus**). Im **Médoc** dagegen muss sie sich dem dort dominierenden **Cabernet Sauvignon** unterordnen, ist aber oft mit 40 % (oder sogar mehr) an der Assemblage

beteiligt, wobei der Anteil des Merlot zunimmt, je weiter sich die Anbaufläche von der Gironde Richtung Atlantik entfernt. Aufgrund seiner hohen Ertragskraft wird der Merlot von Winzern weltweit geschätzt. So wird die Rebsorte auch in Italien, Kalifornien, Chile, Argentinien und Australien angebaut. Wobei die Traube nicht immer hochklassige Weine zeitigt, sondern oft auch für einfache Konsumweine Verwendung findet.

Mouton-Rothschild

Bei der Klassifizierung von 1855 blieb dem Mouton-Rothschild die Aufnahme in den elitären Zirkel der Premiers Crus Classés versagt. Es ist dem unermüdlichen Engagement des 1988 verstorbenen Baron Philippe de Rothschild zu verdanken, dass der wuchtige Mouton-Rothschild 1973 doch noch den Ritterschlag zum Premier Cru bekommen hat. Heute wird das Château von seiner Tochter Philippine geführt, die dem englischen Zweig der Familie angehört (**Lafite-Rothschild** ist im Besitz der französischen Familie). Viele neue Ideen gehen auf Baron Philippe de Rothschild zurück, so die Flaschenabfüllung auf dem Château oder die Gestaltung der Flaschenetiketten durch berühmte Künstler wie Chagall oder Picasso. Der Zweitwein von Mouton-Rothschild heißt Le Petit Mouton. Zum Château gehört ein sehenswertes Weinmuseum, der Besuch von Mouton-Rothschild (mit Führung/nach telefonischer Anmeldung) sollte im **Médoc** zu den Pflichtterminen eines Weinreisenden zählen.
Pauillac, Tel. 05 56 73 21 29, Fax 05 56 73 21 28

Muscadelle

Die weiße Traube hat nichts mit dem Muskateller zu tun, ist fruchtig, würzig und im Bordelais ein beliebter Partner für **Sauvignon Blanc** und **Sémillon**.

Palmer
(s. **Margaux**)

Pauillac
Die Appellation rund um Pauillac im Herzen des **Médoc** ist mit drei der berühmtesten Rotweine von Bordeaux gesegnet: **Lafite-Rothschild, Mouton-Rothschild** und **Latour**. Nimmt man zu diesen legendären Premiers Crus Classés noch hochklassige Châteaux wie **Lynch-Bages** oder **Pichon-Longueville Baron** hinzu, dann verwandelt sich das unscheinbare Hafenstädtchen an der Gironde zu einem Weinort, der auf der Welt einzigartig ist. Ob es am perfekten Kiesschotter liegt, am idealen Mikroklima oder am edlen Wettstreit der Châteaux, jedenfalls entfaltet der **Cabernet Sauvignon** in Pauillac all sein großartiges Potenzial. Im Zusammenspiel mit **Merlot, Cabernet Franc,** zuweilen auch mit **Petit Verdot** und **Malbec**, bringt der dominierende **Cabernet Sauvignon** kraftvolle und üppige Weine hervor, mit einem verführerischen Aroma von schwarzer Johannisbeere, auch von Himbeere oder Pflaume – und von einer unglaublich langen Lebenserwartung. Der einzige Wermutstropfen bei den großen Pauillac-Weinen ist ihr exorbitant hoher Preis. Weshalb viele Weinliebhaber auf die Zweitetiketten der Grands Crus Classés (z. B. Le Petit Mouton) ausweichen oder auf Weine der allgemeinen Gemeinde-Appellation Pauillac, was durchaus keine falsche Entscheidung sein muss.

i *Maison du tourisme et du vin de Pauillac (Öffnungszeiten: 9.30–12.30, 14.00–18.00), Tel. 05 56 59 03 08,*
Fax 05 56 59 23 38
E-Mail: tourismeetvindepauillac@wanadoo.fr
Internet: www.pauillac-medoc.com

Besichtigung und Degustation: u. a. Château Lynch-Bages, Château Mouton-Rothschild, Château Pichon-Longueville Baron
Château Cordeillan-Bages

Pessac-Léognan

Südlich der Großstadt Bordeaux folgt das Anbaugebiet **Graves** dem Ufer der Garonne. Dazu gehört die große Appellation Pessac-Léognan (seit 1987 eigenständig), die mittlerweile von Bordeaux fast »eingemeindet« wurde, was den Weinen aber offenbar keinen Abbruch tut. Vor allem das traditionsreiche Château Haut-Brion (1855 als Premier Cru Classé klassifiziert und damit in den gleichen Adelsstand erhoben wie **Lafite-Rothschild, Latour** und **Margaux**) überzeugt weiterhin mit kraftvollen Weinen. Die Appellation Pessac-Léognan produziert neben Rot- auch Weißweine (aus **Sémillon, Sauvignon Blanc** und **Muscadelle**).

Petit Verdot

Außerhalb des Bordelais so gut wie unbekannte rote Rebsorte, die mit ihrer intensiv dunklen Farbe, ihrer Säure und ihren Tanninen zu vielen großen Weinen (v. a. im **Médoc**) ihren Beitrag leistet. Bislang allerdings nur in bescheidenem Umfang (2–5 % Anteil), aber mit steigender Tendenz (zu Lasten von **Malbec**).

Pétrus

Der Pétrus (**Pomerol**) ist weltberühmt und sündhaft teuer. Wobei sich die Weinexperten ziemlich einig sind, dass der Pétrus den hoch gesteckten Erwartungen fast immer gerecht wird. Er ist ungeheuer geschmeidig, gleichzeitig hochkonzentriert und üppig. Mit einem Anteil von 95 % ist er ein fast sortenreiner **Merlot** (5 % **Cabernet Franc**).

🍷 **Pomerol**

Das kleine Weinbaugebiet schließt im Libournais nordwestlich an die Appellation von **Saint-Émilion** an. Pomerol ist gänzlich dem Rotwein verpflichtet und hat sich in den letzten Jahrzehnten weltweit eine ungeheure Reputation erworben. Diese wäre schon allein durch den **Pétrus** gerechtfertigt, der neben dem **Romanée-Conti** (s. **Burgund**) als teuerster Rotwein der Welt gilt. Zu den Renommierweinen von Pomerol zählt gleichermaßen der Château **Le Pin**, außerdem u. a. Lafleur und Trotanoy. Eine Klassifikation wie in den anderen Regionen von Bordeaux fehlt beim Pomerol. Die prägende Rebsorte ist ähnlich wie in **Saint-Émilion Merlot.**

🍷 **Saint-Émilion**

Nördlich der Dordogne, im Libournais am Hang gelegen, ist Saint-Émilion nicht nur ein pittoreskes Dorf, sondern auch Synonym für großartige Rotweine. Im Unterschied zum **Médoc**, wo der **Cabernet Sauvignon** die erste Geige spielt, gibt in Saint-Émilion der **Merlot** den Ton an. Was nicht willkürlich entstanden ist, sondern seine Gründe im etwas kühleren Klima und v. a. im Boden hat, der hier mehr von Ton, Kalk und Sand bestimmt wird und sich deshalb weit besser für **Merlot** eignet. Dem Charakter des **Merlot** entsprechend (der häufig mit **Cabernet Franc** und **Cabernet Sauvignon** verschnitten wird) sind die Weine aus Saint-Émilion geschmeidiger als jene aus dem **Médoc**, sie haben weniger Tannine und sind deshalb in der Regel auch jünger zu trinken. Die herausragenden Châteaux sind **Ausone** und **Cheval Blanc**, die als Einzige unter den Premiers Grands Crus der Classé A angehören. Hinzu kommen Senkrechtstarter wie **Valandraud**. Freilich spielen nicht alle Weine von Saint-Émilion in der Spitzenklasse. Das Weinbau-

gebiet ist mit über 5000 ha außerordentlich groß, weshalb es naturgemäß auch belanglosere Tropfen geben muss, die dann normalerweise nicht den Grands Crus angehören, sondern unter die Gemeinde-Appellation Saint-Émilion fallen.
Château Grand Barrail, Hostellerie de Plaisance
Francis Goullée

Saint-Estèphe
Der Ort schließt im Norden die Region des Haut-Médoc ab, ist ertragsmäßig die größte Gemeinde-Appellation, steht aber (unberechtigterweise) etwas im Schatten seiner südlichen Nachbarn. Die Unterschiede sind u. a. auf den hier schon etwas lehmigeren Boden zurückzuführen. In Saint-Estèphe gibt es fünf Grands Crus Classés. Bekannt sind u. a. die beiden Châteaux Montrose und Cos d'Estournel (beide Deuxième Cru Classé).

Saint-Julien
Zwischen **Pauillac** und **Margaux** liegt im **Médoc** die Gemeinde Saint-Julien, zu der auch Beychevelle gehört. Tatsächlich wird auch den Weinen von Saint-Julien attestiert, dass sie im Charakter zwischen dem kräftigen **Pauillac-** und dem weicheren **Margaux**-Stil liegen. Saint-Julien kann zwar nicht mit einem offiziellen Premier Cru Classé aufwarten, das Château Léoville-Las-Cases (Deuxième Cru Classé) wird aber allgemein als gleichwertig angesehen. Das Weingut grenzt direkt an Château **Latour** in **Pauillac**, was auf ähnlich günstige Bodenverhältnisse und Mikroklima schließen lässt. Zweitwein: Clos du Marquis. Bekannt ist auch das Château Beychevelle (Quatrième Cru Classé) – sowohl für seinen Wein als auch für das schön gelegene Château mit Blick auf die Gironde.

Sauternes

Das Weinbaugebiet liegt im Süden von Graves und verdankt seine Berühmtheit einem kleinen Pilz (Botrytis cinerea), der in neblig-feuchten Herbsttagen die Trauben befällt und eine Edelfäule bewirkt, die schließlich zu hochkonzentrierten, edelsüßen Weinen führt. Der berühmteste aller Sauternes-Weine kommt vom Château **d'Yquem** (s. d.). Natürlich gibt es rund um den Ort Sauternes noch andere Weingüter von Rang und Namen (z. B. Gilette, Guiraud, Laufaurie-Peyraguey), die köstliche edelsüße Weine generieren.

Sauvignon Blanc

Der Sauvignon Blanc (auch Blanc Fumé) ist neben dem **Chardonnay** (s. Burgund) eine der populärsten Weißweinsorten der Welt. In Frankreich ist der Sauvignon nicht nur im Bordelais (u. a. **Entre-Deux-Mers**), sondern z. B. auch im Loire-Gebiet (s. d.: **Sancerre, Pouilly-Fumé**) zu Hause. Sortenreine Sauvignon-Weine gelten als ebenso kräftig wie ausdrucksvoll, als typisch wird das Stachelbeeraroma hervorgehoben. Im Zusammenspiel mit **Sémillon** ergibt der Sauvignon den edelsüßen **Sauternes**.

Sémillon

Die weiße Rebsorte ist in Bordeaux heimisch. Es wird vermutet, dass sich der Name von **Saint-Émilion** ableitet. Gleichwohl hat sie ihren eigentlichen Wirkungskreis nicht im Libournais, sondern im **Sauternes**, wo sie sich als besonders anfällig für die Edelfäule erweist und (im Zusammenspiel mit **Sauvignon Blanc**) berühmte edelsüße Weine hervorbringt – allen voran den Château **d'Yquem**.

Valandraud

Sündhaft teurer »Garagen-Wein« aus **Saint-Émilion** (Zweitmarken: Virginie, Axelle). Gibt es erst seit 1991!

Vinexpo

Größte Weinmesse der Welt, die alle zwei Jahre in der Stadt Bordeaux stattfindet.

d'Yquem

Der legendäre Château d'Yquem ist nicht nur einer der teuersten Weine der Welt, sondern ein Mythos. Der Premier Cru Supérieur verfügt über eine unglaublich lange Lebenserwartung und überdauert nicht nur Generationen, sondern sogar Jahrhunderte. Der edelsüße Weißwein ist das Ergebnis der »pourriture noble«, einer Edelfäule, die durch den Pilz Botrytis cinerea ausgelöst wird – aber nur dann, wenn er zum richtigen Zeitpunkt kommt (wenn die Beere reif ist). Der Ertrag ist außerordentlich niedrig (im Durchschnitt nur ein Glas pro Rebstock), das Ergebnis wochenlanger Lese (sie kann sich bis über zwei Monate hinziehen) und Selektion per Hand. Die Rebsorten sind **Sémillon** und **Sauvignon Blanc** (ca. 20 %). Vom Château kommt auch ein trockener Weißwein mit dem Kürzel »Y«. Das Château d'Yquem kann nach langer Voranmeldung besichtigt werden.

Sauternes, Tel. 05 57 98 07 07, Fax 05 57 98 07 08
E-Mail: info@chateau-yquem.fr
Internet: www.chateau-yquem.fr

Restaurants / Hotels

Baud et Millet

Über 100 Sorten Käse und unzählige Weine (aus fast 50 Ländern) in einem kleinen Laden inmitten von Bordeaux. Wer einen Tisch reserviert hat, der kann sich an (auch warmen) Käsegerichten erfreuen und Weine verkosten. (Ruhetag: Sonntag)

Bordeaux, Rue Huguerie 19, Tel. 05 56 79 05 77,
Fax 05 56 81 75 48
Internet: www.finest.tm.fr/baud_millet

Château Cordeillan-Bages

Luxuriöses Hotel (Schloss aus dem 17. Jh.) im Herzen des **Médoc** mit großem Garten und vorzüglichem Restaurant. Sitz des Weininstitutes von Bordeaux (Kursangebote). (Ruhetag Restaurant: Montag. Preiskategorie Hotel: DZ ab ca. 180 Euro)

Pauillac, Route des Châteaux, Tel. 05 56 59 24 24,
Fax 05 56 59 01 89
E-Mail: cordeillan@relaischateaux.com

Château des Vigiers

(s. **Golf**)

Château Grand Barrail

Das Schlosshotel liegt umgeben von Weinbergen wenige Kilometer außerhalb von **Saint-Émilion**. Mit Swimmingpool und Park. (Preiskategorie: DZ ab ca. 200 Euro)

Saint-Émilion, Tel. 05 57 55 37 00, Fax 05 57 55 37 49
E-Mail: reception@grand-barrail.com

Claret's

Beliebtes Bistro in Bordeaux mit großer Weinauswahl (Dégustation de Vins). (Ruhetag: Sonntag)

Bordeaux, Rue du Pas Saint Georges, Tel. 05 56 01 21 21

Francis Goullée

Restaurant in **Saint-Émilion** mit kreativer Küche und – wie sollte es in diesem Ort anders sein? – gut sortiertem Weinkeller. (Ruhetage: Sonntagabend und Montag)

Saint-Émilion, Rue Guadet, Tel. 05 57 24 70 49,
Fax 05 57 74 47 96

Hostellerie de Plaisance

Das komfortable Hotel liegt im Herzen des mittelalterlichen **Saint-Émilion** und ist auch im Ambiente den Weinen der Region verpflichtet. (Preiskategorie: DZ ab ca. 100 Euro)

Saint-Émilion, Place Clocher, Tel. 05 57 55 07 55,
Fax 05 57 74 41 11
E-Mail: hostellerie.plaisance@wanadoo.fr

La petite Brasserie

Die Brasserie in Bordeaux (gegenüber vom **Claret's**) ist alles andere als klein, wenn es um die Weine geht, die »au verre«, also glasweise, ausgeschenkt werden (außerdem gibt's Köstlichkeiten wie Foie de canard, Saumon farci au beurre persillé …) (Ruhetage: Sonntag und Montag)

Bordeaux, Rue du Pas St. Georges, Tel. 05 56 52 19 79,
Fax 05 56 81 06 48

L'Envers du Décor

Typische Weinbar in **Saint-Émilion** mit regionaler Küche und kleiner Terrasse.

Saint-Émilion, Tel. 05 57 74 46 31

Le Pavillon de Margaux

Hübsches kleines Hotel in unmittelbarer Nähe zum Château **Margaux** und in idealer Ausgangsposition für vinologische Erkundungsfahrten im **Médoc**. Mit Restaurant und gut sortiertem Weinkeller. (Ruhetag Restaurant: Dienstag. Preiskategorie Hotel: DZ ab ca. 130 Euro)

Margaux, Tel. 05 57 88 77 54, Fax 05 57 88 77 73

E-Mail: le-pavillon-margaux@wanadoo.fr

Le Pavillon de Saint-Aubin

Etwa gleich weit entfernt von Bordeaux, dem Seebad Lacanau an der Côte d'Argent und dem **Médoc** liegt dieses kleine, unprätentiöse Dreisterne-Hotel (16 Zimmer), von dem auch der Golfplatz **Golf du Médoc** gut zu erreichen ist. (Preiskategorie: DZ ab ca. 60 Euro)

Saint Aubin de Médoc, Route de Picot N 215,

Tel. 05 56 95 98 68, Fax 05 56 05 96 65

E-Mail: pavillon.saintaubin@wanadoo.fr

Maison du bassin

Charmantes Hotel und Restaurant auf der abgelegenen Halbinsel Cap Ferret (nicht zu verwechseln mit Cap Ferrat an der Côte d'Azur) südwestlich von Bordeaux (Bassin d'Arcachon). Das einfache Holzhaus hat zwar nur winzige Zimmer, dafür aber eine entspannte Atmosphäre, die die Entfernung von den berühmten Châteaux vergessen lässt – und

die Austernbänke sind ganz nah. (Preiskategorie Hotel: DZ ab ca. 100 Euro)
Cap Ferret, Rue des Pionniers 5, Tel. 05 56 60 60 63,
Fax 05 56 03 71 47

Relais de Margaux

Exklusives, gleichwohl charmantes Hotel im **Médoc**, mit komfortablen Zimmern, Park, Schwimmbecken, Driving Range – und Hubschrauberlandeplatz. Empfehlenswertes Restaurant. (Preiskategorie: DZ ab ca. 200 Euro)
Margaux, Chemin de L'Ille Vincent, Tel. 05 57 88 38 30,
Fax 05 57 88 31 73
E-Mail: relais-margaux@relais-margaux.fr
Internet: www.relais-margaux.fr

Saint-James

Die Schlemmeradresse (Jean-Marie Amat ist einer der Stars der französischen Küche) bei Bordeaux ist gleichzeitig ein Designerhotel mit ungewöhnlichen architektonischen Ideen, einer gewagten Fassade und kühlem Ambiente. (Ruhetage Restaurant: Montag und Dienstag. Preiskategorie Hotel: DZ ab ca. 160 Euro)
Bouillac, Place Camille Hostein, Tel. 05 56 97 06 00,
Fax 05 56 20 92 58
E-Mail: stjames@atinternet.com

Savoie

Restaurant in **Margaux** mit kleiner, aber feiner Karte und moderaten Preisen. (Ruhetage: Sonntag und Montag)
Margaux, Tel. 05 57 88 31 76, Fax 05 57 88 31 76

Bon appétit

Die Küche im Bordelais (das in seiner Geschichte übrigens rund 300 Jahre von den Engländern beherrscht wurde) zeichnet sich durch eine erlesene Einfachheit aus, die nur scheinbar im Widerspruch zum exquisiten Niveau seiner Spitzenweine steht. Denn nichts lässt die Weine der Region besser zur Geltung kommen als etwa ein Milchlamm aus Pauillac oder eine Entenstopfleber aus Bordeaux. Und wenn es auf der Karte bei einem Gericht à la bordelaise heißt, dann ist (natürlich) eine Sauce gemeint, bei der der Rotwein eine entscheidende Rolle spielt.

Austern

Aus dem Bassin d'Arcachon kommen die besten Austern (huîtres) im Bordeaux. Idealerweise werden sie fangfrisch vor Ort gegessen – mit einem Glas trockenen weißen Bordeaux.

Cèpes

Für die Steinpilze gibt es in Bordeaux viele Zubereitungsarten: einfach in der Pfanne geröstet, in Rotwein geschmort oder mit Tomatensauce.

Chevrettes

Weiße Garnelen aus der Gironde, die es als Spezialität entlang dem Fluss und als Vorspeise in den Restaurants von Bordeaux gibt.

Entrecôte à la bordelaise

»À la bordelaise« wird das Entrecôte schon durch den verwendeten Rotwein. Entgegen anders lautender Gerüchte muss der

Wein zum Kochen nicht von der gleichen Qualität sein wie die zum Essen geöffnete Flasche – was bei einem exquisiten **Margaux** oder **Pomerol** außerdem sehr ins Geld gehen würde. Kurzrezept: Das (dick geschnittene) Entrecôte entweder auf dem Holzkohlengrill oder in der Pfanne kurz von beiden Seiten anbraten, salzen und pfeffern, dann Medium braten. Schalotten und Knoblauchzehe schälen und klein schneiden, in Butter glasig anbraten, etwas Mehl hinzugeben, Petersilie und Thymian, mit reichlich Rotwein ablöschen, einige Minuten köcheln lassen. Die eingekochte Sauce mit Butter aufschlagen. Das Entrecôte in Scheiben schneiden, mit Petersilie bestreuen und zusammen mit der Sauce servieren.

Entrecôte grillée

Zu einem besonderen Genuss werden diese Entrecôtes (vom Rind oder Koteletts vom Lamm), wenn sie über Weinstöcke »aux sarments de vigne« gegrillt werden.

Foie gras de canard

Die Entenstopfleber steht zwar im Ausland oftmals in der Kritik, in Frankreich und vor allem im Bordelais und in der Gascogne (wo ihre eigentliche Heimat ist) genießt sie dagegen eine fast schon kultische Verehrung. Kaum weniger begehrt ist die Stopfleber von der Gans.

Lamm

Aus **Pauillac** kommt nicht nur Wein der Extraklasse, sondern auch vorzügliches Fleisch vom Lamm.

Makronen

Der pittoreske Weinort **Saint-Émilion** ist auch bekannt für

seine süßen Schleckereien, vor allem für die »macarons«, wobei die Makronen von Blanchez am begehrtesten sind. Das jahrhundertealte Rezept für die Mandelplätzchen geht auf die Nonnen des Klosters zurück.

Golf

Château des Vigiers

Der Golf & Country Club zählt nicht direkt zu den Golfplätzen von Bordeaux, vielmehr liegt er eine Autofahrstunde entfernt im Landesinneren – ist aber eine Unterbrechung bei der An- oder Abreise mehr als wert. Denn zum luxuriösen Château, in dem man hervorragend nächtigen kann, gehören nicht nur 18 gepflegte Fairways, sondern auch ein eigenes Weingut und ein engagiertes Restaurant.
Monestier, Golfclub, Tel. 05 53 61 50 33,
Hotel Tel. 05 53 61 50 00, Fax 05 53 61 50 20

Golf de Bordeaux-Lac

Große, oft stark frequentierte Golfanlage (36 Löcher), deren besonderer Vorzug die stadtnahe Lage bei Bordeaux ist.
Bordeaux, Avenue de Pernon, Tel. 05 56 50 92 72,
Fax 05 56 29 01 84

Golf de Bordeaux Pessac

Pessac-Léognan und **Haut-Brion** lassen grüßen: Im Süden von Bordeaux laden unweit der Rebstöcke 27 Löcher und viele Wasserhindernisse zum sportiven Kontrastprogramm.
Pessac, Rue de la Princesse, Tel. 05 57 26 03 33,
Fax 05 57 36 52 89

Golf de Lacanau

Auf der Höhe von Bordeaux kurz vor dem Atlantik finden sich in einem Pinienwald die 18 Löcher des Golf de Lacanau Ardilouse.

Lacanau-Océan, Tel. 05 56 03 92 98, Fax 05 56 26 30 57

Golf du Médoc

Den Abschlag markieren auf diesem Golfplatz hölzerne Médoc-Flaschen. Den Genuss desselben sollte man freilich erst nach der Runde in Erwägung ziehen, denn die zweimal 18 Championship-Löcher (Châteaux und Vignes) fordern vom Spieler nicht nur gute Schläge, sondern auch kühlen Verstand. Insgesamt eine hochklassige Anlage mit schönem Clubhaus und Restaurant.

Le Pian-Médoc, Chemin de Courmateau, Tel. 05 56 70 11 90, Fax 05 56 70 11 99

E-Mail: golf.du.medoc@wanadoo.fr

Internet: www.golf-du-medoc.com

Burgund

Das einstige Großherzogtum Burgund (Bourgogne) liegt im Herzen Frankreichs. Schon der Name weckt Assoziationen an duftige, aromatische Rotweine und stahlige, nussige Weiße. Der Burgunder Wein, der schon die Römer betört hat (daher der Name: »La Romanée«), bei dem Ludwig XIV. ins Schwärmen geriet und der Napoléon seine Schlachten vergessen ließ (vorausgesetzt, es handelte sich um einen *Chambertin*), ist längst zum weltweiten Mythos geworden. Tatsächlich kommen die großartigsten *Pinot Noir*-Weine von der *Côte de Nuits* zwischen Dijon und *Beaune*. Bei Namen wie *Romanée-Conti, Clos de Vougeot, Échézeaux, La Tâche* oder *Richebourg* sinken Weinenthusiasten auf die Knie – was nicht nur Ehrfurcht ausdrücken mag, sondern möglicherweise auch auf die schwere Last der hohen Preise zurückzuführen ist. Aber die Region Burgund umfasst sehr viel mehr als die legendären *Grands Crus* von der *Côte d'Or*. Im Nordwesten (Richtung Paris) gehört das Weinbaugebiet *Chablis* dazu mit seinen trockenen *Chardonnay*-Weinen. Wie überhaupt die *Chardonnay*-Traube ebenso typisch für Burgund ist und in der südlichen *Côte d'Or (Côte de Beaune)* mit Weinen wie *Puligny-Montrachet* zur Höchstform aufläuft. Neben dem herausragenden *Pinot Noir* und dem *Chardonnay* sind in Burgund noch zwei weitere Rebsorten heimisch: die weiße *Aligoté*- und die rote *Gamay*-Traube, die für den *Beaujolais* zuständig ist. Womit die Weinregion Burgund in groben Zügen charakterisiert wäre: Im Nordwesten also das *Chablis (Chardonnay)*, dann von Dijon nach Süden wie an einer Kette aufge-

reiht die *Côte d'Or*, untergliedert in die *Côte de Nuits* (*Pinot Noir*) und die *Côte de Beaune* (*Pinot Noir* und *Chardonnay*), die *Côte Chalonnaise* (*Aligoté, Chardonnay, Pinot Noir*), das *Mâconnais* (v. a. *Chardonnay* und *Gamay*) und schließlich, fast bis nach Lyon reichend, das im Grunde völlig eigenständige *Beaujolais* (*Gamay*). Alles in allem eine AOC-Rebfläche von über 45 000 ha und eine jährliche Produktion von rund 2,5 Mio. hl an AOC-Weinen.

Aligoté

Ertragreiche Weißweintraube, die in Burgund heimisch ist, einen säuerlichen Charakter hat, deshalb oft für eher schlichte Weine verwendet wird und zusammen mit **Crème de Cassis** (Johannisbeerlikör) den **Kir** ergibt. Während der Aligoté sein Dasein heute also im Schatten des **Chardonnay** fristet, gleichwohl bei der einheimischen Bevölkerung sehr beliebt ist, war die Sorte in früheren Jahrhunderten für den weißen Burgunder prägend. Heute darf sie im Burgund nicht verschnitten werden, sie muss als Bourgogne Aligoté ausgewiesen werden. Welches Potential die Traube eigentlich hat, zeigt u. a. der würzige Bourgogne Aligoté (AOC) aus dem Weindorf **Bouzeron** an der **Côte Chalonnaise**.

Aloxe-Corton

Nördlich von **Beaune** gelegen, markiert der Ort den Beginn der **Côte de Beaune.** Aus **Chardonnay** wird der weiße **Grand Cru** Corton-Charlemagne vinifiziert, der rote **Grand Cru** Le Corton ist (natürlich) ein **Pinot Noir**.

Athenaeum de la Vigne et du Vin

Ein Einkaufseldorado für alle Weinliebhaber, in **Beaune** direkt

gegenüber den Hospices, mit unglaublich vielen Weinbüchern und allen nur erdenklichen Accessoires rund um den edlen Tropfen. Außerdem Weinverkauf von Patriarche Père & Fils.
Beaune, Rue de l'Hôtel-Dieu 7, Tel. 03 80 25 08 30
E-Mail: athenaeum@mail.com

Beaujolais

Das Beaujolais-Gebiet liegt im Süden Burgunds und reicht von Mâcon hinunter fast bis nach Lyon. Die eigenständige Region (benannt nach dem kleinen Ort Beaujeu) setzt fast ausschließlich auf die Traube **Gamay**. Tatsächlich ist die Region Beaujolais das größte **Gamay**-Anbaugebiet der Welt und produziert mit durchschnittlich über 1 Mio. hl mehr als das gesamte nördlich davon gelegene Burgund zusammen. Die Rotweinsorte **Gamay** wird früh reif, ist sehr ertragreich, hat eine dünne Haut und ein relativ helles Fruchtfleisch (deshalb heißt sie auch mit vollem Namen Gamay noir à jus blanc). Sie kann im Ergebnis ebenso schlichte Tropfen zeitigen (die am besten leicht gekühlt konsumierbar sind) wie auch frische und fruchtige (jung zu trinkende) und sogar üppige Weine (Beaujolais Crus) mit einem gewissen Alterungspotential. Die besondere Frucht und das Aroma des Beaujolais sind wesentlich auf die Ganzbeeren- bzw. Kohlensäuremaischung zurückzuführen (Macération semi-carbonique bzw. Vinification Beaujolaise). Als Nebeneffekt dieses Verfahrens hat Beaujolais im Vergleich zu anderen Rotweinen relativ wenig Tannine. Fast die Hälfte des Beaujolais kommt als Primeur bzw. Nouveau auf den Markt, jener junge Wein, der nur wenige Wochen nach der Lese jeweils am dritten Donnerstag im November seinen Erstverkauf hat (»Le nouveau Beaujolais est arrivé«). Neben diesem Nouveau gibt es den klassischen Beaujolais in drei Qualitätsabstufungen. An der Spitze der Pyramide stehen die Beaujolais Crus (Lagen), von denen es genau zehn gibt (Brouilly, Chénas, Chiroubles, Côte de Brouilly, Fleurie, Juliénas, Moulin-à-Vent, Morgon, Régnié und Saint-Amour). Darunter folgen die Beaujolais-Villages (aus 39 Dörfern, es gibt die Villages auch als Primeur), die auch eine sehr gute Qualität aufweisen können. Die einfacheren Beaujolais werden schlicht als Beaujolais AOC angeboten. Darüber hinaus gibt es auch weißen Beaujolais (**Chardonnay**) und Roséweine (**Gamay**).

Château de Bagnols

Beaune

Die mittelalterliche Stadt im Herzen Burgunds ist die unumstrittene »Capitale des Vins de Bourgogne«. Von hier lassen sich auf kurzem Wege alle berühmten Weinorte der **Côte d'Or** besuchen. Die Weinversteigerung der **Hospices de Beaune** (s. d.) ist legendär. Kaum eine Straße, in der es keine Läden gibt, die in irgendeiner Weise mit Wein zu tun hätten. Darüber hinaus ist Beaune ein ausgesprochen hübscher Ort (gegründet von Julius Cäsar, später Sitz der Herzöge von Burgund), der zum Flanieren einlädt, mit einer gut erhaltenen Stadtbefestigung (Remparts), in der oft Weinkeller untergebracht sind, mit einem Weinmuseum (Musée du Vin de Bourgogne), vielen kleinen Restaurants – und unzähligen Möglichkeiten, Wein zu verkosten.

Office de Tourisme, Rue de l'Hôtel-Dieu,
Tel. 03 80 26 21 30, Fax 03 80 26 21 39
E-Mail: www.ot-beaune.fr

Weinverkauf: u. a. Denis Perret, Place Carnot,
Tel. 03 80 22 35 47, Fax 03 80 22 57 33. Verkostung: u. a. im Marché aux Vins schräg gegenüber von den Hospices.

L'Écusson, Jardin des Remparts, Ma Cuisine

Le Cep, Le Parc (in Levernois), Hostellerie de Levernois (in Levernois)

Chablis

Zwischen Paris und Dijon, bei Auxerre und rund um den kleinen Ort Chablis (der dem Wein den Namen gegeben hat), liegt das niederburgundische Weinbaugebiet, das ausschließlich mit **Chardonnay** (Beaunois) bepflanzt ist. Dass sich der Chablis deutlich von den **Chardonnay**-Weinen der **Côte de Beaune** abhebt, ist vor allem auf die relativ nördliche Lage und das entsprechend launische Wetter zurückzuführen. So droht den Weinstöcken bis in den Mai hinein Nachtfrost. Beim Chablis fallen demzufolge die Jahrgänge recht unterschiedlich aus, er ist auch nicht so schwer wie etwa ein **Meursault** oder **Montrachet**, hat eine stahlige, trockene Frische, das Aroma wird als mineralisch und feuersteinartig beschrieben (was am Kimmeridge-Kalkstein liegt). Manche Winzer sind dazu übergegangen, den Chablis in Holzfässern zu vergären und auszubauen, was ihm mehr Fülle und ein Aroma von Vanille verleiht. Da das Eichenholz aber den stahligen Charakter des Chablis schwächt, kommt dies einer Glaubensfrage gleich. Direkt oberhalb des Orts Chablis befinden sich die sieben Grands Crus: Blanchot, Bougros, Grenouilles, Les Clos, Les Preuses, Valmur, Vaudésir. Hinzu kommen die Premier-Cru-Lagen und die einfacheren Weine aus der größeren Appellation Chablis Contrôlée. Außerdem gibt es noch die Appellation Petit Chablis Contrôlée für die »kleinen« Chablis-Weine aus weniger guten Lagen.

Auberge La Lucarne aux Chouettes

Chambertin

(s. **Gevrey-Chambertin**)

Chambolle-Musigny

Die roten Burgunder dieser Appellation gelten als besonders fein, duftig, geradezu weiblich. Die beiden Grands Crus heißen Musigny und Bonnes-Mares (gehört z. T. auch zu Morey-Saint-Denis). Bekannt sind auch die beiden Premiers Crus Les Charmes und Les Amoureuses.

Château André Ziltener

Chardonnay

Von Kalifornien über Chile und Südafrika bis nach Australien ist die populärste weiße Rebsorte der Welt heute verbreitet. Ihren Ursprung hat sie womöglich in Burgund, ihren Namen eventuell nach dem gleichnamigen Dorf im **Mâconnais.** Die Experten sind sich hinsichtlich der Herkunft nicht ganz sicher, vielleicht kam sie auch erst im Mittelalter ins Land. Aber unzweifelhaft hat die Chardonnay-Traube in Burgund ihre wahre Heimat gefunden, und die besten Weißweine der Region verdanken der Rebsorte ihren unverwechselbaren Charakter. Dazu zählen ebenso die Weißweine der **Côte de Beaune** (z. B. **Meursault, Puligny-Montrachet**) wie auch und vor allem der **Chablis**, der ausschließlich aus Chardonnay (synonym: Beaunois) gekeltert wird. Der Chardonnay bevorzugt als Boden Kalkstein. Die Traube entwickelt in Abhängigkeit von Boden, klimatischen Bedingungen und Weinbereitung höchst unterschiedliche Ergebnisse: mal nussig und an Haferflocken erinnernd, mal buttrig und nach Honig duftend, mal stahlig und mit Feuerstein-Aroma oder bei Vergärung und Ausbau in Eichenfässern mit deutlichen Vanille- und Toastaromen.

Climat

Gebräuchliche Bezeichnung für die Bodenbeschaffenheit und

das Mikroklima eines Weinbergs. In Burgund wird der Begriff aber auch als Synonym für eine Einzellage verwendet.

Clos

So werden alte Weinberge genannt (oft **Grand-Cru**-Lagen), die mit einer Mauer umgeben sind (z. B. **Clos de Vougeot**).

Clos de Vougeot

Wer den Namen des Dorfes Vougeot nennt, denkt automatisch an den Clos de Vougeot, den legendären Weinberg, der vor über 800 Jahren von Zisterzienser-Mönchen angelegt wurde, dessen rund 50 ha von einer kilometerlangen Mauer umschlossen sind und der einen **Grand Cru** hervorbringt, der sich weltweiter Berühmtheit erfreut. Freilich ist wichtig zu wissen, dass erstens der Boden des Weinbergs alles andere als homogen ist und zweitens nicht weniger als rund 80 Eigentümer einzelne Parzellen des Clos de Vougeot besitzen (was auf die Erbgesetze des Code Napoléon zurückzuführen ist). Mit der Folge, dass sich hinter einem Clos de Vougeot sehr unterschiedliche Weine verbergen können, die nicht immer dem großen Ruhm gerecht werden (die Qualität lässt in der Lage von oben nach unten nach). Das inmitten der Weinberge gelegene Château de Vougeot gehört der Weinbruderschaft Chevaliers du Tastevin.

Côte Chalonnaise

Die relativ kleine Anbauzone Côte Chalonnaise schließt sich im Süden (beginnend bei Chagny) an die **Côte de Beaune** an und grenzt an die Stadt Chalon-sur-Saône. Seit 1990 hat die Region eine eigene Appellation. Bekannt sind die Gemeindebezeichnungen Rully und Montagny (für Weißweine aus

Chardonnay) sowie Mercurey und Givry (für Rotweine aus **Pinot Noir**). Von einer bemerkenswerten Qualität können darüber hinaus die **Aligoté**-Weine aus Bouzeron sein. Außerdem kommt von der Côte Chalonnaise ein ansprechender **Crémant de Bourgogne** und **Passetoutgrain**.

Lameloise

Côte de Beaune
(s. **Côte d'Or**)

Côte de Nuits
(s. **Côte d'Or**)

Côte d'Or
Der »goldene Hang« beginnt südlich von Dijon und reicht über **Beaune** hinunter bis Santenay und an die Grenze zur **Côte Chalonnaise.** Das Weinbaugebiet (ein nach Osten abfallender Kalksteinabbruch) untergliedert sich in die **Côtes de Nuits** im Norden (von Marsannay bis Nuits-St-Georges) und die anschließende **Côte de Beaune** (beginnend mit **Aloxe-Corton** über **Beaune** bis Santenay und Maranges). Die **Côtes de Nuits** ist fast ausschließlich der roten Rebsorte **Pinot Noir** vorbehalten, die hier ihr ideales **Terroir** vorfindet und zur Höchstform aufläuft. Die südlichere **Côte de Beaune** bringt leichtere Rotweine hervor, ist aber vor allem für ihre hochklassigen Weißweine aus der **Chardonnay**-Traube berühmt. Die Weine der Côte d'Or klassifizieren sich in insgesamt 32 Grands Crus (mit den berühmtesten Lagen), darunter rangieren die Premiers Crus (die es oft durchaus mit manchen Grands Crus aufnehmen können), dann folgen in der Hierarchie nach unten die Dorf- bzw. Village-Appellationen (mit dem Ortsnamen auf dem Etikett)

und als unterste Stufe die Gattungsappellationen, die für die ganze Bourgogne als Region gelten (also z. B. Bourgogne Rouge, Bourgogne Blanc).

Crémant de Bourgogne

Der Schaumwein wird in Burgund meist aus **Chardonnay** hergestellt, oft auch wegen der Frische mit **Aligoté** und wie in der Champagne mit **Pinot Noir** verschnitten. Das macht den Crémant de Bourgogne als Flaschengärung zu einer empfehlenswerten Alternative zum teuren Champagner.

Crème de Cassis

Der Likör aus der schwarzen Johannisbeere soll eine Erfindung von Mönchen sein und hat seine Heimat in Dijon (z. B. von Gabriel Boudier, Rue de Cluj 14). Im Weinbrevier hat der Crème de Cassis seine Daseinsberechtigung, weil er dem **Aligoté** auf die Sprünge hilft und den trockenen Weißwein in den anregenden Apéritif **Kir** verwandelt.

Échézeaux

(s. **Vosne-Romanée**)

Fixin

Von Dijon kommend nach Marsannay der erste bedeutende Weinort der **Côte de Nuits** mit kräftigen, tanninreichen Rotweinen, die dem **Gevrey-Chambertin** ähneln. Berühmte Premier-Cru-Lagen sind Clos de la Perrière, Clos du Chapitre und Clos Napoléon.

Gamay

(s. **Beaujolais**)

Gevrey-Chambertin

Die Pinots aus Gevrey-Chambertin können sich zu großer Form aufschwingen und erfreuen sich deshalb seit Jahrhunderten höchster Anerkennung. Der körperreiche, »männliche« Gevrey-Chambertin hat wesentlich zum legendären Ruf des roten Burgunder beigetragen. Berühmte Lagen sind u. a. Chambertin, Chambertin-Clos de Bèze, Chapelle-Chambertin, Charmes-Chambertin, Griotte-Chambertin, Latricières-Chambertin und Mazis-Chambertin.

Les Millésimes, Rôtisserie du Chambertin

Arts et Terroirs

Grand Cru

Die höchste Qualitätsstufe mit Weinen aus herausragenden Lagen (in der Hierarchie folgen unter den Grands Crus die **Premiers Crus**). Auf dem Etikett wird neben dem Qualitätssiegel Grand Cru der Name des Weinbergs genannt (z. B. Appellation Richebourg Contrôlée). Was so einfach sein könnte, hat in Burgund seine Tücken. Denn aufgrund der Erbgesetze des Code Napoléon sind die meisten Grand-Cru-Lagen heute im Besitz vieler Eigentümer, die oft nur kleine Parzellen halten (s. **Clos de Vougeot** und **Négociants-éleveurs**). Mit dem Ergebnis, dass ein Grand Cru nicht per se für Spitzenqualität stehen muss. Ausnahmen wie die Monopol-Lage **Romanée-Conti** bestätigen die Regel. Man kann sich bei der Suche nach einem Spitzenwein also nicht allein auf den Status eines Grand Cru verlassen, vielmehr kommt es darauf an, die besten Erzeuger bzw. Domänen zu kennen.

Hameau du Vin

Außergewöhnliches Weinmuseum im Beaujolais von Georges

Dubœuf in einem alten Bahnhof mit unterhaltsamer Fachkunde, großem Degustationssaal und Bistro. (Täglich geöffnet von 9 bis 18 Uhr)
Romanèche-Thorins, Dubœuf-en-Beaujolais, Gare de Romanèche-Thorins, Tel. 03 85 35 22 22, Fax 03 85 35 21 18

Hautes-Côtes

In höheren Regionen, am Steilabbruch westlich an die **Côtes de Nuits** und **Côte de Beaune** anschließend, befinden sich die Lagen der Hautes-Côtes mit etwas einfacheren Rot- und Weißweinen, die sich durch ein gutes Preis-Leistungs-Verhältnis auszeichnen.

Hospices de Beaune

Das berühmte Hôtel-Dieu wurde 1443 vom Kanzler Nicolas Rolin als Stiftung gegründet, um mittellosen Kranken Pflege und Unterkunft zu bieten. Mit seinen bunt glasierten Dachziegeln, dem wunderschönen Innenhof, den aufwändig restaurierten Räumen und Krankensälen sind die spätgotischen Hospices de Beaune (seit 1971 Museum) die touristische Hauptattraktion von **Beaune**. Dass die Hospices aber auch für alle Weinenthusiasten legendär sind, liegt am Begründer Rolin, der zur Finanzierung des Krankenhauses Weinberge in die Stiftung einbrachte. Im Laufe der Jahrhunderte kamen Schenkungen hinzu, sodass das Hôtel-Dieu heute über 60 ha Rebstöcke verfügt. Alljährlich findet in **Beaune** am dritten Sonntag im November, am zweiten Tag des Festes Les Trois Glorieuses, die weltberühmte Versteigerung der Hospices-Weine statt.
Beaune, Rue de l'Hôtel-Dieu, Tel. 03 80 24 45 00,
Fax 03 80 24 45 99
Internet: www.hospices-de-beaune.tm.fr

Kir

Der Cocktail aus Weißwein (**Aligoté**) und dem schwarzen Johannisbeerlikör **Crème de Cassis** hat in Dijon eine lange Tradition und wurde früher »blanc cassis« genannt. Richtig berühmt wurde der Aperitif aber erst durch einen katholischen Geistlichen. Kanonikus Félix Kir, nach dem Zweiten Weltkrieg 23 Jahre Bürgermeister von Dijon, war eine schillernde Figur, der zu jeder Gelegenheit seinen Lieblingstrunk offerierte – so lange, bis sein Name zum Gattungsbegriff avancierte. Das Mischungsverhältnis von **Aligoté** (ein trockener, oft säuerlicher Wein, dem man mit dem süßlichen Likör nicht unbedingt Gewalt antut) und **Créme de Cassis** ist variabel (üblich: 4:1). Ersetzt man den Weißwein durch Champagner (oder in der Sparvariante durch Sekt), dann mutiert der Cocktail zum »Kir Royal« der Party-Society – übrigens ein ziemlich deutsches Phänomen, in Frankreich hält man nicht viel davon.

La Tâche

(s. **Vosne-Romanée**)

Mâconnais

Zwischen der **Côte Chalonnaise** und dem **Beaujolais** liegt entlang dem Fluss Saône das Weingebiet Mâconnais (benannt nach dem Ort Mâcon). Es ist vor allem bekannt für seine Weißweine aus der **Chardonnay**-Traube, wobei der Ertrag weitaus höher ist als die durchschnittliche Qualität. Zu den Ausnahmen kann der **Pouilly-Fuissé** (nicht zu verwechseln mit dem **Pouilly-Fumé**, s. Loire) zählen, in Holz ausgebaut und mit einem **Meursault**-ähnlichen Bouquet. Auch die Dorf-Appellationen Pouilly-Loché, Pouilly-Vinzelles, Viré-Clessé und St-Véran ragen aus der anonymen Menge des einfachen Mâcon Blanc AC heraus. Da-

zwischen rangieren die Mâcon Villages AC aus besseren Weinbaugebieten. Außerdem wird im Mâconnais Rotwein (**Gamay** und **Pinot Noir**) erzeugt (Mâcon Rouge) und auch Mâcon Rosé.

Marc de Bourgogne

Wie der italienische Grappa ist der Marc ein Tresterbrand. Der Marc de Bourgogne wird ausschließlich aus dem Trester (Treber) von Weinen aus Burgund gebrannt (analog etwa dem Marc de Champagne) und hat respektable 40 Vol-%.

Meursault

Die Weine aus Meursault zählen (obwohl es erstaunlicherweise keine Grands Crus gibt) zur Elite der weißen Burgunder. Bekannte Premier-Cru-Lagen sind u. a. Les Charmes, Les Bouchères, Le Poruzot.

Besuch und Degustation: Château de Meursault (9.30–12 Uhr, 14.30–18 Uhr), Tel. 03 80 26 22 75, Fax 03 80 26 22 76

Montrachet

(s. **Puligny-Montrachet**)

Morey-Saint-Denis

Das Anbaugebiet an der **Côte de Nuits** steht etwas im Schatten seiner berühmten Nachbarn, bringt aber gleichwohl ansehnliche Rotweine hervor, von denen die Grands Crus Clos de la Roche und Clos de Tart am bekanntesten sind.

Négociants-éleveurs

In Burgund spielen die Weinhändler (Négociants-éleveurs) eine zentrale Rolle. Zurückzuführen ist diese Bedeutung auf die Untergliederung der Weinberge in viele kleine Parzellen mit unterschiedlichen Besitzern (eine Folge des Code Napoléon). Die Kleinwinzer verkaufen ihre Trauben an Négociants-éleveurs, die die Abfüllung und Vermarktung mit eigenem Etikett übernehmen.

Nuits-St-Georges

In diesem Ort haben viele bekannte **Négociants-éleveurs** der **Côte de Nuits** ihren Sitz (u. a. Boisset, Cottin frères, Patriarche, Moillard). Außerdem kommt natürlich **Pinot Noir** aus Nuits-St-Georges, zwar kein **Grand Cru,** aber einige bekannte Premiers Crus (insgesamt 27) wie Les Boudots oder Les Porrets. Auch wird etwas Weißwein produziert (u. a. La Perriére).

Passetoutgrain

Der Passetoutgrain ist eine im Bourgogne beliebte, einfache Cuvée aus den beiden dominierenden roten Rebsorten der Region. Er wird aus zwei Dritteln **Gamay** und einem Drittel **Pinot Noir** hergestellt, wobei beide aus derselben Lage kommen müssen und bereits als Traubengut verschnitten werden.

Pinot Noir

Alle großen Burgunder Weine der **Côte d'Or** werden einzig aus dieser Traube gekeltert. Sie gilt als schwierig anzubauen, weshalb sie im 14. Jh. fast von der **Gamay**-Traube verdrängt worden wäre, hätte nicht Philipp der Kühne 1395 der klassischen Burgundersorte herzoglichen Schutz angedeihen lassen. Pinot Noir bringt elegante, geschmeidige Weine hervor, mit einem feinen Aroma (je nach Lage) aus roten Beeren, schwarzen Johannisbeeren, Himbeeren, Waldbeeren und Bittermandeln. Der blaue Spätburgunder (so das deutsche Synonym) steht als beste Rotweinsorte im Wettstreit mit dem **Cabernet Sauvignon** (s. Bor-

deaux). Die in Burgund heimische Sorte Pinot Noir wird auch in Italien (Pinot nero) angebaut, in Deutschland, Österreich, sogar in Kalifornien, in Australien und Südafrika. Und natürlich gibt es sie auch in der Champagne, ist sie doch (weiß gekeltert) zu gut einem Drittel am Champagner beteiligt.

Pommard

Der Weinort liegt unmittelbar südlich von **Beaune** (**Côte de Beaune**), ist für seine kräftigen Rotweine bekannt und hat einige gute Premiers Crus zu bieten (z. B. Les Boucherottes).

Pouilly-Fuissé

(s. **Mâconnais**)

Premier Cru

Die Premiers Crus rangieren in der Klassifizierung unter den Grands Crus. Im Unterschied zu einem **Grand Cru** wird auf dem Etikett der Name der Gemeinde zusammen mit der Einzellage bzw. Climat genannt oder mit dem Hinweis 1er Cru.

Puligny-Montrachet

Ein Ruf wie Donnerhall: Der Puligny-Montrachet, vor allem der herausragende Grand Cru Le Montrachet, gilt als der beste, größte, vollkommenste (leider auch teuerste) Weißwein der gesamten Bourgogne. Im Puligny-Montrachet zeigt die **Chardonnay**-Traube ihr ganzes Potential – wobei es natürlich nicht nur Offenbarungen, sondern auch (teure) Fehltritte gibt. Im Schatten von Puligny-Montrachet erzeugt Chassagne-Montrachet einige respektable Grands und Premiers Crus.

Le Montrachet

Chassagne (in Chassagne-Montrachet)

🍷 **Romanée-Conti**
(s. **Vosne-Romanée**)

🍷 **Route des Grands Crus**
Die gut ausgeschilderte, kleine und überaus beschauliche Weinstraße führt entlang der Hügelkette parallel zur N74, die Dijon mit **Beaune** und Chagny verbindet, durch die schönsten Weinorte der **Côte d'Or** und vorbei an den berühmtesten Weinbergen.

🍷 **Tastevin**
Die kleine Probierschale gibt es bei Weinverkostungen oft als Souvenir. Sie ist für Proben im dunklen Keller entworfen, wo das Licht einer Kerze ausreichen muss. Die Noppen im Tastevin sind für die Beurteilung der Farbe und Klarheit des Rotweins gedacht, die Rillen für den Weißwein. Ein Tastevin ist das wohl beliebteste Mitbringsel aus **Beaune** und antiquarisch etwas zum Sammeln.

🍷 **Terroir**
Terroir meint zunächst den Boden, der für die Qualität eines Weines ausschlaggebend ist und nur mit bestimmten Rebsorten in idealer Weise korrespondiert (z. B. Kalkboden für **Pinot Noir** und **Chardonnay**). Hinter dem Begriff Terroir steht aber sehr viel mehr, nämlich eine Philosophie, die den Weinberg mit seinem Boden und all den anderen Einflussfaktoren wie zum Beispiel auch dem Mikroklima in Symbiose sieht.

🍷 **Volnay**
Aus dem Dorf Volnay (**Côte de Beaune**) kommen eher leichte, oft elegante Rotweine mit feinem Bouquet. **Premiers Crus** sind u. a. Clos des Ducs und Caillerets.

Vosne-Romanée

Weinort mit den berühmtesten und teuersten **Grands Crus** der **Côte de Nuits.** Bei diesen Namen bekommen Weinliebhaber aus aller Welt verklärte Gesichter: Échézeaux, Grands-Échézeaux, La Tâche, Richebourg und vor allem Romanée-Conti! Ganz im Gegensatz beispielsweise zum **Clos de Vougeot** gibt es hier nicht viele einzelne Erzeuger, vielmehr bürgt mit der Domaine de la Romanée-Conti (mit dem heiligen Kürzel DRC) ein einziges Weingut für die überragende Qualität der Weine. Beim Kultstatus der **Grands Crus** dieser Domaine vergisst man leicht, dass es in Vosne-Romanée noch einige andere respektable Weinerzeuger gibt (abgesehen von den Monopole-Lagen) und auch respektable **Premiers Crus** kreiert werden (z. B. Les Chaumes).

Vougeot

(s. **Clos de Vougeot**)

Restaurants / Hotels

Arts et Terroirs

Preiswertes Hotel im Herzen der **Côte de Nuits**, direkt an der N74 gelegen. Wie der Name schon andeutet, kommen zum Terroir der Weine gelegentliche Gemäldeausstellungen. (Preiskategorie: DZ ab ca. 50 Euro)
Gevrey-Chambertin, Tel. 03 80 34 30 76, Fax 03 80 34 11 79

Auberge La Lucarne aux Chouettes

Mit der Auberge in Villeneuve-sur-Yonne hat sich der einstige Hollywood-Star Leslie Caron einen Traum erfüllt. Das sym-

pathische Restaurant hat einen japanischen Küchenchef. Außerdem verfügt die Auberge über einige Fremdenzimmer. (Ruhetage Restaurant: Sonntagabend und Montag. Preiskategorie Hotel: DZ ab ca. 150 Euro)
Yonne, Tel. 03 86 87 18 26, Fax 03 86 87 22 63
E-Mail: lesliecaron-auberge@wanadoo.fr
Internet: www.lesliecaron-auberge.com

Chassagne
Inmitten der Weinberge der **Côte de Beaune** findet sich in Chassagne-Montrachet dieses Restaurant (im ersten Stock) mit feinen, kreativen Gerichten – und der Möglichkeit, sich den passenden Wein aus dem darunter liegenden Caveau mitzubringen. (Ruhetage: Montag und Dienstag)
Chassagne-Montrachet, Impasse des Chenevottes 4,
Tel. 03 80 21 94 94, Fax 03 80 21 97 77

Château André Ziltener
Inmitten der Weinberge an der **Route des Grands Crus** liegt dieses charmante Hotel, das sich zu Recht zu den schönsten Herrschaftssitzen Burgunds zählt. Mit zehn Appartements und Suiten. Weinfreunde können sich im Weinmuseum und im großen Weinkeller der ehemaligen Abtei degustationsmäßig auf die Erkundung der berühmten Lagen in der unmittelbaren Umgebung einstimmen. (Preiskategorie Hotel: DZ ab ca. 200 Euro).
Chambolle-Musigny, Tel. 03 80 62 41 62, Fax 03 80 62 83 75
E-Mail: chateau.ziltener@wanadoo.fr
Internet: www.chateau-ziltener.com
Museumsbesichtigung und Weinprobe: tägl. von 10.30 bis 19.00 Uhr

Château de Bagnols

Das Hotel Château de Bagnols im südlichen **Beaujolais** ist leider alles andere als billig, dafür residiert man geschichtsträchtig und überaus luxuriös in einer aufwendig renovierten Burg aus dem 15. Jh. Und das zugehörige Restaurant steht dem Hotel im Niveau kaum nach. (Preiskategorie Hotel: DZ ab ca. 350 Euro)
Bagnols, Tel. 04 74 71 40 00, Fax 04 74 71 40 49
E-Mail: chateaubagnols@compuserve.com

Ciboulette

Das einfache Restaurant liegt im Norden der Altstadt von **Beaune** und erfreut den Gast mit regionalen Spezialitäten. (Ruhetage: Montag und Dienstag)
Beaune, Rue Lorraine 69, Tel. 03 80 24 70 72,
Fax 03 80 22 79 71

Hostellerie de Levernois

Die Hostellerie de Levernois liegt nur wenige Kilometer außerhalb von **Beaune** in einem stimmungsvollen Park (und an einen Golfplatz angrenzend). (Ruhetage Restaurant: Dienstag, Mittwochmittag und Sonntagabend. Preiskategorie Hotel: DZ ab ca. 200 Euro)
Beaune, Tel. 03 80 24 73 58, Fax 03 80 22 78 00
E-Mail: levernois@relaischateaux.com

Jardin des Remparts

Das vielleicht beste Restaurant in **Beaune**, mit kreativer Küche und dem Namen gemäß natürlich mit einem hübschen Garten. (Ruhetage: Sonntag und Montag)
Beaune, Rue de l'Hôtel-Dieu 10, Tel. 03 80 24 79 41,

Fax 03 80 24 92 79
E-Mail: lejardin@club-internet.fr

Lameloise

Die wohl beste, jedenfalls bekannteste Gourmet-Adresse der **Côte Chalonnaise** mit drei Sternen im Guide Michelin. (Ruhetage: Montag und Dienstagmittag, Mittwoch)
Chagny, Place d'Armes, Tel. 03 85 87 65 65,
Fax 03 85 87 03 57
E-Mail: reception@lameloise.fr

Le Cep

Das traditionsreiche Hotel liegt in zentraler Lage in **Beaune** nur wenige Schritte von den Hospices entfernt. (Preiskategorie Hotel: DZ ab 150 Euro)
Beaune, Rue Maufoux 27, Tel. 03 80 22 35 48,
Fax 03 80 22 76 80
E-Mail: hotel-le-cep@wanadoo.fr
Internet: www.slh.com/hotelcep/

L'Écusson

Trendbewusstes Restaurant in **Beaune**, eine Hostellerie mit dem Versprechen: A chaque bouchée, la découverte est là! (Ruhetage: Mittwoch und Sonntag)
Beaune, Place Malmédy, Tel. 03 80 24 03 82
Internet: www.écusson.fr

Le Montrachet

Das Restaurant in einem eleganten Landhaus von 1824 zeichnet sich durch eine ehrgeizige Küche aus, die bei aller Kreativität die regionalen Gerichte nicht aus den Augen verliert. Zum

Restaurant gehört ein hübsches Hotel. (Ruhetag Restaurant: keiner. Preiskategorie Hotel: DZ ab ca. 100 Euro)
Puligny-Montrachet, Tel. 03 80 21 30 06, Fax 03 80 21 39 06
E-Mail: info@le-montrachet.com
Internet: www.le-montrachet.com

Le Parc
Preiswertes Hotel in unmittelbarer Nähe zu **Beaune**, mit Park und Terrasse. (Preiskategorie: DZ ab ca. 50 Euro).
Levernois, Tel. 03 80 24 63 00, Fax 03 80 24 21 19
E-Mail: hotel.le.parc@wanadoo.fr

Les Millésimes
Feinschmecker-Adresse in **Gevrey-Chambertin** mit Michelin-Stern und über 40 000 Flaschen im Weinkeller. (Ruhetage: Dienstag und Mittwochmittag)
Gevrey-Chambertin, Rue Église 25, Tel. 03 80 51 84 24,
Fax 03 80 34 12 73

Ma Cuisine
Unkompliziertes, gleichwohl gutes und sympathisches Restaurant inmitten von **Beaune**. Mit Weinen zum Probieren aus dem zugehörigen Weinladen. (Ruhetage: Mittwochmittag, Samstag und Sonntag)
Beaune, Passage Ste-Hélène, Tel. 03 80 22 30 22
E-Mail: contact@cave-sainte-helene.com

Rôtisserie du Chambertin
Zum Restaurant (mit regionaler Küche) gehört ein kleines Museum mit Weinkeller. Neben der Rôtisserie du Chambertin gibt es noch das preisweitere Bistro mit dem vielverspre-

chenden Namen: Le Bonbistrot. (Ruhetage: Sonntagabend und Montag)
Gevrey-Chambertin, Tel. 03 80 34 33 20, Fax 03 80 34 12 73

Troisgros
Dass hier die Kochmütze vor dem Hinweis aufs Hotel kommt, versteht sich von selbst, eigentlich müssten es mehrere Mützen sein – denn das Troisgros in Roanne ist eine kulinarische Institution. Seit 1930 gibt es dieses Restaurant, seit über drei Jahrzehnten hat es drei Michelin-Sterne. Michel Troisgros, meisterhafter Koch und Enkel des Gründers, hat mit dem Maison Troisgros dem Restaurant ein modernes, elegantes Hotel hinzugefügt. (Preiskategorie Hotel: DZ ab 200 Euro)
Roanne, Place Jean Troisgros 1, Tel. 04 77 71 66 97,
Fax 04 77 70 39 77
E-Mail: troisgros@avo.fr

Bon appétit

Die Küche Burgunds ist traditionell wenig geeignet, um abzunehmen. Zu den deftigen Klassikern zählen das Bœuf bourguignon und das Coq au vin. Darf es vor dem Hauptgang etwas Foie gras oder Jambon persillé (Petersilienschinken) sein? Und danach ein Schmelzkäse wie den Époisses? Zum Abschluss vielleicht Poires au vin (Birnen in Wein)? Dazu einige Gläser Pinot Noir und zur besseren Verdauung einen Marc de Bourgogne? Nein, abnehmen lässt sich im Burgund wirklich nicht!

Bœuf bourguignon

Wie sollte es anders sein: Im Burgund wird das Rindfleisch (am besten vom **Charollais**-Rind) im Rotwein zubereitet. Mehrere Stunden muss dieser Klassiker der burgundischen Küche im Wein schmoren, damit das Fleisch schön mürbe wird und der Wein seine Wirkung entfalten kann. Kurzrezept: Zwiebeln, Champignons, Möhren klein schneiden. Das Rindfleisch in Stücke schneiden, kurz in der Pfanne von allen Seiten anbraten und mit Rotwein ablöschen. Schmortopf mit Speckstreifen auslegen, dann Rindfleischstücke dazugeben und die vorbereiteten Zwiebeln, Champignons und Möhren. Knoblauchzehe zerdrücken und dazugeben, pfeffern und salzen. Oben mit Speckstreifen abdecken. Mit Rotwein aufgießen (plus eventuell etwas Kalbsfond und/oder Cognac) und bei niedriger Hitze mindestens vier Stunden köcheln lassen.

Charollais

Die Wiesen mit den weißen Charollais-Rindern gehören (vor allem an der **Côte Chalonnaise**) zum typischen Landschaftsbild Burgunds. Das herzhafte Fleisch der in der freien Natur gehaltenen Charollais-Rinder hat weltweit einen ausgezeichneten Ruf und spielt eine wichtige Rolle in der burgundischen Küche.

Coq au Vin

Alles dreht sich im Burgund um den Wein, also wird auch der Hahn (oder das Huhn beim »Poulet au Vin«) je nach Rezept mal in Rotwein mariniert oder mit Brandwein flambiert, in jedem Fall aber in mindestens einer Flasche Rotwein (aus der jeweiligen Region) gekocht. Kurzrezept für Coq au Vin: Zwiebeln, Champignons, Möhren, Sellerie, Knoblauch klein schnei-

den und zusammen mit dem in Stücke geschnittenen Hahn mit Lorbeer, Thymian und Pfefferkörner in Burgunder-Wein zwölf Stunden marinieren. Dann das Fleisch trockentupfen, kurz von allen Seiten anbraten, mit der Marinade in einen Schmortopf geben, salzen und pfeffern, mit Wein aufgießen und bei leichter Hitze rund drei Stunden köcheln lassen.

Escargots de Bourgogne
Die berühmten Weinbergschnecken werden klassisch mit einer Knoblauch- und Petersilienbutter im heißen Ofen gebacken. Sie sind typisch für das Burgund und im Original ziemlich groß. Häufiger sind die kleineren Escargots (Petit gris), die es zum Beispiel auch in der Provence gibt.

Jambon persillé
Der Schinken in Weißweinsülze mit Petersilie und leichtem Knoblaucharoma findet sich im Burgund auf fast jeder Speisekarte. Zutaten: gepökeltes, gekochtes Schweinefleisch, Kalbshaxe, Kalbsfüße, Burgunder Weißwein, Weißweinessig, Zwiebeln, Lauch, Karotten, Knoblauch, Thymian, Pfeffer, Estragon, Kerbel, Schalotten und viel Petersilie.

Moutarde
Die Stadt Dijon ist weltbekannt für ihren Senf (z. B. von Maille, Rue de la Liberté). Die Zusammensetzung wird sogar durch ein offizielles Dekret festgelegt. Der renommierteste Moutarde de Dijon kommt allerdings nicht aus der ehemaligen Hauptstadt des Herzogtums Burgund, sondern aus dem südlicher gelegenen **Beaune**: Moutarderie Edmont Fallot (Rue Faubourg-Bretonnière).

Pain d'épice
Der zuckersüße Honigkuchen ist eine weitere Spezialität aus Dijon.

Poulet de Bresse
Die berühmten Bressehühner haben – da sie hoffentlich von ihrer finalen Bestimmung nichts ahnen – ein glückliches Leben mit einem gesetzlich garantierten Wiesenanteil und natürlichem Futter. Sie sind an den blauen Füssen zu identifizieren, haben ein helles, schmackhaftes Fleisch und tragen ähnlich wie der Wein eine Appellation d'Origine Contrôlée, die sie als »Poulet de Bresse« legitimieren.

Golf

Golf Club du Château de Chailly
Luftlinie gut 30 km westlich von der **Côte de Nuits** und den großartigen **Pinot-Noir**-Weinen gelegen, gibt es diesen gepflegten Golfplatz, der mit einem Clubhaus in einem mächtigen Château aufwarten kann. Dazu gehört auch ein Hotel.
Pouilly-en-Auxois, Tel. 03 80 90 30 40,
Fax 03 80 90 30 05

Golf de Beaune-Levernois
18-Loch-Platz vor den Toren von **Beaune**, nicht besonders aufregend und (noch) ohne richtigem Clubhaus, aber angenehm zu spielen und zum »Durchlüften« zwischen Pinot-Noir-Degustationen bestens geeignet.
Levernois, Tel. 03 80 24 10 29, Fax 03 80 24 03 78

Golf de la Frédière

Und noch ein Château, diesmal ganz auf der Höhe des **Beaujolais**: Auch zu diesem Golfplatz, mit einigen bemerkenswerten Spielbahnen, gehört ein veritables Schloss. Wer möchte, kann hier auch nächtigen.

Marcigny, Tel. 03 85 25 27 40, Fax 03 85 25 06 12

Golf de Mâcon la Salle

Im **Mâconnais** findet sich nicht nur guter **Chardonnay**, sondern auch ein sehr gepflegter Golfplatz mit vielen Wasserhindernissen auf den 18 Spielbahnen und modernem Clubhaus.

La Salle Mâcon, Tel. 03 85 36 09 71, Fax 03 85 36 06 70

Golf du Château d 'Avoise

Wo gibt es das schon? Hier kann das Greenfee ganz direkt mit einer Weinverkostung (**Meursault**) kombiniert werden. Aber auch sonst wären die 18 Löcher südlich von Le Creusot eine Runde wert.

Montchanin, Tel. 03 85 78 19 19, Fax 03 85 78 15 16

Champagne

Die Champagne liegt östlich von Paris rund um die Städte Reims, Épernay, Châlons-en-Champagne und Sézanne. Eigentlich ist das Weinbaugebiet viel zu weit nördlich, es ist zu kühl, die Trauben gelangen kaum richtig zur Reife, es gibt Ernteausfälle durch Frost, und die Gärung kommt bei niedrigen Temperaturen zum Erliegen. Und doch sind es gerade diese schwierigen klimatischen Bedingungen, die zum einen historisch die Entwicklung des Champagners ermöglichten, zum anderen auch erst die besonderen Qualitäten des Schaumweins hervorrufen. Dies unter anderem dadurch, dass die Trauben nur langsam reifen und einen hohen Säureanteil haben. Dass der Champagner zu zwei Drittel aus Rotwein-Trauben besteht, sorgt immer wieder für ungläubiges Erstaunen. Tatsächlich ist die Hauptrebsorte im Champagner die rote Traube Pinot Noir, die aus Burgund bekannt ist (s. d.). Ihr zur Seite steht die ebenfalls rote Rebsorte Pinot Meunier (Schwarzriesling). Weil die Trauben sofort sanft abgepresst und der Most von den Schalen getrennt wird, ergibt sich zusammen mit der einzigen weißen Traube im Champagner, Chardonnay, der weiße Schaumwein – der freilich als Stillwein beginnt (s. *Méthode Champenoise*). Die Rebfläche in der Champagne beträgt 30 000 ha, die Jahresproduktion an Champagner mehr als 250 Mio. Flaschen. Was nicht viel ist, wenn man die weltweite Nachfrage berücksichtigt.

🍷 Blanc de Blancs

Champagner, der nur aus weißen **Chardonnay**-Trauben bereitet wird.

🍷 Blanc de Noirs

Im Gegensatz zum Blanc de Blancs ausschließlich aus roten Trauben (**Pinot Noir** und **Pinot Meunier**) erzeugter Wein, der aber dennoch weiß ist (weil die Trauben vorsichtig gepresst werden, um möglichst wenig Farbstoffe aus der Schale abzugeben).

🍷 Champagnerhäuser

Champagner wird in der Regel nicht von den Winzern hergestellt und vertrieben, sondern von den großen Champagnerhäusern (Maisons), die die Trauben aufkaufen. Diese Négociants-manipulants sind auf dem Etikett am Kürzel NM erkenntlich (RM steht dagegen für Récoltant-manipulant, Champagner, der direkt vom Winzer bereitet wurde, RC für Winzer, die einer Genossenschaft angehören, SR für Winzergemeinschaften und CM für Genossenschaften). Zu den großen Champagnerhäusern zählen »grandes marques« wie: Bollinger, Charles Heidsieck, Krug, Lanson, Laurent-Perrier, Moët & Chandon (Prestige cuvée: **Dom Pérignon**), Pol Roger (Prestige cuvée: Sir Winston Churchill), Pommery (Prestige cuvée: Louise), Louis Roederer, Taittinger (Prestige cuvée: Comtes de Champagne) und **Veuve Cliquot** (Prestige cuvée: La Grande Dame).

🍷 Coteaux Champenois

Der Anteil ist zwar nur gering, aber aus der Champagne kommen auch weiße und rote Stillweine.

Dom Pérignon

So heißt der noble und teure Prestige cuvée von Moët & Chandon. Benannt nach dem Benediktinermönch Dom Pérignon, der angeblich das Champagnerverfahren entdeckte, in Wahrheit aber der Erfinder des kunstvollen Verschneidens (Assemblage) verschiedener Lagen und Jahrgänge ist, und der Erste war, der den Champagner »vermarktete«.

Dosage

In Abhängigkeit vom Süßegrad der Versanddosage, dem Zusatz nach dem Degorgieren (s. **Méthode Champenoise**), ist der Champagner im Extremfall Brut Zéro oder Dosage Zéro, sprich knochentrocken, Brut (Zuckeranteil 6 bis 12,15 g/l), Extra Sec (bis 20 g/l), Sec (bis 35 g/l) oder als Demi Sec (bis 50 g/l) ausgesprochen süß.

Jahrgangschampagner

Bei einem normalen Champagner steht kein Jahrgang auf dem Etikett, weil verschiedene Weinjahrgänge miteinander verschnitten werden. Im Unterschied dazu der teurere Jahrgangschampagner, der meist länger auf der Hefe bleibt und eine höhere Qualität hat (allerdings stark vom Jahr abhängig). Er darf nicht vor drei Jahren auf den Markt kommen.

Méthode Champenoise

Die Herstellung von Champagner geht zurück auf das 16. und 17. Jh., wo man zunächst damit zu kämpfen hatte, dass der nicht durchgegorene Wein (der Gärprozess kommt bei den niedrigen Wintertemperaturen zum Erliegen) in den ersten warmen Frühlingstagen plötzlich zu Schäumen begann. Der Mönch **Dom Pérignon** soll als Erster diesen Prozess durchschaut und aus der Not

eine Tugend gemacht haben. Die bei der Umwandlung von Fruchtzucker in Alkohol entstehende Kohlensäure ließ man fürderhin nicht mehr entweichen, sondern hielt sie in dicken Flaschen, die dem Druck standhielten, zurück. Wie läuft die Champagner-Herstellung (Méthode Champenoise) heute ab? Zugrunde liegt eine zweifache Gärung. Zunächst wird der Wein traditionell in Stahltanks oder Eichenfässern vergoren. Es folgt das Verschneiden mit anderen Lagen und Jahrgängen (mit Ausnahme des Jahrgangschampagners), um eine konstante Qualität zu erreichen. Der noch stille Wein wird in Champagnerflaschen abgefüllt und bekommt als Zusatz die Fülldosage, einen »liqueur de tirage« aus Hefe, Zucker und Wein. Die Flaschen werden verschlossen, es folgt die zweite Gärung, bei der erneut Zucker in Alkohol und Kohlensäure verwandelt wird. Die Hefe stirbt ab, es folgt die so genannte »remuage«, das heißt, die mit dem Hals schräg nach unten gelagerten Flaschen werden täglich gedreht und gerüttelt, damit sich das Hefedepot im Hals sammelt (eine Erfindung von **Veuve Clicquot** bzw. von ihrem Kellermeister Abeli). Nächster und entscheidender Schritt ist das Degorgieren, die Flaschen werden kurz geöffnet, das (angefrorene) Hefedepot wird herausgeschleudert, die fehlende Menge Wein mit der Versanddosage, dem »liqueur d'expédition« (**Dosage**), aufgefüllt, gleichzeitig wird über einen entsprechenden Zuckeranteil auch der Süßegrad des ansonsten staubtrockenen Champagners eingestellt. Fehlt nur noch der Champagnerkorken!

Prestiges cuvées

Die Edelverschnitte der großen Champagnerhäuser fallen nicht nur durch ihre besondere Qualität auf, sondern oft auch durch eine ausgefallene Gestaltung und extrem hohe Preise (s. **Champagnerhäuser**).

Rosé-Champagner

Was überall in Frankreich verboten ist, ist in der Champagne erlaubt: Für den Rosé-Champagner wird dem weißen Wein vor der zweiten Gärung etwas Rotwein zugefügt. Alternativ bleibt der rote Most etwas länger auf der Maische, um Farbstoffe aufzunehmen.

Veuve Cliquot

Es waren Mönche wie **Dom Pérignon** und Witwen wie Nicole-Barbe Ponsardin, die die Entwicklung des Champagners entscheidend vorangebracht haben. Auf die Witwe Ponsardin geht das Rütteln (remuage) der Champagnerflaschen zurück. Außerdem gab sie der Marke ihren Namen: Veuve Cliquot-Ponsardin.

Restaurants / Hotels

Boyer Les Crayères

Zentral und doch im Park gelegenes, elegantes (und teures) Refugium für verwöhnte Feinschmecker (Drei-Sterne-Küche). (Ruhetag Restaurant: Montag. Preiskategorie Hotel: DZ ab ca. 300 Euro)

Reims, Boulevard Vasnier, Tel. 03 26 82 80 80,
Fax 03 26 82 65 52
E-Mail: crayeres@relaischateau.com

Champ des Oiseaux

Bezauberndes Hotel in einem mittelalterlichen Fachwerkhaus in der Altstadt von Troyes. Nur 12 Zimmer. (Preiskategorie: DZ ab ca. 100 Euro)

Troyes, Rue Linard Gonthier 20, Tel. 03 25 71 23 45,
Fax 03 25 80 98 34
E-Mail: message@champdesoiseaux.com

Clos Raymi

Zentral im Ort Épernay findet sich dieses kleine, aber sehr ansprechende Art-déco-Hotel. (Preiskategorie: DZ ab ca. 130 Euro)
Épernay, Rue Joseph de Venoge 3, Tel. 03 26 51 00 58,
Fax 03 26 51 18 98
E-Mail: closrayni@wanadoo.fr

Hostellerie la Briqueterie

Ländliches Hotel in Vinay bei Épernay mit gleichzeitig gutem Restaurant. (Preiskategorie Hotel: DZ ab ca. 150 Euro)
Vinay, Route de Sézanne, Tel. 03 26 59 99 99,
Fax 03 26 59 92 10

Royal Champagne

Inmitten der Weinberge liegt dieses Hotel und exquisite Restaurant. Über 200 verschiedene Sorten Champagner werden in der ehemaligen Poststation für den Gast bereitgehalten. (Preiskategorie Hotel: ab ca. 150 Euro)
Champillon-Epernay, Tel. 03 26 52 87 11,
Fax 03 26 52 89 69
E-Mail: royalchampagne@wanadoo.fr

Vigneraie

Charmantes Restaurant in Reims, nur wenige Schritte von der Kathedrale entfernt, mit kreativer Regionalküche. (Ruhetage: Sonntag und Montag)

Reims, Rue Thillois 14, Tel. 03 26 40 26 67,
Fax 03 26 40 26 67

Bon appétit

Die regionale Küche in der Champagne kann es an Raffinesse mit dem perlenden Rebensaft nicht aufnehmen, hat aber gleichwohl seine Stärken. Dazu zählen Wildgerichte, Forellen, Weinbergschnecken und Masthühnchen. Den Champagner kann man gottlob zu allem trinken – vorher, begleitend und danach.

Jambon des Ardennes
Der kaltgeräucherte Schinken aus den Ardennen fehlt in der Champagne auf fast keiner Speisekarte.

Pâté
Gefüllte Pasteten haben in Frankreich eine lange Tradition, in der Champagne wird die Teighülle u. a. mit Wildschwein oder Geflügelleber gefüllt.

Potée
Den Gemüseeintopf (potée champenoise) gibt es in unzähligen Varianten: mit Hühnchen, Schweinefleisch, Wurst, Speck, Lauch und Zwiebeln …

Poulet sauté
Die geschmorten Masthühnchen sind eine ländliche Spezialität der Champagne.

Truites

Typisch für die Champagne (und die Ardennen) sind die frischen Forellen, die in Butter gebraten (mit feinem Sößchen aus Crème fraîche) oder mit Weißwein (au vin blanc) zubereitet werden. Als Beilage gibt es auch den Ardenner Schinken. Als lokale Variante werden Forellen in der Champagne auch auf vielfältige Weise gefüllt.

Elsass

Das Elsass (Alsace) ist das östlichste und damit Deutschland am nächsten gelegene Weinbaugebiet Frankreichs. Es beginnt auf der Höhe von Weissenburg (Wissembourg) und führt mit einer Unterbrechung ab Straßburg als schmaler Streifen über mehr als 100 km nach Süden. Im Westen bilden die Vogesen eine Schutzbarriere, im Osten sorgt der Rhein für ein bevorzugtes Klima. Die relativ nördliche Lage erklärt, warum es im Elsass weniger Rotweine gibt (deren Trauben es lieber etwas wärmer haben), dafür viele ausgezeichnete, körperreiche Weißweine. Dabei gibt es zwei Besonderheiten: Erstens werden im Unterschied zum restlichen Frankreich die Weine nicht nur sortenrein ausgebaut, sondern auch nach der jeweiligen Traube benannt. Und zweitens gibt es im Elsass AOC-Riesling-Weine – und zwar nur im Elsass, denn die Rebsorte ist in Frankreich ansonsten offiziell nicht zugelassen. Was sind die wichtigsten Rebsorten? *Riesling, Sylvaner, Pinot Gris, Gewürztraminer, Muscat* und *Pinot Blanc*. Und Pinot Noir (s. Burgund) für den Roten. Die AOC-Rebfläche liegt bei knapp 14 000 ha, die Jahresproduktion bei ca. 160 Mio. Flaschen.

Chasselas

Eine weiße Sorte, die ursprünglich aus der Schweiz kommt (sie heißt dort Gutedel), im Elsass nur noch selten angebaut und häufig im **Edelzwicker** verschnitten wird.

Crémant d'Alsace

Schaumwein nach der Champagnermethode, bei dem verschiedene Rebsorten (meist **Pinot Blanc** und **Pinot Noir**, auch **Chardonnay**) verschnitten werden.

Edelzwicker

Der Edelzwicker strebt meist nicht nach besonderer Klasse, vielmehr ist er ein gut zu trinkender, frischer Wein für den Alltag. Im Edelzwicker werden verschiedene Rebsorten (z. B. **Chasselas, Pinot Blanc**) miteinander verschnitten.

Gewürztraminer

Als Heimat des Gewürztraminers gilt Südtirol, im Elsass entlockt man der ertragschwachen Rebsorte Weißweine, die gleichzeitig trocken sind und doch mit starken Fruchtaromen aufwarten können.

Muscat

Die Muskateller-Traube führt im Elsass zu meist erstaunlich trockenen Weinen, die sich durch intensive Trauben- und Fruchtaromen auszeichnen.

Pinot Blanc

Der Weiße Burgunder ist eher rund und geschmeidig und wird durch volle Aromen charakterisiert, kann aber auch recht blass ausfallen.

Pinot Gris

Der Pinot Gris (Grauer Burgunder bzw. Ruländer, in Italien: Pinot Grigio) heißt im Elsass traditionell Tokay d'Alsace. Mit dem ungarischen Tokajer hat der Tokay d'Alsace allerdings nichts zu tun, weshalb der Name Tokay im Elsass aus EU-Sicht umstritten ist. Die Weine (auch: Tokay Pinot

Gris) können sehr gut sein, voll, trocken und an Honig erinnernd.

Riesling
Weil es die Riesling-Traube gerne etwas kühler hat, aber doch nicht wieder zu kalt, um voll zu reifen, findet sie im Elsass geradezu ideale Bedingungen vor. Das Ergebnis sind feine, körperreiche Weine, die im Unterschied zu vielen deutschen Riesling-Weinen ausgesprochen trocken sind.

Route du Vin
Berühmte Weinstraße, die im Elsass die wichtigsten Weinorte verbindet (u. a. Colmar, Eguisheim, Turckheim, Riquewihr, Ribeauville, Châtenois, Andlau, Mittelbergheim), herrliche Ausblicke bietet und fortwährend zu Weinproben einlädt.

Sylvaner
Die ertragreiche Sylvaner-Traube (in Deutschland Silvaner) bleibt oft hinter ihren Möglichkeiten zurück und wird für Massenweine verwendet, sie kann aber auch zu angenehmen, leicht erdigen Weinen führen.

Restaurants / Hotels

À l'Ami Fritz
Gemütliches Hotel und empfehlenswertes Restaurant (mit Terrasse), in dem die traditionelle elsässischen Küche kreativ veredelt wird. (Ruhetag Restaurant: Mittwoch. Preiskategorie Hotel: DZ ab ca. 80 Euro)
Ottrott (bei Obernai), Rue des Châteaux, Tel. 03 88 95 80 81,

Fax 03 88 95 84 85
E-Mail: ami-fritz@wanadoo.fr

Am Lindeplatzel
Im historischen Weinort Mittelbergheim wird im Lindeplatzel raffiniert aufgekocht. (Ruhetage: Mittwochabend, Donnerstag)
Mittelbergheim, Tel. 03 88 08 10 69,
Fax 03 88 08 45 08

Auberge de L'Ill
Natürlich darf im Elsass ein Hinweis auf den Gourmettempel von Haeberlin (3 Michelin-Sterne!) nicht fehlen – auch wenn es keinen Feinschmecker geben dürfte, der von der Auberge de L'Ill noch nichts gehört hat. Also erübrigen sich auch die Hinweise auf das unvergleichliche Filet de lapin, auf den gepflegten Riesling …
(Ruhetage: Montag und Dienstag)
Illhaeusern, Rue de Collonges au Mont d'Or, Tel. 03 89 71 89 00,
Fax 03 89 71 82 83
E-Mail: auberge-de-l-ill@auberge-de-l-ill.com

Le Maréchal
Zentral gelegenes Hotel in Colmar, altes Fachwerkhaus mit viel Charme. (Preiskategorie: DZ ab ca. 150 Euro)
Colmar, Place des Six Montagnes Moires, Tel. 03 89 41 60 32,
Fax 03 89 24 59 40
E-Mail: marechal@calixo.net

Wistub du Sommelier
Einfaches, aber sympathisches Restaurant an der Route du Vin

mit offenen Weinen zum Probieren. (Ruhetage: Dienstagabend und Mittwoch)
Bergheim, Tel. 03 89 73 69 99, Fax 03 89 73 36 58

Bon appétit

Das Elsass ist ein beliebtes Ziel für kulinarische Reisen und schlägt die Brücke von der deutschen zur französischen Küche. Dabei reicht das Spektrum von der Feinschmecker-Gastronomie mit Michelin-Stern(en) bis hin zur deftigen Regionalküche. Entsprechend vielfältig sind die Spezialitäten der Region, von denen hier nur einige wenige – sozusagen als Appetitmacher – genannt werden.

Choucroute

Das Sauerkraut zählt zu den Klassikern im Elsass, es wird in Weißwein gegart und kommt mit (gepökeltem Schweine-) Fleisch, Würstchen oder Wild auf den Teller. Für Sauerkraut-Liebhaber gibt es im Elsass sogar eine »Route de la choucroute«.

Coq au Riesling

Die elsässische Variante des burgundischen **Coq au Vin**, natürlich mit dem für die Region charakteristischen **Riesling** zubereitet.

Guglhupf

Der ebenfalls bei uns bekannte Kuchen aus Hefeteig wird im Elsass auch »kougloff« genannt und beinhaltet u. a. Rosinen, Mandeln, Crème fraîche und Kirschwasser. Ins Elsass gekom-

men ist der Guglhupf durch die Habsburgerin Marie-Antoinette.

Munster
Der Weichkäse geht auf die Mönche zurück und wartet nach einigen Wochen Reifezeit mit einem gewaltigen Aroma auf.

Quiche Lorraine
Die Schinkentorte hat von Elsass-Lothringen seinen weltweiten Siegeszug angetreten. Kurzrezept: Butter mit Mehl und Ei zu einem festen Teig verkneten. Nach einer ca. einstündigen Ruhepause im Kühlschrank kommt der Teig in eine Springform. Parallel wird für den Belag Schinken (roh und gekocht) und/oder geräucherter Speck gewürfelt, mit fein gehackten Zwiebeln, frischen Kräutern und Knoblauch vermengt. Davon getrennt werden Eier mit Crème fraîche, Muskat, Pfeffer und geriebenem Käse (Gruyère) verquirlt. Den Backofen bei 180 bis 200 °C vorheizen. Auf den Teig in der Springform den Belag aus Schinken, Zwiebeln etc. verteilen und die Eiersahne darüber gießen. Etwa 45 Minuten im Ofen backen und lauwarm servieren.

Tarte à l'oignon
Der warme Zwiebelkuchen ist eine beliebte Vorspeise im Elsass.

Trami d'Alsace
Der würzige Käse aus Rohmilch hat eine »Abreibung« mit Gewürztraminer hinter sich.

Golf

Le Kempferhof Golfclub

Gepflegter und anspruchsvoller Golfplatz (des amerikanischen Architekten Robert van Haage) vor den Toren Straßburgs mit exklusivem Clubhaus und Hotel in einer alten Residenz.
Plobsheim, Route du Moulin 351, Tel. 03 88 98 72 72, Fax 03 88 98 74 76

Soufflenheim

Der Golfplatz wurde von Bernhard Langer entworfen und 1995 eröffnet.
Soufflenheim, Allée du Golf, Tel. 03 88 05 77 00

Jura und Savoyen

In den meisten Weinführern werden die beiden Weinbaugebiete Jura und Savoyen zusammengefasst. Das macht durchaus Sinn, da die beiden Regionen im Osten Frankreichs – zwischen Dôle, Bourg-en-Bresse und der Schweizer Grenze – nicht nur ein schwieriges Klima, sondern auch eine Vorliebe für höchst individuelle Weine gemeinsam haben. Die AOC-Rebfläche beträgt zusammen 3700 ha, die Jahresproduktion über 30 Mio. Flaschen.

Arbois

Der wohl populärste Wein des französischen Jura. Rund um das Städtchen Arbois (hier lebte Louis Pasteur) wird vor allem **Pinot Noir** angebaut, **Chardonnay**, Savagnin, Poulsard und Trousseau. Entsprechend präsentiert sich der Arbois in allen Spielformen von Weiß über Rosé bis Rot.

Bugëy

Die Appellation grenzt fast an Burgund und ist – aufgrund der geographischen Lage kaum überraschend – für ihre Rotweine (auch Rosé) aus **Pinot Noir** und **Gamay** bekannt.

Château Chalon

Hierbei handelt es sich um kein Château wie im Bordelais, sondern um eine kleine Appellation mit unterschiedlichen Weinerzeugern, die sich allerdings alle dem **Vin jaune** verschrieben haben.

Côtes du Jura

Lang gestreckte Appellation mit eher hellen, fruchtigen Rotweinen und trockenen Weißen. Auch gibt es Schaumweine und die Spezialitäten **Vins jaunes** und **Vins de paille**.

L'Étoile

Einen guten Namen hat der Schaumwein aus dieser Appellation, der nach der Champagnermethode aus **Chardonnay**, Savagnin und Poulsard hergestellt wird. Auch der bukettreiche Weißwein kann sich schmecken lassen.

Vin de paille

Süßer Weißwein aus dem Jura, bei dem die Trauben auf Strohmatten (paille) getrocknet werden.

Vin jaune

Der gelbe Wein (aus der Savagnin-Traube) ist eine Spezialität des Jura, er reift über (mindestens 6) Jahre in Eichenfässern unter einem Hefeflor, wird dann in 60-cl-Flaschen gefüllt (Clavelin) und erinnert an Sherry.

Restaurants / Hotels

Château de Germigney

Ein erst vor einigen Jahren komplett renoviertes Schlosshotel (großer Park) mit einer ehrgeizigen Küchenmannschaft. (Ruhetag: Donnerstag. Preiskategorie Hotel: DZ ab ca. 150 Euro)

Port-Lesney, Tel. 03 84 73 85 85, Fax 03 84 73 88 88

E-Mail: chateaudegermigney@wanadoo.fr

Jean-Paul Jeunet

Das kleine Hotel mit 12 Zimmern ist vor allem bekannt für sein exquisites Restaurant mit einer leichten Küche und über 500 Weinen. (Ruhetage: Mittwochmittag und Dienstag. Preisklasse Hotel: DZ ab ca. 100 Euro)

Arbois, Rue de l'Hôtel de Ville, Tel. 03 84 66 05 67, Fax 03 84 66 24 20

Golf

Golf de Lons-le-Saunier

In geographischer Nähe zum Schaumwein von **L'Étoile** und dem **Vin de paille** findet sich mit dem Golf de Lons-le-Saunier ein hochklassiger Golfplatz, der keine Wünsche offen lässt (mit Gästezimmer).

Lons-le-Saunier, Tel. 0384 43 04 80, Fax 0384 47 31 21

K o r s i k a

Der Anhang wäre nicht komplett, würde man die Insel Korsika und ihre Weine vergessen. Zwar ist Korsika nicht als Anbaugebiet für hochklassige Tropfen bekannt, mehr für einfacheren Vin de Pays und Vin de Table, aber auch auf der Insel geschieht einiges in Richtung Qualitätsverbesserung, und manche Appellationen sorgen zunehmend auf dem Festland für Aufmerksamkeit. Die besten Anbaugebiete sind *Ajaccio* und *Patrimonio*. Mit der Provence hat Korsika die Vorliebe für Rosé gemeinsam, mit der nahe gelegenen italienischen Toskana Rotweine, die an den Chianti erinnern. Die AOC-Rebfläche beträgt knapp über 2000 ha, produziert werden 80 000 hl.

Ajaccio

Appellation im Südwesten Korsikas rund um die Stadt Ajaccio. Angebaut werden Rebsorten wie **Syrah**, **Grenache**, Sciacarello, Nielluccio und Vermentino (eine Weißweinsorte, die auch in der Toskana und auf Sardinien bekannt ist).

Patrimonio

Eine Appellation, aus der zunehmend bessere Rot- (v. a. Nielluccio) und Weißweine kommen, wobei oft schwer zu entscheiden ist, ob sie mehr den Weinen aus der Provence oder der Toskana ähneln.

Vin de Corse

Sammelbezeichnung für Weine von der Mittelmeerinsel – häufig Rosé.

Golf

Golf de Sperone

Aber eine Golfempfehlung gibt es doch: nämlich den ganz im Süden der Insel gelegenen spektakulären Platz von Robert Trent Jones, der sowohl spielerisch als auch landschaftlich (mit einigen Spielbahnen direkt am Meer) Maßstäbe setzt.
Bonifacio, Tel. 04 95 73 17 13, Fax 04 95 73 17 85

Languedoc-Roussillon

Das Languedoc-Roussillon, am Mittelmeer zwischen Nîmes und Perpignan, ist eines der größten Weinbaugebiete der Welt. Noch vor nicht langer Zeit nur für billige Konsumweine bekannt, macht sich das Midi zunehmend einen Namen mit ehrgeizigen Tropfen. Da die Appellationen den Anbau bestimmter Rebsorten vorschreiben, kommen die kreativsten Weine oft als schlichte Vins de Pays auf den Markt. Die AOC-Rebfläche von 40 000 ha ist im Languedoc-Roussillon also wenig aussagekräftig, schon eher sind es die fast 250 000 ha eigentliche Rebfläche und erst recht die fast 300 Mio. Flaschen, die alljährlich produziert werden. Im Folgenden einige der bekannteren Appellationen, die allerdings nicht die aktuelle Vielfalt und Klasse der Weine aus dem Languedoc-Roussillon widerspiegeln können.

Banyuls

Eine Rarität aus der südwestlichsten Ecke Frankreichs, die als Vin doux naturel auf den Markt kommt, ein Süßwein, der in seiner roten Ausprägung bevorzugt auf **Grenache** basiert. Die ausgeprägte Restsüße entsteht dadurch, dass die Gärung durch Zugabe von Alkohol gestoppt wird. Es gibt vom Banyuls aber auch eine trockene Variante.

Collioure

Appellation für kräftige, trockene Rotweine.

Corbières
Die Rotweine aus dieser Region haben einen guten Ruf, werden aus **Grenache**, **Syrah** und der Carignan-Traube hergestellt, sind aber in Qualität und Charakter sehr unterschiedlich – von simpel über fein bis kräftig. Auch gibt es von Corbières Weißweine (u. a. aus der Roussanne-Traube).

Coteaux du Languedoc
Große Appellation mit zwar sehr unterschiedlichen, aber einigen anerkannt guten Rot- (u. a. **Grenache, Syrah, Mourvèdre**), Weiß- und Rosé-Weinen.

Côtes du Roussillon
Großes Anbaugebiet, zu dem auch Villages-Appellationen (Rotweine) zählen. Die häufigsten Rebsorten sind Carignan, **Grenache, Syrah** und **Mourvèdre**.

Fitou
Am Meer gelegene, älteste Rotwein-Appellation in Frankreich (u. a. Carignan, **Syrah**, **Grenache**), nördlich von Perpignan.

Limoux
Bekannt für seine Weiß- und Schaumweine (Blanquette de Limoux/Crémant de Limoux) aus der Rebsorte Mauzac (bei Blanquette de Limoux mindestens 90 %), **Chardonnay** und **Chenin Blanc**.

Minervois
Das Weinbaugebiet weist einen breiten Rebsortenspiegel (u. a. **Grenache**, **Mourvèdre**, **Syrah**) auf, der sich vor allem in an-

genehmen Rotweinen niederschlägt, aber auch frische Weißweine hervorbringt.

Restaurants / Hotels

Château d'Aiguefonde
Ein Refugium der ganz besonderen Art. Das Schloss hat nur acht perfekt renovierte Gästezimmer, einen traumhaften Park mit antiken Marmorstatuen und täglich wechselnde Degustationsmenüs für die Hotelgäste. (Preiskategorie Hotel: DZ ab ca. 200 Euro)
Aiguefonde, Tel. 05 63 98 13 70,
Fax 05 63 98 69 90

Golf

Golf del la Grande Motte
Ein weiterer Golfplatz von Robert Trent Jones, nicht weit von Montpellier in die eigenwillige Architektur des berühmten Badeorts integriert.
La Grande Motte, Avenue du Golf, Tel. 04 67 56 05 00,
Fax 04 67 29 18 84

Massane
Ein moderner Platz des amerikanischen Architekten Ronald Fream (mit Leadbetter-Golfacademie) östlich von Montpellier am Meer.
Baillargues, Tel. 04 67 03 34 30,
Fax 04 67 03 34 51

Saint Cyprien

Ganz im Süden des Roussillon sehr schön am Meer gelegener Golfplatz mit Links-Charakter (und Nähe zu den Weinen von Banyuls und Collioure).

Saint Cyprien, Tel. 04 68 37 63 63, Fax 04 68 37 64 64

Loire

Die Loire ist der längste Fluss Frankreichs. Er entspringt im Südosten des Landes, südlich von Lyon auf der Höhe der Côtes du Rhône, und strömt genau entgegengesetzt zur Rhône zunächst nach Norden bis nach Orléans, dann gen Westen an Tours und Angers vorbei nach Nantes in den Atlantik. Berühmt ist die Loire nicht nur für ihre prunkvollen Schlösser, sondern natürlich auch für ihre Weine. Wie eine Perlenkette folgen dem Flusslauf bekannte Anbauregionen: *Sancerre* und *Pouilly-Fumé*, die *Touraine* mit *Bourgueil, Chinon* und *Vouvray*, danach *Anjou* und *Saumur, Savennières* und schließlich an der Mündung *Muscadet*. Die bestimmenden Rebsorten sind Sauvignon Blanc, *Chenin Blanc* und *Melon* de Bourgogne (*Muscadet*) für die Weißweine, Gamay und Cabernet Franc für die Roten. Die AOC-Rebfläche beträgt 55 000 ha, produziert werden 2,5 Mio. hl.

🍷 Anjou

Das Weinbaugebiet, benannt nach der Stadt Angers, ist im Ausland oft nur für seinen Rosé bekannt. Und da dieser meist in großer Menge produziert wird, steht es mit dem Image nicht immer zum Besten. Dabei gibt es mit dem Cabernet d'Anjou auch sehr feine, auf **Cabernet Franc** basierende Rosé-Weine. Aus dem Anjou kommen zudem vermehrt gute Rotweine (Anjou Villages) aus **Cabernet Franc** oder der **Gamay**-Traube. Besonders hervorzuheben ist die Appellation Saumur-Champigny mit zum Teil hervorragenden **Cabernet-Franc**-Weinen. Die weißen Anjou-Weine setzen vor allem auf **Chenin Blanc**. Bekannt sind

ebenfalls die Schaumweine der Region (Crémant de Loire). Auch hier wieder herausragend: die champagnerähnlichen Schaumweine von **Saumur**.

Bourgueil

Mit **Chinon** streiten sich Appellation-Gemeinden Bourgueil und St-Nicolas-de-Bourgueil um die Ehre, den besten Rotwein entlang der Loire zu produzieren. Dabei setzen sie voll auf den **Cabernet Franc**, der hier seine ganze Vielseitigkeit von leichten Roten bis hin zu langlebigen Schwergewichten ausspielt.

Chenin Blanc

Hauptrebsorte der Loire (wird auch Pineau de la Loire genannt), die hervorragend für das Klima geeignet ist, hohe Erträge bringt, gleichwohl charaktervolle Weine hervorbringen kann, zudem feine, langlebige Süß- und auch Schaumweine (nach der Champagnermethode) liefert.

Chinon

Aus dieser Region (die zur **Touraine** gehört) kommen einige der besten Rotweine (**Cabernet Franc**) der Loire. Auch gibt es Rosé- und Weißweine (**Chenin Blanc**).

Melon

Die weiße **Muscadet**-Traube, die im Mündungsgebiet der Loire angebaut wird, heißt eigentlich Melon und mit vollem Namen Melon de Bourgogne, was auf die Herkunft der Rebsorte hinweist. Allerdings wird die Traube in **Burgund** heute nicht mehr angepflanzt.

Muscadet

Pays Nantais wird das Mündungsbiet der Loire rund um die Stadt Nantes genannt. Dort wird fast ausschließlich der Muscadet (**Melon**) angebaut, in den meisten Fällen ein einfacher, frischer Wein, der gut zu den Fischgerichten der Region passt. Etwas mehr Charakter hat der Muscadet, wenn er »sur lie« ausgebaut wird, was bedeutet, dass der Wein nach der Gärung auf der Hefe verbleibt und von dort (frühestens am 31. März) ohne Umwege in die Flaschen gelangt. Auch macht man beim Muscadet die Primeur-Mode mit, es gibt ihn dann ab dem dritten Donnerstag im November. Der beste Muscadet kommt aus der Region Sèvre-et-Maine südlich von Nantes.

Pouilly-Fumé

Wie der **Sancerre** ist der Pouilly-Fumé ein sortenreiner **Sauvignon Blanc**, der dank eines Bodens, der mit Feuerstein (Flint) durchzogen ist, seine charakteristische »rauchige« (fumé) Note bekommt. Im Ausland steht Fumé sogar oft als Synonym für Sauvignon. Im Wettstreit mit dem an der Loire gegenüberliegenden **Sancerre** wird dem Pouilly-Fumé (berühmt ist der »Baron de L«) häufig ein kleiner Vorsprung zugebilligt. Der leichte Pouilly-sur-Loire ist mit dem Pouilly-Fumé nicht zu vergleichen und basiert auf der einfachen Chasselas-Traube (Gutedel).

Sancerre

Die Weinbauregion südlich von Orléans hat eine lange Tradition und ist heute berühmt vor allem für seinen **Sauvignon Blanc**. Die Traube findet hier sowohl klimatisch als auch vom Boden her optimale Bedingungen vor. Das Ergebnis sind trockene Weine mit dem für die Traube charakteristischen Stachelbeeraroma. Allerdings ist die Qualität nicht immer so, dass

sie den hohen Preis rechtfertigen würde. Bekannt sind außerdem die roten **Pinot-Noir**-Weine, die jedoch kaum an ihre Vorbilder in **Burgund** heranreichen. Es gibt auch Süßweine und Rosé (aus **Pinot Noir**).

Saumur

(s. **Anjou**)

Savennières

Kleine Appellation mit vorzüglichen und außergewöhnlich langlebigen Weißweinen aus der Chenin-Blanc-Traube.

Touraine

Die Weine aus der Region rund um die Stadt Tours werden oft mit dem Anjou verglichen und haben ein ähnliches Qualitätsspektrum. Angebaut werden traditionell **Gamay, Chenin Blanc** und **Sauvignon Blanc**, hinzu kommen u. a. **Pinot Noir, Cabernet Sauvignon** und **Chardonnay**. Entsprechend unterschiedlich sind die Geschmacksrichtungen. Die Orientierung fällt leichter, wenn man sich auf die bekannten Unterappellationen **Vouvray, Chinon** und **Bourgueil** konzentriert (s. d.).

Vouvray

Der **Touraine** zugehörig, können die fruchtigen Weißweine der AC Vouvray (aus **Chenin Blanc**) eine bemerkenswerte Qualität erreichen. Es gibt sie von süß über halbtrocken bis trocken. Auch der Schaumwein Vouvray Mousseux kann (muss aber nicht) eine gute Empfehlung sein.

Restaurants / Hotels

Château de Marcay

Im Weinbaugebiet von **Chinon** liegt dieses luxuriöse Schlosshotel, in dem man auch trefflich speisen kann. (Preiskategorie: DZ ab ca. 120 Euro)
Marcay-Chinon, Tel. 02 47 93 03 47, Fax 02 47 93 45 33

Coq Hardi-Relais Fleuri

Restaurant im Herzen des **Pouilly-Fumé** am Ufer der Loire. (Ruhetage: Dienstagabend und Mittwoch)
Avenue Tuilerie 42, Tel. 03 86 39 12 99, Fax 03 86 39 14 15

Domaine de la Tortinière

Villa mit großem Park, Pool und 15 Zimmern. (Preiskategorie: DZ ab ca. 130 Euro)
Montbazon, Tel. 02 47 34 35 00, Fax 02 47 65 95 70

Les Bordes

Zur Golfanlage (südlich von Beaugency in einem großen Forst) gehört diese einsam gelegene Hotelanlage mit kleinen stilvollen »maisons de campagne«. Ein idealer Platz für Golfer, die Erholung suchen, auf einem der besten Plätze Frankreichs spielen und von hier Exkursionen zu den Schlössern und Weinbaugebieten der Loire unternehmen wollen. (Preiskategorie: ab ca. 200 Euro)
Les Bordes, Saint-Laurent-Nouan,
Tel. 02 54 87 72 13,
Fax 02 54 87 78 61 E-Mail: info@lesbordes.com
Internet: www.lesbordes.com

Bon appétit

Ebenso wie mit dem Lauf des Flusses die Rebsorten wechseln, unterliegt auch die regionale Küche entlang der Loire einem Wandel – vom Ziegenkäse aus *Sancerre* über Fischspezialitäten und Wildgerichte bis hin zu Muscheln und Austern an der Mündung in den Atlantik. In jedem Fall ist die Loire auch unter kulinarischen Aspekten mehr als eine Reise wert. Im Folgenden nur einige wenige Spezialitäten, die stellvertretend für den Reichtum der Küche an der Loire stehen.

Andouillette
Herzhafte Wurst aus Innereien.

Beurre blanc
Eine sahnige Sauce, die zu Fisch (z. B. Lachs, Zander) serviert wird und aus Butter, Schalotten und Weißwein (bevorzugt **Muscadet**) besteht.

Champignons
In den Höhlen entlang der Loire werden so viele Champignons gezüchtet wie nirgendwo sonst in Europa.

Chaudrée
Intensiv nach Knoblauch duftende Fischsuppe.

Chèvre chaud
Der bekannteste Ziegenkäse kommt aus der Region **Sancerre.** Er wird als Chèvre chaud im Ofen gebacken und harmoniert (wie sollte es bei dieser Herkunft anders sein) trefflich u. a. mit **Sauvignon Blanc**.

Cointreau

Der weltberühmte Orangenlikör hat seine Heimat in Angers im Anjou. Er genießt nicht nur als Getränk große Beliebtheit, sondern trägt auch zum Gelingen vieler Süßspeisen bei (z. B. Cointreau-Torte).

Jambon de Sancerre

Aus **Sancerre** kommt nicht nur ein vorzüglicher Wein und besagter Ziegenkäse, sondern auch ein hoch geschätzter geräucherter Schinken.

Moules à la marinière

Eine Muschelplatte mit einem Sud aus Weißwein, Kräutern und Schalotten.

Tarte Tatin

Die gestürzte, karamellisierte Apfeltorte ist nach den Schwestern Tatin aus dem südlich von Orléans gelegenen Lamotte-Beuvron benannt. Sie haben sich die Torte ausgedacht, die sozusagen auf dem Kopf zubereitet wird. Kurzrezept: (Säuerliche) Äpfel schälen, vom Kerngehäuse entfernen und in Scheiben schneiden. Kreisförmig in einer Pfanne auf einem Boden aus Butter, Puder- und Vanillezucker arrangieren und auf dem Herd karamellisieren lassen. Mürbeteig aus Mehl, Butter und Ei zubereiten, ca. eine Stunde im Kühlschrank ruhen lassen, dann dünn ausrollen. Backofen auf ca. 200 °C vorheizen. Den ausgerollten Teig auf die Äpfel in der Pfanne legen und das Ganze für etwa 30 Minuten in den Ofen stellen. Und dann kommt der Zaubertrick der Demoiselles Tatin: Die Tarte wird auf einen großen Teller gestürzt – mit dem Effekt, dass der Teig (wie es sich gehört) zuunterst liegt.

Golf

Golf de Touraine

Traditionsreicher Golfplatz mit optischer Schlossanbindung in der Nähe von **Chinon** und seinem **Cabernet Franc**.
Ballan Mire, Château de la Touche, Tel. 02 47 53 20 28, Fax 02 47 53 31 54

Golf du Château des 7 Tours

Das Besondere sind vielleicht weniger die Fairways, sondern ist die Atmosphäre eines Golfplatzes, der wie ein Privatparcours zu einem Schloss in der Touraine gehört (mit Hotel).
Courcelles de Touraine, Tel. 02 47 24 69 75, Fax 02 47 24 23 74

Golf les Bordes

Einer der Spitzenplätze nicht nur im Loire-Tal, sondern in ganz Frankreich. Ursprünglich der Privatplatz von Baron Bich.
Adresse s. Hotel

Provence

Die Provence ist der sonnige Südosten Frankreichs, im Westen von der Rhône begrenzt und im Süden vom Mittelmeer. Die Region ist das bekannteste Feriengebiet Frankreichs. Kein Wunder, bei dieser herrlichen Landschaft, dem besonderen Licht, das schon Maler wie van Gogh fasziniert hat, den Olivenbäumen, den blühenden Lavendelfeldern – die Attribute ließen sich fortsetzen. Und wenn nicht gerade der Mistral übers Land pfeift, hat die Provence auch ein wunderbares Klima, jedenfalls zum Urlaubmachen. Vielen weißen Rebsorten ist die Region dagegen zu warm, aber es gibt dennoch gute Beispiele u. a. aus Ugni Blanc, *Clairette*, Sémillon und Marsanne. Berühmt ist die Provence für den *Rosé*, der bei den Touristen auf der Beliebtheitsskala ganz oben steht, oft aber keinen besonderen Ansprüchen genügt (in zunehmendem Maße bestätigen Ausnahmen die Regel). Bei den Rotweinen (u. a. aus Syrah, *Mourvèdre*, Grenache und Cabernet Sauvignon) ist seit einigen Jahren ein Qualitätsaufschwung zu beobachten, so können sich u. a. die Tropfen aus *Bandol* sehen bzw. schmecken lassen. Und in einigen Enklaven wie etwa *Cassis* entstehen frische Weißweine (Rebsorten u. a. *Clairette*, Marsanne), die ideal zum Klima und zur Meeresküche passen. Die Rebfläche in der Provence beträgt ca. 25 000 ha, die Produktion von AOC-Weinen liegt rund bei 1 Mio. hl.

Bandol

Die kleine Weinregion rund um die Hafenstadt Bandol zählt zu den ältesten Appellationen in Frankreich. Einen besonde-

ren Ruf genießen die kräftigen Rotweine, die primär auf die **Mourvèdre**-Traube setzen. Auch gibt es trockene Rosé-Weine aus Bandol und eher schlichtere Weißweine (**Sauvignon Blanc**).

Bellet

Eine Appellation, die richtig bekannt eigentlich nur in Nizza ist (wo die Weinbauregion angrenzt) und sowohl Weiß- als auch Rotweine hervorbringt.

Cassis

Ein ehemaliger Fischerort mit malerischem Hafen, den viele Cafés und Fischlokale säumen. Der Name Cassis (in diesem Fall ist nicht der gleichnamige Likör aus der schwarzen Johannisbeere gemeint) steht auch für trockene Weißweine u. a. aus den Sorten Ugni Blanc, Marsanne, **Clairette** und **Sauvignon Blanc**. Die Rot- und Rosé-Weine aus dieser kleinen Appellation sind weit weniger bekannt.

Clairette

Weiße Rebsorte, die in der Provence heimisch ist und meist (z. B. beim **Cassis**) mit anderen Trauben verschnitten wird.

Coteaux d'Aix-en-Provence

Die Weinregion liegt rund um die Stadt Aix-en-Provence. Neben den regional üblichen Rebsorten (**Grenache, Mourvèdre**, Cinsault) wird dem **Cabernet Sauvignon** und dem **Syrah** vermehrte Aufmerksamkeit zuteil.

Coteaux Varois

Die noch junge Appellation-Contrôlée-Region Coteaux Varois

hat viele Massenweine zu bieten, zunehmend aber auch ehrgeizige Tropfen wie jene von Clos de la Truffière.

Côtes-de-Provence

Diese größte Appellation der Provence reicht von Fréjus über Saint-Tropez nach Toulon und (mit Unterbrechungen) bis nach Aix-en-Provence. Côtes-de-Provence wird häufig mit Rosé-Weinen assoziiert (rund drei viertel der Produktion). Tatsächlich gibt es natürlich auch Rot- und Weißweine, die der Größe und Vielschichtigkeit der Appellation entsprechend ebenso wie der Rosé von belanglos bis hervorragend (z. B. von **Domaine Ott**) variieren können.

Domaine Ott

Eine der feinsten Adressen der Appellation Côtes-de-Provence mit hervorragenden Weinen (Rot, Weiß und Rosé), die leider auch im Preis ziemlich hoch angesiedelt sind.

Les-Baux-de-Provence

Die junge Appellation (seit 1995) befindet sich zwischen St-Rémy-de-Provence und Arles (rund um den malerischen Ort Baux) und kann mit anerkannt guten Rot- und Weißweinen aufwarten.

Mourvèdre

Die rote Rebsorte stammt aus Spanien (Monastrell), fühlt sich aber auch in der Provence sehr wohl und wird dort häufig mit **Syrah** oder **Grenache** verschnitten.

Palette

Diese Appellation bei Aix-en-Provence ist so klein, dass sie von

nur zwei Erzeugern geteilt wird: Château Simone und Château Cremade. Bekannt ist Palette sowohl für ausgezeichnete Rotweine (u. a. aus **Syrah, Grenache, Mourvèdre**) als auch für trockene Weiße und frische Rosés.

Restaurants / Hotels

Alain Assaud
Rustikales Bistro in St-Rémy-de-Provence mit regionaler Küche. (Ruhetag: Mittwoch)
St-Rémy-de-Provence, Boulevard Marceau 13,
Tel. 04 90 92 37 11

Auberge de la Benvengudo
Am Fuße des Felsens von Les Baux gelegene hübsche Auberge mit großem Garten, Pool und gutem Preis-Leistungs-Verhältnis. (Preiskategorie: DZ ab ca. 150 Euro)
Les-Baux-de-Provence, Tel. 04 90 54 32 54,
Fax 04 90 54 42 58
E-Mail: benvengudo@aol.com
Internet: www.benvengudo.com

Bastide de Moustiers
In dieser abgelegenen Bastide mit 12 Hotelzimmern führt Frankreichs am meisten dekorierter Koch Alain Ducasse (dem das Hotel gehört) zurück zu der bodenständigen Küche der Provence – allerdings auf höchstem kulinarischem Niveau. (Preiskategorie Hotel: DZ ab ca. 200 Euro)
Moustiers-Ste-Marie, Chemin de Quinson,
Tel. 04 92 70 47 47,

Fax 04 92 70 47 48
E-Mail: *bastide@i2m.fr*

Château des Alpilles

Das charmante Hotel (18 Zimmer) liegt etwas außerhalb von St-Rémy-de-Provence. Zur prachtvollen Villa aus dem frühen 19. Jahrhundert führt eine private Platanenallee (Park mit Pool). (Preiskategorie: DZ ab ca. 200 Euro)
St-Rémy-de-Provence, Ancienne route du grès,
Tel. 04 90 92 03 33, *Fax* 04 90 92 45 17

Hôtel les Ateliers de l'Image

Aus dem alten Kino und Konzerthaus von St-Rémy-de-Provence ist ein perfekt designtes Kunsthotel (mit kleinem Pool) entstanden, das sich gleichzeitig als großes Fotoatelier versteht und eine beliebte Location für Modeproduktionen und Workshops ist. (Preiskategorie: DZ ab ca. 120 Euro)
St-Rémy-de-Provence, Avenue Pasteur 5, Tel. 04 90 92 51 50,
Fax 04 90 92 43 52
E-Mail: *ateliers-images@pacwan.fr*

La Fenière

Hier bietet die Spitzenköchin Reine Sammut ihren männlichen Kollegen mit einer kreativen provenzalischen Küche die Stirn. Schöne Terrasse. (Ruhetag: keiner)
Lourmarin, Route de Cadenet, Tel. 04 90 68 11 79,
Fax 04 90 68 18 60

La Frégate

Ein ideales Hotel für Golfspieler (Golfer-Package) mit Blick aufs Meer, gepflegtem 18 Loch-Golfplatz (s. Golf) und eige-

nen Weinbergen (**Bandol**). (Preiskategorie Hotel: ab circa 180 Euro)
Saint-Cyr-sur-Mer, Route de Bandol, Tel. 04 94 29 39 39, Fax 04 94 29 39 40
E-Mail: reservation-fregate@wanadoo.fr
Internet: www.fregate.fr/www.dolce.com

La maison jaune
Kleines modernes Restaurant in der Altstadt von St-Rémy-de-Provence mit kreativer Küche. (Ruhetag: Montag)
St-Rémy-de-Provence, Rue Carnot 15, Tel. 04 90 92 56 14
E-Mail: lamaisonjaune@wanadooo.fr
Internet: www.franceweb.org/lamaisonjaune

Le Castellas
Charmantes Hotel mit individuellen Zimmern, einem antiken Ambiente und einem empfehlenswerten Restaurant mit kreativer Küche (bei Pont-du-Gard). (Preiskategorie: DZ ab ca. 120 Euro)
Collias, Grand'rue, Tel. 04 66 22 88 88, Fax 04 66 22 84 28
E-Mail: casetellas@chateauxhotels.com
Internet: www.chateauxhotels.com/castellas

Le Mas du Langoustier
Paradiesisch gelegenes Hideaway auf der Insel Porquerolles vor Hyères. Nur mit Fähre, Hubschrauber oder eigener Yacht zu erreichen. Ein idealer Platz u. a. für Honeymooner und Seelenbaumler. In der Küche sorgt Joël Guillet für kulinarische Überraschungen auf hohem Kreativniveau. (Preiskategorie: DZ ab ca. 180 Euro)
Ile de Porquerolles, Tel. 04 94 58 30 09,

Fax 04 94 58 36 02
E-Mail: langoustier@compuserve.com
Internet: www.langoustier.com

Le Moulin de Lourmarin

In der ehemaligen Ölmühle, die modern ausgebaut ist, übernachtet man vor allem, um in den Genuss der Zwei-Sterne-Küche (von Edouard Loubet) zu kommen. (Preiskategorie Hotel: DZ ab ca. 300 Euro)

Lourmarin, Tel. 04 90 68 06 69, Fax 04 90 68 31 76
E-Mail: lourmarin@francemarket.com
Internet: www.francemarket.com/lourmarin

Le Moulin de Vernègues

Das Hotel im gepflegten Landhausstil liegt direkt am Golfplatz von Pont Royal (s. Golf), ist aber auch für Nichtgolfer u. a. wegen der zentralen Lage eine empfehlenswerte Adresse. (Preiskategorie: DZ ab ca. 200 Euro)

Mallemort, Route Nationale 7, Pont Royal en Provence,
Tel. 04 90 59 12 00, Fax 04 90 59 15 90
E-Mail: PontRoyalG@aol.com
Internet: www. PontRoyal.com

Ousteau de Baumanière

Selten werden Luxus und Charme in Südfrankreich so perfekt in Einklang gebracht wie im Ousteau de Baumanière mit seinem verwunschenen Garten und der grandiosen Küche von Jean-André Charial. (Preiskategorie: ab ca. 250 Euro)

Les-Baux-de-Provence, Tel. 04 90 54 33 07, Fax 04 90 54 40 46
E-Mail: contact@ousteaudebaumaniere.com
Internet: www.ousteaudebaumaniere.com

Zébra Square

Trendiges Restaurant mit großer Terrasse und Meerblick in Monaco. Das Konzept stammt aus Paris, wo es ein gleichnamiges Restaurant, Hotel und einen Lounge Club gibt.
Monaco, Avenue Princesse-Grace 10, Tel. 03 77 99 99 25 50, Fax 03 77 99 99 25 60, Internet: www.zebrasquare.com

Bon appétit

Wo soll man anfangen, wenn es um gutes Essen und typische Gerichte in der Provence geht? Und wo aufhören? Hier, wo es sich in Frankreich wohl am schönsten leben lässt (jedenfalls bestätigt die Vielzahl der Ferienhäuser zwischen Avignon, Aix-en-Provence, Toulon und der Côte d'Azur diesen Eindruck). Das kulinarische Angebot ist überwältigend und verströmt schon beim bloßen Gedanken einen Duft von Rosmarin, Lavendel, Salbei und Thymian. Im Folgenden zum Einstimmen (auf den nächsten Urlaub) ein kurzer Blick in die provenzalische Küche.

Bouillabaisse

Einst ein Armeleuteessen aus Marseille (bereitet aus den Überresten des täglichen Fischfangs), ist die Bouillabaisse heute die wohl berühmteste Fischsuppe der Welt. Die wichtigsten Zutaten: fangfrische Fische und Meeresfrüchte, Kartoffeln, Schalotten, Tomaten, Gewürze, Safran, Kräuter, Knoblauch, Lauch, Olivenöl. Das Ganze kurz aufgekocht und serviert mit Knoblauchmayonnaise auf Weißbrotscheiben (Rouille).

Calissons d'Aix

Die süßen Calissons sind eine Spezialität (und ein beliebtes Mitbringsel) aus Aix-en-Provence (z. B. von Roy René). Die Oblaten haben die rautenförmige Form von Schiffchen und bestehen vor allem aus Mandeln, kandierten Früchten (v. a. Melone) und/oder Aprikosensirup.

Filet de bœuf Wellington

Wird von Béatrice und Valerie in der Provence zubereitet. Kurzrezept: Rinderfilet (Mittelstück) salzen und pfeffern, rundum scharf anbraten, dann abkühlen lassen. Danach in der Pfanne klein gehackte Champignons und Schalotten andünsten, salzen und pfeffern, dazu **Herbes de Provence** (s. u.), Sahne und eventuell ein Schuss Sherry. Die Farce abkühlen lassen, etwas getrüffelte Gänseleberpastete und Semmelbrösel untermischen. Blätterteigscheiben auftauen, zu einer großen Fläche ausrollen und dick mit der Farce bestreichen. Dann das Rinderfilet darauf legen, in den Teig einschlagen, diesen mit Eigelb »verkleben«. Das Ganze mit Teigstreifen garnieren und komplett mit Eigelb bestreichen, den Teig einstechen und im vorgeheizten Backofen bei 220 °C ca. 30 Minuten backen, danach einige Minuten ruhen lassen. Das Filet Wellington in Scheiben schneiden und z. B. mit Kartoffelgratin servieren.

Herbes de Provence

Die berühmten Kräuter verleihen der mediterranen Küche ihren provenzalischen Charakter. Die Zusammensetzung folgt keiner starren Regel. Fast immer dabei: Rosmarin, Thymian, Lorbeer, Lavendel, Bohnenkraut, Salbei und feine Kräuter (fines herbes) wie Estragon und Petersilie.

Olivenöl

Die Provence ist in Frankreich die wichtigste Herkunftsregion für hochwertiges Olivenöl. Am besten ist natürlich die erste Kaltpressung, die sich auf dem Etikett identifizieren lässt als »Huiles d'olive vierge extra«.

Pistou

Die Basilikumpaste (entspricht dem Pesto in Italien) ist wesentlicher Bestandteil z. B. der Soupe en pistou.

Sisteron

Aus dem Ort Sisteron kommt das beste Lammfleisch der Provence (Agneau de Sisteron).

Tapenade

Die Tapenade ist eine für die Provence typische Olivenpaste (weitere Zutaten: Sardellen, Kapern, Knoblauch, Olivenöl, **Herbes de Provence**, evtl. **Cognac**) und wird u. a. auf geröstetes Weißbrot gestrichen.

Tranches de gigot d'agneau dans la casserole

Die Lammkeulenscheiben in der Kasserolle werden als Rezept hier deshalb vorgestellt, weil das Gericht im Roman anlässlich der Trauerfeier von Jean-Yves aufgetischt wird. Kurzrezept: Die Tranches von der Lammkeule (s. **Sisteron**) in Olivenöl und Thymian marinieren und über Nacht ziehen lassen. In einer Kasserolle wird Butter erhitzt. Die Lammscheiben kurz anbraten, wenden. Hinzu kommen Knoblauch, Thymian, Rosmarin und Lorbeerblätter. Salzen und pfeffern, mit Wein ablöschen und in der Kasserolle servieren.

Trüffel

Ab Mitte November treffen sich jeden Freitag in Carpentras die Liebhaber der schwarzen Knollen mit dem Namen Tuber melanosporum. Denn als Trüffel-Region ist die Provence noch bedeutender als das Périgord.

Golf

Frégate

Bei **Bandol** gelegener Golfkurs (gestaltet von Pete Dye), bei dem man nach verunglückten Bällen ganz entspannt den wunderschönen Blick aufs Meer genießen und sich auf den Wein von den angrenzenden Rebstöcken freuen sollte. Mit Hotel (s. **La Frégate**).

Saint-Cyr-sur-Mer, Route de Bandol, Tel. 04 94 69 63 63,
Fax 04 94 59 00 93

Golf de Sainte Maxime

Etwas Kondition sollte man bei diesem Platz an der Côte d'Azur oberhalb von Saint-Tropez schon mitbringen, Golfcarts gibt es nicht, und es geht munter bergauf und -ab.

Sainte Maxime, Route du Débarquement 83, *Tel.* 04 94 49 26 60,
Fax 04 94 49 00 39

Monte-Carlo

Beim 14. Abschlag fällt es aufgrund der grandiosen Aussicht ausgesprochen schwer, sich auf den Ball zu konzentrieren. Der traditionsreiche Platz (von 1911) liegt oberhalb von Monte-Carlo und ist entsprechend nobel.

La Turbie, Route du Mont Agel, Tel. 04 92 41 50 70,

Fax 04 93 41 09 55
E-Mail: monte-carlo-golf-club@wanadoo.fr

Pont Royal
Die große Golfanlage (mit exklusiven Ferienwohnungen/-häusern) findet sich westlich von Aix-en-Provence an der Route Nationale nach Avignon. Der Platz trägt die Handschrift von Seve Ballesteros.
Mallemort, Route Nationale 7, Tel. 04 90 57 40 79,
Fax 04 90 59 45 83

Rhône-Tal

Das Weinbaugebiet des Rhône-Tals beginnt südlich von Lyon und reicht über 200 km flussabwärts bis zur Provence. Üblich ist eine Unterscheidung in die nördliche und die südliche Rhône. Der Norden beginnt bei Vienne mit der Appellation *Côte-Rôtie,* es folgen *Château-Grillet* und *Condrieu, Saint-Joseph, Hermitage, Crozes-Hermitage, Cornas* und *Saint-Péray.* Dieser nördliche Bereich des Rhône-Tals ist weltberühmt für rebsortenreine Rotweine aus der *Syrah*-Traube. *Château-Grillet* und *Condrieu* sind kleine, aber feine Weißwein-Appellationen (*Viognier*-Traube). Der mediterrane Süden des Rhône-Tals beginnt bei Montélimar und reicht bis nach Avignon. Im krassen Gegensatz zum Norden wird hier eine Vielzahl von Rebsorten angebaut, wobei bei den Rotweinen *Syrah, Grenache* und Mourvèdre dominieren, bei den relativ wenigen Weißweinen Muscat, Clairette, Roussanne und Marsanne. Häufig zitiert wird das Beispiel des Châteauneuf-du-Pape, der aus bis zu 13 verschiedenen Traubensorten verschnitten werden kann. Die wichtigsten Anbaugebiete des Südens sind: *Châteauneuf-du-Pape, Lirac, Tavel, Gigondas, Vacqueyras, Coteaux du Tricastin* und *Côtes du Luberon.* 75 000 ha sind im Rhône-Tal als AOC-Rebfläche ausgewiesen. Der Jahresertrag liegt bei 3,2 Mio. hl – und ist damit deutlich höher als beispielsweise in ganz Burgund inklusive Chablis.

🍷 Château Grillet

Gerade mal 4 ha misst diese winzige Weißwein-Appellation, in

der es auch nur einen einzigen Erzeuger gibt. Der entsprechend rare Wein aus der **Viognier**-Traube wird in Frankreich zu den Spitzengewächsen gerechnet, ist auf jeden Fall teuer.

Châteauneuf-du-Pape
Dieser berühmte Rotwein aus der alten Sommerresidenz des Papstes (von Avignon) im südlichen Rhône-Tal hat als Besonderheit, dass bis zu 13 Rebsorten (u. a. **Grenache, Syrah, Mourvèdre**) miteinander verschnitten werden dürfen. Sein ausdrucksvoller Charakter wird auf den steinigen Boden zurückgeführt. Es gibt auch einen weit weniger bekannten weißen Châteauneuf-du-Pape (Roussanne).

Condrieu
Ein vorzüglicher Weißwein aus einer kleinen Region rund um den Ort Condrieu. Leider steht die erzeugte Menge auch hier in einem krassen Missverhältnis zur Qualität. Der Condrieu wird aus der **Viognier**-Traube gekeltert, die derzeit im Rhône-Tal, nicht zuletzt aufgrund des gerühmten Condrieu und **Château Grillet**, eine steigende Aufmerksamkeit genießt.

Cornas
Aus Cornas, nordwestlich von Valence gelegen, kommen kräftige Rotweine (**Syrah**), die dem Vorbild des **Hermitage** nacheifern.

Côte Rôtie
Die vorzüglichen Rotweine vom »gerösteten Hügel« (weil von der Sonne verbrannt) südlich von Vienne sind bekannt für ihre intensiven Aromen, die sie primär dem **Syrah** verdanken.

Côtes du Rhône
Die mit Abstand größte Appellation im Tal der Rhône. Erzeugt werden Rot-, Weiß- und Rosé-Weine in unterschiedlichster Qualität und Ausprägung. Zur Appellation gehören die (im Prinzip) hochwertigeren Villages-Weine (meist Rot), wobei 16 Gemeinden auf dem Etikett mit ihren Namen vermerkt werden dürfen.

Crozes-Hermitage
So heißt die größte Appellation im nördlichen Rhône-Tal. Zum überwiegenden Teil werden Rotweine auf Basis der **Syrah**-Traube gewonnen, hinzu kommen Weißweine aus Roussanne und Marsanne. Der Größe der Appellation entsprechend variiert auch die Qualität – von einfachen Tropfen bis zu hochklassigen Weinen à la **Hermitage**.

Gigondas
Die Rotweine (**Syrah, Mourvèdre**) aus dieser Appellation ähneln dem nahe gelegenen **Châteauneuf-du-Pape**. Auch gibt es Rosé.

Grenache
Rote Rebsorte, die wahrscheinlich aus Spanien stammt und im Rhône-Tal sehr verbreitet ist.

Hermitage
Der wohl berühmteste **Syrah** der Welt, ebenso mächtig und tanninreich wie (nach entsprechender Lagerung, mindestens 10 Jahre) ausdrucksstark und voller Aromen. Seit über 2000 Jahren werden an diesem Südhang an einer Biegung der Rhône Rebstöcke angebaut. Da die Appellation für den Her-

mitage sehr klein ist (nur 150 ha), gleichzeitig die Nachfrage sehr groß, sind auch die Preise »legendär«. Mit dem Hermitage Blanc gibt es auch einen Weißwein (aus Marsanne und Roussanne).

Lirac

Die Appellation auf der linken Seite der Rhône nördlich von Avignon liegt dank der guten Qualität sowohl bei leichteren Rotweinen als auch bei Weiß- und Rosé-Weinen im Trend.

Saint-Joseph

Die Rotweine aus dieser Region sind leichter als die meisten anderen **Syrah**-Weine der nördlichen Rhône und bedürfen auch keiner allzu langen Lagerung. In der Qualität gibt es eine erhebliche Schwankungsbreite. Aus Saint-Joseph kommen auch frische Weißweine.

Saint-Péray

Unmittelbar an Valence angrenzend ist die Weinregion für Schaumweine aus Marsanne, Roussanne und der **Viognier**-Traube bekannt. Richard Wagner soll besonders gerne einen Saint-Péray zum Komponieren getrunken haben.

Syrah

Die Rotweinsorte ist im nördlichen Rhône-Tal heimisch (kommt aber ursprünglich womöglich aus dem persischen Shiraz). Sie liefert kräftige, tanninreiche Weine wie den legendären **Hermitage**. Die Syrah-Traube wird mittlerweile weltweit angebaut (u. a. in Südafrika, Chile, Kalifornien) und bringt unter dem Synonym Shiraz vor allem in Australien exzellente Weine hervor, die den Rhône-Weinen Paroli bieten.

Tavel

Die Weinregion nördlich von Avignon ist für seine trockenen Rosé-Weine bekannt, die schon von Louis XIV geschätzt wurden.

Université du Vin

Die Weinakademie in Suze-la-Rousse bietet auch Kurse für weinselige Laien an.

Viognier

Die Rebsorte ist im Rhône-Tal weit verbreitet, wird zu Weißweinen (wie **Condrieu** oder **Château Grillet**) gekeltert, aber auch bei Rotweinen in kleineren Anteilen mit dem Syrah verschnitten.

Restaurants / Hotels

Beau Rivage

Berühmt ist das Hotel mit 25 Zimmern vor allem durch sein exquisites Restaurant mit Michelin-Stern und einer Terrasse, von der man auf die Rhône sieht. (Preiskategorie Hotel: DZ ab ca. 130 Euro)

Condrieu, Tel. 04 74 56 82 82, Fax 04 74 59 59 36
E-Mail: infos@hotel-beaurivage.com

La Treille Muscate

Winziges, einfaches, aber überaus charmantes Hotel in Cliousclat, mit guter regionaler Küche und ein idealer Ausgangspunkt für Exkursionen zwischen Montélimar und Valence. (Preiskategorie: ab ca. 120 Euro)

Cliousclat, Tel. 04 75 63 13 10,
Fax 04 75 63 10 79

Golf

Golf de Montélimar
Kein spektakulärer Platz, aber einer, der sich ohne großen Umweg auf einer Weintour durch die südlichen Regionen des Rhône-Tals ins Programm integrieren lässt.
Montboucher sur Jabron, Domaine de la Valdaine,
Tel. 04 75 00 71 33, Fax 04 75 01 24 49

Südwestfrankreich

Der Südwesten Frankreichs liegt zwischen dem Languedoc-Roussillon und Bordeaux, mit den natürlichen Grenzen der Pyrenäen und der Atlantiküste. Zu Südwestfrankreich gehört die Gascogne ebenso wie Aquitaine. Als Weinbaugebiet ist Südwestfrankreich aufgrund dieser Weitläufigkeit regional sehr verschieden. Und obwohl im Ausland oft nur wenig bekannt, gibt es im Südwesten durchaus bemerkenswerte Weine mit zum Teil langer Geschichte. Tatsächlich galten einige Anbaugebiete (etwa *Bergerac*) in früheren Jahrhunderten dem Médoc in Bordeaux zumindest als ebenbürtig. Die AOC-Rebfläche liegt bei 13 000 ha, die jährliche AOC-Weinproduktion bei knapp 600 000 hl.

🍷 Armagnac

Hochwertiger Weinbrand u. a. aus den Rebsorten Ugni Blanc und Folle Blanche. Die ehemalige Grafschaft war schon im Mittelalter (und lange vor dem Cognac) für seinen Branntwein bekannt.

🍷 Bergerac

Bergerac (und **Monbazillac**) sind geographisch den Bordeaux-Appellationen am nächsten. Und auch die Weine, aus **Cabernet Sauvignon, Cabernet Franc** und **Malbec** bei den Roten sowie **Sémillon, Sauvignon Blanc** und **Muscadelle** bei den Weißen, stehen dem Bordeaux sehr nah. Gleichwohl steht Bergerac oft unverdientermaßen im Schatten seines übermächtigen Nachbarn.

Cahors

Früher waren die Weine aus Cahors tiefschwarz (die Hauptrebsorte wird vor Ort Cot genannt, wobei es sich eigentlich um **Malbec** handelt). Heute fallen die »schwarzen« Weine (black wine) etwas weniger dunkel aus, weil sie meist mit **Merlot** verschnitten werden, was sie geschmeidiger macht. Aber intensiv sind sie immer noch.

Gaillac

Im Nordosten von Toulouse wird mit dem Gaillac ein meist unkomplizierter, in manchen Fällen (dank heimischer Rebsorten) bemerkenswerter Wein hergestellt. Er deckt das ganze Spektrum von Rot über Weiß (süß oder trocken) bis Rosé und Schaumwein ab.

Jurançon

Der Jurançon vom Fuße der Pyrenäen zählt zu den ältesten Appellationen in Frankreich. Es gibt ihn als edelsüßen Wein (aus heimischen Sorten wie Manseng) und trocken ausgebaut (Jurançon Sec). Im Unterschied zu einem **Sauternes** entsteht der süße Jurançon nicht durch den Pilz Botrytis, sondern einfach dadurch, dass man die Trauben im trockenen Herbst am Stock austrocknen lässt.

Madiran

Die Tannat-Traube verleiht dem roten Madiran, der einige Jahre Lagerung braucht, seinen intensiven (tanninreichen) Ausdruck. Das Weinbaugebiet liegt östlich von Bayonne am Pilgerpfad nach Santiago de Compostela.

Monbazillac

Für Monbazillac gilt Ähnliches wie für **Bergerac**: Auch hier führt die geographische Nähe zu Bordeaux zu artverwandten Weinen. Beim Monbazillac sind dies typischerweise edelsüße Weißweine (**Sémillon, Sauvignon Blanc**), die mit dem **Sauternes** vergleichbar sind.

Restaurants / Hotels

Les Loges de L'Aubergade

In der Nähe der Autobahn zwischen Toulouse und Agen liegt diese Auberge mit modernen Zimmern, vor allem aber mit der avantgardistischen Küche von Michel Trama. (Preiskategorie Hotel: DZ ab ca. 140 Euro)

Puymirol, Rue Royale 52, Tel. 05 53 95 31 46,
Fax 05 53 95 33 80

Golf

Golf de Moliets

Modernes Golfressort mit einem Meisterschaftsplatz von Robert Trent Jones.

Moliets, Tel. 05 58 48 54 65, Fax 05 58 48 54 88

Golf de Seignosse

Der Golfcourse bei Bayonne wird allgemein zu den Spitzenplätzen Frankreichs gerechnet.

Seignosse, Tel. 05 58 41 68 30, Fax 05 58 41 68 41

Golf d'Ilbarritz

Der Golfplatz südlich von Biarritz hat zwar nur neun Löcher, aber aufgrund seiner spektakulären Lage am Meer sollte er auf keiner Golftour im Aquitaine fehlen.

Bidart, Avenue du Château, Tel. 05 59 43 81 30,
Fax 05 59 43 81 31

Vorwahl für Frankreich aus Deutschland: 0033

Alle Angaben in diesem Buch wurden vom Autor mit größter Sorgfalt zusammengestellt. Sollten sich dennoch Fehler eingeschlichen haben, bittet er dies zu entschuldigen. Außerdem unterliegen natürlich insbesondere Telefonnummern sowie Angaben zu Restaurants und Hotels häufigen Veränderungen. Der Autor kann keine Verantwortung für die Richtigkeit der Angaben übernehmen. Was die handelnden Personen im Roman betrifft, so sind diese natürlich frei erfunden. Jede Ähnlichkeit oder Namensgleichheit mit lebenden Personen wäre rein zufällig und unbeabsichtigt.

Merci

Der Autor dankt dem »Wein-Professor« **Henri Schimpf** (Seminarleiter »Wein aus Frankreich« der Sopexa), der den Anhang und die Marginalien auf Fehler durchgesehen und wertvolle Informationen beigesteuert hat. Vielen Dank auch an die Wein-Referentin **Frauke Gülberg**, die kritische Passagen des Manuskripts gegengelesen und mit dem Autor besprochen hat. Ein Merci an den Sommelier und Hotelier **Reinhold Baumschlager**, der darauf geachtet hat, dass mit den alten Yquem-Jahrgängen alles seine Richtigkeit hat. Der Autor dankt den **Weingütern** in Frankreich (u. a. Château Mouton-Rothschild), die ihm Besichtigungen und Degustationen ermöglicht haben. Der **Sopexa**, dass sie ihn zu Weinverkostungen eingeladen hat. **France Blaufuß**, dass sie ihm bei allen Fragen der französischen Sprache beraten hat. Und schließlich *un bisou* an meine liebe Frau **Verena** – nicht nur für ihr kulinarisches Lektorat!

Besuchen Sie den Autor auf seiner Webseite im Internet:
www.michael-boeckler.de

Alphabetisches Wein-Register

Hier sind alle Weinbegriffe (Orte, Regionen, Lagen etc.) des Anhangs in alphabetischer Reihenfolge zusammengefasst mit dem Hinweis auf die jeweilige Region, unter der sie zu finden sind.